CHOIX

DE NOUVELLES

CAUSES CÉLEBRES,

AVEC LES JUGEMENS

QUI LES ONT DÉCIDÉES.

AVERTISSEMENT
DU LIBRAIRE.

LES Collections du Journal des Caufes célebres étant épuifées, les Volumes de ce Choix les remplaceront. Au lieu de faire une réimpreffion difpendieufe, on a préféré de donner un extrait : ainfi, en joignant à ce Recueil les années qui ont paru depuis 1782, & qu'on trouvera au Bureau du Journal des Caufes célebres, chez M. des Effarts, rue Dauphine, Hôtel de Moui, on aura l'avantage de réunir ce qu'il y a de plus intéreffant dans les cent douze Volumes qui ont été publiés avant cette époque, avec la fuite de cet Ouvrage périodique.

CHOIX

DE NOUVELLES

CAUSES CÉLEBRES,

AVEC LES JUGEMENS

QUI LES ONT DÉCIDÉES,

Extraites du Journal des Caufes célebres,
depuis fon origine jufques & compris
l'année 1782.

PAR M. DES ESSARTS,

Avocat, Membre de plufieurs Académies.

TOME NEUVIEME.

A PARIS,

Chez MOUTARD, Imprimeur-Libraire de la
REINE, de MADAME, & de Madame Comteffe
d'ARTOIS, rue des Mathurins, Hôtel de Cluni.

M. DCC. LXXXVI.

Avec Approbation, & Privilége du Roi.

CHOIX
DE CAUSES
CÉLEBRES.

NOTAIRE maltraité dans ses fonctions par le Seigneur du lieu.

IL est des Seigneurs bienfaisans &
qui sont bénis dans leurs terres par leur
douceur & par les bienfaits qu'ils ré-
pandent sur les chaumieres qui les en-
tourent. Il en est d'autres qui ont de
la peine à renoncer au despotisme des
siecles passés, & que les prétentions
outrées d'une naissance plus distinguée
jettent dans des excès que les Loix ne
peuvent s'empêcher de punir. On en

Tome IX.   A

verra un exemple dans la Cause dont nous allons rendre compte. Un Notaire, appelé pour recevoir le testament d'un mourant, est insulté, frappé par le Seigneur du lieü, que quelques contradictions irriterent & firent sortir des bornes de la modération dans une circonstance où l'Officier public est sacré & mérite le respect de l'homme même qui, par-tout ailleurs, occupe dans la Société un rang supérieur au sien. Cette affaire a été jugée au Parlement de Touloufe ; nous allons entendre le récit des faits de la bouche même de l'offensé, qui, d'après le jugement qui a suivi, paroît n'avoir pas trop chargé la vérité.

» Il y a trente ans que je suis Notaire à Montjaux, difoit M. Alibert, & que j'exerce ma profeffion, fans que perfonne ait jamais eu à fe plaindre de moi, & fans avoir moi-même rien à-défirer du côté de l'eftime & de la confiance de mes voifins. Parmi ceux qui me l'avoient donnée toute entiere, étoit le nommé André Azinieres, Laboureur de Roquetaillade, village voifin de Montjaux, où je fais ma réfidence ; étant tombé malade, il me fit appeler le 19. Novembre 1772, pour recevoir son testament. Il m'expliqua sa volonté ; elle étoit de léguer à sa femme une somme de 600 livres, d'instituer son fils unique, âgé de trois ou quatre ans, son héritier universel, en lui substituant ses deux freres, si son fils venoit à mourir avant d'avoir atteint la quatorzieme année.

» La terre de Roquetaillade appartient à un ancien Garde du Roi, & Capitaine de Cavalerie. Il avoit voulu, je ne sais pourquoi, assister au testament d'Azinieres.

» Je connoissois bien le sieur de Roquetaillade pour un homme violent & emporté, devant qui tous les paysans de sa Terre n'osoient paroître qu'en tremblant, qui disposoit despotiquement de tout ce qui étoit à portée de lui ; mais je n'aurois jamais cru qu'il voulût étendre son despotisme sur la volonté des mourans, en les empêchant de disposer de leurs biens autrement que suivant son caprice ou ses projets. Je fus confondu, quand après s'être assuré de la maniere dont Azinieres vouloit faire son testament, je l'entendis dire que ce testament ne pou-

voit pas être fait ainſi ; que le legs
de 600 liv. étoit trop fort, & que la
ſubſtitution étoit inutile ; qu'en un
mot il ne vouloit pas qu'Azinieres fît
un tel teſtament.

» Ma réponſe fut fort ſimple. Je ne
puis, lui dis-je, ſavoir la volonté du malade que de ſa propre bouche ; ni vous
ni moi ne pouvons faire ſon teſtament, il faut qu'il le faſſe lui-même ;
& pour qu'il fût bien perſuadé que
c'étoit-là la volonté du teſtateur, je
l'interrogeai de nouveau ; le ſieur de
Roquetaillade l'interrogea lui-même ;
le malade répondit toujours qu'il vouloit léguer une ſomme de 600 liv. à ſa
femme , & ſubſtituer ſes biens à ſes
freres , en cas que ſon fils vînt à déceder
avant l'âge de quatorze ans.

» Le ſieur de Roquetaillade avoit ré-
ſolu de faire diminuer le legs & de
faire ſupprimer la ſubſtitution ; il n'en
voulut pas démordre ; mes repréſen-
tations ne firent que l'irriter. Il pré-
tendit que j'étois un *ignorant , un ſot ,*
un impertinent , un f..... drôle , qui ne
cherchois qu'à *ruiner ſes vaſſaux &*
à engraiſſer les contrôleurs.

» Le Curé, qui connoiſſoit mieux que

perfonnel l'homme auquel j'avois affaire , s'échappa tout doucement : un
payfan nommé Marquès imita fa prudence ; ils favoient l'un & l'autre ,
que le fieur Rocquetaillade accoutumé
à voir tout plier devant lui , s'étoit
fouvent porté aux derniers excès pour
une moindre réfiftance. Je le favois également, & j'étois au défefpoir d'être engagé fi avant avec lui ; mais je me
tins fur mes gardes , & obfervai d'être
auffi modéré dans mes propos , que je
ferois ferme & inébranlable dans tout
ce qui étoit de mon devoir. Je dévorai
fans me plaindre fes injures & fes invectives.

» Je ne fais s'il prit ma modération
pour de la foiblefle ; mais il infifta plus
fortement que jamais à ne vouloir point
de fubftitution. Malgré toutes les raifons que j'avois de chercher à calmer
fa fureur , je fus obligé de lui déclarer que je favois ce que j'avois à faire ,
& que je ne prendrois la volonté du
teftateur que de fa propre bouche. A
peine avois-je achevé , que le fieur de
Roquetaillade s'élance fur moi & me
donne un foufflet , qu'il convient, dans
fon interrogatoire , avoir eté donné ru-

dement & avec force. La violence du coup me renversa sur une table : en m'y appuyant, une clef se trouva sous ma main, je la saisis pour en faire un instrument de vengeance ; mais la réflexion venant au secours, je la reposai aussi-tôt. Ce mouvement involontaire, qui fut à peine apperçu, que je réprimai tout de suite, & qui ne fut pas menaçant, m'attira d'autres mauvais traitemens : le sieur de Roquetaillade me donna encore deux coups de pied, sans que personne osât entreprendre de le retenir ; la femme & les deux frères du malade étoient présens, & ceux qu'on avoit rassemblés pour être témoins du testament ; personne n'osa ni faire un mouvement pour me secourir, ni me témoigner le moindre intérêt ; tant on est accoutumé, dans sa Terre, à le redouter, & à le voir se porter impunément aux plus grandes violences.

» Qu'on se représente la situation d'un citoyen paisible parvenu à l'âge de soixante-quatre ans, sans avoir eu de sa vie de querelle avec personne. L'idée que j'avois de la férocité du sieur de Roquetaillade, me fit craindre qu'il ne se portât aux derniers excès ; je voulus me retirer, j'en fus empêché par les parens du malade, intéreſſés à ce qu'il fît ſon teſtament, & par le ſieur de Roquetaillade lui-même, qui ſentit de quelle conſéquence il étoit pour lui qu'on pût lui reprocher d'avoir empêché Azinieres de teſter. Il s'avança juſqu'à la porte pour s'oppoſer à ma ſortie : *Tu retiendras ce teſtament, f..... drôle, ou je te jetterai par la fenêtre. Je te ferai interdire ; tu ne contracteras plus dans ma terre, & je te romprai.* En diſant ces mots, il me frappe encore : il convient dans ſon interrogatoire, qu'il me donna encore un coup de pied.

» J'étois hors de moi, accablé de douleur, affligé juſqu'au fond de l'ame, effrayé des menaces du ſieur de Roquetaillade, & plus encore de la terreur dont il avoit frappé tous les aſſiſtans. Je fis un effort ſur moi-même, je recueillis mes forces, pour me remettre, s'il étoit poſſible, de mon trouble & de ma frayeur. Le premier uſage que j'en fis, fut de déclarer au ſieur de Roquetaillade qu'il étoit bien le maître de m'ôter la vie, mais qu'il ne l'étoit pas de me faire prévariquer ; qu'en

recevant ce teſtament , ſi j'étois en
état de le faire , *je ne prendrois la
volonté du teſtateur que de ſa propre
bouche.*

» Le ſieur de Roquetaillade avoit
fait ſes réflexions ; il grinça des dents,
mais ſe contint. J'interrogeai de nouveau le malade , qui perſiſta à léguer
à ſa femme une ſomme de 600 livres,
& à ſubſtituer ſes freres à ſon fils , en
cas que celui-ci vînt à décéder avant
l'âge de quatorze ans.

» Le ſieur de Roquetaillade , l'air
naturellement féroce, étoit devenu plus
terrible , par la contrariété qu'il éprou-
voit , & par les efforts qu'il faiſoit pour
contenir ſa rage & ſa fureur; il reſta conſ-
tamment juſqu'à la fin : il fit plus, il voulut
abſolument ſigner l'acte comme témoin,
quoiqu'il ne fût pas néceſſaire. Il rem-
pliſſoit par-là deux objets ; le premier , de me braver , de m'inſulter,
de me bien humilier juſqu'au bout ;
le ſecond , de ſe réſerver un moyen
de défenſe , en cas que je portaſſe
plainte des mauvais traitemens que j'a-
vois eſſuyés.

» Il ſigna , & je me retirai chez
moi , où j'arrivai avec toutes les pei-

nes du monde. Ce fut alors que,
cédant à ma douleur, je tombai dans
un abattement dont je me reffens encore, & dont il eft impoffible qu'à
mon âge je revienne jamais tout-à-fait.

» Après avoir fongé à ma fanté,
ma famille s'occupa de ma vengeance;
l'intérêt général de la Société fe réu-
niffoit à mon intérêt particulier : pour
qu'un attentat de cette efpece ne de-
meurât pas impuni, j'adreffai ma plainte
au Sénéchal de Villefranche.

» Le fieur de Roquetaillade m'avoit
prévenu ; mais, quelque terreur qu'il
infpire dans fa Terre, il n'étoit pas poffible que dix ou douze perfonnes, témoins de fes violences, puffent les
taire à la Juftice, encore moins qu'elles
puffent me donner le moindre tort,
à moi dont la douceur & l'honnêteté
avoient été foutenues jufqu'au bout.
Tout ce qu'il pouvoit efpérer, étoit
de voir affoiblir dans les dépofitions
les traits dont il devoit être dépeint
à la Juftice ; mais il falloit pour cela
un Commiffaire qui fût dans fa dé-
pendance ; & il obtint à cet égard tout
ce qu'il pouvoit défirer. On lui donna
un fieur Lafajole, qui eft Juge de fa

A v

Terre, qui est son parent, & qui depuis siégeant dans deux autres Tribunaux, a été alternativement juge & conseil du sieur de Roquetaillade contre moi.

» On comprend combien un tel Commissaire devoit m'être suspect. J'en demandai un autre, & l'on me donna M. Cros, Avocat de la ville de Vabre. Sur l'information qui fut faite à ma requête, il fut décrété de prise de corps. Il disparut & vint à Toulouse, appela de la rigueur du décret, demanda qu'il fût sursis à son exécution. On le refusa; il se mit dans les prisons du Sénénéchal, subit son interrogatoire, demanda son élargissement, & l'obtint. L'Ordonnance d'élargissement fut réformée sur mon appel; il fut ordonné que le sieur de Roquetaillade tiendroit prison pendant l'instruction du Procès.

» Dans l'intervalle de mon appel à ce jugement, le sieur de Roquetaillade, encouragé par le succès qu'il avoit eu devant le Sénéchal, demanda & obtint que la procédure fût réglée à l'extraordinaire; mais son courage l'abandonna, quand il vit qu'il falloit se remettre en prison. On fit inu-

tilement perquifition de fa perfonne ;
il étoit parti pour Paris, où il alloit
jouer les différens rôles qui lui ont
valu une place diftinguée dans des
mémoires répandus avec profufion dans
toute l'Europe (a).

» Le Sénéchal de Villefranche inftrui-
fit le Procès par contumace ; & par
Sentence du 23 Juin 1773, il fut
condamné à déclarer, l'audience tenant, & à genoux, que méchamment
& inconfidérement il m'a injurié,
maltraité & troublé dans mes fonctions
de Notaire ; qu'il m'en demande pardon ; qu'il me tient pour homme de
bien & d'honneur, ayant la capacité
& fuffifance pour l'exercice de mes fonctions ; de laquelle déclaration le regiftre
fera chargé, pour demeurer au greffe,
& extrait m'en être expédié.

» Il eft condamné en outre à trois
mois de prifon, & à s'abftenir enfuite pendant trois ans du lieu de
Montjaux, où je fais ma réfidence, &
de tous les environs à douze lieues de
diftance.

(a) Dans l'affaire de madame de Saint-
Vincent contre M. le Maréchal de Richelieu.

A vj

» On le condamne encore à une aumône de 150 livres, à 3000 livres de dommages intérêts, au payement desquelles sommes il fera contraint par corps, avec défenses de récidiver, & aux dépens.

» Cette Sentence lui fut à peine connue, qu'il en interjeta appel. Il favoit bien qu'étant contumax, il ne pouvoit être écouté fur fon appel ; il cherchoit feulement à multiplier les incidens & les chicanes, dans l'efpoir de faire accueillir au Confeil du Roi une Requête en caffation de l'Arrêt, qui, en le déboutant de fon appel, avoit ordonné qu'il tiendroit prifon pendant l'inftruction du Procès. Mais le fuccès ne répondit pas à fon attente : voici les termes de l'Arrêt du Confeil du 7 Mars 1774 : » Le Roi en » fon Confeil a débouté le fieur Ju- » lien de Roquetaillade de fa demande » en caffation dudit Arrêt, le con- » damne en l'amende, & néanmoins » ordonne qu'il aura les chemins pour » prifons, pour fe remettre dans celles » dudit Parlement, à quoi il fera » tenu de fatisfaire dans un mois pour » tout délai «.

„ Les frais que j'avois avancés étoient confidérables. Il étoit temps que je fongeaſſe à les faire rentrer: je crus y parvenir par une faifie des fruits ; mais ces fruits furent enlevés en grande partie avant que je puſſe les mettre ſous la main de la Juſtice : le reſte, il le fit faifir lui-même ſous le nom de ſon Conful.

„ Je voulu attaquer les meubles de mon débiteur , ils avoient tous été enlevés. Il me reſtoit une reſſource, c'étoit de faifir différentes ſommes que je favois lui être dues par différens particuliers ; ces faifies furent pour moi autant de Procès à ſoutenir. Je rencontrois par-tout des oppofitions toutes prêtes. Je me déterminai enfin à faire faifir ſes biens réellement ; il y fut procédé d'autorité de la Cour.

„ La famille du fieur de Roquetaillade s'employa pour m'engager à terminer cette affaire ; & je difcontinuai mes pourfuites toutes les fois qu'il fut queſtion d'un accommodement. Cette vie continuelle de guerre & de combats m'étoit infupportable. Je foupirois après le repos dont j'avois joui toute ma vie , & qui m'étoit devenu plus néceſſaire que jamais. Je ne déſirois autre choſe que les réparations d'honneur que mon état me fait un devoir d'exiger, le rembourſement des frais que m'avoit occaſionnés le ſieur de Roquetaillade, & de mettre à l'abri de ſes attaques le peu de jours qui me reſtent à vivre. Tout autre eût accepté la paix avec empreſſement & avec reconnoiſſance. Lui, prenant pour foibleſſe ou pour impuiſſance de le pourſuivre les diſpoſitions que je témoignois, ne chercha qu'à en abuſer. Il vouloit ne me rembourſer qu'une partie des épices de la Sentence du Sénéchal; & pour ce rembourſement, il vouloit que j'acceptaſſe ſon papier, qui n'eſt pas de facile diſcuſſion. Il fallut donc me rejeter dans les embarras & dans les peines de ce malheureux Procès.

» Je ſupprime l'hiſtoire d'un grand nombre d'incidens où j'ai eu à lutter ſans ceſſe contre l'injuſtice du Juge & contre les reſſources du plaideur le plus obſtiné.

» Il paroît, par ſa conduite, qu'il ne cherchoit qu'à me laſſer; & il y auroit réuſſi, s'il n'avoit été queſtion

entre nous que de toute ma fortune ;
mais s'agiſſant de mon honneur, compromis par des outrages ſanglans & par
des calomnies répandues avec affecta-
tion dans le pays que j'habite, & re-
produites dans des écrits publics, je
m'armai de courage & de conſtance,
dans la réſolution de conſacrer ce qui
me reſtoit de vie & de bien à en obtenir la réparation.

» J'avois obtenu un Arrêt d'ordre
ſur la venté judiciaire des biens du
ſieur de Requetaillade ; j'avois encore
obtenu un Arrêt en contrainte perſon-
nelle, pour pluſieurs exécutoires. Mais
tous les Huiſſiers du pays, gagnés ou
intimidés par le ſieur de Roquetaillade,
ou par ſa famille, me refuſoient leur
miniſtere contre lui. Il me fallut avoir
recours à M. le Procureur-Général,
pour contraindre tels & tels nommé-
ment à mettre les Arrêts à exécution.

» La peine que je pris, les ſoins
que je me donnai produiſirent cet
effet, que le ſieur de Roquetaillade,
pour arrêter mes pourſuites ſur ſes biens,
ſe remit enfin dans les priſons du Sénéchal le 10 Mai 1776, près de trois ans
après la Sentence de contumace. Cinq

jours après, la confrontation des témoins
fut ordonnée.

» Cette confrontation fut longue &
pénible. Le sieur de Roquetaillade, naturellement adroit, joint à ses talens
naturels une grande habitude de discuter ou de défendre des dépositions.
Accoutumé à jouer, dans des confrontations judiciaires, le double rôle de
témoin & d'accusé, il n'étoit pas intimidé par l'appareil de cette cérémonie, moins encore par la présence d'un
Commissaire peu exigeant. On lui con-
frontoit des témoins, habitans de sa
Terre, qu'il étoit accoutumé à gouver-
ner despotiquement, & qui n'avoient
jamais paru en sa présence sans craindre d'être assommés. Il usa avec eux
de tous ses avantages; & cependant
le Commissaire n'a pas consigné dans
son procès-verbal le ton & l'air menaçant que l'Accusé prenoit avec les
témoins, les gestes qu'il se permettoit,
l'air dont il les regardoit pour les in-
timider ou leur ôter la faculté de lui
répondre. Un de ces témoins, accablé de sa présence, se trouva mal à la fin
de la confrontation; un autre eut besoin, pour conserver la présence d'es-

prit, le courage & la force néceffaires,
de détourner les yeux d'un objet fi
effrayant ; il lui tourna le dos obfti-
nément , malgré les efforts du fieur
de Roquetaillade , qui tournoit autour de lui pour fe faire regarder,
comme s'il eût eu à lui préfenter la
tête de Médufe.

» Son objet n'étoit pas de détruire
la preuve des excès auxquels il s'étoit
porté contre moi, puifqu'il en étoit
convenu dans fon interrogatoire ; mais
il vouloit les excufer en leur donnant
une autre caufe , en faifant entendre
que c'étoit moi qui avois tort lors de
notre conteftation au fujet du teftament
d'Azinieres ; comme fi c'étoit moi &
non pas lui qui vouloit que ce teftament fût fait autrement que ne le vouloit le teftateur.

» Cette tournure, qui depuis a fait
la bafe de fon fyftême de défenfe,
il l'avoit déjà prife dans fon interrogatoire. Il y prétend , ce qui eft
vrai, qu'Azinieres avoit déclaré que
fon intention étoit de faire une fubftitution pupillaire, c'eft-à-dire, de fubftituer fes freres, dans le cas feulement
où fon fils viendroit à décéder avant l'âge
de quatorze ans. Mais il ajoute, ce qui

n'eſt ni vrai ni vraiſemblable , que
moi , je voulois qu'il fît une ſubſtitution fidéicommiſſaire , c'eſt-à-dire ,
que ſes biens paſſaſſent à ſes freres ,
ſi ſon fils mouroit avant eux , à quelque âge qu'il mourût; que ce fut mon
obſtination à ne vouloir pas démordre de mon avis , qui l'avoit mis
en colere contre moi. C'eſt dom-
mage qu'il n'ait rien trouvé de ſem-
blable au ſujet du legs de 600 livres
qu'il ne vouloit pas permettre qu'Azinieres laiſſât à ſa femme , & qu'il ne
ſoit pas d'accord avec lui-même dans
la maniere dont il a raconté cette hiſtoire , dans ſon interrogatoire , dans
ſa Requête au Roi , & dans ſes écrits
devant le Sénéchal & au Parlement.
Pour rendre cette hiſtoire vraiſemblable , il dit que je ſuis un ignorant
qui n'avois été appelé pour recevoir
ce teſtament qu'à cauſe de la proximité , & parce qu'on avoit craint de
n'avoir pas le temps de faire venir un
autre Notaire; il ajoute que , quelque
temps auparavant , je n'avois pas ſu
dreſſer un acte que vouloit paſſer Azinieres; que j'avois été obligé d'y revenir
à deux fois ; que depuis , cette famille n'avoit aucune confiance en moi,

& que, dans la néceffité où ils étoient de s'adreffer à moi, ils avoient voulu avoir quelqu'un qui me dirigeât ; qu'à cet effet on avoit eu recours à lui ; qu'il n'étoit venu dans la maifon d'Azinieres que pour obliger ces pauvres gens, & que c'étoit uniquement pour répondre à leur confiance & pour leur rendre le fervice qu'ils attendoient de lui ; qu'il avoit voulu empêcher que je ne fiffe une bévue auffi confidérable que celle d'inférer une fubftitution fidéi-commiffaire à la place d'une fubftitution pupillaire ; mais il eft démenti en cela & par les actes, & par les témoins qu'il invoque ; & il n'a pas réuffi à furprendre aux témoins quelque aveu qui pût donner à cette hiftoire quelque apparence de verité, un *oui*, un *non* relatifs aux mots *pupillaire* & *fidéi-commiffaire* que ces pauvres gens n'entendoient pas.

» C'eft à quoi tendirent uniquement fes efforts devant le Sénéchal, pour faire diminuer les peines prononcées contre lui par la Sentence de contumace ; c'eft dans le même objet qu'il reprocha quelques témoins : mais les Juges ne virent en lui qu'un rhéteur infidieux & de mauvaife foi, dont les

raifonnemens & les fuppofitions ne pouvoient anéantir les faits qu'il avoit
avoués, & qui étoient cónftatés d'ailleurs par les témoins mêmes, jufques
auxquels il n'avoit pu étendre fes ab-
furdes reproches.

» Par leur Sentence du 24 Juillet
1776, ils rejettent les reproches propofés contre les témoins. Ils condam-
nent le fieur de Roquetaillade à la réparation en pleine audience, à trois
mois de prifon, & à une aumône de
cent cinquante livres, comme il étoit
porté par la Sentence de contumace.
La peine d'abftention fut modifiée; on
crut qu'il étoit trop rigoureux de tenir le fieur de Roquetaillade éloigné
de douze lieues de chez lui & de
toute fa famille; on reftreignit l'abftention à la feule Jurifdiction de Montjaux, qui, dans aucun fens, n'a pas
une lieue d'étendue.

» Il eft vrai qu'au lieu de trois ans que
devoit durer la premiere abftention,
celle-ci doit en durer vingt; mais il
n'y a aucune comparaifon entre la
peine d'être obligé de fuir au loin de
fon pays pendant trois ans, & celle
de ne pouvoir paroître, même de fa
vie, dans un petit village où l'on

n'a & où l'on ne peut avoir rien à
faire. On voit d'ailleurs que cette abſ-
tention eſt moins une peine pour le
ſieur de Roquetaillade, qu'une ſage précaution pour mettre mes jours à l'abri
de ſa fureur. On comprend qu'après
l'expérience que j'en ai faite, je ne
ſerai jamais curieux de me trouver
nulle part à côté de lui, & qu'à moins
qu'il ne voulût encore venir me braver au milieu de ma famille, il ne
ſera jamais queſtion d'exécuter la diſpoſition de la Sentence qui lui ordonne
de ſe retirer de tous les lieux où je
paroîtrai. Il lui eſt fait défenſes de
récidiver; il eſt condamné aux dépens, comme dans la Sentence de contumace.

» On m'accorde 6000 livres de dommages & intérêts, au lieu de 3000
livres, parce qu'en effet la multiplicité
des chicanes & des difficultés que m'a-
voit fait eſſuyer le ſieur de Roquetaillade, depuis la Sentence de contumace, & la néceſſité de faire ſolliciter
au Conſeil du Roi la rejection de ſa
Requête en caſſation de l'Arrêt, avoit
plus que doublé la ſomme de mes
dommages, par la quantité énorme de
mes dépens, par les avances que j'avois

été obligé de faire, & le temps que j'a-
vois perdu dans l'espace de trois ans
qu'avoit duré la contumace du sieur de
Roquetaillade.

» C'est de cette Sentence qu'il est appelant : pour le succès de son appel,
il demande la cassation de la procédure; en cas qu'elle ne soit pas cassée,
il demande son élargissement. Laissât-
on subsister les dépositions, il assure
qu'il faut également l'élargir, parce,
dit-il, que j'ai été l'agresseur. Une fois
qu'il aura obtenu son élargissement,
les imputations que je lui fais doivent
être déclarées calomnieuses ; il faut ordonner la lacération des écrits où elles
se trouvent consignées, lui accorder
des dommages-intérêts , dont il fait
généreusement le sacrifice , en con-
sentant que la Cour les applique à
telle œuvre pie qu'elle jugera à propos.

» Si je cherchois à venger mes injures, plutôt qu'à mettre ma personne
& mon honneur à l'abri des attaques
du sieur de Roquetaillade, je serois
appelant à mon tour de la Sentence
du Sénéchal, & il me seroit aisé de
prouver qu'il ne m'a pas rendu toute
la justice que je devois attendre de
lui. Mais après avoir voulu moi-même

traiter mon adverfaire avec indulgence,
me relâcher de la plus grande partie
de mes droits, j'ai crû convenable,
pour ne pas démentir la modération
de mon caractere & de ma conduite,
de m'en tenir aux fatisfactions qui
m'ont été accordées, & de borner ma
défenfe à le faire débouter de fon
appél «.

Le fieur de Roquetaillade convenoit en général des faits qu'on vient
de lire ; mais il en changeoit les motifs & les circonftances : il prétendoit
que le frere du malade étoit venu chez
lui le prier d'affifter à la rédaction de
l'acte, dans la crainte légitime ou fri-
vole que ce Notaire, dont il difoit avoir
déjà éprouvé les méprifes, n'en com-
mît quelque autre.

Il trouva le Notaire & le Prieur
de Roquetaillade. Les témoins tefta-
mentaires n'étoient point encore arri-
vés. Le fieur de Roquetaillade demanda
quelle étoit la volonté du teftateur. Sur
la réponfe du Notaire, il jugea le legs
trop fort, & crut voir que la difpofition, telle qu'elle lui étoit annoncée,
étoit louche, qu'elle laiffoit dans l'incertitude fi le teftateur entendoit faire

une fubftitution pupillaire ou une fubftitution fidéicommiffaire ; qu'il impor-
toit d'éclaircir cette équivoque, d'autant plus qu'une fubftitution fidéicommiffaire deviendroit très-préjudiciable
au malheureux pupille, & ruineufe pour
la fucceffion.

Le fieur Alibert s'offenfa de toute
les précautions, & refufa d'interroger
le malade. Sur ce refus, il interrogea
lui-même ; & le réfultat fut que le
malade n'entendoit & ne vouloit faire
qu'une fubftitution pupillaire.

Le fieur Alibert ne fe rendit pas
encore, répéta que ce n'étoit pas ainfi
qu'Azinieres s'étoit expliqué avec lui, &
qu'il étoit de fon état de prendre la
volonté du malade.

Tant d'opiniâtreté irrita le fieur de
Roquetaillade : la querelle s'échauffa ;
& fur quelques paroles injurieufes échap-
pées au Notaire, le fieur de Roquetaillade lui donna un foufflet, en préfence de trois témoins qui étoient arri-
vés. Les deux autres, qui étoient néceffaires pour la validité du teftament,
arriverent, lorfque le Prieur repréfen-
toit à Alibert le tort qu'il avoit eu de
manquer de refpect au Seigneur du
lieu.

lieu. Ce Notaire répéta plusieurs fois *qu'il ne lui en devoit point*, & sortit de la maison pour se retirer. Les freres du testateur le retinrent, en lui faisant sentir les dangereuses conséquenses de sa retraite. Sur leurs représentations, il revint ; mais ce fut pour faire une nouvelle insulte au sieur de Roquetaillade, & renouveler ses premieres apostrophes. Le sieur de Roquetaillade les dissimula pour cette fois. Le testament fut rédigé, non tel que le sieur Alibert l'avoit d'abord conçu, mais tel que le testateur instruit le voulut, & avec la clause d'une substitution pupillaire ; il fut lu, relu & approuvé. Le sieur de Roquetaillade le signa «.

Ainsi se termina, dit le sieur de Roquetaillade, cette aventure qui lui est devenue si funeste, & dont le sieur Alibert a pris l'occasion de le déshonorer aux yeux de toute la France, & de le ruiner par un tas énorme de procédures, dont les frais, multipliés au gré du caprice & de la passion, menacent sa médiocre fortune.

C'est d'après les faits ainsi présentés, que le sieur de Roquetaillade s'é-

toit rendu appelant de la Sentence du
Sénéchal , & demandoit à la Cour de
la réformer , en rejetant les dépofitions de quelques témoins & le déchar-
geant de l'accufation.

» Par quelle étrange fatalité , difoit
fon Défenfeur (a) , eft-il arrivé que le
fieur de Roquetaillade ait été plus in-
humainement traité par la Sentence définitive que par la Sentence de contumace ? Le contumax eft préfumé avoüer
le délit tel qu'il lui eft imputé , &
avec toutes les circonftances & les caracteres qui peuvent contribuer à en
augmenter la gravité. Ainfi le fieur
de Roquetaillade , défaillant , convenoit tacitement qu'il avoit troublé un
Notaire dans l'exercice de fes fonctions
les plus importantes ; il convenoit
d'avoir fait violence à la volonté d'un
teftateur , de l'avoir fuborné ; il convenoit d'avoir infulté , outragé , frappé un Notaire pour avoir eu la noble
fermeté & le courage de lui reprocher
honnêtement fes torts : mais quand il
s'eft repréfenté , il a contefté tous ces
faits. S'il eft convenu des voies de fait,

_____

(a) M. Duroux.

dont s'est plaint le sieur Alibert, il en présentoit l'excuse légitime dans les insultes, dans les provocations qu'il avoit reçues de la part de ce Notaire.

» Ce n'est pas tout ; la justification de l'Accusé se trouvoit dans les confrontations ; cependant le Sénéchal a usé de plus de rigueur contre le défendeur que contre le défaillant, depuis la contestation que pendant l'aveu, depuis la justification que dans un temps où elle étoit dans les ombres de l'incertitude. Comment expliquer cette conduite, dont l'inconséquence est le moindre vice ?

» En second lieu, c'est la premiere fois qu'on a vu les peines aussi multipliées pour un seul prétendu délit. La Sentence du Sénéchal est une sorte de collection de tous les genres de peines dont les annales de la Justice peuvent donner l'exemple. Réparations publiques, prison, abstention, retraite des lieux où se trouvera Alibert, aumônes, dommages, défenses de récidiver, impressions, affiches, dépens, &c. Jamais accusation n'a attiré tant de réparations.

B ij

» En troisieme lieu , la réparation *dans la Salle de l'Auditoire , les plaids tenant , nue tête & à genoux ,* a plutôt l'air d'une amende honorable faite à Dieu , au Roi & à la Justice , que d'une satisfaction purement civile , faite à la Partie qui se dit offensée. Il ne manquoit à cet appareil humiliant qu'une torche à la main , à laquelle le Sénéchal n'a pas sans doute pensé. S'il étoit dû une réparation à ce Notaire , falloit-il aller au delà de celles qui sont consacrées par la Jurisprudence & par l'usage , pour augmenter l'éclat de celle-ci ? L'Edit de 1679 , dans le cas de la réparation due à un Gentilhomme insulté , exige seulement qu'elle soit faite en présence de quatre personnes , au choix de l'offensé.

» En quatrieme lieu , la prison de trois mois , l'abstention de vingt ans , la retraite à vie des lieux où paroîtra le sieur Alibert , pris séparément , & à plus forte raison conjointement , excedent la juste proportion qui doit se trouver entre la peine & l'offense. La peine de la prison n'est prescrite par nos Ordonnances , que pour excès commis entre Gentilshommes , ou de la part des Gentilshommes contre des Magiftrats; l'abftention, qui eft la peine la plus ufitée entre les perfonnes d'un autre état , n'a jamais été portée à un terme auffi éloigné que celui de vingt années , & moins encore, après ce terme , a-t-on ajouté une réparation qui doit fe renouveler tous les jours, qui eft à la difcrétion de celui qui l'a obtenue , & qui ne doit finir qu'avec la vie. Les haines ne font pas éternelles : pourquoi le Sénéchal femble - t - il s'être étudié à les rendre telles ?

» Enfin il falloit , pour confommer l'œuvre , doubler dans la Sentence contradictoire , les dommages qui avoient été accordés par la Sentence de contumace ; & le Sénéchal n'y a pas manqué ; au lieu de 3000 livres , il a accordé 6000 livres. La fortune de l'accufé devoit être la proie de l'accufateur. Son patrimoine & fon honneur devoient s'engloutir dans ce gouffre. Ce n'eft pas à force d'argent qu'une ame délicate fent diminuer l'impreffion d'un outrage ; les condamnations pécuniaires ont toujours été réfervées pour les perfonnes du peuple, qu'on ne peut fatisfaire & punir qu'en augmentant ou diminuant leur numéraire. Si quelquefois on voit une condamnation à des dommages entre des gens faits pour les dédaigner, ce n'eft qu'autant qu'ils en ont réellement fouffert. C'eft alors, non un profit, mais une indemnité : or lefieur Alibert, quoi qu'il en dife, n'a fouffert aucun préjudice réel de l'action qui fait le fujet du procès. Son état, fon emploi, fa réputation n'ont reçu aucune atteinte ; le Public ne décide pas de fa confiance par l'événement d'une querelle qui s'eft élevée entre un Notaire & un Gentilhomme «.

Après ces obfervations générales contre la rigueur de la Sentence, le Défenfeur de Roquetaillade établiffoit trois propofitions.

1°. Il faut rejeter les dépofitions des témoins reprochés.

2°. Il faut décharger le fieur de Roquetaillade de l'accufation.

3°. Il faut réduire les épices, & ordonner la reftitution de l'excédent du jufte taux où elles auroient dû être portées.

Nous n'entrerons póint dans le détail des motifs de récufation propofés par le fieur de Roquetaillade ; ils font fondés fur des faits particuliers, peu propres à intéreffer le Lecteur.

» Au furplus, difoit le Défenfeur du fieur de Roquetaillade, on n'a pas befoin de témoins pour prouver les excès qu'il a commis, il en fait l'aveu ; mais on en a eu befoin pour établir ce qui a été dit avant que les excès fuffent commis, & pour favoir s'ils ont été l'effet de fon emportement, de fa violence & de fa brutalité, ou d'un premier mouvement excité par un outrage, auquel l'homme le plus flegmatique n'auroit pu réfifter ; & c'eft cette provocation de la part d'Alibert, qui juftifie pleinement le fieur de Roquetaillade «.

En effet, celui - ci convient d'avoir frappé le fieur Alibert, & de lui avoir adreffé des paroles dures, &, fi l'on veut, injurieufes. Eft-ce dans les tranfports *d'une rage féroce*, & pour n'avoir pas voulu *fe prêter* aux manœuvres du fieur de Roquetaillade, comme le fieur Alibert ofe le dire dans fes écrits ? Eft-ce pour avoir courageufe-

B iv

ment réfifté à une action criminelle,
projetée par le fieur de Roquetaillade ;
& pour n'avoir pas voulu prévariquer
dans fes fonctions en devenant fon
complice ? ou n'eft-ce pas plutôt pour
avoir réfifté à des repréfentations rai-
fonnables, que fon miniftere lui faifoit un devoir d'accueillir, pour les
avoir rejetées avec aigreur, pour avoir
infulté le fieur de Roquetaillade, &
pour avoir enfin allumé fa colere &
fon reffentiment ?

Si le fieur de Roquetaillade eft capable de former le deffein d'enchaîner
la volonté des teftateurs, de fe rendre
le maître de leurs dernieres difpofitions, & d'obliger, à force de coups,
les Notaires à rédiger fes volontés au
lieu de celles des malades, c'eft un
monftre qui doit être retranché de la
Société. Les peines prononcées contre
lui font trop douces ; il devroit expier
fes crimes dans les fupplices.

Mais fi le fieur de Roquetaillade
n'eft qu'un Seigneur charitable & bien-
faifant, s'il ne fe permet que des ré-
préfentations dictées par un fentiment
de zele & d'attachement pour fes emphytéotes, fi fes repréfentations font

raisonnables & judicieuses, si elles ont
été approuvées par le testateur, si le
Notaire a eu tort de les dédaigner, s'il
a augmenté ses torts par sa persévé-
rance, s'il les a portés à leur comble
en foulant aux pieds tout ce que la
bienséance & les égards exigeoient de
lui, s'il a le premier attaqué l'honneur du sieur de Roquetaillade, s'il
l'a forcé par ses agressions à sortir de
son caractere pacifique & à se venger,
le glaive de la Justice doit demeurer
suspendu ; les délits se font mutuellement compensés ; on peut même dire
que ceux du sieur de Roquetaillade
font l'effet d'une juste sensibilité, &
que ceux de l'agresseur partent d'un
mauvais caractere, & sont plus inex-
cusables.

Or tout concourt à établir l'innocence & même la légitimité des vûes
de l'accusé.

1°. La légitimité, la pureté & la
justesse des observations qu'il fit sur
ce qui lui fut rapporté par le sieur Alibert, des dispositions qui devoient être
rédigées par écrit.

2°. La hardiesse, la témérité & la

B v

gravité des infultes qu'il reçut de ce Notaire.

3°. Quelle autre intention peut-on lui prêter, que celle d'obliger un de fes emphytéotes, de lui être utile, s'il le pouvoit, dans la rédaction d'un acte où les plus grandes précautions font néceffaires ? Il n'avoit, ni ne pouvoit avoir aucun intérêt perfonnel à la chofe. La très - mince fortune d'un pauvre payfan qui avoit un fils, une femme & des freres, n'excitoit pas fon ambition ; la charité & la bienfaifance étoient fes guides.

3°. Le fieur de Roquetaillade n'alla chez le teftateur, qu'en cédant aux vœux de fes freres, & qu'après qu'on fut venu le chercher pour veiller aux opérations d'un Notaire dont la capacité étoit fufpecte au teftateur & à fa famille.

Ses motifs étoient donc purs ; ils étoient légitimes.

5°. Enfin, les obfervations qu'il fit & dont le fieur Alibert prit prétexte de l'infulter, ne l'étoient pas moins ; & il ne pouvoit pas fe difpenfer de faire les réflexions dont le fieur Alibert lui a fait un crime, sans se rendre coupable, puisqu'il n'avoit été appelé que *pour veiller à ce que tout se fît en regle.*

Supposons maintenant que le sieur de Roquetaillade trouva le legs réservé à la femme *trop fort* ; qu'il ait dit *que cette substitution couteroit beaucoup de droits*, qu'il faudroit *trouver quelque tournure pour les diminuer ou pour les éviter tout-à-fait* : qui ne voit dans ces différentes manieres de s'exprimer, le souci paternel d'un Seigneur avare du bien de son emphytéote, & occupé du soin de le ménager pour l'intérêt de son enfant unique ?

Il est si peu ordinaire de voir des substitutions faites par des paysans ; elles conviennent d'ailleurs si peu à leur état, à leur fortune, que le sieur de Roquetaillade auroit certainement été bien excusable, quand il auroit représenté au testateur qu'une substitution ne convenoit nullement à ses dispositions.

Cependant il ne l'a point fait ; il n'a ni représenté au testateur le peu de convenance d'une substitution, ni le

B vj

taux immodéré du legs fait à la femme, & le peu de proportion qu'il y avoit entre ce legs & sa succession.

Il s'est borné à improuver le legs comme excessif, eu égard aux facultés du testateur, & à demander des explications sur la substitution.

Mais fût-il vrai qu'il se fût opposé, à titre de représentation, *à toute sorte de substitution*, il n'y auroit eu dans ce procédé rien de répréhensible ; il eût suivi les mouvemens de son affection ; il eût éclairé le testateur de ses lumieres ; il l'eût dirigé suivant ses principes. Qui oseroit lui en faire un crime ?

Cependant il est faux que le sieur de Roquetaillade ait poussé ses représentations jusqu'à exclure *toute sorte de substitution* : elles se sont bornées à un éclaircissement indispensable sur le fait de savoir si le testateur vouloit faire une substitution fidéicommissaire ou une substitution pupillaire ; & cet éclaircissement demandé est devenu, on ne sait par quelle fatalité, la pomme de la discorde.

Le malade interrogé a expliqué ses intentions en faveur de la substitution pupillaire. Ce fait est prouvé par la

déposition du Prieur. Le sieur de Roquetaillade avoit donc raison de vouloir des éclaircissemens , & le Notaire
avoit tort de refuser de les prendre.
Son caprice , contraire aux devoirs de
son état , ne tendoit à rien moins
qu'à substituer une disposition étrangere à celle qui étoit dans la volonté
du testateur.

Malgré les éclaircissemens donnés
par le malade , la dispute se soutient au
point que le Prieur se retire : ce ne
peut donc être que parce que le sieur
Alibert ne vouloit pas de substitution
pupillaire , mais une substitution fidéicommissaire.

Pourquoi auroit-il voulu l'une plutôt
que l'autre ? On ne veut pas approfondir ce mystere. Mais quoi qu'en dise
le sieur Alibert , la substitution fidéicommissaire entraîne après elle une
immensité de frais , dont le Notaire
profite en partie , & que n'exige pas la
substitution pupillaire , parce qu'elle
n'est pas soumise aux formes prescrites
par l'Ordonnance de 1747.

Ce qu'il y a de bien certain , c'est
que le sieur de Roquetaillade n'avoit
pas plus d'intérêt dans l'exclusion de

toute fubftitution , que dans la préfé-
rence de la fubftitution pupillaire à la
fubftitution vulgaire , & que fes propos ne peuvent être que le fruit d'un
zele charitable.

Auffi voit-on que , lorfque la volonté
du teftateur eft bien connue , bien loin
de s'oppofer à ce qu'elle foit érigée en
teftament, il concourt à l'accompliffe-
ment de cet acte ; il eft dreffé en fa
préfence fans qu'il dife un feul mot ;
il eft lu & relu ; le teftateur l'approuve,
le fieur de Roquetaillade le figne. Le
réfultat de cette difcuffion confirme
donc pleinement ce qu'il a dit , &
acheve de détruire les allégations du
fieur Alibert fur le prétendu deffein du
fieur de Roquetaillade d'empêcher *toute
forte de fubftitution.*

Concluons de là , d'un côté , que
le fieur Alibert n'a éprouvé aucun trouble dans fes fonctions , & d'un autre
côté , que le teftateur n'a éprouvé aucune violence de la part du fieur de
Roquetaillade.

Ce n'eft pas troubler un Notaire
dans fes fonctions, que d'exiger de lui
qu'il éclairciffe avec le teftateur , ce
qu'il peut y avoir d'équivoque dans les

premieres expreſſions de ſes volontés.
C'étoit d'autant moins un trouble dans
l'eſpece, que le Notaire avoit recueilli
la volonté du teſtateur, de ſa bouche,
en l'abſence du ſieur de Roquetaillade
& des autres témoins teſtamentaires;
cependant l'Ordonnance de 1753
veut que le *teſtateur prononce intelli-*
giblement toutes ſes diſpoſitions en
préſence du Notaire & des témoins.
Le trouble prétendu n'a donc été imaginé que pour intéreſſer la Société à la
vengeance du ſieur Alibert.

Il n'y a ni ſubornation préſumée,
ni ſubornation effective. Point d'acte
émané du ſieur de Roquetaillade, duquel on puiſſe induire ni l'intention,
ni le fait. La volonté du teſtateur a
d'ailleurs été accomplie. Le trouble &
la violence ne font que des fables,
créées pour noircir le ſieur de Roquetaillade, & dont l'illuſion a néanmoins
féduit le Sénéchal.

Cependant le ſieur de Roquetaillade
a été, indignement outragé par le ſieur
Alibert. Ce Notaire a oſé lui dire,
comme on le voit par la plainte :

Premiérement, *qu'il vouloit faire*

faire un teſtament forgé à ſa guiſe, par des vûes déplacées.

Secondement, qu'il n'étoit pas à ſa place, & qu'il ne devoit pas interrompre ni gêner la volonté du teſtateur, en voulant lui faire faire un teſtament contre ſon intention.

Troiſiémement, qu'il ne devoit pas gêner la volonté du teſtateur, ni le ſuborner.

Quel homme, quelque ſage, quelque prudent, quelque flegmatique qu'on le ſuppoſe, ſe ſeroit contenu en recevant des apoſtrophes auſſi flétriſſantes !

La gravité de l'injure s'accroît, ſuivant le ſieur Alibert, par les circonſtances des perſonnes du temps de la choſe, *atrocem injuriam aut perſonâ, aut tempore, aut re ipſâ*, Leg. 1, ff. de *injur.*

C'eſt un Notaire qui s'eſt livré à un torrent d'invectives groſſieres & d'inculpations outrageantes contre un Gentilhomme, contre un Seigneur en place, qui, dans l'ordre des conditions, étoit ſon ſupérieur, & auquel il devoit du reſpect.

C'eſt dans la terre de ce Seigneur, en préſence de ſes emphytéotes, qu'il l'avilit & le dégrade.

C'eſt par des accuſations capitales, dont la réalité feroit du ſieur de Roquetaillade, un homme ſans honneur, ſans délicateſſe, ſans probité, un ſubornateur, un fauſſaire.

Si le ſieur de Roquetaillade eût reçu du Ciel, dans ce moment critique, une patiénce ſurnaturelle, & que ſe bornant à prendre des témoins, il eût porté une plainte contre ce Notaire audacieux, quelles peines, quelles réparations auroient pu effacer tant d'outrages multipliés ; il a perdu ces avantages en ſe livrant à un premier mouvement de vengeance, dont l'excuſe ſe trouve dans la nature de la condition humaine, & dans les ſentimens vifs qu'inſpire l'honneur outragé. Mais en perdant le droit d'implorer le bras vengeur de la Juſtice ; il n'a pas attiré ſur lui ſon glaive.

Le ſieur Alibert prétend s'excuſer, en diſant qu'il fut forcé de ſe permettre ces injures.

Et à qui perſuaderoit-il que le ſieur de Roquetaillade, à moins que d'être

dans le délire, s'abandonna tout à coup
à l'extrémité de le maltraiter, s'il n'a-
voit été provoqué par des insultes mille
fois plus sensibles que des excès réels
pour une ame délicate ?

Laissons à l'écart l'examen des prérogatives seigneuriales, & des devoirs
que la subordination & la supériorité des rangs & des conditions a établis dans l'État ; mais au moins n'est-il
pas permis d'aller insulter, diffamer,
calomnier un Seigneur dans sa terre ;
& quiconque se portera à un pareil excès d'audace, aura fort mauvaise grace
de se plaindre des mauvais traitemens
qu'il aura reçus.

Tel est cependant l'homme auquel
le sieur de Roquetaillade a été sacri-
fié ; c'est celui à qui le Sénéchal a pro-
digué les récompenses ; il est impuni,
il triomphe, & le sieur de Roquetaillade
est plongé dans un océan d'amertume,
de douleur & de chagrin. Son déshonneur, la ruine de sa fortune, & l'indigence de sa nombreuse famille seroient
son unique partage, si la Cour, du sein
de sa Justice, ne lui tendoit une main
secourable.

Le sieur de Roquetaillade terminoit

fa défenſe par demander la réduction des épices.

Nous ne ſuivrons point le Défenſeur du ſieur Alibert (a) dans les détails où il fut forcé d'entrer pour défendre la procédure de ſon client, qui étoit attaqué de nullité. Nous épargnerons encore à nos Lecteurs les moyens qu'il oppoſa à la récuſation de quelques-uns des témoins. Quand d'ailleurs ces témoins auroient été valablement récuſés, il n'en réſulteroit pas moins de l'information, que la volonté du teſtateur étoit de faire une ſubſtitution pupillaire. Le ſieur de Roquetaillade s'oppoſoit à cette volonté; il s'oppoſoit donc à la ſubſtitution pupillaire. Jamais il ne fut queſtion de ſubſtitution fidéicommiſſaire; ce que dit à cet égard le ſieur de Roquetaillade eſt imaginé après coup, pour diminuer, s'il étoit poſſible, la gravité d'une accuſation capitale.

A l'époque du teſtament, le ſieur de Roquetaillade ignoroit, ainſi que les autres témoins, la différence qu'il y a entre une ſubſtitution pupillaire &

_____

(a) M. Poitevin.

une substitution fidéicommissaire. Ces deux mots n'avoient peut être même jamais frappé son oreille au point d'attirer son attention. » Ce ne fut qu'après coup , qu'on lui suggéra la tournure qu'il a prise depuis de m'accuser de prévarication , de supposer que je voulois absolument , contre l'intention du testateur , que la substitution fût fidéicommissaire «.

Le sujet de dispute éclairci , & le fait étant certain que le sieur de Roquetaillade vouloit que le testament fût fait d'une autre façon que ne le vouloit le testateur , il cherchoit à diminuer la gravité de ses violences , en équivoquant sur les mots , & en soutenant qu'il n'étoit pas vrai qu'il eût troublé le Notaire dans ses fonctions , parce qu'il n'étoit pas encore en fonction , attendu que tous les témoins n'étoient pas encore rassemblés , & que ses fonctions ne devoient commencer qu'au moment où il auroit interrogé le malade sur ses dispositions , en présence de tous les témoins.

» Il est certain , répondoit le sieur Alibert, que les fonctions publiques du Notaire ne commencent, à proprement parler , qu'au moment où le testateur lui explique sa volonté en présence des témoins nécessaires ; comme celles du Juge ne commencent véritablement qu'à l'instant où il prend séance sur son tribunal. Cependant, si un Juge étoit insulté à l'instant où il va prendre sa place , dans le lieu même où il vient rendre la justice , oseroit-on dire qu'il n'a pas été troublé dans ses fonctions ? Si l'on avoit commencé par écarter de son tribunal quelques-uns de ceux sans l'assistance desquels il ne peut rendre la justice , oseroit-on dire qu'il n'a pas été troublé dans ses fonctions , parce que dans le moment où il a été insulté , il ne faisoit aucune fonction de son ministere ?

» Mais c'est par son fait que je n'ai pu commencer mes fonctions , que je n'avois pas autour de moi tous les témoins nécessaires , puisque ses violences les firent fuir , lorsqu'il fondit sur moi & m'accabla de coups , après m'avoir accablé d'outrages.

» Pour me plaindre avec justice d'avoir été troublé dans mes fonctions , il n'est pas nécessaire que ces fonctions fussent déjà commencées ; le trouble est le même , soit que j'aye été interrompu , ou feulement qu'on m'ait empêché de commencer. Le but de la Loi qui met les Officiers publics fous fa fauve-garde, eft de leur procurer l'entiere liberté dont ils ont befoin pour remplir leur devoir.

» Une autre obfervation, c'eft que j'ai été troublé à l'occafion de mes fonctions ; c'eft qu'on a voulu me faire prévariquer dans mes fonctions, me faire écrire un teftament autre que celui que le teftateur me dictoit ; ce qui rend le fieur de Roquetaillade infiniment coupable, indépendamment même des moyens qu'il a employés pour y parvenir.

» Pour diminuer la gravité de ces excès, le fieur de Roquetaillade prétend que j'ai été l'agreffeur ; que je lui avois parlé d'une maniere indécente, que je l'avois traité d'infolent & de fuborneur. Mais aucun témoin ne dit que je me fuffe permis aucun propos injurieux, aucune parole un peu vive. L'information établit feulement que la femme du teftateur n'étoit pas contente du legs de 600 livres que lui faifoit fon mari ; elle vouloit une penfion à la place de ce legs ; le fieur de

Roquetaillade trouvoit au contraire que le legs étoit trop fort, & ne vouloit pas permettre que les biens fussent subftitués. *Je fus obligé de dire à la femme du testateur & au sieur de Roquetaillade, qu'on ne devoit point gêner la volonté du testateur, ni le suborner.*

» Le sieur de Roquetaillade vouloit un testament différent de celui que le testateur avoit intention de faire. Il ne se donnoit pas la peine de travailler à changer sa volonté ; il le vouloit d'autorité ; il prenoit un ton de maître. Le testateur en étoit intimidé ; c'étoit certainement gêner sa volonté ; je lui repréfente qu'il faut le laisser libre, qu'il ne faut pas le gêner.

» D'autre part, la femme Azinieres est aux oreilles de son mari pour l'engager à lui donner une penfion au lieu d'un legs ; je lui repréfente qu'il ne faut pas le suborner. Ce mot *suborner* ne peut s'appliquer qu'à la femme, qui cherchoit, par infinuation, à changer la volonté de son mari ; il n'alloit pas du tout au sieur de Roquetaillade, qui vouloit tout emporter d'emblée.

» On trouve dans l'information, qu'a-

près m'avoir donné un soufflet & plufieurs coups de pied , il fe plaignoit
que je lui avois manqué de refpect ,
& que je répondis que je ne lui en
devois point. Cette réponfe lui paroît
pleine de fierté & d'arrogance , blef-
fant effentiellement les prérogatives
feigneuriales , les devoirs de la fubordination , la fupériorité des rangs &
des conditions établies dans l'Etat. Mais,
en fuppofant au fieur de Roquetaillade
toutes les qualités qu'il fe donne , n'a-
voit-il pas perdu dans ce moment tous
les droits que fon rang & fa naiffance
auroient pu lui donner fur moi ? Auffi-
tôt qu'un homme, quel qu'il foit , a
porté la main fur un autre homme, il
n'y a plus de fubordination.

» Et pourquoi donc lui devroit-on du
refpect, après qu'on a reçu un foufflet de
fa main ? Quel eft fon état , quel eft fon
rang dans ce monde ? Quels fervices fes
ancêtres ou lui ont-ils rendus à l'Etat?
Quelles qualités offre-t-il à la vénération
publique ? Il eft Seigneur d'un petit village de Rouergue ; que m'importe, &
à tous ceux qui ne font pas manans de
cette terre ? Je n'ai pas été l'infulter
dans fon château ; je me fuis rendu
où

où mon devoir m'appeloit, où naturellement je ne devois pas le trouver.
Lui doit-on obéiſſance aveugle ? faut-
il ſubir l'empire de ſa volonté , par
cela ſeul qu'on met le pied dans ſa
terre ? L'objet qui m'y attiroit devoit
le rendre , ce me ſemble , moins exigeant ; dès qu'il vouloit *honorer de ſa*
préſence le teſtament de ſon emphytéote , il devoit avoir , ſinon pour ma
perſonne , du moins pour mes fonctions , les égards qu'un Officier public
trouvera par-tout où les Loix ſont en
vigueur. D'ailleurs cette réponſe qu'il
me reproche n'eſt venue qu'à la ſuite
de tous les mauvais traitemens qu'il
m'a fait eſſuyer , & ne ſauroit par con-
ſéquent lui ſervir d'excuſe.

» Il réſulte de la procédure, non ſeulement que c'eſt lui qui m'a attaqué ;
mais encore que je n'ai pas même
eſſayé de me défendre : & ce fut peut-
être mon extrême douceur qui l'encou-
ragea ; ſi mon âge , ſi mon état , ſi
mes principes m'avoient permis de
prendre le même ton que lui , il eût
peut-être été doux comme un agneau.
L'univers eſt rempli de gens de cette
eſpece , qui écraſent les foibles & trem-

blent devant ceux qui font en état de fe
défendre.

» Qu'on faffe attention d'ailleurs à la
caufe de ces mauvais traitemens, à
l'aufterité, à l'importance de mes devoirs, à la violence qui vouloit me les
faire enfreindre; & l'on conviendra qu'à
moins qu'il n'eût pouffé la férocité jufqu'à m'ôter entiérement la vie, il n'eft
pas poffible d'offrir à la vengeance des
Loix, une tête plus coupable que
celle du fieur de Roquetaillade «.

Voyons maintenant s'il eft vrai que
le Sénéchal de Villefranche l'ait traité
avec trop de rigueur.

La premiere réflexion du fieur de Roquetaillade contre cette Sentence, eft de
s'étonner qu'elle foit plus cruelle, plus
inhumaine que celle de contumace,
tandis que fa contumace étoit, dit-il,
un aveu tacite de tous les torts qu'on
lui imputoit; & qu'en dernier lieu,
s'étant repréfenté, il a excufé fes torts,
dit-il, & s'eft entiérement juftifié.

Mais, 1°. il ne s'eft juftifié fur rien
depuis fa repréfentation, & le Sénéchal n'a pas dû le trouver moins coupable que lorfqu'il le jugea par contumace. 2°. Il arrive fouvent que cette

seconde Sentence est plus rigoureuse que la première, sur-tout relativement aux condamnations pécuniaires, parce que les procédures ayant été plus longues, les faux frais, ainsi que les autres pertes, ont augmenté à proportion de leur durée.

» Qu'exigeroit-on de plus, dit le sieur de Roquetaillade, si j'avois offensé un Officier de Justice, dans l'exercice de son ministere, publiquement & les plaids tenant ? Quel appareil humiliant ! Il n'y manque qu'une torche à la main ».

» Si vous aviez traité un Officier de Justice, répondoit le sieur Alibert, comme vous me traitâtes ; si vous lui aviez donné un soufflet sur son siége ; si vous l'aviez foulé aux pieds, parce qu'il refusoit de faire une injustice ; si vous l'aviez traité d'impertinent, de drôle, d'ignorant ; si vous l'aviez forcé, à coups de pied, de remonter sur son tribunal d'où l'avoit chassé votre violence : il eût fallu à la Justice une réparation d'une autre nature ; & cette réparation, vous l'auriez faite à la lueur de cette torche dont vous parlez. Je ne comparerai pas les fonctions d'un Notaire à celles des Officiers de Justice ;

C ij

cependant, qu'on y faſſe bien attention, elles ſont plus importantes &
d'une conſéquence infiniment plus
grande, ſans comparaiſon, que celles
de tous ceux qui ne jugent pas en
dernier reſſort. L'injuſtice que fait un
Juge inférieur peut être réparée par celui qui eſt prépoſé pour confirmer ou
pour réformer ſes jugemens ; la prévarication d'un Notaire eſt très ſouvent
irréparable. Si vous aviez forcé le Juge
de Roquetaillade, ou même le Sénéchal, de dépouiller les freres d'Azinieres de ſa ſucceſſion ; il n'en eût
couté à ces derniers que la peine &
le temps de faire réformer une Sentence injuſte. Si, au contraire, vous
aviez réuſſi à me faire ſupprimer la
ſubſtitution du teſtament d'Azinieres,
les ſubſtitués n'avoient aucune reſſource
contre cette injuſtice ; le bien dont ils
jouiſſent en vertu de ce teſtament,
parce que leur neveu eſt mort pupille,
ce bien que leur frere a voulu leur
laiſſer, ſeroit paſſé, par cet accident,
dans une famille étrangere,

» L'injure la plus légere ſoumet à des
excuſes envers la perſonne offenſée. A
proportion que l'offenſe ſera plus grave,

la réparation devra être plus authentique, & la posture du coupable plus
humiliante. S'il a été jusqu'aux outrages, il ne suffira pas d'une telle satif-
faction; tous les Tribunaux sont dans
l'usage d'y joindre la peine d'une aumône & de la prison, principalement
lorsque l'offensé est revêtu d'un caractere public. On ne s'arrête pas là, si
cet Officier public a été offensé dans
l'exercice & à l'occasion de ses fonctions, sur-tout si c'est sa fidélité à
remplir ses devoirs qui lui a attiré cette
offense. Le simple trouble est un crime
public ; la moindre violence exercée
contre lui est un crime de lèze-Ma-
jesté au second chef. L'art. 90 de l'Ordonnance de Blois le porte expressément ; nous trouvons, dans Boniface,
tome 2, part. 3, chap. 6, un Arrêt
du Parlement de Paris, qui condamne
un Gentilhomme à être décapité, pour
avoir donné un soufflet à un Procureur Fiscal ; & j'ai fait voir que la Société est plus intéressée encore à pro-
téger la liberté des Notaires, que celle
des Officiers des Tribunaux inférieurs.
» Que le sieur de Roquetaillade se

C iij

plaigne, après cela, de la rigueur du
Sénéchal; qu'il fasse l'énumération des
peines prononcées contre lui, pour un
feul délit. Un feul délit! Mais eft-ce
ainfi qu'on peut qualifier cette longue
fuite d'injures, d'outrages, de menaces, d'excès réels dont il fe rendit coupable depuis le premier inftant où il
s'oppofa à la volonté du teftateur, jufqu'à celui où il me força, à coups de
pieds, à recevoir ce même teftament
auquel il s'étoit oppofé ?

» Cette oppofition feule, féparée de
tout acte de violence, eft déjà un
délit, & un délit très-grave. C'en eft
un auffi fans doute, de m'avoir maltraité de paroles, d'avoir ajouté à ces
invectives des imputations relatives à
ma profeffion, d'avoir attaqué, à la
fois, & ma capacité & ma probité.
Comptera-t-on pour rien les menaces
de me faire interdire, de me jeter
par la fenêtre, de me rompre les os ?
Et le fieur de Roquetaillade feroit-il
trop févérement puni, quand même
il s'en feroit tenu là, & qu'il n'auroit
pas ajouté à ces outrages un foufflet &
plufieurs coups de pied donnés à différentes reprifes « ?

» Mais, dit-il , comptera-t-on pour rien la différence des rangs & des états ? Quelque offense qu'ait commise un Gentilhomme, peut-on l'avilir à ce point, que de le faire tomber aux genoux d'un roturier ? Ne doit-il pas lui suffire qu'on lui en témoigne quelques regrets ? Est-ce un si grand mal, après tout, de donner un soufflet à un Bourgeois, de lui donner des coups de pied dans un moment d'humeur ou de colere « ?

» Je peux répondre ici par les vers de la Fontaine ;

Eh bien ! mangez mouton, canaille, sotte espece ,
Est-ce péché ? Non , non : vous leur fîtes, Seigneur ,
   En le croquant , beaucoup d'honneur.

» Les priviléges de la Noblesse seroient-ils donc les mêmes que ceux des tigres, des lions & des ours ? Sont-ils des Dieux, ou bien ne sommes-nous plus des hommes ? N'est-ce que pour le peuple qu'ont été faites les Loix protectrices de l'honneur & de la sûreté des citoyens ?

» Convaincu de tous les torts que je lui impute, ne pouvant mettre que ses *ancêtres* dans la balance de la Justice,

comment peut-il espérer d'y peser plus
que moi «?.

Par Arrêt du Parlement de Toulouse , du 18 Août 1777 , le sieur
de Roquetaillade fut condamné en
1500 livres de dommages-intérêts , en
six mois de prison , & à passer au Greffe
acte de réparation devant six personnes , au choix du Notaire Alibert , &
aux dépens.

Fille qui se prétend bâtarde, quoique réclamée comme fille légitime.

IL est peu de Causes dont les faits soient plus intéressans & plus compliqués, que celle dont nous allons tracer l'histoire. Chacune des deux Parties, cherchant à leur donner une tournure favorable à ses prétentions, les a présentés sous un jour différent. Nous allons essayer de les concilier, en combinant les Mémoires publiés de part & d'autre. M. Teissier étoit le Défenseur de celle qui se prétendoit mere; & M. Doillot étoit celui de la fille.

Marie-Magdeleine Anquetin, fille de Pierre Anquetin, Boulanger à Paris, perdit son pere en 1741. Sa mere, qui avoit continué le métier de son mari, lui fit épouser, le 14. Février 1747, Antoine Michel, qui venoit d'être reçu Maître Boulanger, quitta sa profession, & céda son fonds à son gendre & à sa fille.

L'inconduite de Michel ne lui per-

C v

mit pas de garder son état plus de
six mois. Au bout de ce court espace,
il fut obligé d'abandonner sa boutique,
& de travailler chez les Maîtres Bou-
langers en qualité de garçon.

Sa femme se retira chez sa mere,
où elle s'occupa, pendant quelques
années, à la broderie. Ce genre de
travail ne lui fournissant que des secours fort médiocres, elle apprit à
polir les ouvrages de joaillerie, & fut
occupée successivement par différens
Joailliers, entre autres par les sieurs
Duflot & Massiye.

Ce dernier lui fournit de l'ouvrage
suffisamment pour qu'elle n'eût pas
besoin de recourir à d'autres ; tous
les momens de cette ouvrière étoient
occupés pour lui. Elle passoit les jours
entiers dans son laboratoire, & revenoit tous les soirs chez sa mere.

Quelques années après, le sieur Massiye quitta la place du Louvre, où il
demeuroit, & alla se loger Place Dauphine. L'intelligence & les talens de
la femme Michel engagerent le sieur
Massiye de lui proposer de venir demeurer chez lui, tant pour prendre le
soin de sa maison, que pour se mettre

à la tête de son commerce, dont elle se mêloit, à son défaut, lorsqu'il étoit empêché d'y vaquer par les infirmités dont il commençoit à être atteint.

Elle accepta la proposition, mais à condition que sa mere & ses enfans viendroient demeurer avec elle, & qu'il lui donneroit un intérêt dans son commerce. Ces propositions furent acceptées ; &, depuis ce temps, les infirmités du sieur Massiye ayant toujours augmenté, elle se trouva chargée de la direction de toutes ses affaires.

Elle avoit quatre enfans ; mais on ne rapportoit l'extrait baptistere d'aucun. On a même observé que leur naissance étoit postérieure aux habitudes de la femme Michel dans la maison du sieur Massiye. A cette observation on en joignoit d'autres, qui avoient pour but de répandre des doutes sur la légitimité de ces enfans.

Le mariage de Marie-Magdeleine Anquetin avoit été stérile pendant sept ans. On voit, par le détail des différentes occupations auxquelles elle s'étoit livrée, qu'il s'étoit écoulé environ six ans, avant qu'elle s'attachât au sieur Massiye. Un an, ou

environ, après qu'elle lui eut consacré tout son temps, elle accoucha d'un
premier enfant. On ne rapportoit
pas son extrait baptistere, mais une
simple note qui indiquoit qu'il étoit
né le 27 Février 1754, & avoit été
nommé *Joseph-Dominique.* On obser-
voit que ni l'un ni l'autre de ces
noms n'appartenoit à Michel, mari
de la mere, qui se nommoit *Antoine;*
mais que *Joseph* étoit un des noms
du sieur Massiye, qui s'appelle *Barthélemi-Joseph.*

Le second enfant fut une fille, que
l'on prétend s'appeler *Marie-Thérese,*
& être née le 12 Mars 1760. Il en
sera beaucoup question dans la suite
de la narration. C'est elle qui a occasionné le Procès dont nous rendons
compte. Avant de parler des détails
qui la concernent, il est nécessaire de
faire connoître les autres enfans dont
la femme Michel est accouchée.

Une autre note en annonce un troisieme, né le 4 Septembre 1761,
nommé *Charles-Philippe.* Ces noms
étoient encore étrangers à *Antoine-
Michel,* & à *Barthélemi-Joseph* Massiye; mais, disoit-on, ils étoient re-

látifs au parrain d'un certain *Barthé-lemi*, né en 1760, qu'on avoit fait disparoître, & auquel on avoit substi-tué *Marie-Thérese* (*a*). Or ce parrain, qui étoit *Charles-Philippe* Marchand, avoit apparemment été aussi celui de ce troisieme enfant, auquel il aura donné son nom.

Ces trois enfans étoient nés avant que le sieur Massiye eût transporté son domicile, de la Place du Louvre à la Place Dauphine. On prétend qu'ar-rivés à cette nouvelle demeure, la femme Michel & lui ne firent pas dif-ficulté de se dire mari & femme, quoi-que Michel fût encore vivant. Elle prit tous les tons & tout l'extérieur d'une maî-tresse de maison. Sa garde-robe, & la richesse des diamans dont elle ornoit sa parure, n'annonçoient ni la femme d'un Boulanger, ni une femme gagée pour tenir un comptoir.

Ils acquirent une sorte de possession d'état en qualité d'époux. Leurs voisins, ceux qui les fréquentoient ne les nom-moient pas autrement que M. & ma-

_____

(*a*) Cette substitution d'un enfant à un autre est le nœud de la Cause.

dame Maſſiye. On doutoit ſi peu de
leur mariage, que la femme faiſoit
ouvertement le courtage de joaillerie,
quoique cet état ſoit, par les Réglemens, interdit à tout autre qu'aux
femmes ou aux filles de Maître; & perſonne ne ſongeoit même à la troubler.

Depuis leur établiſſement à la Place
Dauphine, la famille s'accrut d'un enfant, dont la naiſſance & le nom ne
ſont encore connus que par une note
ſans extrait baptiſtere. Cette note pórte
que c'eſt une fille, née le 6 Juillet
1768, & nommée *Honorine*; nom
qui a quelque rapport avec le pere
du ſieur Maſſiye, qui ſe nommoit *Ho-*
noré.

„ Tous ces noms, diſoit M. Doillot,
feroient-ils l'effet des combinaiſons du
haſard? Ou n'eſt-ce pas (toujours le
projet d'imprimer à chacun) des enfans
nés pendant le mariage de Michel,
des caracteres de relation qu'on pût
reconnoître un jour avec le ſieur Maſſiye " ?

Le commerce du ſieur Maſſiye, dans
les mains de la femme Michel, ſe
trouva totalement ruiné. Il fut obligé
de le ceſſer, & de ſe retirer au troi-

fieme étage d'une maifon, quai des
Orfévres, où la femme Michel continua la poffeffion où elle étoit d'être
regardée comme femme Maffiye. Les
enfans vivoient à l'ombre de cette dé-
nomination, & tous profanoient les
noms de mari, d'époufe, de pere &
de mere, de fils & de fille. Les Parties de M. Doillot prétendoient même
qu'il en étoit né beaucoup d'autres que
ceux que nous venons d'indiquer, foit
avant ceux-ci, foit dans l'intervalle de
leur naiffance, foit depuis.

» Il en eft un, par exemple, difoit
M. Doillot, connu fous le nom de
Philibert, dès le temps que le fieur
Maffiye demeuroit Place du Louvre ;
il le faifoit paffer pour fils d'une Provençale & d'un de fes amis. Cet enfant a étudié, pendant plufieurs années, au Collége des quatre Nations,
& avoit pour Répétiteur le fieur La-
mare, Maître de penfion dans le quar-
tier du Louvre. On lui fit apprendre
enfuite le deffin, & il fut mis en apprentiffage chez un Joaillier «.

Quoi qu'il en foit, les enfans de la
femme Michel, qui vivoient avec elle
chez le fieur Maffiye, ne portoient

point d'autre nom que celui de ce Joaillier, & le confignoient même dans les regiftres publics. Le 2 Décembre 1772, *Jofeph*, le premier de ces enfans, né en 1754, & *Marie-Thérefe*, tinrent, au village de Ruel, l'enfant d'un Boulanger, & fignerent tous les deux, *Maffiye*. Ces enfans auroient-ils imaginé d'aller eux-mêmes configner leur poffeffion d'état dans les regiftres de la paroiffe de Ruel ?

Cependant Marie-Thérefe vivoit toujours chez le fieur Maffiye, portant fon nom, & élevée comme fa fille. Les agrémens dont la Nature l'avoit pourvue, furent la fource des événemens finguliers qui nous reftent à raconter. Nous les détaillerons d'abord, d'après les écrits du fieur Maffiye & de la femme Michel. Nous ferons part enfuite à nos Lecteurs, des contradictions que ce récit a éprouvées de la part de la fille & de fes adhérens.

Marie-Thérefe avoit à peine quinze ans, que fes charmes infpirerent une violente paffion à un homme opulent, dont nous tairons le nom. Il fongea d'abord à la faire enlever. Mais ne fortant jamais fans fa mere, & étant

difficile & dangereux d'employer la violence, il chercha à se la procurer par
la voie de la séduction.

Un nommé Brun, compagnon Met-
teur en œuvre, jeune homme, disoit
le Défenseur de la femme Michel,
sans fortune, sans domicile, libertin
de profession, & connu pour tel, fut
chargé de jouer le role d'amoureux auprès de la belle, de tâcher de lui inspirer l'amour qu'il feindroit pour elle,
de l'épouser enfin, & de servir, comme
mari, de couverture au libertinage auquel on la destinoit.

S'étant assuré de son homme, celui
qui vouloit se procurer la possession de
Marie - Thérese, mit encore dans sa
confidence un Orfévre de la Place Dauphine. Celui-ci retira ses apprentifs de
la chambre qu'ils occupoient, & la
donna à Brun. Sur l'escalier qui conduit à cette chambre, est une lucarne
qui reçoit le jour d'une petite cour qui
sépare la maison de ce complaisant
Orfévre, de celle qu'habitoit le sieur
Massiye, & cette lucarne est en face
de la fenêtre qui éclaire la chambre où
couchoit Marie Thérese.

Brun profita de cette circonstance

pour fe faire remarquer de cette jeune
fille. Elle ne vit pas avec indifférence
l'attention & l'air d'intérêt avec lequel il la contemploit. On commença
par fe faluer comme voifins ; des po-
liteffes muettes , on paffa à la conver-
fation. Brun parla d'amour ; la petite
fille de quinze ans fut flattée de l'effet
de fes charmes : on en vint à s'écrire ,
& on fe donnoit réciproquement les
lettres & les réponfes par le fecours
d'une canne , au bout de laquelle on
les attachoit ; enfin on paffoit une partie des nuits à s'entretenir de fenêtre à
fenêtre , de l'amour qu'on s'étoit mutuellement infpiré.

Les voifins avertirent la mere de ce
qui fe paffoit. Elle prit des mefures
pour rompre cette intrigue ; mais elle
ne put empêcher le commerce de
lettres que les deux amans fe faifoient
tenir par des perfonnes interpofées :
ils fe procuroient même la fatisfaction
de fe voir & de fe parler , par l'entremife du locataire qui occupoit la
chambre fupérieure à celle où couchoit
Marie-Thérefe.

On avoit fait fonder les intentions
de la mere fur le mariage de fa fille

avec Brun ; mais elle avoit montré une opposition décidée. On fit entendre à la fille que son évasion de la maison maternelle arracheroit le consentement que l'on désiroit ; & cette démarche concertée fut exécutée le 8 Avril 1776, à dix heures du soir.

La mere, dans la procédure qu'elle a faite, pour retirer sa fille des mains des ravisseurs, a pris plaisir à déclarer que les lettres de Brun, que sa fille avoit oubliées dans sa chambre, annonçoient la candeur de celle-ci ; que ce n'étoit qu'en lui parlant de mariage qu'on étoit parvenu à surprendre son innocence & à la déterminer à se prêter à son enlévement.

Quoiqu'il en soit, elle se réfugia dans la maison la plus voisine de celle de sa mere, où il paroît qu'elle étoit attendue ; & pour soustraire cette proie à la vigilance & à l'autorité de la Police, on prit, dès le lendemain de son évasion, la précaution de la faire enregistrer au nombre des Actrices de l'Opéra.

Le voisinage de la mere donnoit lieu de craindre qu'elle ne vînt à découvrir l'asile où sa fille s'étoit retirée, & qu'elle n'allât, de son autorité, l'en arracher. On la transféra à Versailles, chez le beau-frere de cette mere. De-là, on fit toutes les tentatives possibles pour avoir le consentement que l'on désiroit si fort. On alla jusqu'à dire à la mere, que ce consentement étoit né-cessaire ; puisque c'étoit le seul moyen de réparer l'honneur de la fille, qui, disoit-on, avoit couché deux nuits avec son amant. On alla jusqu'à lui dire que du tempérament dont étoit cette petite fille, elle ne seroit jamais qu'une libertine, & qu'il valoit mieux qu'elle le fût sous le nom de Madame Brun, que sous celui de ses parens.

Toutes ces tentatives, & une infi-nité d'autres qu'il est inutile de ra-conter, n'ayant point eu de succès, les personnes intéressées à ce mariage formerent le projet le plus singulier qu'on ait peut-être encore imaginé. On savoit que Marie-Thérese avoit été baptisée à saint Germain-l'Auxer-rois dans le mois de Mars 1750. On fait visiter les registres de cette église, pour voir si le hasard n'y auroit pas fait baptiser aux environs de la même époque une bâtarde sous le même nom, & dont on pût lui appliquer l'extrait baptiftere. On trouve en effet une Marie-Thérèse, née de pere & mere inconnus, baptifée le 15 Avril 1760. Il n'y avoit qu'un mois de différence ; il étoit donc très possible d'adapter cet acte baptiftere à la fille que l'on vouloit dépouiller de la qualité de fille légitime, pour la fouftraire à l'autorité maternelle.

Mais il y avoit un événement à craindre, qui auroit déconcerté tous les projets, & fait perdre le fruit d'une fi heureufe découverte. Cette Marie-Thérèse, baptifée le 15 Avril 1760, pouvoit exifter dans le monde, & réclamer la place qu'on auroit voulu faire ufurper par une autre. Pour favoir fi elle exiftoit effectivement, on fe fait délivrer l'extrait baptiftere, & l'on va aux Enfans-trouvés, dépôt ordinaire de ceux qui font baptifés fans nom de pere & de mere, chercher les traces de cet individu auquel on vouloit fubroger un enfant légitime. On y apprend que celle que l'on cherchoit étoit morte dix jours après fa naiffance ; & l'on engage les Commis du Bureau de cet Hôpital à ne donner aucune révélation fur le fort de cette bâtarde.

Ces connoiſſances acquiſes & ces précautions priſes, on préſente à M. le Lieutenant Civil du Châtelet une Requête ſous le nom de *Marie-Théreſe, dite Maſſiye*, dont les pere & mere ſont inconnus, pour obtenir permiſſion de faire aſſigner à ſon hôtel des amis à défaut de parens, à l'effet de donner leur avis ſur la nomination d'un tuteur *ad hoc*, pour conſentir au mariage propoſé entre *Marie-Théreſe* & le ſieur Brun, auquel on donne la qualité de Joaillier. Le 10 Juin 1776, intervint une Ordonnance qui permit la convocation de ces amis, & ordonna que cette fille procéderoit ſous l'autorité de M. Fouquier de Tainville, Procureur au Châtelet.

Le 24 du même mois, cette victime de la ſéduction ſe tranſporta à l'hôtel de M. le Lieutenant Civil, accompagnée de ſept autres perſonnes, qui, en qualité de témoins, atteſtent ſa bâtardiſe, ſur la foi de l'extrait baptiſtere du 15 Avril 1760, &, comme amis, déclarent être d'avis du mariage projeté entre elle & le ſieur Brun. On nomme, pour tuteur *ad hoc*, le beau-frere de la femme Mi-

chel , chez lequel la jeune fille lo-
geoit à Verfailles ; on l'autorife à paffer & figner , en cette qualité , le contrat civil du mariage , & à donner
fon confentement lors de la célébration.

Cet avis ayant été homologué , on
fait , le furlendemain , publier des
bans en la paroiffe de Saint Barthélemi,
domicile de droit de la fille à Verfailles , où elle réfidoit depuis fon enlévement , & enfin à Saint Germain-
l'Auxerrois , où Brun avoit établi fon
domicile peu de temps avant l'enlévement.

On craignit cependant les démarches de la mere , & qu'elle ne vînt
tirer fa fille du pied des autels. On fe
propofa de faire célébrer le mariage à
Verfailles , en la paroiffe Saint Louis.
On demanda à cet effet au Curé de
Saint Barthélemi l'acte de publication
de bans faite fur fa paroiffe. Mais ce
Pafteur , qui ne pouvoit comprendre
comment une fille , qu'il connoiffoit
depuis plufieurs années pour fa paroiffienne , qu'il avoit toujours vu demeurer avec fa mere , & jouiffant de
l'état de fille légitime , avoit été mé-

tamorphofée tout d'un coup en une
bâtarde, dont les pére & mere étoient
inconnus, refufa conftamment de donner à ce mariage le confentement qui
feroit réfulté de la délivrance des bans.
Il ne voyoit pas fur quel fondement
on appliquoit à fa paroiffienne un extrait baptiftere fourni par le hafard ,
& vouloit des preuves plus convain-
cantes que cet acte appartenoit à celle
à qui on l'attribuoit.

N'ayant pu vaincre la fermeté de
ce Pafteur, on fit de nouvelles tentatives pour gagner la mere. Un Procureur au Châtelet fe tranfporte chez
elle un matin, lui dit qu'il vient, comme ami, pour la déterminer à donner
fon confentement au mariage de fa
fille ; que fi celui qui la recherche la
rend malheureufe, elle feule fuppor-
tera fon malheur, & ne pourra le reprocher à perfonne. Voyant qu'il ne
pouvoit vaincre la réfiftance de cette
mere outragée , il chercha à la toucher
par des vûes d'humanité. » Votre beau-
» frere fera pendu, lui dit-il, comme
» raviffeur de fa propre niece. ----- Il
» le mériteroit bien. ----- Mais vous
» allez compromettre plufieurs honnêtes
» gens

» gens qui ont eu la foiblesse , par pure
» complaisance, de se mêler de cette af-
» faire ; ils vont être poursuivis comme
» faux témoins. --- Je ne les ai pas char-
» gés d'aller attester que ma fille est bâ-
» tarde «.

Les sept prétendus amis , alarmés
par la tournure que prenoit cette affaire,
des suites funestes qu'elle pouvoit avoir
pour eux , souscrivirent un acte sous
signature privée , qui fut contrôlé le
lendemain , par lequel ils donnoient
pouvoir à M. Fouquier de Tainville ,
qui avoit provoqué l'assemblée d'amis
chez M. le Lieutenant Civil , dans laquelle il avoit été nommé tuteur de
la prétendue bâtarde, de révoquer leur
avis devant le même Magistrat.

Cet Officier trouvant dans ce nouvel
acte la preuve du crime de supposition de personne , à laquelle il avoit
innocemment coopéré en prêtant son
ministere , renvoya avec indignation
ceux qui lui apporterent ce acte , &
refusa de prêter davantage son nom
dans une affaire si révoltante.

On fut quelque temps tranquille
sur les suites de cette manœuvre. On
ignoroit si la mere en avoit eu con-

noiffance ; & quand elle en auroit été
inftruite , on étoit perfuadé qu'elle
n'auroit jamais les moyens de réclamer
l'autorité de la Juftice , fachant fur-
tout que fon mari ne prenoit aucune
part à toutes ces affaires-là , & qu'on
ne devoit pas craindre qu'il autorisât
fa femme à faire des pourfuites en Juftice. Mais Antoine Michel mourut à
l'Hôtel Dieu , le premier Février 1776,
& , fur fa déclaration , il fut enterré
comme veuf de Marie Anquetin. Cette
mort rendant fa veuve libre , elle
époufa le fieur Maffiye , le 6 Juillet
1776 , après cinq mois de veuvage.

Ce nouveau mariage la mit en état
de pourfuivre hautement les raviffeurs
de fa fille , & tira les témoins qui
avoient attefté fa bâtardife, de la léthar-
gie à laquelle ils avoient cru pouvoir
s'abandonner fur les témoignages qu'ils
avoient donnés au fujet de la naiffance
de Marie-Thérefe , & fur l'avis qu'ils
avoient fait homologuer par M. le
Lieutenant Civil.

Cet homme opulent, qui étoit l'ame
de toute cette intrigue, dont l'unique
but étoit de lui livrer l'objet de fa
paffion , avoit un efpion auprès de la

dame Massiye. Cet espion, sous le prétexte de l'amitié, entroit dans tous ses projets, & pénétroit tous ses secrets. Il sut, & instruisit bientôt celui dont il tenoit sa commission, que la mere cherchoit, par les voies de la procédure criminelle, à découvrir, convaincre & faire punir les auteurs & fauteurs du rapt de sa fille.

On se détermina alors à consommer la rétractation des témoins à laquelle M. Fouquier de Tainville avoit refusé son ministere. On n'imaginoit pas sans doute que cette rétractation pût atténuer le crime en supposition de personne; mais on se flatta que par la tournoure qu'on se proposoit de donner à l'acte, on empêcheroit que la mere pût se procurer une expédition du procès-verbal du 14 Juin, & qu'elle seroit par conséquent dans l'impossibilité de constater le délit qui alloit être déféré à la Justice.

Un Procureur plus complaisant que M. Fouquier de Tainville, se présenta chez M. le Lieutenant Civil, le 5 Août 1776, au nom & comme chargé de pouvoir de cinq des témoins soidisant amis, en conséquence de leur

procuration paſſée chez Durand , Notaire à Paris , les 3 & 5 du même
mois d'Août , & déclara que , » depuis
l'avis donné par ſes conſtituans, le 14
Juin dernier , pour la nomination d'un
tuteur qui donnât ſon conſentement
au mariage de Marie-Théreſe , dite
Maſſiye , avec Auguſtin Brun , avis
qu'ils n'avoient donné que d'après la
repréſentation qui leur avoit été faite
de l'extrait baptiſtere de ladite Marie-
Théreſe , dont les pere & mere ſont
dits inconnus, & délivré le 10 Juin dernier par le ſieur Normand , Vicaire de
Saint-Germain-l'Auxerrois , il leur eſt
revenu que cette fille avoit une mere
connue ſous le nom de Marie-Magdeleine Anquetin , veuve, à ce que l'on
rapporte, d'Antoine Michel, Maître Boulanger , laquelle demeure depuis long-
temps chez le ſieur Maſſiye , Marchand Orféyre ; en conſéquence , par
acte du 19 Juin , ſous ſignature privée, ils ont déclaré qu'ils ſe déſiſtoient,
& rétractoient l'avis qu'ils avoient donné. Mais ayant remarqué que le déſiſte-
ment qu'ils avoient donné dudit avis
étoit rempli du nom de M. Fouquier de
Tainville , qui avoit provoqué l'aſſem-

blée des amis de ladite Marie-Thérese, & qui n'avoit pas voulu se charger de faire ledit désistement, ils s'étoient déterminés à se transporter chez Durand, Notaire, où ils ont déclaré qu'ils révoquoient expressément & formellement l'avis par eux donné le 14 Juin dernier, dont ils consentoient la nullité; & que, pour qu'il n'en pût rien résulter contre eux, le Procureur, par eux nouvellement constitué, a rapporté, 1°. l'extrait baptistere de ladite Marie-Thérese; 2°. la grosse de la Sentence qui a homologué l'avis qu'ils avoient donné le 14 Juin dernier, de laquelle grosse il n'a été fait aucun usage; 3°. le pouvoir donné audit Fouquier de Tainville, pour annexer ces trois pieces à la minute dudit avis, *& qu'il n'en puisse être délivré d'expédition à qui que ce soit, que de l'ordonnance de M. le Lieutenant Civil «.* En conséquence ce Magistrat ordonna qu'il ne seroit délivré aucune expédition de ces pieces, sans qu'il l'eût ordonné.

Ces précautions, loin de mettre les coupables à l'abri de l'accusation en supposition de personne, ne faisoient

que conftater davantage ce délit ; &
il étoit d'autant plus facile de les en
convaincre, qu'on pouvoit prouver
qu'ils connoiffoient tous la mere & la
fille depuis plufieurs années.

Mais ces précautions ne fatisfaifoient
pas les défirs de celui qui faifoit mou-
voir toutes ces machines. Il réfolut
de fe procurer par lui-même la jouif-
fance qui lui coutoit tant de peines
& tant de dépenfes, & renonça au
projet de fe la procurer fous le voile
d'un mariage qui fouffroit tant de difficultés, & qui paroiffoit de jour en
jour plus difficile à terminer.

Marie-Thérefe étoit toujours à Verfailles, chez le beau-frere de la dame
Maffiye. Le fieur....(c'eft l'homme en
queftion) s'y rend ; il fe fait introduire
auprès d'elle, s'annonce comme un
homme charitable, qui, inftruit de fes
malheurs, veut les faire ceffer. Il lui
confeille, comme ami, de ne plus penfer à ce mariage ; l'exhorte à fe rac-
commoder avec fa mere, offre fes bons
offices pour cette réconciliation, &
affure qu'il peut fe flatter d'y parvenir,
& d'obtenir des conditions qui n'auront rien de défagréable pour la fille.

Pour mieux furprendre cet enfant, &
lui faire croire que ce conciliateur étoit
ami de la mere, il prit hautement le
parti, devant elle, de la dame Maffiye
contre fa fœur, lui impofa filence, &
foutint que cette fœur que l'on ca-
lomnioit, étoit une très-honnête femme, & qu'elle en avoit la réputation.

Le fieur..... trouva la jeune fille
difpofée à fuivre fes confeils. Le fieur
Brun avoit contribué lui-même à la
dégoûter de fon mariage. Depuis
qu'elle étoit à Verfailles, elle l'avoit
vu plufieurs fois ivre au point d'avoir
entiérement perdu la raifon.

Une correfpondance fuivie de lettres fut la fuite de cette première entrevue. Mais le fieur.... ayant cru
avoir des fujets de défiance fur le
compte de l'oncle & de la tante de
fa maîtreffe, faifoit parvenir fes lettres
par le moyen de la femme Niort, à
laquelle il avoit fait entendre qu'elles
n'avoient d'autre but que de négocier
un raccommodement entre la mere &
la fille ; mais il lui recommanda de
les remettre à la perfonne même, à
l'infçu de l'oncle & de la tante, qui

vouloient, difoit-il, traverfer cette réconciliation.

Enfin, ayant réuffi à perfuader à la
jeune fille que la mere étoit difpofée
à la recevoir à des conditions dont
elle n'auroit pas lieu de fe plaindre,
il lui fit tenir fecrétement quelque argent, pour fe rendre à Paris par les
voitures de la Cour, & lui recommanda de s'efquiver à l'infçu de fes
argus.

La petite fille, flattée dun raccommodement auquel l'amour ne mettoit
plus aucun obftacle, fortant de la
grand'meffe le 7 Avril 1776, fe dé-
roba aux yeux de fon oncle & de fa
tante, & fe rendit à Paris au lieu qui
lui avoit été indiqué.

On ignore dans quel dépôt elle
fut placée. La femme Niort vint quelques jours après à Paris, pour favoir
des nouvelles de ce raccommodement.
Le fieur .... lui dit qu'elle étoit arrivée fort fatiguée, tant par la faim
que par la crainte; qu'on ne devoit
point avoir d'inquiétude fur fon compte,
qu'elle étoit fort bien, & qu'on la
verroit quand il en feroit temps. La
même défaite éloigna plufieurs fois

cette importune , qui ceſſa enfin ſes
viſites.

Marie-Théreſe étoit chez une Marchande de modes , dans la cour de
Saint-Martin-des-Champs. Quelqu'un
l'y reconnut & en avertit la mere , qui
obtint un ordre du Roi pour faire arrêter ſa fille. Le ſieur..... informé qu'elle
avoit été découverte dans ſa retraite ,
la transféra dans une autre boutique ,
au coin de la rue du Plâtre Saint-Jacques. Mais il fit réflexion qu'étant dans
un lieu ouvert au Public , elle pouvoit
être reconnue dans cette nouvelle demeure , comme elle l'avoit été dans
l'autre. Il prit le parti de lui louer une
petite chambre chez une veuve Baton ,
rue du Fauxbourg Saint-Jacques. Elle
entra dans ce nouveau domicile ſous
le nom de mademoiſelle Durand. Elle
ſortoit ſouvent le matin en voiture , &
ne rentroit que le ſoir : de temps en
temps elle s'abſentoit pendant quinze
jours ou trois ſemaines de ſuite , pour
aller à la campagne. Son amant eſt
propriétaire d'une terre à dix lieues de
Paris.

Ennuyée enfin de ſa ſolitude , &
peut-être agitée des remords que pou-

D v

voit lui caufer le défordre où elle vivoit, inquiette fur le fort qui pouvoit
l'attendre après une intrigue qu'elle pré-
voyoit bien ne devoir pas durer toujours ; peut-être enfin aigrie par quelque trait de mauvaife humeur de fon
amant, elle fongea à fe réconcilier
avec fa mere & obtenir le pardon de
fes fautes.

Elle s'ouvrit à la veuve Baton, lui
avoua que Durand n'étoit pas fon
nom ; elle lui donna les nom de fes
pere, mere & beau-pere ; elle les lui
fit même écrire fous fa dictée.

Pour ménager le raccommodement
que Marie - Thérefe fouhaitoit, elles
concerterent enfemble que, dans la
crainte que les difpofitions de la mere
ne fuffent pas favorables, il falloit lui
laiffer ignorer d'abord la demeure de
fa fille ; que celle-ci écriroit une lettre
à la veuve Baton, pour la prier de
faire des démarches auprès de fa mere;
& que cette veuve enverroit à la dame
Maffiye cette lettre, avec une autre
qu'elle écriroit elle-même. Ces deux
lettres furent envoyées le 13 Février
1777.

Marie-Thérefe, dans la fienne, invitoit cette médiatrice à lui faire la grace d'agir auprès de sa mere. » Je » serois bien heureuse, disoit-elle, » si elle m'accordoit un généreux par- » don : je mourrois à ses pieds de la » plus vive reconnoissance «. La veuve Baton, de son côté, sollicitoit la ten- dresse maternelle, & se rendoit, pour ainsi dire, caution de la sincérité du repentir & des promesses de la fille.

Flattée de l'espoir que cette négo- ciation réussiroit, elle fit part à son amant de la démarche qu'elle avoit faite, & lui annonça qu'il falloit qu'il se préparât à la séparation que son de- voir exigeoit d'elle.

La mere fit une réponse dictée par un cœur ulcéré de tant d'outrages, & de l'infamie de la conduite d'une fille, que l'éducation qu'elle avoit reçue au- roit dû garantir des fautes qu'elle avoit commises. Le sieur..... profita de la rigueur que cette mere si justement of- fensée montroit d'abord, pour retenir sa proie dans ses filets ; il empoisonna dans l'esprit de la fille, les répriman- des que pouvoit contenir la lettre de la mere ; & pour rompre dans son

D vj

principe une négociation que des inf-
tances & des foumiffions réitérées auroient pu conduire à une heureufe
iffue, il détermine la fille à infulter
fa mere, & à mettre, par une lettre,
le comble aux outrages qu'elle lui avoit
faits, en forte que la réconciliation de-
vînt impoffible. Il avoit encore un autre but, qui va fe développer. » Vous
» n'êtes point ma mere, lui difoit-
» elle, & je ne fuis point votre fille.
» Je fuis née le 15 Avril 1760, de
» pere & mere inconnus. Vous m'a-
» vez fouftrait mon état, de concert
» avec une fage femme. Les trois au-
» tres enfans que vous avez élevés font
» le fruit d'un commerce adultérin ;
» & moi-même, fi j'étois votre fille,
» je ne pourrois être que le fruit de
» l'adultere. Si l'efpoir de pouvoir reti-
» rer de moi quelque utilité à l'ave-
» nir vous portoit à troubler ma tran-
» quillité, je vous préviens que j'in-
» tenterai mon action pour raifon de
» la fouftraction de mon état. Je fais
» que vous avez dit que vous faviez que
» j'étois à un homme riche dont vous
» fauriez tirer parti, &c. «.

On n'ignoroit pas que la dame

Maffiye avoit intenté une procédure criminelle au sujet du rapt de sa fille. On savoit qu'elle avoit rendu plainte & fait informer ; que, sur cette plainte & sur l'information , étoient intervenus divers décrets de prise de corps & d'ajournement personnel contre quelques-uns des coupables. On savoit que sur les conclusions du Ministere public , M. le Lieutenant Criminel avoit rendu une Sentence , qui permettoit à la dame Maffiye de revendiquer & reprendre sa fille par-tout où elle la trouveroit ; mais on ne savoit pas que cette mere , à qui ses entrailles parloient toujours en faveur de sa fille, ne pouvoit, en la faisant arrêter de l'autorité des Juges ordinaires , que la faire mettre au Châtelet , & que, pour lui sauver les horreurs de la prison , elle avoit obtenu l'ordre du Roi, dont nous avons parlé.

Croyant donc n'avoir à se défendre que contre la procédure des Tribunaux , on n'étoit occupé que des moyens d'en éluder les jugemens. Celui qui parut le plus naturel , fut de déterminer la fille elle-même à désavouer la dame Maffiye pour sa mere. Si ce désaveu pouvoit réussir , la fille se trouvoit à

l'abri des pourſuites d'une femme qui
n'avoit plus d'autorité ſur elle ; elle
devenoit maîtreſſe de ſes actions, &
le raviſſeur n'avoit plus de compte à
rendre à perſonne de ſa conduite.

C'eſt dans cette vûe principalement
que fut dictée la ſeconde lettre dont
nous venons de parler. Mais on connoiſſoit la précédente, & l'on ne ſe
diſſimuloit pas que l'aveu formel qu'elle
contenoit détruiroit la ſeconde lettre,
qui portoit tous les caracteres de la
ſuggeſtion d'un homme intéreſſé à
dérober la fille à l'autorité maternelle.
La premiere lettre avoit même d'autant
plus de poids, qu'elle étoit évidemment le fruit du repentir & de la réflexion, & qu'elle étoit appuyée de
la médiation de la veuve Baton, que
la fille, dans le déſir qu'elle avoit de
réuſſir, avoit cru devoir implorer.

La dame Maſſiye découvrit enfin
que le prétendu ami qui la trahiſſoit,
& auquel elle avoit donné ſa confiance,
n'étoit qu'un eſpion. Elle réſolut de s'en
ſervir pour déconcerter les projets du
raviſſeur de ſa fille.

Il lui parloit ſouvent de la premiere
lettre qu'elle en avoit reçue, & cher-

choit à pénétrer l'usage qu'elle en vouloit faire; &, pour mieux tirer son secret, il lui donnoit des conseils. Elle
le pénétra, &, pour prévenir toute
surprise, elle lui dit un jour, que son
mari, dans un moment d'impatience,
l'avoit jetée au feu.

Sur cette fausse confidence, on bâtit
un nouveau système pour faire tomber toute la procédure criminelle. On
imagina de faire de nouveaux efforts
pour parvenir à une réconciliation entre la mere & la fille, à laquelle on
cr t que la premiere, n'ayant pas les
fa ultés nécessaires de poursuivre une
procédure criminelle, se prêteroit volontiers. On poussa les vûes plus loin;
on pensa qu'elle pourroit être séduite
par l'argent, & l'on concerta de lui
en faire donner par sa fille, dans leur
premiere entrevue, en présence de témoins, qui en déposeroient, soit qu'ils
l'eussent vu recevoir, soit qu'ils ne
l'eussent pas vu. De là deux fins
de non-recevoir contre la mere. Elle
ne pouvoit plus, au moyen de sa réconciliation avec sa fille, sévir contre
elle; & si elle eût voulu poursuivre
le crime de rapt, elle ne pouvoit plus
être écoutée, puisqu'elle s'en seroit

rendue complice en partageant avec
sa fille le prix de sa prostitution.

On chargea de l'exécution de ce
plan, un homme que, par déférence pour
son état, nous ne hommerons ni ne
désignerons. Il se transporta chez la
dame Massiye le Samedi de la semaine
de la Passion, 22 Mars 1777, & lui
demanda si elle avoit des nouvelles de
sa fille. Elle répondit qu'elle ignoroit
absolument où elle étoit. » Je peux,
» répondit l'homme, vous faire déjeû-
» ner avec elle Lundi prochain ; mais
» il faut que vous me promettiez de
» ne la pas gronder «. Sur la parole
qui fut donnée, le rendez-vous fut accepté dans la maison où demeuroit cet
homme, d'où l'on devoit se rendre dans
un cabaret qui est vis-à-vis de cette
maison, de l'autre côté de la rue.

La mere se rendit le Lundi Saint,
à neuf heures du matin, comme on
en étoit convenu, au lieu indiqué. La
fille & la veuve Baton y étoient déjà
arrivées ; elles étoient accompagnées de
celui qui menoit l'intrigue, & de deux
autres personnes du même état que lui.
Lorsque la mere parut, les entrailles
de la fille s'ouvrirent ; elle se précipite
sur elle, la culbute sur un siége, la

ferre dans ses bras, la baigne de ses larmes, & les sanglots lui permettent à
peine de prononcer ces mots : *Ah ! maman ! Ah ! ma bonne maman !*

Revenue de son trouble, « com-
» ment vivez-vous, dit la mere à sa
» fille ? — Il y a des personnes chari-
» tables qui ont soin de moi. — Quelles
» sont ces personnes charitables? — C'est
» madame Baton, que voilà, qui reçoit
» beaucoup de charités, & qui m'en
» fait part «.

Cependant l'homme chargé du projet ne le perdoit pas de vue. Il crut
que la liberté & la gaîté de la table,
aidée de l'indiscrétion qu'occasionne
le vin, le conduiroit à son but ; que
la fille, qui avoit été préparée sur le
rôle qu'elle devoit jouer, tireroit de sa
mere l'aveu de la détresse où elle pouvoit
se trouver ; qu'elle profiteroit de cette occasion pour lui offrir de la soulager ; que,
si l'offre étoit acceptée, on lui avoueroit la
source de ces secours, avec promesses de
les continuer, si elle vouloit vivre dans
une union qui cacheroit l'intrigue d'où
dérivoit l'argent. Enfin on espéroit que
les circonstances fourniroient aux témoins apostés l'occasion de certifier

que la mere avoit reçu de l'argent de
fa fille, & approuvoit par conféquent
le commerce qui lui en fournissoit.

Dans cette idée, l'agent de cette
machine fort un moment, & revient
dire que le déjeûné eft prêt ; on
fort pour fe transporter dans le cabaret. A peine Marie-Thérese a-t-elle
mis le pied dans la rue, qu'elle eft
enlevée, & précipitée dans un carrosse
de louage, où un Commissaire & un
Exempt l'attendoient, & conduite au
couvent des filles de la Magdeleine,
dites *Magdelonnettes*.

La dame Massiye, qui vouloit retirer fa fille du libertinage où elle
vivoit, avoit averti l'Exempt chargé
de l'exécution des ordres du Roi, dont
nous avons parlé, & le Commissaire
Deformeaux, de fe trouver au rendez-vous, & d'en profiter, pour épargner des démarches & des frais de perquifition.

On a fu depuis, que, dès le lendemain de cette capture, l'homme chez
qui s'étoit fait l'entrevue, étoit allé
chez un Orfévre demeurant Place
Dauphine, y avoit raconté fon hiftoire,
& avoit ajouté que la dame Massiye

avoit eu grand tort d'avoir fait arrêter
ſa fille , qu'elle y avoit beaucoup perdu , parce que cette fille étoit chargée
d'or pour lui donner.

Dès que le ſieur .... fut averti
de ce qui ſe paſſoit , il eut recours aux
Directeurs de l'Opéra , & les engagea
à réclamer auprès du Miniſtre , cette
fille qui étoit enregiſtrée pour devenir un des membres de ce ſpecta-
cle. Cette réclamation ne pouvoit avoir
pour objet le ſervice de l'Opéra. Cet
enregiſtrement étoit oublié , & cette
fille n'a aucun talent ni pour la danſe ,
ni pour la muſique. La réclamation
n'avoit donc & ne pouvoit avoir
d'autre motif que de favoriſer la paſ-
ſion du raviſſeur , & de replonger cette
enfant dans le libertinage dont la Providence venoit de la tirer. Mais les re-
préſentations de la mere déterminerent
le Miniſtre à impoſer ſilence aux Directeurs , qui n'ont jamais voulu ni donner copie de l'enregiſtrement , ni communiquer le regiſtre , ſous prétexte qu'il
y avoit des perſonnes compromiſes. Il
y a lieu de croire que cette diſcrétion
avoit pour motif de cacher un enregiſtrement accordé à l'importunité & au crédit,

& contraire aux nouveaux Réglemens donnés par le Roi, qui ne permettent plus qu'une femme ou des enfans puiſſent ſe ſouſtraire, ſous prétexte que leur nom eſt inſcrit à l'Opéra, à l'autorité maritale ou paternelle.

Cette reſſource ayant manqué, on ſurprit une permiſſion de M. le Lieutenant de Police, pour aller voir la Priſonniere. Le ſieur ...... y envoya des émiſſaires de ſa part, qui la raſſurerent ſur ſa détention, la conſolerent par les promeſſes les plus flatteuſes, & par l'aſſurance d'une ſortie très-prochaine. Mais ils lui recommanderent, comme le plus ſûr moyen d'y parvenir, de ſoutenir que la dame Maſſiye n'eſt pas ſa mere, & de garder le plus profond ſilence ſur le nom du ſieur ..... & ſur tout ce qui s'eſt paſſé entre elle & lui. Le vœu du ſieur ...... a été accompli avec le plus grand ſcrupule.

Cependant le Commiſſaire Deſormeaux, accompagné d'un Subſtitut de M. le Procureur du Roi, & de la dame Maſſiye, aſſiſtée de ſon Procureur, ſe tranſporta chez la veuve Baton, en vertu d'une Ordonnance de M. le Lieutenant Criminel, du 24 Mars 1777, lendemain de la capture.

Nous n'entrerons point dans les détails des perquifitions qui furent faites lors de cette vifite. Nous obferverons feulement qu'il fut dreffé procès-verbal de ces perquifitions, & que la dame Maffiye prétend qu'il eft prouvé, par cet acte, que la veuve Baton, auffi-tôt après la capture de Marie-Thérefe, étoit entrée dans la chambre de cette fille, à l'aide d'une double clef, que, de fon propre aveu, elle ne devoit pas avoir; qu'elle en avoit fouftrait prefque toutes les hardes & prefque tous les meubles; que, ne pouvant éviter d'en rapporter une partie, il fe trouva dans ce qu'elle fut forcée de reftituer, des indices convaincans que cette femme avoit enlevé tous les papiers, mémoires & lettres qui auroient conftaté le commerce & l'intelligence de Marie-Thérefe avec le fieur ......

Pour la tirer de l'afile où l'ordre du Roi la retenoit, après l'avoir, comme nous l'avons dit; bien déterminée à défavouer la dame Maffiye pour fa mere, on reprit le fyftême de la faire paffer pour cette Marie-Thérefe, bap-

tifée à Saint-Germain-l'Auxerrois le 15
Avril 1760, & née de pere & mere
inconnus. On furprit du Parlement un
Arrêt fur Requête, qui nomma à ce
fantôme un Procureur en la Cour,
pour fon curateur aux caufes.

Avec cet Arrêt, on fe propofe de
faire révoquer la lettre de cachet, en
perfuadant au Miniftre que fa vigilance & fa juftice ont été trompées;
que croyant faire arrêter la fille de la
dame Maffiye, il avoit fait arrêter une
bâtarde dont le pere & la mere étoient
inconnus.

Mais la dame Maffiye, pour retenir la main du Miniftre dont on étoit
fur le point de furprendre les ordres,
fe hâta de mettre l'affaire en Juftice
réglée; & l'on fait que le Roi, s'il
n'y eft déterminé par des raifons fupé-
rieures, ne fait point agir fa puiffance
fouveraine dans les affaires dont la
difcuffion eft foumife aux Tribunaux
ordinaires.

Elle demanda au Châtelet permiffion de faire preuve par témoins,
que Marie-Thérefe étoit fa fille; &
cette information fut ordonnée à la
requête du Miniftere public. Cette

procédure exige que nous développions ici quelques faits que l'ordre de la narration n'a pas permis de rapporter plus haut.

La dame Maffiye prétendoit d'abord, que cette Marie Thérese que l'on vouloit fubftituer à fa fille, ne pouvoit lui appartenir, puifque fa fille étoit née le 12 Mars, & l'autre le 15 Mars 1760. Mais on lui difoit : » Où » eft donc l'extrait baptiftere de votre » fille, que vous ne repréfentez pas « ? Le voici, difoit-elle ; & elle exhiboit *l'extrait baptiftere d'un garçon, né le 12 Mars 1760, & baptifé fous le nom de Barthélemi, fils d'Antoine Michel, Maître Boulanger, & de Marie-Magdeleine Anquetin, fa femme, demeurant rue du Chantre. Le parrain, Charles-Philippe Marchand, Officier chez le Roi ; la marraine, Marie-Thérefe-Firmine Sanié, femme du parrain, le pere abfent.*

On doit encore être étonné, difoit M. Doillot, que le nom de cet enfant ne foit ni celui d'*Antoine-Michel*, ni celui du parrain *Charles-Philippe*, mais un de ceux de *Barthélemi-Jofeph* Maffiye.

Quoi qu'il en foit, cette fille, difoit la dame Maffiye, fut préfentée
au baprême, le jour même de fa naiffance, & baptifée fous les noms de
Marie-Thérefe. Mais par une fatalité,
par une de ces erreurs groffieres, occa-
fionnée par l'ufage où l'on eft dans les
paroiffes de ne pas relire les actes baptifteres avant de les faire figner, le
Clerc qui rédigea l'acte baptiftere de
cette fille, lui donna les noms que
l'on voit dans l'extrait, qui font ceux
d'un garçon, quoique l'enfant eût été
préfenté au baptême, & baptifé comme
fille.

En conféquence, & d'après les faits
qui réfultoient de l'information faite à
la requête du Miniftere public, la dame
Maffiye demanda au Châtelet que l'extrait baptiftere de cet enfant fût réformé, & qu'au nom de *Barthélemi*,
fils, *&c.*, on fubftituât ceux de *Marie-*
Thérefe, *fille*, *&c.*

Le Procureur nommé par Arrêt
pour fervir à la fille de tuteur aux
caufes, intervint dans le Procès,
pour foutenir la bâtardife de fa pupille.

Sur cette conteftation, le Miniftere
public

public du Châtelet conclut à ce que
» l'acte de baptême du 12 Mars 1760
fût réformé par le Greffier de la Chambre civile, tant fur le regiftre des actes de baptême de l'églife paroiffiale
de Saint-Germain-l'Auxerrois, étant
au dépôt de ladite églife, que fur
celui qui eft au Greffe dudit dépôt
civil du Châtelet, enfemble fur l'extrait qui en a été délivré le 17 Juin
1776 ; en conféquence, que les mots
Barthélemi & *fils* feront fupprimés
par ledit Greffier ; & qu'au lieu dudit
nom & qualité, il y fera écrit ceux
de *Marie-Thérefe*, *fille* «.

Mais la Sentence ordonna que » le
fieur Maffiye, mari de Marie-Magdeleine Anquetin, ainfi que les trois
enfans, autres que celui dont il s'agit,
lefquels enfans ladite Anquetin a déclaré
être iffus d'elle & d'Antoine Michel,
fon premier mari, feront entendus en
dépofition, s'il y échet ; à l'effet de
quoi ladite Anquetin, actuellement
femme Maffiye, fera tenue de repréfenter les extraits baptifteres de fes trois
enfans, d'indiquer leurs demeures, s'ils
font vivans ; finon de juftifier de leurs
extraits mortuaires, pour, le tout fait,

Tome IX. L

rapporté & communiqué au Procureur du Roi , être ordonné ce qu'il appartiendra «.

Les fieur & dame Maffiye interjeterent appel de cette Sentence, & Marie-Thérefe fe joignit à fon curateur aux caufes, pour la défendre : le fieur Brun intervint auffi , pour en foutenir le bien jugé , & fe laver des imputations dont la dame Maffiye l'avoit chargé.

Mettons fous les yeux de nos Lecteurs la défenfe refpective des Parties ; elle ne fera pas moins intéreffante que les faits.

La défenfe de la dame Maffiye, difoit M. Teiffier , fera divifée en deux parties.

On prouvera dans la premiere , 1°. que la dame Maffiye , alors femme Michel , eft accouchée le 12 Mars 1760; 2°. qu'elle eft accouchée d'une fille ; 3°. qu'elle a toujours été reconnue pour être la mere de cette fille, & que cette fille eft le même individu que celle qui a été enlevée le 8 Avril 1776 , & qui eft actuellement au couvent des Filles de la Magdeleine ; 4°. que la continuation d'infor-

mation ordonnée par la Sentence dont
est appel, est inutile & même impraticable à l'égard de deux témoins dé-
signés pour être entendus en déposition; 5°. enfin, que la Sentence dont
est appel est irréguliere, en ce qu'elle
ordonne une continuation d'information
sous condition, sans que la condition
soit déterminée.

On établira dans la seconde partie
le ridicule & l'absurdité de la demande en intervention de curateur aux
causes.

La dame Massiye, alors femme
Michel, est accouchée le 12 Mars
1760.

Ce fait ne peut être révoqué en
doute : il est constaté dans l'information faite à ce sujet, par la déposition de la dame Massiye, & certainement par celles de la sage-femme
qui l'a accouchée; du mari de cette
sage-femme, qui étoit présent à l'accouchement, & de la mere de la dame
Massiye, qui y étoit aussi présente.

Ce fait est encore constaté par
l'acte de baptême de l'enfant dont la
dame Massiye est accouchée, & qui
a été baptisé le même jour 12 Mars

1760, comme enfant de Marie-Magdeleine Anquetin & d'Antoine Michel, Maître Boulanger à Paris, ses pere & mere.

Le ravisseur, sous le nom du curateur aux causes, prétend que c'est d'un garçon que la dame Massiye est accouchée le 12 Mars 1760; il se fonde sur l'acte de baptême de cet enfant, par lequel il paroît avoir été baptisé comme garçon, sous le nom de *Barthélemi*, *fils d'Antoine Michel & de Marie-Magdeleine Anquetin*, *ses pere & mere*.

Mais la qualification *de garçon* que le Clerc, qui a rédigé cet acte, a donnée à cet enfant, peut-elle l'emporter sur la preuve qui résulte de l'information, que c'est *d'une fille* & non d'un garçon que la dame Massiye est accouchée le 12 Mars 1760?

Dans cette information, la dame Massiye a déposé que c'est d'une fille qu'elle est accouchée le 12 Mars 1760, & sa déposition est soutenue par celle de la sage femme qui l'a accouchée, du mari de cette sage-femme, qui étoit présent à l'accouchement, & par celle de la mere de la dame Massiye,

qui étoit aussi présente à son accouchement ; ces trois témoins attestent que
la dame Massiye , alors femme Michel,
est accouchée d'une fille le 12 Mars
1760.

L'assertion de ces témoins doit d'autant plus prévaloir sur celle du Clerc
qui a rédigé l'acte de baptême dont il
s'agit , que ces témoins attestent , sous
la religion du serment , que la dame
Massiye est accouchée d'une fille , &
que le rédacteur de l'acte de baptême
de cet enfant n'est point lié par serment; 2°. que ces témoins, sans compter la mere , sont au nombre de trois ,
& que le rédacteur de l'acte de baptême ne forme qu'un seul témoin , qui,
aux termes de droit, ne peut faire foi
en Justice , *testis unus*, *testis nullus* ;
3°. que ces témoins déposent *de visu* ,
pour avoir été présens à la naissance de
cet enfant , & que le rédacteur de son
acte de baptême ne dépose & ne peut
déposer que par *ouï-dire*.

Cette derniere observation doit d'autant plus faire pencher la balance en
faveur de l'assertion de ces témoins ,
qu'au nombre de ces mêmes témoins

E iij

fe trouvent le parrain & la marraine de l'enfant. Le rédacteur de l'acte de baptême ne peut avoir énoncé dans cet acte, que c'étoit un garçon qui avoit été préfenté au baptême & baptifé comme tel , que pour l'avoir ouï dire au parrain & à la marraine : or , ceux-ci déniant le fait , & atteftant au contraire avoir préfenté une fille au baptême , & que cette fille a été baptifée fous les noms de Marie-Thérefe , l'affertion du rédacteur de l'acte de baptême s'évanouit , puifque le fait qu'il attefte fe trouve démenti par ceux-mêmes à qui il a cru l'avoir ouï dire.

La poffeffion d'état de fille de la dame Maffiye , dont cet enfant a joui depuis fa naiffance , établit encore , d'une façon lumineufe , la preuve déjà conftatée dans la procédure , *que c'eft d'une fille que la dame Maffiye eft accouchée le* 12 *Mars* 1760 , & que cette fille eft la même que celle qui lui a été enlevée le 8 Avril 1776.

Le premier acte de poffeffion de l'état de fille de Marie-Thérefe Michel, que fa mere rapporte , eft une piece non équivoque ; c'eft un certificat du

bureau des Recommandareſſes (a), dont voici la teneur : ,, Je ſouſſigné, Com-
,, mis au bureau des Recommandareſ-
,, ſes, certifie *que le* 12 *Mars* 1760,
,, *il a été enregiſtré* au bureau de la
,, demoiſelle de Launay, l'une des
,, quatre Recommandareſſes de ce
,, temps-là, *une fille née ledit jour*
,, 12 *Mars* 1760, *baptiſée à S. Ger-*
,, *main-l'Auxerrois*, *ſous les noms*
,, *de Marie-Thérèſe*, *fille d'Antoine*
,, *Michel*, *Maître Boulanger*, *& de*
,, *Marie - Magdeleine Anquetin*, *ſes*
,, *pere & mere*, demeurant rue du
,, Chantre S. Honoré, *laquelle fille a*
,, *été confiée à Marguerite Mollet*,
,, *femme de Claude Thibaut*, nour-
,, rice de la Paroiſſe de Ménouville,
,, Dioceſe de Rouen, ſous la conduite
,, de la Houdaille, meneuſe. A Paris,
,, ce 23 Octobre 1776. *Signé* Billet *»*.

___

(a) Les Recommandareſſes ſont des femmes
prépoſées par M. le Lieutenant de Police de
Paris, pour tenir des bureaux dans leſquels
on va chercher les nourrices de campagne.
Suivant les Réglemens, elles doivent tenir
un regiſtre contenant, entre autres, le nom
& l'age de l'enfant, le nom, la demeure &
la profeſſion du pere.

C'eft donc d'une fille, & non d'un garçon, que la dame Maffiye, alors femme Michel, eft accouchée le 12 Mars 1760, puifqu'elle a été remife comme fille à la nourrice, & enregif-trée comme telle au bureau des Re-commandareffes, le même jour 12 Mars 1760, fous les noms de *Marie-Thérèfe*, fous lefquels elle venoit d'ê-tre baptifée.

Cette fille, ainfi remife à la femme Thibaut par la dame Maffiye, alors femme Michel, fut préfentée par cette nourrice au Curé de Ménouville le furlendemain 14 Mars 1760, com-me ayant reçu le baptême, & s'ap-pelant *Marie - Thérèfe Michel*. C'eft fous ces noms qu'elle fut connue à Ménouville pendant tout le temps qu'elle y a refté avec fa nourrice; c'eft-à-dire, jufqu'à l'âge de vingt-trois mois, que celle-ci la ramena à Paris & la rendit à la dame Maffiye fa mere, qui avoit toujours payé les mois & fourni à l'entretien de cet enfant.

Pendant le temps que fa fille eft reftée à Ménouville, la dame Maffiye a été reconnue dans le pays pour en

être la mere, dans les différens voyages qu'elle y a faits pour aller voir sa
fille.

Immédiatement après que la dame
Maffiye eut reçu sa fille des mains de
sa nourrice, elle la mit en penfion
chez la femme Humbert sa sœur, d'où
elle la retira environ six femaines
après, & l'a gardée & élevée auprès
d'elle jufqu'à l'âge de feize ans qu'elle
lui a été enlevée.

Pendant tout ce temps, cette fille a été
reconnue fous les noms de Marie-Thérefe Michel, & pour être la fille de la
Dame Maffiye, alors femme Michel, foit
par les perfonnes qui l'ont connue lors de
fa naiffance, foit enfin par ceux qui l'ont
connue pendant qu'elle étoit en nourrice, foit par ceux qui l'ont connue depuis. Tous ces faits, qui contaftent la
poffeffion d'état de Marie - Thérefe
Michel, font prouvés par l'information.

Cette information eft compofée de
témoins non fufpects; c'eft la fage-
femme, & en même temps marraine
de Marie - Thérefe Michel; c'eft le
mari de cette fage-femme, parrain de
cet enfant, & qui depuis fa naiffance

E v

ne l'ont jamais perdue de vue ; c'eſt
la grand'mere de cet enfant, qui,
demeurant avec la dame Maſſiye ſa
fille, a également donné ſes ſoins
pour l'élever, & ne s'en eſt ſéparée que
peu de temps avant ſon enlévement ;
c'eſt la nourrice de Marie-Théreſe Michel ; c'eſt le Curé de l'endroit où elle
a été nourrie, & qui l'ont toujours vue
auprès de ſa mere dans les différens
voyages qu'ils ont faits à Paris avant ſon
enlévement ; c'eſt le mari de cette
nourrice ; c'eſt enfin le Chirurgien-
Major des Hôpitaux, qui a ſaigné la
mere pendant ſa groſſeſſe, & ſoigné
Marie-Théreſe Michel chez ſa mere,
dans les différentes maladies qu'elle a
eues, qui ont été entendus dans cette
information.

Cette information eſt encore com-
poſée de deux autres témoins (le
beau-frere & la ſœur de la dame Maſſiye), qui, après s'être laiſſé contu-
macer, ſe ſont enfin déterminés à
obéir à Juſtice. Ces deux témoins ſont
des gens vendus au raviſſeur de Marie-Théreſe Michel leur niece. Le mari
eſt complice du crime de faux & de
ſuppoſition de perſonne, qui ſe pour-

fuit au Châtelet par la voie extraordinaire : c'eft lui qui, en fa qualité de
tuteur nommé par l'avis d'amis dont
nous avons parlé dans le récit des faits,
devoit conduire fa propre niece aux
autels pour être mariée comme bâtarde.

Cependant, quelque attention que
ces deux témoins aient eue dans leurs
dépofitions pour entrer dans les vûes
du ravisseur de Marie-Thérefe Michel,
la vérité leur eft échappée ; ils ont
reconnu l'état de cette derniere, en
prenant, comme ils ont fait, favoir,
le mari la qualité d'*oncle*, & la femme la qualité de *tante* de Marie-Thérefe Michel. Or ces deux témoins,
reconnoiffant cet enfant pour leur
niece, la reconnoiffent, d'une façon
bien pofitive, pour être la fille de la
dame Maffiye, leur fœur & belle-
fœur, dont elle eft accouchée le 12
Mars 1760 (a).

_____

(a) Le mari a déclaré, dans fa dépofition,
que fa belle-fœur n'eft accouchée que de
cette fille en 1760. Le mari & la femme
ont déclaré avoir eu cette fille en penfion
chez eux pendant quelque temps, lorfqu'elle
revint de nourrice.

Marie-Thérèse Michel a encore été reconnue pour être la fille de la dame Maffiye, par ces sept témoins dont nous avons parlé dans le récit des faits, qui, après l'avoir supposée, dans leur avis, *née de pere & mere inconnus, se sont rétractés*, & ont déclaré que *cette fille avoit une mere connue sous le nom de Marie-Magdeleine Anquetin, veuve d'Antoine Michel, Maître Boulanger.*

Le refus du Curé de Saint - Barthélemi, *de passer outre à la célébration du mariage de Marie - Thérèse Michel, dont les bans avoient été publiés sous les noms de Marie-Thérèse, née de pere & mere inconnus;* ce refus, disons-nous, fondé sur la connoissance que ce Pasteur avoit que cette fille n'étoit point bâtarde, & qu'elle étoit fille d'une de ses paroissiennes, formé, sans contredit, la preuve la plus parfaite de la possession d'état de Marie-Thérèse Michel, puisque cet enfant étoit connu de son Curé.

Il est prouvé, disoit M. Teissier, que la dame Maffiye fut mariée en premieres noces avec Antoine Michel, le 14 Février 1747, & que ce der-

nier est décédé le premier Février
1776 : il est prouvé que, de ce mariage, sont provenus quatre enfans
(*a*) : il est prouvé que la dame Massiye a mis au monde l'un de ces enfans le 12 Mars 1760 : il est prouvé
par l'acte de baptême de cet enfant,
qu'il est né de la dame Massiye, alors
femme Michel, & d'Antoine Michel
son premier mari : il est prouvé que
cet enfant est du sexe feminin, quoiqu'il ait été qualifié *garçon* dans son
acte de baptême : enfin, il est prouvé
que cette fille, dont la dame Massiye
est accouchée le 12 Mars 1760, est
le même individu que la fille que la
femme Thibaut de Ménouville a nourrie & gardée jusqu'à l'âge de vingt-
trois-mois, que la dame Massiye a
mise en pension chez sa sœur en sor-

(*a*) Joseph-Dominique Michel, né le 27
Février 1754, compagnon Orfévre-Joaillier,
actuellement à Lyon.

Marie-Thérese Michel, née le 12 Mars
1760 ; baptisée par erreur comme garçon.

Charles-Philippe Michel, né le 4 Septembre 1761, actuellement à la Nouvelle-
Orléans.

Et Honorine Michel, née le 6 Juillet
1768, étant chez sa mere.

tant des mains de sa nourrice, qu'elle prit avec elle environ six semaines après, qu'elle a toujours gardée auprès d'elle jusqu'à l'âge de seize ans qu'elle lui a été ravie, & qu'elle l'a fait arrêter le 24 Mars dernier, & conduire au couvent des Filles de la Magdeleine, où elle est.

Les preuves du sexe de cet enfant ainsi portées jusqu'à l'évidence, il est sensible que de nouvelles preuves n'ajouteroient rien à celle qui est déjà acquise. La continuation d'information ordonnée par la Sentence dont est appel, est donc surabondante. On va voir qu'elle est parfaitement inutile.

En effet, elle a pour objet de faire entendre en déposition le sieur Massiye & les trois autres enfans que sa femme a eus d'Antoine Michel son premier mari. A l'égard du sieur Massiye, il n'étoit pas présent à la naissance de Marie-Thérèse Michel : il ne peut donc pas déposer si sa mere est accouchée d'une fille ou d'un garçon : tout ce qu'il pourroit dire dans sa déposition, c'est ce qui est dit ci - devant dans le récit des faits, *que Marie-Thérèse étant revenue de nourrice, sa*

mere , en venant travailler chez lui ,
l'amenoit souvent le matin & la ra-
menoit le soir ; & que s'étant déterminée à demeurer chez lui , elle y a
élevé cet enfant jusqu'à l'époque de
son enlévement.

Quant aux enfans , dont deux garçons âgés l'un de vingt-trois ans &
l'autre de seize ans , & une fille âgée
de neuf ans , ils ne pourroient pas déposer si leur mere est accouchée , le 12
Mars 1760, d'un garçon ou d'une
fille , puisqu'ils n'étoient & ne pouvoient être présens à son accouchement.
C'est donc inutilement que la Sentence dont est appel ordonne que ces
enfans & le sieur Massiye seront entendus en déposition.

La continuation d'information , ordonnée par cette Sentence , est non
seulement inutile ; elle est de plus
impraticable à l'égard des deux garçons
de la dame Massiye , dont l'un , garçon
Orfévre - Joaillier , est actuellement à
Lyon , & l'autre à la Louisiane ou
la Nouvelle-Orléans.

Mais outre que la Sentence ordonne
une procédure inutile & impraticable ,
elle est encore irréguliere en ce qu'elle

ordonne une continuation d'information fous condition , fans que la condition foit déterminée.

Elle ordonne que le fieur Maffiye
& les trois enfans que fa femme a eus
de fon premier mari , outre celui dont
elle eft accouchée le 12 Mars 1760 ,
*feront entendus en dépofition, s'il y
écher.* Si le cas n'y échet pas , le fieur
Maffiye & ces trois enfans ne doivent
donc pas être entendus ; la conféquence eft fans réplique.

Or la difpofition de cette Sentence,
qui ordonne la continuation d'information , dépendant de la condition
indéterminée, *fi le cas y échet ,* qui y
eft appofée , elle n'eft plus qu'une difpofition illufoire , puifque rien n'affure , rien ne détermine , *s'il y échet,*
de l'exécuter.

Quant à la feconde difpofition de
cette Sentence , qui ordonne la repréfentation des extraits de baptême des
trois enfans que la dame Maffiye a eus
de fon premier mari , autres que celui
dont elle eft accouchée le 12 Mars
1760, on ne voit pas quel peut-être l'objet de cette repréfentation. Au fond, ces
actes de baptême ne peuvent pas influer

sur la question de savoir si la dame Massiye est accouchée, le 12 Mars 1760, d'une fille ou d'un garçon, puisqu'il n'en peut résulter aucune preuve quelconque, capable de fixer à cet égard l'attention de la Justice.

Dans la forme, cette disposition de la Sentence est irréguliere, en ce que la représentation de ces actes de baptême (outre qu'elle n'a aucun rapport avec la réformation de celui de Marie-Thérese Michel, sur laquelle il s'agissoit de prononcer) n'a été requise ni par le Substitut de M. le Procureur-Général, ni par personne.

Cependant, disoit le Défenseur, le défi que le ravisseur de Marie-Thérese Michel fait sous le nom du curateur aux causes, dans sa Requête d'intervention, de représenter ces actes de baptême ; l'impossibilité dans laquelle il assure que l'on est de faire cette représentation, & l'assurance avec laquelle il donne cette prétendue impossibilité comme un fait constant, annoncent quelque machination, quelque menée sourde, étayées sur le défaut de représentation de ces extraits ; ce qui a déterminé la dame Massiye à remettre à M. l'Avocat-Général ces actes de baptême, dont un du 27 Février 1754, le second du 4 Septembre 1761, & le troisieme du 6 Juillet 1768. On y voit que ces individus font tous les trois, *enfans d'Antoine Michel, Maître Boulanger, & de Marie - Magdeleine Anquetin, fa femme.*

On a remis de plus à M. l'Avocat-Général, une copie collationnée du brevet d'apprentiffage d'Orfévre-Joaillier d'un de ces enfans, qui eft le frere aîné de Marie-Thérefe Michel, paffé devant Vanin & fon Confrere, Notaires au Châtelet de Paris, le 16 Juin 1767.

S'il pouvoit encore refter du doute fur l'état de Marie-Thérefe Michel, la Requête d'intervention que fon raviffeur a préfentée fous le nom du curateur aux caufes, feroit plus que fuffifante pour lever ce doute.

Marie - Thérefe, née le 15 Avril 1760, de pere & mere inconnus, *morte depuis dix-fept ans*, & le curateur aux caufes de ce fantôme, ont fait fignifier une Requête d'intervention, le 14 Mai dernier, & s'oppo-

fent à la réformation des erreurs qui
fe font gliffées dans l'acte de baptême
de l'enfant, dont la dame Maffiye,
alors femme Michel, eft accouchée le
12 Mars 1760. Examinons cette Requête.

La fille qui exifte au couvent de la
Magdeleine, & qui, d'après les preuves les plus conftantes, eft l'enfant
dont la dame Maffiye, alors femme
Michel, eft accouchée le 12 Mars
1760, eft-elle cette Marie - Thérefe
née de pere & mere inconnus, le 15
Avril 1760, comme on le prétend ?
Cette bâtarde eft morte le 25 Avril
1760, c'eft-à-dire, dix jours après fa
naiffance ; elle ne peut donc pas être
cette fille qui eft actuellement au couvent de la Magdeleine.

Mais eft-elle fille de la dame Maffiye ? On a établi ci-devant qu'elle eft
l'enfant dont la dame Maffiye, alors
femme Michel, eft accouchée le 12
Mars 1760. Si elle eft cet enfant dont
la dame Maffiye eft accouchée le 12
Mars 1760, elle eft donc la fille de
cette derniere ; la conféquence eft fans
réplique.

Aux preuves qui réfultent de l'in-

formation , & à celles qui ont été adminiftrées d'ailleurs , & qui établiffent
que la fille dont il s'agit eft fille de la
dame Maffiye , il faut ajouter fa propre reconnoiffance & celle de fon
curateur.

Suivant le procès-verbal des effets
qui fe font trouvés dans la chambre
qu'elle occupoit chez la veuve Bâton ,
dreffé par le Commiffaire Deformeaux,
le lendemain de fa capture , il s'eft
trouvé, entre autres chofes , un papier
fur lequel étoit écrit, *Marie Anque-*
zin , femme Michel , Boulanger ,
mort depuis environ un an à l'Hôtel-
Dieu ; Maffiye , marié depuis environ
huit à neuf mois à Saint Barthélemi.
La veuve Baton interrogée fur cet
écrit, a dit *être fait par elle , & lui*
avoir été dicté par ladite demoifelle Mi-
chel , pour lui faire connoître les
noms de fes pere & mere & beau-
pere.

On fe rappelle que cette fille avoit
été mife chez la veuve Bâton fous le
nom de la demoifelle Durand ; que
n'ayant pas encore le cœur corrompu,
elle s'ennuyoit de cet état de libertinage dans lequel on l'avoit plongée :

elle désiroit en sortir. C'est dans ces circonstances qu'elle fit confidence à son hôtesse, que le nom *de Durand*, qu'on lui avoit fait prendre en entrant chez elle, n'étoit pas son nom, & qu'elle lui donna les nom de ses pere, mere & beau-pere, & la pria, par une lettre, de vouloir bien s'intéresser pour elle auprès de sa mere. Les termes de cette lettre sont précieux ; il y est dit : » Madame, vous savez aussi bien que » moi les malheureuses circonstances » dans lesquelles je me trouve ; puis- » je espérer que vous voudrez bien » ne pas m'abandonner ? La confiance » que j'ai eue en vous m'a déjà valu » votre pitié ; achevez, madame, ce » que vous avez commencé ; faites- » moi la grace de continuer vos dé- « marches *vis-à-vis de ma mere*. Que » je serois heureuse, si elle m'accorde » un généreux pardon ! Hélas ! je » mourrois à ses pieds de la plus vive » reconnoissance «.

Cette lettre fut envoyée par la veuve Baton, à la dame Massiye, le 13 Février 1777 ; elle fut accompagnée d'une autre lettre, que cette premiere écrivit en même temps à la dame

Maſſiye : » Je viens dans l'inſtant ;
» madame , y eſt-il , de recevoir *une*
» *lettre de mademoiſelle votre fille* ,
» & je me hâte de vous la faire par-
» venir : je ſais , madame , combien
» elle vous a déſobligé en voulant
» épouſer quelqu'un , ſans doute , qui
» n'avoit pas le bonheur de vous plai-
» re , &c. «

L'écrit dicté par Marie - Théreſe à
la veuve Baton , la lettre qu'elle a
écrite elle-même à cette veuve , contiennent , comme l'on voit , une reconnoiſſance formelle de ſa part , que
la dame Maſſiye eſt ſa mere. Prouvons
maintenant que le curateur lui-même a
reconnu , dans ſa propre Requête d'intervention , que ſa pupille eſt fille de
la dame Maſſiye.

En effet , il y ſuppoſe que celle qui
exiſte actuellement au couvent de la
Magdeleine , eſt cette Marie-Théreſe ,
née de pere & mere inconnus le 15 Avril
1760 ; & , ſous le nom de cette bâtarde , morte dix jours après ſa naiſſance ,
& en ſa qualité de curateur aux cauſes
de cette même bâtarde , il adopte par
ſes concluſions l'acte de baptême de
l'enfant dont la dame Maſſiye eſt ac-

couchée le 12 Mars 1760, qui eſt
à réformer, pour être l'acte de baptême de la mineure pour laquelle il
agit. » Ce conſidéré, Noſſeigneurs,
portent ces concluſions, il vous plaiſe
recevoir la Suppliante & ledit Mᶜ Fieux,
audit nom, Parties intervenantes ſur
l'appel interjeté en la Cour par les
ſieur & dame Maſſiye, de trois Ordonnances rendues par le ſieur Lieutenant Civil du Châtelet de Paris, ſur
la demande des ſieur & dame Maſſiye
*en réformation de l'extrait baptiſtere
de la Suppliante*; leur donner acte de
ce que, pour moyen d'intervention,
*ils emploient le contenu en la préſente
Requête*; ce faiſant, ſans s'arrêter ni
avoir égard à toutes demandes provi-
ſoires qui auroient pu être formées
par les ſieur & dame Maſſiye, pour
parvenir *à la réformation dudit extrait baptiſtere de la Suppliante*, dans
leſquelles ils ſeront déclarés non-recevables, ou dont en tout cas ils ſeront
déboutés, mettre l'appellation au
néant, ordonner que ce dont eſt appel ſortira ſon plein & entier effet «.

Prenons ſes termes. Il dit que c'eſt
l'extrait baptiſtere de la Suppliante

dont les sieur & dame Massiye deman-
dent la réformation. Il répete que c'est
à la réformation de l'extrait baptiftere de la Suppliante qu'ils veulent
parvenir. Or, quelle est la Suppliante?
C'est cet individu qui est au couvent
de Sainte-Magdeleine , que la dame
Massiye réclame pour sa fille. Quel
est l'acte baptistere dont elle & son
mari demandent la réformation ? C'est
celui du 12 Mars 1760 , dans lequel
on a attribué à un enfant mâle , qui
n'a jamais existé, la naissance d'une
fille qui fut réellement baptisée alors,
& qui existe actuellement ; mais ils
n'ont jamais prétendu porter aucune
atteinte à cet acte du 15 du même
mois, qui établit la naissance d'une
bâtarde morte depuis 17 ans. Il reconnoît donc formellement que l'acte
de baptême qu'on veut faire réformer,
est celui de sa pupille, &, par une
conséquence nécessaire, que sa pupille
est l'enfant dont la dame Massiye est
accouchée le 12 Mars 1760, & qui a
été baptisée le même jour.

Le curateur dit ensuite qu'il emploie,
pour moyens d'intervention , le contenu en sa Requête. Mais cette Requête

quête étant préfentée au nom d'une fiile morte depuis 17 ans, & d'un curateur aux caufes de ce fantôme, il ne peut certainement pas s'y trouver de moyens d'aucune efpece, capables d'empêcher la réformation de l'acte de baptême de l'enfant dont la dame Maffiye eft accouchée le 12 Mars 1760. Une pareille Requête eft une dérifion.

» Nous ne releverons pas, difoit le Défenfeur, les fauffetés dont cette Requête fourmille ; elles font détruites d'avance par le compte exact que l'on a rendu des faits & des circonftances qui y font relatives. Au nombre de ces fauffetés, il en eft cependant une qu'il n'eft pas poffible de paffer fous filence.

» On prévoit le cas où l'extrait mortuaire de Marie-Thérefe, née de pere & mere inconnus, le 15 Avril 1760, viendroit à paroître, malgré les précautions qu'on avoit prifés pour prévenir cet événement : comme en ce cas la fuppofition de perfonne, qui fert comme de bouclier au raviffeur, ne pourroit pas manquer de paroître dans tout fon jour, & qu'il ne feroit plus

Tome IX.   F

possible de faire accroire que la fille
de la dame Massiye étoit cette bâtarde
morte depuis 17 ans, le curateur ose
soutenir que, si la mineure pour laquelle il s'agit, n'est pas cette Marie-
Thérese née de pere & mere inconnus, & si elle est fille de la dame
Massiye, elle ne peut être qu'une bâtarde adultérine.

» Qualifier de bâtarde adultérine une
fille née *constante matrimonio*...., c'est
une témérité dont il n'y a jamais eu
d'exemple. Il falloit le zele outré de
ce prétendu curateur pour le ravisseur
de Marie-Thérese Michel, pour mettre au jour une assertion qui outrage
les bonnes mœurs, & que toutes les
Loix ont réprouvée.

» Que notre ravisseur se désabuse,
disoit M. Teissier en finissant. Ce n'est
point avec des suppositions, des injures, des calomnies, qu'il parvien-
dra à atténuer son crime : ce n'est
point par des libelles, & en avilissant
la triste victime de sa passion au point
de vouloir lui ravir son état, qu'ils
pourront se soustraire, lui & ses complices, à la peine capitale prononcée
par les Ordonnances pour de pareils

crimes : la vindicte publique exige l'exécution de ces Loix faites pour affurer
aux peres & meres le droit que la
Nature leur donne fur leurs enfans,
maintenir la vertu que la bonne éducation a gravée dans le cœur de ces
enfans, & empêcher le déshonneur
des familles, fuite funefte des crimes
de cette efpece «.

M. Doillot, chargé de la Caufe du
fieur Brun, oppofa à ces moyens
une défenfe qui ne peut que foutenir, & même augmenter, dans l'efprit
des Lecteurs, l'intérêt de cette affaire
finguliere. Les faits, depuis la fortie
de Marie-Thérefe de la maifon de la
dame Maffiye, vont prendre une autre
face, & les conféquences qui en réfultent vont paroître toutes différentes.

Il s'attache d'abord à effacer le tableau défavantageux de fon client, tracé
par fes Parties adverfes. Le fieur Brun,
dit-il, eft fils d'un Négociant de Ta-
rafcon en Provence, & allié à la meilleure Bourgeoifie de cette ville. La
réputation dont fes pere & mere y ont
joui conftamment, fuffiroit pour l'apo-
logie de fa naiffance. Le fieur Brun, fon
coufin germain, a fervi, pendant plus

de trente ans , dans le Régiment de
Vatan, infanterie. Il mérita , par ses
services , la Croix de Saint-Louis ; &
après avoir rempli long-temps la place
de Commandant de Bataillon , il se
retira avec le brevet de Lieutenant-
Colonel.

Celui-ci , né avec des talens pour
le commerce de la Joaillerie, vint les
essayer à Paris, sous les meilleurs Maîtres ; & chacun d'eux s'est empressé
d'attester, par des certificats particuliers , que » pendant un , deux ou trois
ans qu'il a demeuré chez eux , ou qu'ils
l'ont occupé, ils l'ont toujours reconnu
pour homme d'honneur, de probité ,
de bonne vie, de bonnes mœurs ; que
les imputations qui lui sont faites par
les sieur & dame Massiye ne s'accordent point avec sa façon de penser ;
qu'ils ont été scandalisés, ainsi que
tous ceux qui le connoissent ; qu'en un
mot, il n'y a jamais rien eu à dire sur
son compte «. Tel est l'homme qui
avoit inspiré des sentimens de tendresse
à Marie-Thérese.

Elle en fit part avec candeur aux
sieur & dame Massiye, qu'elle prenoit
pour ses pere & mere. Mais , dans

l'état où étoient les chofes, on fent combien la propofition d'un mariage devenoit embarraffante. Pour qu'ils puffent marier Marie-Thérefe comme leur fille, il auroit fallu produire un extrait baptiftere; il n'y en avoit point, & il ne pouvoit y en avoir qui eût rapport à l'état qu'on avoit fuppofé à cet enfant. Elle paffoit pour fille des fieur & dame Maffiye; & il n'y avoit point alors de dame Maffiye, puifque Michel, mari de cette femme, étoit encore vivant.

Falloit-il avouer qu'elle étoit le fruit d'un adultere? Cet aveu auroit été trop humiliant, & auroit pu les expofer tant aux réprimandes du Curé de la paroiffe, qu'à l'animadverfion de la Police, qui auroient voulu faire ceffer le fcandale d'une cohabitation criminelle.

Falloit-il faire quitter à l'enfant l'état dont elle avoit joui jufqu'alors, & la métamorphofer tout d'un coup aux yeux du Public en fille d'Antoine Michel & de fa femme, que tout le monde croyoit & appeloit madame Maffiye? Mais ni acte baptiftere, ni

aucun autre acte qui conftitue ce nouvel état ; & Marie-Thérefe ignore
même fi elle eft enfant de l'Eglife.

Dans cet embarras , il ne reftoit
d'autre parti à prendre , que celui
de refufer fon confentement à tout
mariage. Auffi la recherche du fieur
Brun fut-elle rejetée ; & n'ayant pas
d'autre prétexte à donner , on dit
que Marie-Thérefe s'aviliroit en épou-
fant un Joaillier , & qu'il valoit mieux
refter fille toute fa vie , que de fe
dégrader. De temps à autre , il échap-
poit à la dame Maffiye des indifcré-
tions , des demi-confidences , des menaces qui donnerent à cette fille des
inquiétudes fur fa naiffance. Elle voulut fortir de cet état de perplexité ,
& favoir enfin à quoi s'en tenir. On
lui difoit qu'elle avoit quinze ans :
elle en concluoit qu'elle étoit née aux
environs de 1760 ; & elle favoit qu'on
demeuroit alors place du Louvre , paroiffe Saint-Germain-l'Auxerrois. Elle
dirigea fes recherches fur ces connoiffances ; & que lui apprirent-elles? Que,
dans cette année 1760 , à la date du
15 Avril , il étoit né , rue du Chantre , une *Marie-Thérefe* , *dont les*

pere & mere font dits inconnus ; &
préfentée par la dame Sanié, Sage-
femme.

Ne trouvant dans les regiftres aucun autre acte qui eût rapport à elle;
voyant au contraire que celui-là qua-
droit avec fon âge, que c'étoit fon
nom ; joignant à ces combinaifons,
le ton myftérieux dont on lui parloit
de fa naiffance, depuis qu'il étoit queftion de la marier, elle ne douta pas
qu'elle ne fût cette bâtarde, née le 15
Avril 1760.

Humiliée d'une découverte qui l'avi-
liffoit à fes propres yeux, elle balança
long-temps à en faire part au fieur
Brun. Il arracha enfin ce fatal fecret ;
mais fon amour n'y perdit rien. » C'eft
» votre perfonne, dit-il, que je recher-
» che, & non l'alliance, & encore
» moins la fortune du fieur Maffiye,
» puifque cette fortune eft renverfée «.

Elle fe familiarifa enfin avec l'idée
de fa naiffance, tant par fes propres
réflexions, que par celles de fon amant.
Un attachement auffi défintéreffé ne
pouvoit que refferrer les liens dont
l'amour avoit d'abord uni fon cœur à
celui du fieur Brun. Cette paffion,

F iv

jointe à la reconnoiſſance & au plai-
ſir de ſe voir aimée pour elle-même,
lui fit prendre le parti de tout ſacri-
fier pour rompre les obſtacles qui s'op-
poſoient à ſon union avec un homme
qu'elle avoit tant de raiſons de chérir.
Eclairée ſur ſa naiſſance, elle comprit que rien ne la retenoit plus ſous
l'autorité des ſieur & dame Maſſiye.
Leur obſtination à s'oppoſer à ſon bonheur, lui fit prendre le parti de s'af-
franchir de leur tyrannie. Elle s'évada
de leur maiſon, & obtint du voiſin
chez qui elle s'étoit réfugiée d'abord,
qu'il la menât à Verſailles auprès de
la mere de la dame Maſſiye, qui s'y
étoit retirée chez une autre de ſes filles,
mariée au ſieur Humbert.

Elle auroit cependant déſiré que les
choſes ſe paſſaſſent tranquillement. Elle
auroit voulu que les ſieur & dame
Maſſiye, qui, depuis qu'elle ſe connoiſſoit, lui avoient ſervi de pere & de
mere, lui en ſerviſſent encore au
moment de ſon établiſſement. Tout,
s'ils le vouloient, pouvoit ſe paſſer
tranquillement, & l'on pouvoit conſerver
les préjugés du Public ſur la naiſſance
de Marie-Théreſe, dont il n'étoit in-

difpenfable de donner connoiffance qu'aux Miniftres néceffaires du mariage.

Le fieur Humbert, beau-frere de la dame Maffiye, fe chargea de la négociation : mais la réponfe fut *qu'on ne vouloit pas voir Marie-Thérefe ; qu'on ne la verroit jamais ; que, fi elle fe préfentoit, elle feroit foulée aux pieds ; qu'on aimeroit mieux la voir raccr.... dans les rues de Paris, que de confentir au mariage.*

Ayant perdu tout efpoir de conciliation, on s'adreffa à quelques Praticiens, qui confeillerent & conduifirent la procédure qui a produit la Sentence qui homologue l'avis des amis, qui ont tous déclaré unanimement que le mariage en queftion eft, pour Marie-Thérefe, un parti convenable & avantageux, & qui autorife ce mariage, fous les aufpices du fieur Humbert, nommé tuteur *ad hoc.*

C'eft dans ces circonftances que Michel étant venu à mourir, fa veuve époufa le fieur Maffiye. Tous ceux qui avoient concouru à l'avis dont on vient de parler, apprirent par ce mariage, que celle qu'ils avoient prife jufqu'alors pour la femme Maffiye, avoit eu un

premier mari. Cette découverte jeta de
l'obscurité dans leurs idées ; & ne voulant pas persister dans le témoignage
touchant une naissance qui devenoit
problématique à leurs yeux, ils firent
la rétractation dont on a parlé plus
haut ; & c'est après cette démarche que
les sieur & dame Massiye rendirent
plainte en rapt.

Marie-Thérese, instruite du décret
de prise de corps lancé contre le sieur
Brun & contre elle, instruite qu'on
avoit obtenu des ordres du Roi pour
la faire enfermer, se tint long-temps
cachée sous des noms empruntés. Elle
rencontra heureusement une femme
vertueuse qui entreprit la réconciliation, & qui, pour y parvenir, ména-
gea le rendez-vous fatal où la fille fut
enlevée, pour être conduite aux Magdelonnettes ; & c'est depuis qu'elle y
est enfermée, que s'est élevée la contestation civile qui a produit la Sentence dont est appel.

Ainsi, indépendamment de la procédure criminelle au sujet du rapt de
Marie-Thérese, & des manœuvres que
l'on prétend avoir été pratiquées pour
la soustraire à la dame Massiye ; & la

livrer à la difcrétion de l'homme opulent dont on a parlé, il eft queftion
de favoir fi la dame Maffiye eft véritablement fa mere légitime ou naturelle; fi les preuves de maternité qu'elle
a fournies font fuffifantes pour l'établir;
& enfin fi les précautions prefcrites par
la Sentence doivent être admifes. Si
la dame Maffiye n'eft pas mere, toute
la procédure criminelle faite à fa requête tombe, puifqu'elle n'a aucun
droit fur la conduite d'une fille qui lui
eft étrangere.

M. Doillot, chargé de foutenir le
bien jugé de la Sentence, commence
par établir que l'intervention du fieur
Brun dans la Caufe, eft légitime &
doit être admife.

ɔɔ Dans le langage des Loix, dit-il,
c'eft l'intérêt qui eft la mefure des
actions portées en Juftice. Si le fieur
Brun étoit mari, il auroit droit fans
doute à une queftion qui intéreſſeroit
l'état de fa femme. Il ne l'eft pas,
mais il afpire à l'être : il eft digne de
cette qualité honorable, par fes fentimens perfonnels, & par ceux qu'il a
infpirés. Premier motif d'intérêt pour
intervenir; l'état de la perfonne qu'il

F vj

doit époufer. Il en a un fecond ; c'eft
d'attefter, par la folennité de fon intervention, que le projet de fon mariage n'eft pas de livrer, comme on
l'en accufe, fa femme fortant de l'autel, à la paffion d'un riche débauché.
Un troifieme, c'eft qu'il eft décrété
comme raviffeur. On lui donne pour
complice un homme de fortune, la
fœur, le beau-frere, peut-être la mere
de la dame Maffiye, fix ou fept Citoyens qui n'ont fait de démarches
que fous les yeux du Magiftrat, le
Procureur même ci-devant nommé par
la Cour à Marie-Thérefe pour curateur, & qui n'a fait que prêter un
miniftere néceffaire à fa pupille.

» Or les fieur & dame Maffiye ont-
ils qualité eux-mêmes pour cette odieufe
accufation de rapt & de complicité ?
Elle n'appartient qu'à des peres & à
des meres légitimes. Marie-Thérefe eft-
elle fille d'Antoine Michel & de fa
femme ? Eft-elle fille de la femme
Michel & du fieur Maffiye ? Légitime
bâtarde, bâtarde adultérine, peu importe, le fieur Brun la veut pour femme;
il eft fouhaité pour mari : la Sentence
dont eft appel tend à conftater un état,

quel qu'il foit, que Marie-Thérèfe, que le fieur Brun font plus intéreffés à connoître que les fieur & dame Maffiye. En un mot, l'état d'une femme future, l'honneur de cette femme, le fien, celui de parens, de voifins cruellement offenfés ; l'anéantiffement de l'accufation de rapt, & des décrets par le défaut de qualité : voilà les fondemens inconteftables de fon intervention. Mais, recevable en elle-même, eft-elle fondée ?

» Pourquoi une mere, fi elle l'eft, fi elle eft digne de l'être, ne rapporteroit elle pas au Magiftrat les extraits baptifteres ou mortuaires de fes enfans (a) ? Pourquoi ces enfans innocens ne parleroient-ils pas dans l'information qui tend à leur enlever un frere qui peut-être leur appartient, & à leur donner une fœur qui peut-être ne leur appartient pas ? Pourquoi le fieur Maffiye refuferoit - il de dépofer, dans un corps de procédures qui regarde des enfans qu'on dit nés d'une

---

(a) On a vu plus haut qu'elle les avoit remis à M. l'Avocal-Général.

femme qui, pendant une abſence de vingt-cinq années de ſon mari, a tou-jours demeuré avec lui Maſſiye, place du Louvre, place Dauphine, & quai des Orfévres ; d'une femme dont tous les enfans portent les noms de bap-tême de lui & de ſon pere ; d'enfans qui ont uſurpé, dans ſa maiſon, une poſſeſſion contraire aux titres de leur naiſſance ? Que craint-il des queſtions qui lui ſeront faites, des réponſes qu'il aura à faire, ſi les queſtions, & ſi les réponſes doivent conduire à réformer l'acte de baptême du 12 Mars 1760, à ſupprimer l'état d'un garçon qui n'e-xiſte pas, à rétablir l'état d'une fille qui exiſte, à ſubſtituer *Marie-Théreſe* à *Barthélemi* ; à redonner à la dame Maſſiye, ſur une fille, l'autorité légi-time qu'elle perdra ſur un garçon ; à lui confirmer, ainſi qu'au ſieur Maſ-ſiye, nouveau mari & beau-pere, la qualité d'accuſateurs dans la procédure du rapt ; enfin, à légitimer auprès du Souverain & de la Juſtice, l'ordre & les décrets qu'ils en ont ſurpris ?

» Voyons donc quels peuvent être les prétextes pour demander l'infirmation

de la Sentence, & la réformation actuelle de l'extrait baptiftère de Barthélemi.

» C'eft que, dit-on, l'enfant préfenté
à Saint-Germain l'Auxerrois le 12 Mars
1760, étoit une fille deftinée à porter
le nom de *Marie-Thérefe* ; ç'a été une
erreur fur le fexe & fur les noms.

» Admettons un moment la fuppofition d'une erreur; pourroit-elle être regardée comme involontaire de la part
de trois perfonnes, de la Sage-femme
qui avoit accouché la femme Michel,
& qui a été la marraine de l'enfant ;
de la part du mari de cette Sage-femme,
& qui a dû connoître le fexe d'un
enfant dont il étoit parrain; de la part
du Prêtre qui a adminiftré ? Que le
Prêtre eût mal entendu la déclaration
du fexe, fe fera-t-il trompé également
fur la déclaration des noms? On doit
lui en avoir dit deux, & il n'en auroit mis qu'un ! On lui aura dit *Marie-Thérefe*, & il auroit écrit *Barthélemi !* Au milieu des diftractions du
Prêtre, le nom qu'il a fubftitué n'eft
pas celui d'Antoine Michel, mari. Ce
ne font pas les noms du mari de la
Sage-femme, parrain, *Charles-Phi-*

lippe, & il se trouve que c'est précisément l'un des noms du sieur Massiye. Mais après avoir mal entendu,
après avoir mal écrit, il faut donc supposer que ces trois personnes n'auront
pas lu l'acte rédigé, & qu'elles l'auront signé sans en avoir pris lecture.
Toutes les invraisemblances s'élevent
d'abord contre l'erreur involontaire.

» Si donc l'on a erré volontairement,
quels sont les coupables, si ce n'est le
sieur Massiye, la femme Michel, la
Sage-femme & son mari ? Quels peuvent avoir été leurs motifs, si ce n'est
aussi de supprimer l'état légal d'une
fille qui auroit eu une existence physique, & de donner l'existence légale
à un garçon qui, dans l'ordre physique, n'auroit pas existé ? C'est sur de
pareils faits que le sieur Massiye refuse de s'expliquer ; c'est sans avoir été
entendu, qu'il veut que la Justice se
prête au prodige de la métamorphose !

» Cependant on ajoute que l'erreur,
volontaire ou involontaire, que l'erreur
matérielle de l'acte est prouvée par
un certificat du bureau des Recommandaresses.

» Mais, 1°. ce certificat des Récom-

mandareſſes n'eſt pas produit; & pourquoi ne l'eſt-il pas ?

» 2°. S'il exiſte, il faudroit néceffairement le rapprocher des regiſtres
mêmes du bureau, pour juger de ſa
ſincérité.

» 3°. En admettant la conformité avêc
les regiſtres du bureau, que s'enſui-
vroit-il ? Une ſimple déclaration que la
fille apportée à ce bureau, le 12 Mars,
avoit été baptiſée à Saint-Germain ſous
le nom de *Marie-Thereſe*, comme fille
d'Antoine Michel & de ſa femme.
Mais qui eſt ce qui a porté l'enfant au
bureau ? qui eſt-ce qui l'a fait enregiſ-
trer ? qui eſt ce qui a déclaré le fait
du baptême, les noms de l'enfant &
ceux des pere & mere ? C'eſt ſur quoi
le certificat ne s'explique même pas.
Et n'eſt-il pas au moins viſible que
cette mention d'une fille baptiſée le
12 Mars 1760, eſt une premiere erreur, puiſque dans le fait il n'y a
pas d'acte de baptême de ce jour *pour*
une fille ? Il faut que la perſonne qui
aura apporté une fille ait voulu tromper,
ou qu'elle ait été trompée elle-même ; il
faut qu'on lui ait dit & qu'elle ait cru
que l'enfant avoit été baptiſé & que le re-

giſtre baptiſtere en faiſoit foi , tandis
que les regiſtres ne parloient que d'un
garçon : cette erreur ne doit-elle pas
en faire ſuppoſer d'autres ?

»Ce n'eſt pas qu'il ne fût poſſible que
le 12 Mars 1760 , on eût dépoſé au
bureau des Recommandareſſes , une
fille avec toutes les déclarations que
contient le certificat ; mais la perſonne
qui a déclaré , a-t-elle déclaré vrai ? a-
t-elle ſigné ſa déclaration ? y a-t-il
pour ce dépôt des formes , & ces
formes ont - elles les caracteres de
l'authenticité ? Dans tous les cas, les
papiers domeſtiques du bureau pour-
roient-ils donc balancer , anéantir la foi
due aux regiſtres de nos paroiſſes ,
ſignés par les peres , les parrains , les
marraines , & ſignés par des Prêtres
Miniſtres ? C'eſt peut-être la premiere
fois qu'on a propoſé la réformation
d'un titre légal , le ſeul preſcrit par
les Loix , & qu'on la propoſe d'après
des regiſtres connus ſeulement de la
Police , autoriſés, ſi l'on veut , par des
réglemens pour une manutention jour-
naliere , pour la ſûreté des enfans con-
fiés aux nourrices & aux meneuſes ,
mais non admis dans le royaume , dans

les Tribunaux, pour conftater l'état de nos enfans.

» Portons plus loin les réflexions : il pourroit fe faire, après tout, que la mention des regiftres du dépôt fût vraie relativement à une fille portée le 12 Mars 1760, fans que, véritable en cette partie, la mention portât atteinte à l'acte baptiftere de Barthélemi. Si, par exemple (& la fuppofition eft dans l'ordre des chofes naturelles), fi le 12 Mars 1760, la femme Michel étoit accouchée en même temps de deux enfans, un garçon & une fille, le garçon aura été préfenté le jour de fa naiffance à Saint-Germain par la Sage-femme & fon mari, parrain & marraine, & l'extrait baptiftere de Barthélemi fera vrai. A l'égard de la fille, on n'aura pas ofé s'expofer à la porter à la même paroiffe, fous le nom des mêmes pere & mere, à caufe de l'abfence du pere. Elle peut avoir été baptifée à la maifon, peut-être ailleurs, ou peut-être, fans l'avoir été, elle peut avoir été livrée au bureau des Recommandareffes, avec la déclaration d'un baptême reçu. D'après cela, la fuite de l'hiftoire ou de la fable peut, fans être vraie , être vraisemblable. Le bureau qui a reçu une fille ainsi déclarée , l'a ainsi enregistrée ; il l'aura ensuite confiée à la Houdaille, meneuse qui l'aura remise à Ménouville , diocese de Rouen , à la femme Thibault, nourrice. La femme Michel aura été voir cet enfant , comme elle dit , pendant dix-huit mois. L'enfant lui aura été rapportée à Paris : elle l'aura mise quelque temps chez la dame Humbert , sa sœur ; elle l'aura élevée depuis dans sa maison & dans celle du sieur Maffiye, sous le nom de *Marie-Thérese* ; mais *Marie-Thérese* ne seroit pas pour cela *Barthélemi* , dont l'état civil est légalement constaté. Quoi ! parce qu'il existe une fille dont on suit la vie depuis le bureau des Recommandaresses en 1760 , jusqu'au moment actuel , est-ce une raison pour substitüer des noms à des noms , des sexes à des sexes , des êtres à des êtres , lorsque deux enfans peuvent comparir ensemble ?

» Barthélemi est un être légal , dont les sieur & dame Maffiye sont comptables à la Société & au Ministere public , ou en déclarant sa demeure actuelle , ou en rapportant fon extrait mortuaire ; & la Sentence dont les fieur & dame Maffiye font appelans, n'a pas été affez loin , en n'ordonnant la repréfentation d'extraits baptifteres ou mortuaires que de trois enfans , Jofeph-Dominique , Charles-Philippe , & Honorine , & en ordonnant que le fieur Maffiye feroit entendu au fujet de trois enfans. M. le Procureur-Général peut y fuppléer pour Barthélemi, dont l'extrait baptiftere eft repréfenté ; il le peut pour Philibert , qui a été connu place du Louvre , au Collége des Quatre-Nations , chez fon Répéti- teur , chez le fieur le Jeune , Maître de deffin , chez le fieur Cordier, Joail- lier ; & M. le Procureur-Général peut fuppléer aux conclufions des Parties pour l'intérêt de beaucoup d'autres enfans.

» A l'égard de *Marie-Thérefe* , dont le nom eft infcrit au bureau des Re- commandareffes , elle n'a eu qu'une exiftence corporelle & phyfique à ce bureau , à Ménouville , & dans les différentes maifons où le fieur Maffiye a demeuré. Point d'exiftence civile , point de preuve même qu'elle ait été

régénérée par les éaux salutaires du
baptême ; car on ne prétendra pas sans
doute que le baptême qui aura pu-
rifié Barthélemi , profite en tant que
de besoin à Marie-Thérese , par la
vertu d'une Sentence qui ordonne une
réformation de noms.

» C'est cette incertitude , c'est une
conscience timorée & religieuse qui
l'a portée à conclure , sur son intervention , *à être autorisée à se retirer,
en qualité d'adulte , par-devers l'Ordinaire , pour en obtenir la permission de
se faire consacrer enfant de l'Eglise.*
Par - là ses intérêts spirituels seront
préalablement assurés.

» Mais , pour lui donner aussi l'être
civil par subrogation à Barthélemi ,
il ne s'agit pas de consulter les allégations d'identité proposées par les sieur &
dame Massiye , par la Sage-femme & par
son mari. Qu'importe que ceux-ci aient
dit dans une information , que *Marie-*
Thérese , du bureau des Recommandaresses , est la même personne que Barthélemi ? Ils ont signé sur l'extrait baptistere , que c'étoit un garçon qu'ils
avoient présenté. De quelles dangereuses conséquences ne seroit-il pas

d'admettre au bout de dix-sept ans , de la part des peres, meres, parrains & marraines , sur-tout de l'état de la dame Sanié & de son mari , des déclarations contraires à celles qui ont été faites à l'instant de la naissance & du baptême ? Ce seroit faire flotter l'état des enfans au gré du caprice ou des intérêts de ceux qui ont eu part à leur naissance ou à leur baptême.

» Pour ce qui est du sieur Massiye & de sa femme actuelle , ils doivent être forcés d'exécuter une Sentence qui , suivant leurs réponses , conduira à constater & à faire prononcer la bâtardise de Marie-Thérese.

» En vain objecteroit-on qu'étant née pendant le mariage légitime de sa mere avec Michel , elle ne peut pas être bâtarde , parce que *pater est quem nuptiæ demonstrant* ; en vain objecteroit-on que quand il seroit prouvé que sa mere , au temps où cette fille a été conçue , vivoit en adultere avec le sieur Massiye , elle n'en seroit pas moins légitime , parce que *etiamsi mater adultera , tamen filius potest esse legitimus.* Ces regles générales , ces regles si sages n'ont été éta-

blies , & ne doivent être maintenues
que pour l'intérêt des enfans , & non
pas pour ces femmes barbares , pour ces
marâtres qui ne réclament des enfans
que dans la vûe de les déshonorer ,
qui ne les demandent en Justice , par
des actions civiles , que pour les livrer
au bras de la Justice par des actions
criminelles , qui ne les embraffent dans
de perfide réconciliations , que pour
les étouffer & les livrer à l'infamie ,
en les précipitant dans des lieux def-
tinés à la correction des femmes profti-
tuées. Et voilà , fur cette queftion
d'état, l'intérêt , les véritables intérêts de Marie - Thérefe & du fieur
Brun , non pas , encore une fois, de
favoir feulement fi Marie-Thérefe eft
fille de la femme Michel , c'eft de
favoir fi elle en eft fille légitime ;
parce que fi elle ne l'eft pas , toute
action fur le rapt doit être interdite
aux fieur & dame Maffiye , & cette
action ne pourroit appartenir qu'au Miniftere public.

   » Cependant , fi la fuppofition de deux
enfans nés le même jour , l'un garçon , l'autre fille , l'un réellement
baptifé , l'autre qui ne l'a pas été ; fi
                    cette

cette fuppofition eft un trait lumineux dans l'affaire, ce trait de lumiere doit-il s'obfcurcir, ou ne peut-il pas s'accroître, au contraire, par la circonftance de l'acte de baptême de la Marie-Thérefe infcrite le 15 Avril de la même année 1760, fur les regiftres de la même paroiffe, comme fille de *pere & mere inconnus* ?

» Celle-ci ne doit pas être inconnue à la Sage-femme Sanié ni à fon mari, puifque c'eft elle qui l'a préfentée au baptême le 15 Avril 1760 ; elle qui, ainfi que fon mari, y avoit préfenté Barthélemi le 12 Mars précédent, préfenté Charles-Philippe en 1761, préfenté Honorine en 1768 ; & pourquoi cette feconde, ou cette premiere, ou cette feule Marie-Thérefe ne feroit-elle pas des mêmes pere & mere, foit Antoine Michel & Marie-Magdeleine Anquetin, foit de Marie-Magdeleine Anquetin & du fieur Maffiye ? Pourquoi ne feroit-elle pas la *Marie - Thérefe* dont le fort nous intéreffe ?

» Dans cette fuppofition des deux enfans, feroit-il impoffible auffi que la fille née le 12 Mars eût été réfervée

Tome IX.   G

à la maison jusqu'au 15 Avril suivant, &
que ce jour on lui eût fait administrer le
baptême comme fille inconnue ? La différence d'un enfant d'un mois avec un
enfant d'un jour, pourroit n'avoir pas
été apperçue par le Prêtre, dont le ministere n'exige pas d'ailleurs qu'il le
refuse sous aucun prétexte : alors, &
si *Marie-Thérèse*, qui existoit, étoit
Marie - Thérèse sans parens connus,
au moins ne seroit - elle pas Barthélemi, baptisé le 12 Mars précédent.

» Vaines conjectures, dit-on, sur la
possibilité morale & physique de deux
enfans nés en même temps, & baptisés
à des jours différens ! Celle du 15
Avril a été portée, ajoute-t-on, aux
Enfans-trouvés de Paris, & elle est
morte le 25 du même mois, dix jours
après sa naissance ; mais l'opulent ravisseur de *Marie-Thérèse* a eu le crédit d'empêcher les Commis de l'Hôpital des Enfans- trouvés d'administrer
les preuves légales de sa mort.

» On ne s'arrêtera point à ce qu'il y
a, dans cette allégation, d'injurieux
pour une Administration dont les registres sont ouverts à tout le monde.
Mais l'annonce de cette découverte,

dont la dame Maffiye fait un des principaux moyens de fa défenfe , a déterminé le fieur Brun à faire les mêmes recherches ; & voici ce qui réfulte
de l'extrait mortuaire en queftion.
» C'eft que l'enfant avoit été envoyée ,
le 16 , de l'Hôpital des Enfans-trouvés
à Magdeleine Caftelan , femme de
Pierre Pilon , nourrice de la paroiffe
de S. Brice , Diocefe de Beauvais ; où
elle eft morte , & où elle a été en-
terrée le 25 du même mois d'Avril ;
c'eft que de plus , fuivant le certificat
de renvoi , cette fille avoit été baptifée à S. Germain-l'Auxerrois , fous le
même nom de *Marie-Thérefe*.

» Voilà donc trois enfans fur le fort
defquels les idées fe croifent , ou
pour s'obfcurcir , ou pour s'éclaircir
mutuellement. Barthélemi , *baptifé* le
12 Mars 1760 ; Marie-Thérefe , dépofée
le même jour , 12 Mars , au Bureau des
Recommandareffes , fans qu'il paroiffe
d'acte de *baptême* , & Marie-Thérefe
baptifée le 15 Avril fuivant. Ces trois
êtres ont entre eux des rapports ; & ils
ont entre eux des différences. D'un côté,
Barthélemi & la première Marie-Thérefe feroient nés le même jour 12

Mars, & ils auroient eu les mêmes
pere & mere, Antoine Michel &
Marie Anquetin sa femme, tandis que
la seconde Marie-Thérese appartien-
droit à des pere & mere inconnus,
D'un autre côté, la seconde Marie-
Thérese & Barthélemi auroient été baptisés à la même paroisse S. Germain,
chacun suivant leurs actes de baptême ; & si la premiere Marie-Thérese
n'y a pas reçu le baptême, puisqu'il
n'y a pas d'acte, au moins est-elle
dite, dans le certificat des Récom-
manderesses, l'avoir reçu en cette paroisse. L'une des Marie-Thérese est vivante ; elle ne peut donc être la seconde qu'on dit morte. Si celle qui
vit, celle du Bureau des Recommandaresses, n'a point d'acte constitutif d'un
état civil, temporel & spirituel, qu'est-
elle donc ?

» Un mot pourroit tout éclaircir. Ce
mot est le secret des sieur & dame Massiye ; c'est celui de la Sage-femme & de
son mari : ils rient des embarras où
ils voient les parties intéressées & la
Justice même : ils en triomphent sous
les yeux de la Religion, de la Société
& de leurs Loix réunies ; ils ont la

confiance de demander que la réformation foit dès aujourd'hui accueillie ; on né demande pas qu'elle foit dès aujourd'hui profcrite, mais que l'interlocutoire prononcé foit exécuté.

» Et de combien d'autres celui-ci rempli, ne pourra-t-il pas devenir le germe ? La repréfentation des extraits baptifteres des enfans prouvera (nouveaux genres de diffimulation) qu'ils ne font pas même enfans d'Antoine *Michet* (a), mais d'un Antoine *Michel*, dont le nom devroit donc auffi être réformé, ainfi que fon extrait mortuaire qui le dit veuf : elle prouvera que les uns ou les autres n'ont pas été baptifés fur les paroiffes où ils font nés, & que le mari fut toujours abfent.

» On demandera encore aux fieur & dame Maffiye pourquoi ils ont fait

---

(a) D'après les écrits de la dame Maffiye, nous avons toujours parlé de fon premier mari, fous le nom de *Michel*, & il paroît que c'est fous ce nom que les enfans font baptifés, & qu'il a été lui-même inhumé à l'Hôtel-Dieu. Mais le fieur Brun & Marie-Thérefe prétendent que fon vrai nom étoit *Michet*.

G iij

faire à Marie-Thérese sa premiere com-
munion à la Conciergerie, au lieu de
la lui faire faire à la paroisse de S. Barthélemi ?

» Les réponses des enfans indiqueront
d'autres enfans, d'autres freres, d'autres sœurs, les uns aux autres inconnus, des êtres qu'on appelle sans patrie, sans famille, *neque familiam,
neque gentem habentes* ; fruits malheureux de conjonctions du hasard,
tous sortis de la maison du sieur Massiye ; tous confondus dans le dépôt de
la Sage-femme, la plupart dans celui
des Recommandaresses, ou dans celui
des Enfans trouvés.

» C'est sur-tout au Ministere public
à développer ce chaos, pour tirer
des ombres, la lumiere, la réalité,
du néant, en prenant des conclusions plus rigoureuses, qui puissent
forcer tant de bouches ouvertes jusqu'ici au mensonge, à s'ouvrir; enfin,
pour faire reparoître sur la scene ceux
que la dame Massiye dit être dispersés
à la Louisianne & ailleurs ; mais sur-
tout pour nous apprendre que le sieur
Brun & Marie-Thérese, décrétés de
prise de corps à leur requête; que Marie-

Thérèse, renfermée à leur requête en
vertu d'ordre du Roi, font dégagés des
liens de la piété filiale, qui n'eft due
qu'aux peres & aux meres dont les entrailles font remuées par le fentiment
de la légitimité de leurs enfans.

» M. l'Avocat-Général Seguier, qui
porta la parole dans cette Caufe, dit
que c'étoit fans aucun fondement que
la dame Maffiye avoit déféré à la Cour
l'appel d'une Sentence qui ne lui portoit aucun préjudice. Si la fille qu'elle
réclamoit étoit véritablement à elle ;
fi cette enfant étoit iffue de fon premier mariage avec *Michel* ou *Michet*,
loin de fe plaindre que la Juftice, qui
devoit prononcer fur ce point de fait,
cherchât à fe procurer toutes les lumieres poffibles, elle devoit, au contraire, chercher à donner à la légitimité de Marie-Thérèfe tout l'éclat néceffaire, pour diffiper les nuages dont
elle avoit été obfcurcie par les circonftances qui avoient accompagné la naiffance de cette fille ; & l'unique objet
de la Sentence dont elle fe plaignoit,
étoit de fournir à la Juftice cette clarté,
fans laquelle il ne lui étoit ni permis,

G iv

ni même possible de statuer sur un fait qu'elle ne pouvoit jusqu'alors regarder que comme problématique «.

En effet, les registres de baptême sont le dépôt légal, la preuve légale de l'état des Citoyens. Quand ces registres sont rédigés dans la forme prescrite par la Loi, c'est à eux seuls qu'elle donne sa confiance sur la naissance & sur l'état des enfans.

Ce n'est pas que les actes qui s'y inscrivent ne soient sujets à erreur : mille circonstances la peuvent faire naître : aussi arrive-t-il souvent qu'on en ordonne la réformation ; mais la Justice ne prend ce parti que quand elle y est déterminée par des preuves démonstratives, qui subjuguent la raison & font taire les présomptions légales qui parlent en faveur d'un monument érigé par la Loi même.

Mais ici, qu'opposoit-t-on aux registres des baptêmes d'une paroisse ? Un registre particulier sur lequel la Loi ne veille point, qui est rédigé par des personnes, soit homme, soit femme, qui n'ont aucun caractere en Justice, qui en sont les rédacteurs & les dépositaires en même temps.

D'ailleurs, la réformation que l'on demande porte sur un fait qui choque la vraisemblance, & ne peut par conséquent être consacré par la Justice, qu'autant qu'on en aura démontré la vérité. Qui peut se persuader en effet, sans y être forcé par les lumieres de l'évidence même, qu'une enfant présentée comme fille au baptême, pour y recevoir les noms de *Marie-Thérese*, *fille*, ait été, par une double erreur, nommée par le Prêtre, dans toutes les prieres, dans toutes les cérémonies, *Barthélemi*, *garçon*, sans que le parrain & la marraine s'en soient apperçus en écoutant les prieres & en signant l'acte baptistere ?

D'un autre côté, attendu les ténebres dont cette affaire est enveloppée, ce Magistrat crut que la Cour n'étoit pas en état de statuer, quant à présent, sur les demandes de Marie-Thérese, qui tendent à ce qu'elle soit autorisée à se faire baptiser & à passer outre à la célébration de son mariage. Il n'est pas possible de prendre aucun parti avant que le mystere de sa naissance soit entiérement éclairci par la continuation de l'information ordonnée par la Sentence.

Conformément aux conclusions de ce Magistrat, le Parlement de Paris, par Arrêt du 4 Septembre 1777, confirma la Sentence du Châtelet purement & simplement.

Affaire du Comte de Viry, accusé d'assassinat.

LE Comte de Viry perdit sa mere au mois d'Août 1772 ; il fut si affligé de cette mort, que sa douleur se manifesta par une maladie qui fit craindre pour ses jours. La Comtesse de Viry sa mere, lui laissa une succession chargée de dettes & d'une multitude de procès ; les gens d'affaires des créanciers sentoient leur zele s'échauffer à la vue de ces grandes propriétés, qu'une saisie réelle pouvoit dévorer, tandis que les scellés couvroient tout le mobilier de la succession. Le Comte de Viry, toujours souffrant, languissoit dans la capitale, accablé sous la maladie qui épuisoit ses forces ; obligé d'écrire, il étoit réduit à emprunter la main des amis qui venoient prendre part à sa douleur.

Le sieur Fuchs de Therigny, qu'il avoit vu aux spectacles, aux promenades publiques, avec lequel il avoit formé la liaison légere qui naît de ces rapprochemens accidentels, ayant appris

G vj

l'état du Comte, crut devoir lui rendre visite. Peut-être un sentiment pur & désintéressé engagea-t-il ce jeune homme, qui étoit dans l'âge où la sensibilité se développe si aisément, à offrir ses services à un homme malade & qui paroissoit accablé d'affaires. Peut-être l'aiguillon du besoin lui fit-il prendre cette forme souple, active & caressante, qui finit toujours par nous intéresser. Il est certain que ce jeune homme, qui paroissoit avoir eu une excellente éducation, se dévoua, avec le plus grand zele, aux intérêts du Comte de Viry, & n'épargna ni peines ni démarches pour éclaircir ses affaires & en accélérer la fin.

Encouragé par la confiance & les témoignages d'amitié que lui donnoit le Comte, le sieur de Therigny osa lui révéler le secret de son infortune, en laissant néanmoins un voile sur sa naissance; il lui apprit qu'il étoit fils d'un pere qu'il avoit perdu avant de le connoître; que sa mere, manquant du nécessaire & environnée d'enfans, avoit été contrainte de donner sa main à un Chirurgien de village; que l'on avoit eu bien de la peine à faire parvenir au

grade de Capitaine général des Fermes ;
que les appointemens de son beau-père
ne suffisant pas pour nourrir une nombreuse famille, il désiroit que le Comte
de Viry voulût bien le prendre pour
son Secrétaire.

Le Comte consentit à le recevoir
chez lui à ce titre ; mais il exigea auparavant, que les parens du jeune homme lui écrivissent pour l'en prier. Il fit
aussi, sur sa conduite, des informations, dont le résultat lui fut avantageux.

La mere du sieur de Therigny devint
veuve une seconde fois ; la mort de son
mari alloit la replonger, elle & ses
enfans, dans la plus grande indigence.
Le Comte de Viry déploya, sur cette
malheureuse famille, son ame bienfaisante. Il alla solliciter la faveur de la
Ferme générale pour une veuve indi-
gente & de foibles orphelins ; il obtint pour eux un magasin de sel, en
se rendant caution.

Le sieur de Therigny, pénétré de la
générosité du Comte de Viry, se reprocha de lui avoir fait un mystere de
sa naissance ; il lui apprit qu'il étoit de

la Maifon des Barons de *Fuchs*. Son extrait baptiftere ne laiffoit aucun doute fur fon illuftre origine.

Cette découverte jeta le Comte de Viry dans un grand embarras. Il fouffroit trop de voir la Nobleffe dégradée par l'emploi que rempliffoit auprès de lui le fieur de Therigny. Il eut la délicateffe de vouloir remettre à fa place un Gentilhomme que l'indigence en avoit fait defcendre, & qu'il n'en regardoit pas moins comme fon égal. Il le préfenta au Corps des Gendarmes de la garde, où il fut admis. Ainfi le Comte de Viry eut la fatisfaction d'exercer, fur cette famille, tous les devoirs auxquels fa générofité naturelle lui perfuadoit qu'il étoit foumis.

Il ne vouloit retourner dans fes terres qu'avec les moyens d'éteindre, au moins en partie, les dettes que lui avoit laiffées fa mere, & de terminer les procès qu'on lui avoit fufcités, & ne fe trouva en état de s'y rendre qu'au premier Juillet 1773.

Le fieur de Therigny l'y accompagna, non pas comme fon Secrétaire, mais comme un ami reconnoiffant. A peine y fut-il arrivé, que ce jeune homme, ayant appris que fa mere étoit dangereufement malade, marqua la plus tendre inquiétude fur fa fanté, & le plus grand défir d'aller la voir. Le Comte de Viry applaudiſſoit trop à fes fentimens pour les combattre ; il le preſſa de partir, & lui fournit l'argent néceſſaire pour fon voyage.

Arrivé à Lyon, il reſſentit les fuites cruelles de cette maladie qui effraie l'amour & fait fortir la douleur du fein même des plaifirs. Pendant fon féjour à Paris, il n'avoit pû fe garantir des piéges de la féduction ; les attraits dangereux des beautés vénales avoient égaré fes fens ; il eut le fort de l'ardeur trop confiante. Il envoya fur le champ un exprès au Comte de Viry, avec des lettres du Chirurgien & de fon Hôte, pour lui apprendre qu'il étoit dangereuſement malade. Le Comte donna ordre que l'on en eût le plus grand foin, & lui écrivit de revenir chez lui auſſi-tôt que fes forces lui permettroient de fe mettre en route.

Le Comte de Viry ignoroit la nature du mal dont le fieur de Therigny fentoit les horribles atteintes ; les palliatifs que l'Art lui donna n'en avoient tout

au plus que retardé les progrès ; il fut
forcé, deux mois après son retour, de
révéler son malheur à celui qui avoit
tant de droits à sa confiance ; il le pria
de lui fournir les moyens de se rendre
à Paris, où le remede semble se trouver près du mal qui y fait tant de
ravages.

Son bienfaiteur se hâta de le faire
partir, & l'adressa à un Chirurgien qui
pût sauver sa jeunesse de l'ennemi qui
la dévoroit ; il crut devoir mêler la
prudence à la générosité, faire parvenir
lui-même, au Chirurgien, le prix de
son traitement. Il craignit qu'une somme
qui pouvoit paroître considérable à un
jeune homme qui n'avoit jamais eu
beaucoup d'argent à sa disposition, ne
fît oublier au malade le soin de sa
guérison.

Cette honnête défiance déplut au
sieur de Therigny ; il s'en trouvoit hu-
milié ; & son mécontentement fut si
apparent, que le Comte de Viry, offensé
de son humeur, lui déclara qu'il ne le
recevroit plus chez lui.

Le jeune homme partit, désespéré
d'avoir perdu la confiance de son bienfaiteur : ses regrets sembloient s'accroî-

tre avec le repentir que lui faisoient
éprouver les remedes qu'il subissoit ; il
montra une douleur si vive, il employa
des sollicitations qui avoient tant de
pouvoir sur l'esprit du Comte de Viry,
qu'il parvint à lui faire oublier ses torts,
& obtint la permission de revenir à sa
terre, après sa parfaite guérison.

Au renouvellement de leur bail, les
Fermiers Généraux ayant fait des chan-
gemens dans les gabelles de Lorraine,
la mere du sieur de Therigny saisit
cette occasion pour rendre son sort plus
heureux ; le Comte de Viry étendit
son cautionnement, & lui fit avoir un
magasin plus considérable.

Le sieur de Therigny n'étoit de retour que depuis peu de jours. Le 25
Novembre 1774, quoiqu'il fît le plus
grand froid, il passa une partie de
l'après-midi à courir sur la glace. Il
s'amusa à défier & à poursuivre, en
glissant, l'homme d'affaires du Comte
de Viry ; celui-ci, presque aussi jeune,
se livra au même amusement. Encore
tout échauffé par l'exercice qu'il avoit
pris, le sieur de Therigny eut l'imprudence de se plonger à demi nu dans

la neige, pour se guérir, disoit-il, de
ses engelures. Le soir, il revint tout
transi de froid ; mais il ne parut pas que
sa santé en souffrît. Il se mit à table, &
soupa avec le Comte de Viry, comme
à son ordinaire. Il prêta même quelque
attention à une musique champêtre
qu'avoit fait venir le Comte de Viry,
& aux sons de laquelle ses gens dan-
serent une partie de la nuit. Sur le
minuit, il se retira dans sa chambre,
où il s'enferma, selon sa coutume.

Le lendemain, la matinée étoit déjà
fort avancée ; le Comte de Viry ne
voyant pas paroître le sieur de Therigny, envoie un de ses gens pour savoir
de ses nouvelles ; le domestique frappe
à sa porte ; on ne répond point : deux
heures après il retourne, même silence.
Alors l'inquiétude redouble. Le Comte
de Viry, qui a un rendez-vous avec
son ancien Curé, se hâte de dîner.
Avant de partir, il donne ordre à ses
gens d'enfoncer la porte de la chambre
du sieur de Therigny. Il ne se montre
pas ; les domestiques attendent encore,
& finissent par suivre les ordres qu'ils
ont reçus. Toute la maison assiste à

cette ouverture forcée. On avance, on
fe précipite autour du lit, & on n'y
voit qu'un corps immobile & glacé.

On va annoncer au Comte cette
trifte nouvelle; il en eft fi accablé,
qu'il tombe évanoui. Effrayé de fon
état, on appelle du fecours; le Curé
actuel quitte fon églife, vole au pref-
bytere, apperçoit le Comte défaillant.
On le porte dans fon château; mais il
n'eft pas encore revenu de fa foibleffe,
de fon faififfement; c'eft fon homme
d'affaires qui s'occupe de faire rendre
les derniers devoirs à ce jeune homme,
que la mort a frappé fi rapidement;
les gens de la maifon, les ouvriers,
tout ce qui remplit le château, va arrêter fes regards fur cette image affli-
geante de la deftruction.

Quatre étrangers font mandés pour
paffer la nuit dans l'appartement où le
corps eft expofé; deux autres étrangers
le mettent le lendemain dans le cercueil; les cloches funebres fonnent
pendant les vingt-fix heures; le Curé
arrive, accompagné d'un cortége auffi
nombreux qu'il peut l'être dans une
campagne. Le 27, à trois heures après

midi, le convoi fe fait, fuivi de plus
de quarante perfonnes.

Le Comte de Viry, qui craint de
déchirer le cœur d'une mere en lui
apprenant la mort de fon fils, croit
devoir ufer de ménagement à fon égard,
& lui faire paffer cette affreufe nouvelle par la bouche d'un ancien Prieur
de l'Abbaye de Senones, oncle du
défunt ; il lui écrit en conféquence,
pour lui faire part de la perte de fon
neveu ; mais ce Religieux, retenu fans
doute par les mêmes confidérations,
laiffa ignorer ce trifte événement à la
mere, qui ne l'apprit que long-temps
après du Comte de Viry.

On ne voit jufqu'ici aucune trace
de crime. Près de dix mois s'écoulerent
depuis la mort de Therigny, fans qu'il
fe fût élevé aucune plainte, fans qu'on
eût entendu le moindre murmure ;
mais des Mémoires, travaillés dans le
filence, parvinrent jufqu'à M. le Procureur Général. On y accufoit le Comte
de Viry ; on alloit jufqu'à dire : " qu'un
jeune homme, âgé de vingt ans, arra-
ché à la mifere par le Comte de Viry,
que ce jeune homme, dont la mere &

les freres font dans l'indigence, lui avoit prêté 20,000 liv. & que, pour enfevelir cette dette, le débiteur avoit donné la mort à fon créancier, qui l'avoit fait enterrer au milieu de la nuit, & avoit recommandé que l'on fît confumer fon corps avec de la chaux vive «.

On parvint, par ces accufations clan‑ deftines, à exciter la févérité du Mi‑ niftere public. Le 9 Septembre 1775; fur la Requête qu'il préfenta, un Arrêt du Parlement ordonné, » qu'il fera informé des caufes de la mort du fieur de Therigny, & le procès fait & par‑ fait aux auteurs & complices de fa mort «.

Le Comte de Viry nommoit trois ennemis acharnés contre lui, dont deux animés d'une haine héréditaire, l'a‑ voient vexé par une foule de procès; & le troifieme étoit le fieur Fleury, Curé de Barray, qui ne lui avoit pas pardonné un Arrêt, dont nous parlerons dans la fuite.

Le Comte de Viry prétendoit que ces haines combinées étoient la caufe qui avoit fait fervir l'événement le plus naturel à une accufation monftrueufe,

déterminé le Procureur du Roi de
Moulins à requérir l'exhumation d'un
corps qui, depuis dix mois, étoit livré
à la corruption, & fait publier dans
toute la province, des monitoires pour
découvrir les auteurs d'un assassinat
imaginaire.

Il se plaignoit que, pour constater
la nature d'une mort arrivée dans le
silence de la nuit, au lieu de commencer par interroger tous les domestiques
de la maison, ceux qui avoient veillé
près du corps, & ceux qui l'avoient enseveli, on eût été au loin questionner
des étrangers soupçonnés de lui en
vouloir ; qu'on eût rejeté avec mépris
& menaces tous les témoins qui parloient en sa faveur, & accueilli ceux
qui, par des mots vagues & des oui-
dire, pouvoient jeter quelques nuages
sur son innocence ; qu'on eût fait défenses au Curé de sa paroisse de recevoir, d'après la nouvelle publication
des monitoires, aucune révélation ;
tandis qu'on laissoit au Curé de Barray,
à ce Prêtre, l'ennemi du Comte de
Viry, & aumôné par Arrêt du Parlement, la liberté d'exciter l'imposture
& d'en recevoir les dépositions ; que

l'on n'eût pas, conformément à l'article X de l'Ordonnance, titre des informations, rédigé la déposition de chaque témoin, à charge & décharge.

Que l'on eût fait une nouvelle information, composée de douze ou quinze témoins, auxquels le Comte de Viry avoit fermé sa porte, il y avoit plus de dix ans, & qui, ne pouvant par cette raison rien déclarer de positif sur le prétendu assassinat, ont été forcés, pour satisfaire leur amour-propre offensé, d'entasser des calomnies étrangeres à l'objet des informations.

Il se plaignoit de ce que, quoique le corps exhumé se fût, par le plus grand bonheur, conservé tout entier; quoique les Chirurgiens n'eussent découvert sur lui ni les traces d'un étranglement, ni les plaies occasionnées par un fer meurtrier, ou par une arme à feu; quoiqu'ils n'eussent reconnu au contraire qu'un épanchement sanguin à l'ouverture de la poitrine, que leur ignorance leur a fait prendre pour la suite apparente d'un coup contondant, on eût pu décréter de prise de corps deux domestiques du Comte de Viry, qui furent emprisonnés, un homme d'affaires qui n'a échappé que par la fuite au même fort.

Le Comte de Viry, fondé fur ces motifs, interjeta appel au Parlement de Paris de toute la procédure des Juges de Moulins, & obtint un Arrêt qui ordonna que la procédure feroit apportée au Greffe de la Cour.

M. Delacroix, fon Défenfeur, établit fon innocence par deux propofitions.

La premiere, qu'il n'y avoit point de délit.

La feconde, que la procédure étoit irréguliere & vexatoire.

» Pourquoi le Comte de Viry, difoit-il, eft-il pourfuivi ? Pourquoi des décrets de prife de corps ont-ils été lancés contre les deux domeftiques, conduits, enchaînés dans un cachot, & contre l'homme d'affaires qui a échappé, par la fuite, à cette horrible captivité ? Parce que le fieur de Therigny a été trouvé mort dans fon lit le 26 Novembre 1774. Mais il arrive tous les jours, qu'un homme eft frappé de mort pendant fon fommeil. Si, toutes les fois que ce malheur fe renouvelle, le maître de la maifon & ceux qui l'habitent étoient décrétés,

décrétés, emprisonnés, quel homme oſeroit donner aſile chez lui, ou habiter la demeure d'un autre ?.... Il faudroit vivre iſolé, ou courir tous les jours riſque d'être ſaiſi par la Juſtice à ſon réveil. L'expérience nous a trop appris qu'il étoit auſſi naturel de mourir la nuit en ſilence d'un coup de ſang, que de périr au bout de pluſieurs jours victime d'une fievre maligne, ou de toute autre maladie, pour que le ſoupçon d'un crime, tel que celui de l'aſſaſſinat, naiſſe à l'aſpect d'une mort ſubite, lors même que l'on n'en devine pas la cauſe. Mais ici une cauſe naturelle ſe préſente à tous les eſprits. Le ſieur de Therigny, encore tout criblé de ce remede actif qui pourſuit de veines en veines un poiſon deſtructeur & le chaſſe par tous les pores, prend, ſur la glace, un exercice qui le met en ſueur, & a l'imprudence de ſe plonger enſuite dans la neige, le corps à demi-nu ; ſon ſang ſaiſi par le froid, a dû néceſſairement remonter à la poitrine & le ſuffoquer dans la nuit.

» La preuve que perſonne n'a attenté à ſes jours, c'eſt que le lendemain, pour entrer dans ſa chambre, il a fallu

Tome IX.　　　　　　　　H

en enfoncer la porte, parce qu'il s'y étoit enfermé.

» La preuve que le Comte de Viry n'est point l'auteur de la mort du sieur de Therigny, c'est que l'ouverture forcée de cette porte s'est faite d'après ses ordres, en son absence, à la vue de tous ceux qui remplissoient son château; donc il ne craignoit pas les témoins.

» La preuve que ni lui ni ses gens ne sont coupables, c'est que, loin de chercher à couvrir le crime dont on les accuse du voile du mystere, quatre étrangers ont été mandés pour veiller, pendant la nuit du 26 au 27, près du mort, & deux autres étrangers l'ont enseveli & mis dans le cercueil.

» Enfin, la preuve que le Comte de Viry n'a pas porté une main homicide sur le sieur de Therigny, c'est qu'il ne peut pas avoir eu de motifs pour le faire, & que sa conduite envers ce jeune homme & sa famille démontre que, bien loin qu'il ait voulu lui arracher la vie, la mere & le fils ne conservoient la leur que par les bienfaits du Comte de Viry.

» On a vu quelquefois l'ingratitude frapper la bienfaisance, mais jamais on n'a ouï dire que celle-ci ait détruit l'objet de sa générosité. Par quelle aveugle fureur (nous ne pouvons trop insister sur ce point) le Comte de Viry auroit-il assassiné son protégé, son ami ? Ce jeune homme lui étoit-il devenu importun depuis son retour ? Il pouvoit l'éloigner, le plonger dans la misere au premier signe.... Est-ce que le Comte de Viry est un homme féroce, capable des plus grands crimes ? Observons-le retiré dans sa terre, & nous verrons qu'il nourrit toute l'année six pauvres, qui sont devenus, pour ainsi dire, ses commensaux ; que six ménages indigens sont logés pour rien dans des maisons qui lui appartiennent ; qu'il a fait reconstruire quelques-uns de ses asiles pour cet acte de charité ; qu'il acquitte les loyers de plusieurs malheureux qu'il ne peut retirer chez lui, faute de logement ; qu'il sert de pere à un grand nombre d'enfans, dont il paye les mois de nourrice ; qu'il habille, qu'il réchauffe, qu'il alimente des familles entières ; que les Chirurgiens accourent à sa voix, & reçoivent de lui le prix de leurs visites, de leurs remedes, aussitôt qu'un malade de sa paroisse a besoin

de leurs fecours. Les mendians paffagers favent qu'ils n'ont jamais été re-
fufés à la porte de fon château. Sa
juftice n'égale-t-elle pas fa bienfaifance?
A-t-il jamais retenu le falaire de cette
foule d'ouvriers qu'il occupe fans ceffe?
N'a-t-il pas fait plufieurs fois le facrifice de fes droits, pour étouffer le
nombre prodigieux de procès que fa
mere lui avoit laiffés? N'a-t-il pas
donné à cette mere la preuve du plus
rare défintéreffement, en la laiffant,
après la mort de fon mari, jouir paifi-
blement, toute fa vie, de ce qui devoit lui revenir, à lui fils unique, de
la fucceffion de fon pere? Eft-il impi-
toyable envers fes débiteurs? Combien
de remifes n'obtiennent-ils pas de fa
bonté? Pas un de fes domeftiques ne
peut lui reprocher d'avoir laiffé échap-
per contre eux un mouvement de colere, ni même une injure; & voilà
l'homme que l'on dénonce comme un
odieux affaffin «. Tous ces faits honorables étoient atteftés par une foule de
perfonnes qui fe réunirent pour en
dreffer le témoignage authentique.

Mais les Médecins & les Chirurgiens, qui ont fait l'ouverture du corps

exhumé, eft ment que l'épanchement trouvé entre la plevre & les côtes, a été l'effet de la fuite d'un coup fait par un corps contondant ; caufe, felon toute apparence, de la mort précipitée du fujet. On oppofoit à ce jugement, porté par l'inattention ou l'ignorance, la réponfe motivée & lumineufe de M. Petit, Médecin de la Faculté de Paris.

Voici le Mémoire & la Confultation.

» Un jeune homme d'environ vingt ans & mois après avoir paffé les remedes par extinction, s'amufa, au mois de Novembre, à gliffer toute une journée fur la glace ; le foir, étant encore tout en fueur, il fe mit, cuiffes & jambes nues, dans la neige ; il y refta une demi-heure, & s'étant couché à l'ordinaire, il fut trouvé mort dans fon lit ; il fut enterré, fans qu'auparavant on eût ouvert fon cadavre, &, dix mois après, ce cadavre a été exhumé & ouvert. Le procès-verbal de cette ouverture porte : qu'à l'ouverture de la poitrine, on a trouvé, du côté gauche, un épanchement fanguin, entre la plevre & les côtes, lequel contenoit environ trois demi-fetiers de fang affez

H iij

rouge, & à l'extérieur une forte contufion ; ce qui a fait estimer aux auteurs du procès-verbal, que l'épanchement a été l'effet de la fuite d'un coup
fait par un corps contondant ; caufe,
felon toute apparence, de la mort précipitée du fujet.

» D'après cet expofé, on forme plufieurs queftions, auxquelles je répondrai
volontiers, pour me conformer au défir
des confultans; mais je ne puis m'empêcher d'obferver qu'il n'y a, fuivant
ma maniere de voir, qu'une feule
queftion à faire ici ; c'eft la fuivante :
L'épanchement & la contufion, énoncés au procès-verbal, dans les circonftances données, font-ils des preuves
qu'il y ait un coup donné avec un
corps contondant ? Je penfe que non ;
c'eft-à-dire, qu'à mon avis, tout ce que
porte le procès-verbal peut avoir lieu,
fans que la poitrine ait été frappée à
l'extérieur, fans qu'elle ait au dehors
fouffert aucune violence.

» J'ai paffé plus de trente ans à voir
& obferver ce qui fe paffe dans les
cadavres qui fe pourriffent. Voici les
phénomenes principaux, & ceux qui
ont le plus de rapport à la queftion

préfente ; ils fe manifeftent chez les uns plus tôt, chez d'autres un peu plus tard ; mais ils ont lieu dans prefque tous.

« Lorfque la pourriture commence, il fe fait de larges échimofes, dont la couleur devient de plus en plus fon-cée , & qui s'étendent elles-mêmes ; bientôt l'épiderme fe fépare de la peau ; alors, fi l'on ouvre la peau , on trouve fous la tache, une extravafion de ma-tiere fanguinolente , & pour l'ordinaire fort puante ; plus l'on attend à faire cette ouverture, & plus l'extravafion eft copieufe & putride ; rien au monde ne reffemble mieux à une contufion que ce qui vient d'être expofé. Si le cadavre eft plein de fucs & de fang, s'il eft jeune, s'il a perdu la vie par l'effet d'une maladie inflammatoire, les phé-nomenes énoncés fe montrent plus tôt, occupent plus d'étendue , & c'eft au lieu , où dans les environs du lieu affecté, qu'ils fe font voir.

« Or, en appliquant tout ce qui vient d'être dit au cas préfent, il fe trouve qu'au bout de dix mois d'inhu-mation, il a dû fe trouver de grandes échimofes, reffemblantes à de larges con-

tufions : il a dû fe rencontrer un épanchement fanguinolent , fort copieux.
Où ? dans le lieu voifin du fiége que
la caufe de la mort occupe. Cette caufe
eft auffi évidente que fon fiége facile à
déterminer. Un jeune homme qui fe
met dans la neige en hiver , après s'être
échauffé par un exercice violent, n'eft-il
pas dans le même cas que celui qui ,
ayant , en été , très-chaud , boiroit à la
glace , defcendroit dans un puits , &c. ?
Or , ceux à qui cela arrive , périffent,
ainfi que tout le monde le fait , par une
forte fluxion flegmoneufe fur le poumon & l'enceinte de la poitrine. La
même chofe eft arrivée au jeune homme
dont il s'agit , & la fluxion a été fi
forte , qu'elle l'a fuffoqué dans la nuit.
J'ai vu chez les chaffeurs , chez des
gens du peuple , pareille chofe arriver
en hiver , & des hommes vigoureux
périr fuffoqués en huit ou dix heures
de temps. Cette caufe admife , il eft
clair que l'épanchement a dû fe faire
le plus près du poumon , & dans le
lieu où la force de la congeftion inflammatoire s'eft portée.

» D'où il faut conclure que , quand
on eft au fait de ce qui fe paffe chez

les cadavres, on ne trouvera rien que d'ordinaire dans ce que porte le procès-verbal, rien qui puisse faire soupçonner une contusion produite par un agent extérieur.

» En conséquence, il ne faut point recourir à ce prétendu agent extérieur, dont il n'y a aucune indice, pour trouver la cause d'une mort qui, pour ainsi dire, saute aux yeux, & a été excitée par la constriction & l'engorgement du poumon, causés par le froid de la neige, frappant sur un corps échauffé par un long & violent exercice, & affoibli par les remedes dont il venoit de faire usage.

» Ainsi l'ouverture du cadavre & les faits énoncés au procès-verbal ne prouvent point qu'un agent extérieur ait frappé & meurtri la poitrine, *ils prouveroient plutôt le contraire.*

» Au reste, il est aisé de voir, par tout ce qui vient d'être dit, qu'il y a très-peu de cas, où, après dix mois d'inhumation, on puisse, par l'exhumation & l'ouverture du cadavre, rencontrer des signes certains du genre de mort qu'on veut connoître ; d'ailleurs, ces sortes d'ouvertures de cadavres sont fort dangereufes pour ceux qui les font & ceux qui y affiftent. Il n'y a que ceux qui les ordonnent inconfidérément qui n'en fouffrent point ; ce font pourtant les feuls qui méritent de s'en reffentir «.

‹ En voilà affez pour démontrer que, non feulement le Comte de Viry, ni fes gens, n'ont point affaffiné le fieur de Therigny, mais encore pour contefter qu'il n'y a point eu d'affaffinat, par conféquent point de délit.

2°. La procédure eft irréguliere & vexatoire.

» Comme tout l'objet de la procédure judiciaire, dit Jouffe, en matiere criminelle, fe réduit à conftater le délit & à découvrir l'auteur du crime, pour lui infliger la peine qu'il mérite, de quelque maniere que l'on procede, il ne faut jamais perdre ces deux points de vue pendant tout le cours de l'inftruction. L'ordre de la procédure, continue le même Auteur, demande que l'on conftate d'abord l'exiftence du corps de délit ; car, fi le crime n'eft conftant, il eft inutile d'en chercher l'auteur «.

‹ Le Procureur du Roi de Moulins

a-t-il fait ce qu'il devoit faire pour conſtater que le ſieur de Therigny eût été réellement aſſaſſiné, & par qui il l'avoit été ? Nous le répétons, il n'y a pas d'exemple d'une exhumation judiciaire, dix mois après la mort d'un homme dépoſé en terre ; mais avant cette exhumation ſi tardive, ſi funeſte à ceux qui l'exécutent, & que l'Arrêt du 9 Septembre n'avoit point ordonnée, y avoit-il quelque indice d'un aſſaſſinat commis dans la perſonne du ſieur de Therigny ? eſt-il donc permis de troubler ſans ſujet les cendres des morts ?

Le procès-verbal, rédigé par des hommes trop diſpoſés à voir le crime, annonce à la vérité que la mort du ſieur de Therigny pourroit bien être la ſuite d'un coup ; mais, en ſuppoſant qu'il en eût reçu un, peut être ſe l'étoit-il donné lui-même en tombant ſur la glace..... C'eſt déjà beaucoup pour l'accuſé, qu'il ſoit conſtant, par le procès-verbal, qu'aucune arme à feu, qu'aucun fer homicide n'a frappé le ſieur de Therigny.

Un homme, jeune & vigoureux, ne ſe laiſſe pas donner la mort par un ennemi déſarmé, ſans ſe défendre très-

H vj

long-temps, fans appeler du fecours, fans qu'il ne refte quelques traces de l'attaque & de la défenfe.

Il falloit donc commencer, avant de lancer des décrets, par interroger les gens de la maifon, tous les étrangers qui avoient affifté à l'ouverture de la porte enfoncée, ceux qui avoient veillé près du mort & l'avoient enfeveli; informer, pour favoir fi, dans la nuit du 26 Novembre, on avoit entendu des cris; conftater s'il avoit été poffible d'entrer dans la chambre du fieur de Therigny, fans forcer fa porte, ou la refermer en dedans, après y avoir pénétré; interroger fi, le lendemain, on avoit apperçu des fignes qui annonçaffent que le fieur de Therigny eût lutté contre un affaffin; demander aux étrangers qui l'avoient enfeveli, s'il portoit la marque d'un coup mortel; s'ils avoient vu cet épanchement dont le procès-verbal fait mention. Comme il eft impoffible qu'un affaffin foit affez téméraire pour livrer fa victime à tous les regards, pour expofer fon crime au grand jour, pour fe flatter qu'une multitude de valets, d'ouvriers paffagers, s'accorderont pour voiler fon crime & le

couvrir de leur silence ; il falloit sur-
tout faire dépandre la certitude de
l'innocence du Comte de Viry, du
fait qu'il avoit donné publiquement
l'ordre à ses gens d'ouvrir en son absence la porte du sieur de Therigny ; ....
qu'il avoit été libre à tous les ouvriers,
à tous les habitans du lieu de venir
contempler, découvrir ce corps, frappé
d'une mort subite ; que la garde en
avoit été confiée, pendant une nuit,
à des étrangers ; que d'autres étrangers
l'avoient enseveli : ces faits bien cons-
tatés, il falloit, même en admettant
que la mort du sieur de Therigny fût
la suite d'un coup, juger le Comte
de Viry innocent, & le faire assigner
comme témoin.

Rien de tout cela n'a été fait : ce
qui démontre que l'on n'étoit pas tant
occupé de constater un délit & d'en
découvrir les auteurs, que d'en imaginer un, & de jeter l'épouvante &
le déshonneur dans la maison d'un
homme de qualité, dont on avoit juré
sa perte.

Sur quoi portent les décrets lancés
contre le maître & les domestiques ?
Le Comte de Viry est convaincu que,

de tous les témoins que la haine a en-
couragés au menſonge & à la calomnie, il n'y en a pas un ſeul qui ait
été aſſez téméraire pour dépoſer directement contre lui ou contre ſes gens
dans la malheureuſe affaire qui lui a été
ſuſcitée.

L'article 2 de l'Ordonnance criminelle, titre 10 des décrets, veut que
le Juge ait égard aux crimes, & à la
qualité des perſonnes, avant de lancer
ſes décrets. Le Juge, dit Jouſſe à la
ſuite de cet article, » doit uſer d'une
grande circonſpection, & ne pas décréter légérement, pour éviter d'être
pris à partie «.

Il eſt donc bien coupable, le Juge
qui néglige d'entendre d'abord les témoins néceſſaires; qui ne les interroge
point à charge & à décharge; qui ré-
tient captifs deux domeſtiques; qui dé-
crete de priſe de corps un homme
d'affaires, lorſque non ſeulement rien
ne prouve qu'ils ſoient criminels,
mais lorſqu'il n'eſt pas même certain
qu'il y ait eu un crime de commis.

Mais ſi le Comte de Viry eſt innocent, ainſi que les accuſés compromis dans ſon affaire, le Miniſtere

public doit être tenu de déclarer aux accusés le nom de leurs dénonciateurs.

Combien la calomnie feroit redou-table, fi, après avoir accablé fon en-nemi fous le poids affreux d'une pro-cédure criminelle ; fi, après lui avoir donné pour adverfaire le Miniftere public, en préfentant au vengeur des crimes un délit imaginaire à pourfui-vre, elle reftoit impunie, & pouvoit jouir avec fécurité de l'effet terrible de fa méchanceté! Heureufement l'Or-donnance criminelle a mis un frein à l'impofture. Les dénonciateurs, porte l'article VII du titre 3 des dénon-ciations, qui fe trouveront mal fon-dés, feront condamnés aux dépens, dommages & intérêts des accufés, & à plus grandes peines s'il y échoit.

Que les dénonciateurs qui ont pré-fenté la mort du fieur de Therigny comme la fuite d'un affaffinat, qui ont attiré, contre le Comte de Viry & fes gens, des pourfuites effrayantes, ne fe flattent pas que la Juftice fe con-tentera de prononcer contre eux des condamnations de dépens ou de dom-mages-intérêts. De fideles domeftiques,

enchaînés & gémiſſans dans un cachot
depuis pluſieurs mois ; un homme d'affaires, qui fuit de retraites en retraites, croit ſans ceſſe voir les mains auxquelles il a échappé, s'étendre ſur lui,
& le reſſaiſir avec une joie frémiſſante ;
un homme de qualité, qui n'oſe plus
approcher de ſes terres, où il répandoit l'abondance ; l'accuſation affreuſe
d'un aſſaſſinat, qui humilie l'innocence
la plus pure : tout cela réuni, demande une punition qui fixe l'épouvante dans le ſein de la calomnie, &
préſerve l'honnêteté, qu'elle hait, de
ſes cruelles atteintes.

Malheureuſe mere de famille, qui
avez tant de fois appelé le Comte de
Viry votre protecteur & celui de vos
enfans, c'eſt à vous, objet de ſa bienfaiſance, c'eſt à vous à venir le défendre ; à faire retentir les Tribunaux
de votre reconnoiſſance ; à accabler de
vos reproches & de votre fureur,
ceux qui ont oſé le dénoncer comme
le meurtrier de votre fils, de ce fils
auquel il a ſervi de pere. Répétez aujourd'hui, à haute voix, ce que vous
lui avez écrit, peu de jours après que
la mort de votre ſecond mari vous eut

replongée dans le deuil. » Je vois, lui disiez-vous, que vous ne vous contentez pas de prodiguer vos bontés & vos bienfaits à mon fils ; mais, que voulez vous encore ! faire revivre une pauvre femme sans asile, une veuve sans mari, & qui en perdant le sien, a perdu avec lui toute ressource ; de pauvres petits orphelins, qui jamais ne pourront mériter, ainsi que moi, les bontés que vous me prodiguez. Je ne peux donc rien du tout, que d'élever ma voix & celle de mes pauvres orphelins, qui se joignent à moi, pour bénir la Providence de nous avoir donné un si grand soutien ; car, sans vous, Monsieur, nous serions perdus sans ressource «.

Le 3 Mars 1773, la mere écrivoit à son fils : » Il est temps de vous jeter de nouveau aux pieds de votre protecteur, & le prier instamment d'obtenir cette place pour moi ; je n'aurois plus rien à faire, que de faire journellement des actes de reconnoissance, & des vœux au Seigneur pour notre généreux protecteur, à qui nous devons déjà tout «.

Le 14 Février 1774, cette veuve

transportée de reconnoissance des bienfaits du Comte de Viry, lui écrit :
» C'est à vos pieds que je viens me
jeter, mon digne Seigneur, pour vous
marquer ma reconnoissance & mes
très-humbles remercîmens, de toutes
les bontés que vous avez pour moi ;
c'est la plus grande charité que vous
puissiez faire, que de procurer du pain
à une pauvre veuve qui est chargée
d'un grand nombre d'orphelins «.

Le 4 Octobre 1775, le sieur Fuchs,
frere du sieur de Therigny, écrit au
Comte de Viry :

» La bienveillance avec laquelle vous
avez traité ma chere mere, & les bontés avec lesquelles vous avez traité mon
frere, me donnent tout lieu d'espérer
que ma lettre aura une réception favorable. Faites, s'il vous plaît, tomber le
partage de vos bontés entre moi, mon
frere & ma famille «.

Le 24 Janvier 1776, la mere du
sieur de Therigny écrit à l'homme
accusé d'avoir assassiné son fils, pour
se dispenser de lui rendre les 20000 livres que ce jeune homme lui avoit
(disent ses ennemis) généreusement
prêtées. » J'ai passé la vie la plus mi-

férable ; mon fils ne pouvoit rien par lui-même ; mais il pouvoit, comme je lui ai recommandé, me rappeler à votre bon souvenir, & me mériter une protection : je crois que ses hardes doivent m'appartenir, puisqu'il n'avoit rien que ce que vous avez eu la bonté de lui donner «.

Pour achever de prouver la misere du sieur de Therigny, pour donner une idée certaine des obligations qu'il reconnoissoit avoir au Comte de Viry, qui agissoit à son égard comme un pere tendre envers un fils dont il guide la jeunesse imprudente, copions encore une lettre de ce jeune homme, dont la mort a jeté le trouble sur la vie de son bienfaiteur. Cette lettre, écrite de Lyon, est du 21 Août 1773.

» Je reconnois toute la justice de vos reproches ; mes procédés vous mettront à même de juger comme je me suis conduit ; mon argent sera bien court, & le Chirurgien me coutera ; je vous apporterai les quittances, qui, à la vérité, ne vous rendront pas l'argent ; mais j'espere que vous ne vous fâcherez pas; je ferai fi bien, que vous n'aurez pas le moindre fujet de mécontentement «. Eft-ce là le langage d'un homme qui a prêté, ou qui peut prêter 20000 livres?

Peut-il refter maintenant le moindre doute à l'incrédulité la plus obftinée?

Quel bonheur que le Comte de Viry ait retrouvé des lettres devenues fi précieufes! Hélas! elles n'auroient jamais vu le jour, fi une accufation atroce ne l'eût forcé de les publier. Heureux, heureux du moins l'homme calomnié qui peut repouffer le foupçon du crime, avec des preuves auffi authentiques de fa vertu!

Telle fut la défenfe du Comte de Viry, devant le Parlement de Paris, où il avoit interjeté appel des décrets & de la procédure des Juges de Moulins, & formé fa demande en récufation du fiége de la Sénéchauffée. Le Parlement n'eut point d'égard à cette demande, &, par fon Arrêt, confirma les décrets prononcés à Moulins, contre l'Intendant, le Maître-d'hôtel du Comte, & ordonna que fon procès lui seroit fait à lui même, & parfait en état de prise de corps, par les mêmes Juges qu'il avoit récusés.

Le Comte de Viry ne balança pas sur le parti qu'il avoit à prendre. Ses amis, ses parens lui représenterent inutilement le danger qu'il couroit en s'allant livrer à la cabale nombreuse d'ennemis acharnés à sa perte, parmi lesquels il comptoit même le Procureur du Roi du siége qui alloit juger de son honneur & de sa vie. Que ne devoit il pas même craindre encore, lui disoit on, du ressentiment du Tribunal entier qu'il avoit récusé ? Mais, sûr de son innocence, il eut assez de confiance dans l'intégrité du Procureur du Roi, dans la probité & dans les lumieres de ses Juges, pour venir se livrer entre leurs mains. Il part de Paris, où il étoit venu solliciter son affaire, engage son Intendant à quitter Lyon, où il s'étoit réfugié, & tous les deux se constituerent prisonniers à Moulins.

Les Juges ne négligerent rien pour parvenir à la découverte de la vérité. Cent quatre-vingt trois témoins furent entendus sur l'accusation d'assassinat,

On en entendit soixante-dix , sur une
plainte en subornation de témoins.
Les interrogatoires ont été multipliés
d'une maniere surprenante. Les récole-
mens & les confrontations ont été faits
avec l'exactitude la plus scrupuleuse.
Et l'on peut dire que l'innocence du
Comte de Viry a passé par le creuset
de la procédure la plus rigoureuse ;
mais c'est à cette rigueur qu'elle doit
tout l'éclat avec lequel elle s'est ma-
nifestée.

Voici le prononcé de la Sentence ,
par laquelle la Sénéchaussée de Moulins termina cette affaire : » Disons ,
faisant droit sur les accusations intentées par le Procureur du Roi, contre
le sieur Comte de Viry la Forest , les
nommés Jean-Marie Brissac , Denis
Coudrier , & Françoise Solignat, ayant
égard aux reproches proposés par ledit
sieur Comte de Viry ; contre Jean
Fleury , Curé de Burnay , nous avons
la déposition dudit Curé rejetée ; & ,
sans nous arrêter aux reproches proposés contre aucuns des autres témoins
ouis ès informations & additions d'icelles ; nous avons déchargé ledit sieur
Comte de Viry , les nommés Brissac ,

Coudrier & Solignat, des accusations contre eux formées ; féquemment, les renvoyons quittes & abfous d'icelles ; ordonnons qu'ils feront relaxés des prifons de cette ville ; à quoi faire le Geolier contraint par corps ; quoi faifant, déchargé ; ordonnons que l'écrou de leur emprifonnement fera rayé & biffé fur le regiftre de la geole, par notre Greffier. Fait & donné en la Chambre du Confeil, le 28 Février 1777 ".

Cette Sentence étant conforme aux conclufions du Miniftere public, n'étoit pas fufceptible d'appel, & forme par conféquent un jugement définitif. Et nous devons faire obferver ici que ces conclufions font d'autant plus l'éloge de l'intégrité défintéreffée du Magiftrat qui les donna, qu'il n'eût peutêtre pas été furprenant qu'il eût confervé quelque reffentiment de la vivacité avec laquelle le Comte de Viry avoit expofé dans un Mémoire public, les motifs graves de récufation qu'il avoit propofés contre lui ; & l'on peut dire que, fi cette Sentence eft un monument élevé à l'innocence de l'accufé, elle en forme également un pour l'in-

tégrité de tous les Magiſtrats qui com-
poſent le ſiége de Moulins.

La bonté & la juſtice du Roi con-
coururent d'une maniere bien flatteuſe,
pour venger l'innocence & l'honneur
du Comte de Viry, que ſes ennemis
avoient ſi fort compromis. Déjà décoré
des qualités de Chevalier de Malte,
de Capitaine de Cavalerie, de Lieutenant de Roi de la Province de Bour-
bonnois, Sa Majeſté lui a, depuis
ſon jugement, conféré celle de Chevalier de l'Ordre Royal & Militaire de
Saint-Louis.

Un triomphe ſi juſte & ſi éclatant
n'a cependant pas arrêté la fureur de
ſes ennemis. Pendant que le Comte de
Viry étoit dans la Capitale, à défendre
l'appel qu'il avoit interjeté de la procédure de Moulins, & la récuſation
des Juges de la Sénéchauſſée, pluſieurs Eccléſiaſtiques, pluſieurs Magiſtrats, pluſieurs Gentilshommes, &
pluſieurs Bourgeois notables, au nombre de quarante, rédigerent & ſigne-
rent un certificat, dans lequel ils dé-
tailloient les actes de généroſité & de
bienfaiſance qui prouvoient que le
Comte de Viry étoit doué d'un ca-

ractere

ractere bien éloigné de le porter à commettre un lâche affaffinat.

Les apologiftes établiffoient, dans ce Mémoire, que le procès criminel qui fe pourfuivoit contre ce vertueux Citoyen, étoit l'ouvrage d'ennemis implacables. On y dévoiloit leurs manœuvres, & les caufes de leur haine. Entre autres détails, on rappeloit un procès que le fieur Fleury, Curé de Barray, avoit eu à foutenir contre le Comte de Viry & la Comteffe fa mere. Cet Eccléfiaftique s'étoit permis plufieurs propos injurieux contre la mere & le fils; il fut affigné en réparation d'honneur; &, par Arrêt du 7 Septembre 1770, il lui fut fait défenfes de récidiver, & de plus à l'avenir tenir des propos injurieux dans fes prônes, fous peine de punition exemplaire; &, pour l'avoir fait, il fut condamné en 50 livres d'aumône & en tous les dépens. Il fut permis à la dame de Viry & à fon fils, de faire imprimer & afficher l'Arrêt, jufqu'à la concurrence de cent exemplaires.

Le Mémoire qui rappeloit ces faits, établiffoit encore que ce Curé

Tome IX. I

devoit différentes sommes au Comte de Viry.

Celui-ci crut devoir rendre publique une piece qui pouvoit si fort contribuer à sa justification, dans l'esprit des Juges & dans l'esprit du Public. Il la fit imprimer à la suite du Mémoire qu'il publia pendant que le Parlement instruisoit l'appel de la procédure criminelle faite à Moulins.

Le Curé de Barray imagina de s'inscrire en faux contre cette piece, sous prétexte que tous ceux qui l'avoient souscrite ne s'étoient pas transportés *de fait* dans l'étude du Notaire qui l'avoit rédigée, quoiqu'il eût employé la forme usitée, en mettant : *Fait, lu & passé en l'étude,* &c. Pour intenter cette action, il choisit le temps où toute la France avoit les yeux ouverts sur l'affaire du Comte de Viry, où la procédure qui se suivoit contre lui étoit le plus allumée, où enfin il étoit le plus intéressant pour cet accusé malheureux de prévenir tous les esprits en faveur de son innocence.

La plainte du Curé contenoit en même temps quelques reproches contre l'Arrêt rendu en 1770, en faveur de la Comtesse & du Comte de Viry. Cette circonstance détermina le Lieutenant Criminel de Moulins à ordonner que la plainte en faux seroit communiquée à M. le Procureur-Général. Le sieur Fleury interjeta appel de cette Ordonnance ; & , par Arrêt, le dépôt de l'acte argué de faux fut ordonné, avec permission d'informer.

Le Comte de Viry eut à peine obtenu le jugement qui rendoit justice à son innocence, qu'il se pourvut contre cette plainte en faux. Il ne crut pas devoir laisser subsister le plus léger doute sur la pureté de ses démarches. Il fit voir que l'auteur de la plainte étoit, dans son action, sans droit, sans qualité & sans intérêt ; que l'esprit de vengeance étoit le seul motif qui l'avoit animé, & qu'il avoit choisi pour perdre plus sûrement son ennemi, l'instant où le Juge tenoit la balance pour prononcer sur la vie de l'accusé ; il vouloit le faire envisager par la Justice, comme un homme accoutumé au crime, & qui, pour en cacher un, savoit en commettre un autre. Il vouloit enfin détruire l'impression que devoit produire un acte inspiré par l'humanité, & dicté par la vérité.

Enfin, par Arrêt rendu en vacations, le 22 Octobre 1777, le sieur Fleury, Curé de Barray, fut mis hors de Cour. C'est ainsi que le Comte de Viry a recouvré la jouissance paisible de son honneur, que sa bienfaisance seule avoit compromis.

ACCUSATION de rapt de fé-
duction.

» Qu'il en coûte, difoit la demoifelle Bérard par l'organe de fon Défenfeur (1), à une ame honnête de dévoiler au Public les fecrets de fa vie &
toutes fes foibleffes! Mais fi ce tableau
eft humiliant & accablant pour moi,
qu'il doit couvrir de honte mon fuborneur, qui, après m'avoir abufée &
traitée avec la plus grande dureté, ofe
encore m'outrager à la face des Magiftrats! Qui l'eût cru, que celle même
dont il avoit fait fon *idole*, fe vît forcée de recourir au bras vengeur de la
Juftice, pour lui faire porter la peine
de fes mauvais traitemens, de fes baf-
feffes & de fes infidélités? L'état affreux
dans lequel il m'a plongée néceffite
cette démarche; ce n'eft pas la premiere
fois, fans doute, qu'une perfonne de
mon fexe a formé une pareille plainte
& une pareille demande; mais il eft

(a) M. Gautier de Saimpré.

inoui qu'un homme auffi coupable ait ofé les provoquer : voici ce qui leur a donné lieu.

» Je fuis née à Aix ; dès la premiere année de ma naiffance je perdis ma mere : mon pere , Receveur des Fermes du Roi à l'Ifle de la Bertelas & Ville-Neuve-lès-Avignon , me fit élever dans différens couvens , foit à Aix , foit à Avignon , & enfuite , fous fes yeux , auprès d'une belle - mere. Ces nouveaux liens contractés par mon pere furent la caufe de mes malheurs : on n'ignore pas les différens qui s'élevent , en pareils cas , dans le fein des familles ; les préférences des pere & mere entre les enfans de l'un & l'autre lit , ces petites haines mutuelles entre ces derniers ; c'en étoit affez pour remplir mes jours de quelques amertumes. Mon pere , par bonté pour ma fœur & pour moi , voulut les abréger en nous émancipant : l'acte d'émancipation eft du 28 Août 1771. A cette époque , mon pere me donna quelques fonds provenans de la dot de ma mere , pour les employer dans le commerce. Je me rendis quelque temps après à Lyon. Mon pere me recommanda dans

cette ville, à divers Négocians & autres perſonnes honnêtes, qui me gui-
derent dans la nouvelle carriere que
j'allois entreprendre, & ſe prêtérent à
mes vûes. Bientôt je fus en état de
monter une maiſon de commerce ; j'é-
tablis à cet effet un magaſin dans la
petite rue Merciere, où je fixai mon
domicile : les bénéfices que je faiſois
dans ma profeſſion ſuffiſoient à mes
beſoins ; je vivois eſtimée, honorée
dans différentes maiſons qui formoient
ma ſociété. Ce fut dans une de ces
maiſons que j'eus le malheur de connoître le ſieur Dupré, Avocat en
Parlement, fils d'un ancien Marchand
Cartonnier de la ville de Lyon, dont
les affaires, quoiqu'elles euſſent été
dérangées, lui permirent cependant
de laiſſer une fortune conſidérable.

» Le ſieur Dupré me recherR. Je
lui permis de me voir dans des vûes
honnêtes ; bientôt ſes aſſiduités devin-
rent très - fréquentes ; la plus grande
intimité en fut la ſuite ; il ſut ſi
bien déguiſer la noirceur de ſes intentions ſous les dehors les plus tendres & les plus ſéduiſans, qu'il parR-
vint à ſe faire aimer de moi. Je ne

voyois dans ce particulier, qu'un jeune
homme dont la physionomie annonçoit
un âge mûr, la naissance égale, pour
ne pas dire inférieure à la mienne,
mais relevée par une grande fortune;
tout me faisoit voir dans lui un futur
époux; sa qualité d'Avocat, l'espérance de le voir un jour revêtu d'une
charge honorable, les promesses & les
sermens de cet homme que je voyois
chaque jour languir à mes pieds; enfin, un moment de foiblesse où l'ame
la plus intrépide chancelle, & la vertu
la plus pure séduite se fait facilement
illusion, parce qu'elle ne soupçonne pas
un amant adoré capable d'un crime,
causerent ma chute.

» Le sieur Dupré paroissoit toujours
également empressé & honnête auprès
de moi, lorsque des affaires, qu'il disoit
de la plus grande importance, l'appele-
rent à Paris. Je ne me serois pas attendue,
d'après sa conduite, ses promesses &
ses sermens réitérés, qu'il parviendroit
à me déshonorer; ce projet étoit cependant conçu, depuis long-temps,
dans son ame; son amour n'étoit que
factice; ses sermens n'étoient que des
parjures : il faut le croire, puisque,

fans jamais lui avoir donné aucun motif de m'être infidele, il m'a abandonné
dans ma cruelle situation, en me ju-
rant toujours qu'il ne seroit jamais à
d'autre que moi.

» La correspondance la plus suivie,
la plus intime, dédommageoit le sieur
Dupré de son absence ; nous nous écri-
vions toutes les semaines : un sieur
Lacombe, Commis au Bureau de l'In-
tendance de Lyon, dépositaire de ses
secrets & de sa confiance, & qu'il
avoit chargé de me voir quelquefois,
me faisoit passer les lettres du sieur
Dupré ; j'en ai heureusement conservé
une vingtaine ; elles sont écrites de divers endroits de sa route ; mais le
grand nombre est de Paris : toutes res-
pirent la plus vive tendresse, fondée sur
une estime dont alors il me croyoit
digne.

» Dès l'arrivée du sieur Dupré à
Paris, je ne tardai pas à lui communiquer ma grossesse & les alarmes dans
lesquelles cet état me jetoit, soit pour
apprendre cette nouvelle à mon pere,
soit pour faire taire la critique. M. Dupré me rassuroit sur l'une & sur les
autres ; son amour sembloit redoubler

I v

au récit de mes malheurs. Il m'écrivoit dans une lettre , d'une maniere
à m'attendrir & à me faire oublier
mes maux : » Lorfque j'en fuis au mo-
» ment où tu m'apprends la maladie
» qui te tourmente , je fens mes jam-
» bes défaillir , mes yeux fe rempliffent
» de larmes , & je cours m'enfermer
» dans ma chambre pour y donner un
» libre cours.

　　» Il eft donc vrai , je n'en puis plus
» douter , tu portes en ton fein le gage
» de notre tendreffe ; *& plus bas* , un
» gage de notre union vient encore
» refferrer ces nœuds «.

　　» Dans une lettre précédente il s'exprime ainfi : » Tu le fais , nous nous
» reverrons ; quelle joie nous aurons
» alors ! Elle n'en fera que plus vive ,
» & il viendra fans doute un temps où
» nous ne nous féparerons plus «.

　　» Voici comme il s'exprime dans
une autre : » Enfin je commence à
» refpirer ; c'eft toi qui m'en affures ;
» tu commences donc à prendre fur toi
» d'envifager d'un œil ferein l'état qui
» te tourmentoit fi cruellement : ce
» n'eft point ce doux nom de *mere*,
» encore moins le préjugé qui t'ef-

» fraie, mais un autre motif que tu
» me tais «.

» Il me communiquoit dans une
autre, ses alarmes fur ma fituation :
» Songe que la moindre chofe peut
» donner la mort à ton enfant; tu es
» intéreffée à le conferver ; moi-même
» je ferois inconfolable de fa mort ;
» mon amour pour toi t'en eft le ga-
» rant ; fois perfuadée qu'il ne changera
» jamais «.

» Ces lettres, comme une infinité
d'autres produites au Procès, contiennent l'aveu formel du fieur Dupré,
qu'il étoit le pere de l'enfant que je
portois, & la preuve de mes alarmes trop fondées, qu'il feignoit de
calmer.

» Cependant le fieur Dupré revint
à Lyon, au commencement du mois
de Septembre de l'année derniere ; il
m'annonça fon arrivée par une lettre,
dont le fieur Lacombe étoit encore
porteur : fon amour s'y manifeftoit,
quoiqu'en peu de mots. Je n'étois pas
cependant raffurée fur fon compte ;
mes craintes augmenterent, lorfque je
le vis, à fon arrivée, auffi indifférent
fur mon état & le terme de mes cou-

I vj

ches qui approchoit : il ne penſoit
guere à pourvoir à mes beſoins pré-
ſens, bien moins encore aux futurs ;
il n'ignoroit pas l'état dans lequel m'a-
voit jetée la négligence de mes affaires, dont il étoit la cauſe. Je le trou-
vai auſſi dur qu'injuſte. Je le preſſai
de nous unir, & de jeter ainſi un voile
ſur nos fautes paſſées. Je le conjurai,
au nom de ſes ſermens, au nom de
notre amour mutuel, au nom *du gage
que je portois dans mon ſein*, au nom
de *la pudeur*, dont je lui avois fait le
ſacrifice, & à laquelle *je n'avois pas
renoncé*, de terminer les peines *d'une
femme honnête, digne du cœur d'un
honnête homme*, en me donnant ſa
main ; mes ſollicitations, mes prieres,
mes larmes furent inutiles.

» N'eſpérant plus ramener à moi un
cœur auſſi féroce, j'épanchai, dans le
ſein de mon pere, mes peines & mes
douleurs, en lui écrivant ; je me déterminai à porter ma plainte en déclaration de ma groſſeſſe, ſur laquelle
on procéda à une information qui fut
ſuivie d'un décret de priſe de corps
contre le ſieur Dupré : le même décret renfermoit auſſi une aſſignation

pour être ouï contre le fieur Dupré, & m'adjugeoit une provifion d'une modique fomme de 120 livres. Le fieur Dupré, malgré tous fes fubter- fuges & toutes fes chicanes, a payé for- cément cette provifion, que mon Pro- cureur de Lyon a retenue, la difant abforbée par les frais faits pour inf- truire la contumace contre le fieur Dupré.

» Dénuée de tout fecours, abandon- née de la perfonne fur laquelle j'avois lieu de fonder toutes mes efpérances, je me retirai, ou, pour mieux dire, je me réfugiai chez le fieur Javal, Chi- rurgien, à l'infçu du fieur Dupré, pour me mettre à l'abri de fes perfécutions : il avoit médité le projet de me faire enlever, pour empêcher ma réclama- tion. Le 17 Octobre, j'accouchai d'un enfant qui perdit la vie en voyant le jour : fa mort m'avoit été annoncée par un accouchement laborieux, fuite de mes longs chagrins. M. Dupré vit, par cet événement, fes défirs accom- plis ; il a cru que cette circonftance rendroit mes pourfuites inutiles ; & , pour mieux y parvenir, il a penfé qu'en me traduifant à Paris, où il a un beau-frere Procureur , qui occupera pour lui , il me mettroit dans l'impoffibilité de lui faire réparer les dommages qu'il a portés , foit à mon commerce & à ma fanté , foit à mon honneur.

» Il a appelé , tant de la plainte que j'ai rendue contre lui , que de toute la procédure faite par-devant le Lieutenant-Criminel de la ville de Lyon , qui en a été la fuite : il a même furpris , de l'équité de la Cour, un Arrêt de défenfe ; mais il fera aifé de lui faire voir que cette arme ne pourra lui être d'aucun ufage , & qu'il ne peut fe fouftraire aux condamnations qu'il a fi juftement méritées «.. Après avoir rendu compte des faits , la demoifelle Berard développoit ainfi fes moyens.

» La peine de mort , difoit-elle , chez différens peuples , étoit anciennement la feule réfervée aux ravif-feurs ; la Loi unique , cod. *de raptu virg.* , condamnoit le raviffeur au dernier fupplice , fans lui permettre même d'époufer la fille ravie pour s'en libérer.

» Parmi nous , plufieurs Loix ont prononcé la même peine. Telle eft la

difpofition de l Edit de 1556, de l'Ordonnance de Blois, art. XLI & XLII,
de la Déclaration du 26 Novembre
1639, art. II, III & IV, de celle du
9 Avril 1731.

» La Jurifprudence a depuis apporté
quelque tempérament à cette févé-
rité. Elle a établi une diftinction entre
le crime de rapt, de violence, & celui de féduction, que la Loi a adoptée.
L'article II de la même Ddéclaration du
9 Avril 1731, défend de prononcer la
peine de mort pour un fimple commerce
illicite, à moins que l'atrocité des circonftances, la dignité ou la qualité des
coupables ne l'exigent.

» L'article III de cette Déclaration
porte que les perfonnes majeures ou
mineures qui fe trouveront feulement
coupables d'un commerce illicite, feront condamnées à telles peines qu'il
appartiendra, felon l'exigence des cas.
Les dommages & intérêts qu'elles ont
lieu de fupporter, font toujours réglés
fur la condition des Parties & fur leur
fortune.

» Il ne s'agit pas de favoir fi je
fuis majeure ou mineure, & fi mon
raviffeur eft plus jeune que moi, quoi-

que je puiſſe démontrer qu'un homme
a toujours la ſupériorité ſur notre ſexe,
de la foibleſſe duquel il ſait facilement
triompher. Deux ou trois ans de plus
que je puis avoir que le ſieur Dupré, ne
lui ôtent pas cet avantage ſur moi. Je
ſuis en état d'ailleurs, de prouver
qu'au commencement de notre commerce je n'étois pas majeure. Il me
ſuffit donc de dire que j'ai été trompée & ſéduite par le ſieur Dupré.
La preuve en eſt acquiſe, contre lui,
par les lettres que j'en rapporte. A
ce titre, j'ai le droit de recourir à
l'autorité de la Juſtice : elle ne refuſa
jamais ſon ſecours au foible contre le
fort.

» Je dois ſeulement m'attacher, pour
déterminer la Juſtice ſur la meſure
des peines que le ſieur Dupré a encourues, à faire voir que la condition du
ſieur Dupré n'eſt pas ſupérieure à la
mienne ; que ma conduite a toujours
été ſans reproche ; que je n'ai ceſſé de
paſſer, même à ſes yeux, pour une
fille *honnête* ; & que je tiens de lui
l'aveu qu'il m'a rendue *mere*.

» L'égalité de nos conditions s'établira aiſément. Le ſieur Dupré eſt le

fils d'un Marchand Cartonnier : il est
vrai qu'il a hérité d'une certaine fortune, depuis augmentée par la substitution d'une terre à laquelle il a été
appelé. Il vient même, dit-on, d'a-
cheter une charge de Lieutenant-Criminel à Châlons-sur-Saone. Moi, je
suis issue d'une famille honnête, assez
accommodée des biens de la fortune;
mon oncle, frere de mon pere, est
revêtu d'un office de Greffier de la
Province dans la ville d'Aix, & mon
pere est Receveur des Fermes du Roi,
comme je l'ai déjà dit. Et quand il
feroit vrai que la naissance du sieur
Dupré prévalût sur la mienne, cette
supériorité le rendroit plus coupable,
sa faute moins excusable, & la peine,
qui doit la suivre, plus rigoureuse.

» Quant à ma conduite, j'ai exposé,
aux yeux de mes Juges, le tableau
de ma vie, avant & depuis ma sortie
de la maison de mon pere, en 1771.
C'est un miroir où je me flatte qu'on
ne trouvera d'autre tache que celle
dont le sieur Dupré l'a souillée. Toutes
les personnes qui ont bien voulu m'honorer de leur estime, parmi lesquelles il
ne faut pas oublier le sieur Dupré ;

me rendront ce témoignage. Les dépositions des témoins doivent encore
être des preuves non équivoques de
mon honnêteté & de ma bonne foi.

» Je ne rapporterai point ici toutes
les lettres de mon adverſaire, qui ſont
les garans de ce que j'avance. Jamais
il ne fut, ſelon lui, *de plus honnête
femme* que moi, *plus digne du cœur
d'un honnête homme.*

» Voici comme il s'exprime à mon
égard ſur l'embarras où il m'avoit jetée, & ſur quoi il fondoit ſon amour
pour moi : » Calme donc, je t'en con-
» jure, toute eſpece de crainte à ce
» ſujet. Si mon attachement pour toi
» ſuffit, d'après ce que tu me dis,
» pour te faire ſurmonter peines, fa-
» tigues, réputation, chere ame de
» ma vie, qui fut plus aimée que toi?
» Je te l'ai dit aſſez ſouvent...... Je
» ſens aujourd'hui, plus que jamais,
» combien l'amour fondé ſur l'eſtime
» eſt fort & durable «.

» Dans un autre endroit de la
même lettre : » Où pourrois-je jamais
» trouver ce que j'ai rencontré en te
» poſſédant ? Ce tendre attachement,
» cette douce compaſſion, cette ame

» fenfible, ce cœur généreux, qui te
» conftituent fi bien. Ce font les qua-
» lités ineftimables qui te donnerent
» mon cœur «.

» Et plus bas : » Ce font les fen-
» timens de l'ame qui m'attachent à
» toi «.

» Toutes les horreurs que le fieur
Dupré a pu ou pourra inventer dans
la fuite, afin de fe fouftraire aux condamnations qu'il a méritées, ne pourront jamais effacer un témoignage fi
authentique, & qu'il devroit rougir de
défavouer. D'après tant de belles dé-
monftrations de tendreffe & d'affurances
d'eftime, il ne m'a pas été difficile de
me laiffer tromper & féduire par un
homme qui favoit encore me donner
de fauffes maximes pour des vérités.
Voici une de fes affertions, que je
tire de fes propres écrits. » Crois-tu
» que nos engagemens, en devenant
» plus publics par la formalité du Sa-
» crement, euffent été moins facrés &
» moins chers à nos cœurs ? A Dieu
» ne plaife «! J'ai pu me laiffer féduire par les difcours d'un homme que
je fuppofois être très-inftruit ; d'un Avocat qui fe deftinoit encore à un plus noble

emploi, dont l'état & la profeſſion lui donnoient une ſupériorité ſur moi, & les lumieres éclipſoient ma foible intelligence & égaroient ma raiſon. C'eſt cet état qui rend le ſieur Dupré doublement coupable : c'eſt lui qui doit déterminer le poids de la balance de la Juſtice, & aggraver les peines qu'il a encourues.

» Niera-t-il aujourd'hui que c'eſt lui qui m'a rendu mere ? Un pareil excès d'impudence de ſa part ne me ſurprendroit pas, ſi ſon aveu n'étoit conſigné dans ſes lettres : *habemus confitentem reum.* Par quelle dureté, par quelle baſſeſſe n'a-t-il pas voulu ſubvenir aux frais de mon accouchement ? Je ne demande pas qu'il prenne part à mes maux : un homme auſſi parjure eſt bien capable d'inſenſibilité. Mais quelle juſtice y a-t-il que j'acquitte des dépenſes extrêmes, dont il a été la cauſe, & que l'honneur, l'humanité & la Loi lui font un devoir de rembourſer ?

» Son caractere ne s'eſt point démenti : jamais il ne s'eſt ſignalé envers moi par aucun acte de généroſité. Il ne m'imputera pas de m'avoir ſubornée par son or; & moi, j'ai tout lieu de lui reprocher d'avoir porté le plus grand préjudice à mon commerce, & de lui demander compte des profits que je n'ai pas faits. C'est à raison de toutes les pertes que j'ai souffertes, que la Justice réglera les dommages & intérêts que je dois attendre.

» Le sieur Dupré, qui pense persuader aisément à tout le monde tout ce que son imagination vicieuse lui suggérera pour rendre ma Cause défavorable, voudra encore jeter quelque doute sur l'existence de mon commerce. Pour prouver que je faisois à Lyon un commerce honnête, qui me procuroit une certaine aisance, je n'ai besoin que de citer son propre témoignage.

» Voici comme il s'exprime, à cet égard, dans différentes lettres : » Tu » ne me dis rien de tes affaires, de » ton Marchand de Paris; aye soin de » me le mander dans ce séjour dans » cette ville.

» Donne-moi de tes nouvelles de » tes affaires & de ton Marchand de » Paris.

» Je vois avec plaisir que ton Mar-

» chand de Paris s'eſt enfin déterminé
» à te payer. Je déſire ardemment qu'il
» réaliſe tes eſpérances : mais , crois-
» moi , ſi tu n'es pas payée après ce
» dernier terme , ne diffère pas les pour-
» ſuites. As-tu envoyé au ſecond la
» commiſſion de huit louis « ?

» Cette vérité eſt encore prouvée dans
une autre lettre « :

» Je vois , par le compte que t'a
» fourni ton Marchand , qu'il a paſſé
» bien des choſes à un prix exceſſif ;
» mais , en fait de crédit , on ne peut
» s'attendre à autre choſe. Je déſire-
» rois bien pouvoir , dans ce moment ,
» te prouver mon attachement , en t'en-
» voyant un acompte , pour te ſatiſ-
» faire , & pour te délivrer des mains
» de cette maudite Michau ; mais je
» ſuis dans l'impoſſibilité de le faire
» quant à préſent ; les dépenſes que
» mes affaires & mon ſéjour de Pa-
» ris m'ont occaſionnées , m'ont entié-
» rement ôté mes reſſources «.

» On lit dans une autre lettre du
ſieur Dupré : » Mande-moi l'état de
» tes affaires , où en ſont tes deux com-
» miſſions de Paris , ſi l'une eſt payée ,
» & ſi l'autre eſt envoyée «.

» C'en est assez pour prouver que mon commerce n'étoit pas une chimere, & que je faisois des envois considérables.

» L'espece de ma Cause ne peut être assimilée à aucune du même genre. Le sieur Dupré n'est pas un suborneur ordinaire : son crime n'est pas l'erreur d'un moment ; il est le fruit de la trame la plus noire, ourdie avec tout l'art possible. Toute autre personne, plus sage & plus circonspecte que moi, auroit été séduite par les marques apparentes de son amour, ses feints éloges, ses belles promesses, & ses sermens réitérés. Notre commerce se passoit sous les yeux de ce sieur Lacombe, son intime ami. Je croyois que ce témoin, qui ne me paroissoit même pas nécessaire, me suffisoit (je pourrois lui en opposer d'autres) , pour me fier sans soupçon à ses protestations.

» J'en appelle aujourd'hui à tous ces témoins de sa perfidie. J'en appelle à toutes les personnes honnêtes qui liront les lettres que le sieur Dupré m'a adressées, lettres qui sont un dépôt de son amour & de son estime pour moi, ainsi que de ses engagemens, & dans lesquelles il a ofé tracer des fentimens que fon cœur fans doute démentoit; j'en appelle à celui-là même qui me juroit *de ne changer jamais à mon égard, & que, loin de me rendre malheureufe, fon feul but & fes défirs les plus vifs ne tendoient qu'à me procurer le fort le plus doux;* à celui-là même qui me difoit, deux mois avant de m'abandonner, *que tant que fon cœur batteroit dans fa poitrine, tant qu'il lui refteroit un fouffle de vie, je ferois l'idole de fon cœur;* à celui-là encore, *qui ne vivoit que pour moi, & cefferoit de vivre avant de ceffer de m'aimer.*

» D'après de pareils témoignages, de pareilles promeffes, de pareils engagemens, je demande à des Magiftrats juftes & équitables, une réparation authentique des mauvais traitemens & des parjures d'un homme qui m'a fi cruellement abufée (a).

_____

(a) Pour prouver qu'elle avoit été féduite par le fieur Dupré, la demoifelle Berard avoit fait imprimer les deux lettres fuivantes.

Je

» Je ne veux point fa perte ; les remords auxquels je le livre , lui tien-

---

Dijon ce 5 Mars 1776.

» Que les paffions impétueufes rendent
les hommes enfans ! comme je viens de
l'éprouver à la réception de ta lettre ! Je
l'ai reçue , ma tendre amie, avec les mêmes
tranfports que m'eût caufés ta préfence. Forcé
de quitter Beaune plus tôt que je ne croyois,
j'en étois parti le chagrin dans l'ame , d'être
privé de tes nouvelles : je ne favois à quoi
attribuer ton filence , & il n'eft point de
funefte conféquence que mon efprit troublé
ne fe figurât de ce malheureux retard. J'arrive à Dijon ; l'on m'annonce des lettres ;
je cours, ou plutôt je vole ; je les faifis
avec violence ; je reconnois les traits de ta
main ; j'ouvre, je m'empreffe de lire ces
lignes où tu peins fi bien les fentimens de
ton cœur ; & lorfque j'en fuis au moment
où tu m'apprends la maladie qui te tourmente , je fens mes jambes défaillir ; mes
yeux fe rempliffent de larmes , & je cours
m'enfermer dans ma chambre pour y donner un libre cours.

» Il eft donc vrai, je n'en peux plus dou-
ter, *tu portes en ton fein le gage de notre tendreffe.*
Ah ! chere ame de ma vie, pourquoi faut-
il que ce qui devroit faire notre joie, ne
foit pour nous qu'un fujet de crainte &
d'amertume ? Pourquoi faut-il que ce qui
devroit faire treffaillir nos cœurs , ne ferve

Tome IX.   K

dront lieu du plus grand supplice. J'ai conclu contre lui à une condamna-

---

aujourd'hui qu'à les abattre & à flétrir les facultés de notre ame ? Pourquoi cet objet si propre à tarir les larmes, nous force-t-il à les répandre ? Détestables préjugés ! loix dures & féroces ! c'est vous qui faites taire les doux sentimens de la Nature; c'est vous qui mettez obstacle aux tendres épanchemens de deux cœurs qui sont faits l'un pour l'autre.

» Pardonne-moi ces transports, mon aimable amie ; ils partent d'un cœur trop plein de son amour, pour ne pas s'épancher au dehors : encore, si je pouvois te communiquer les mêmes sentimens que j'éprouve ; si tu pouvois partager la même force d'ame qui me soutient, mes jours en seroient plus sereins ; ton courage me soutiendroit : mais je te vois flétrir & sécher dans les larmes. Tu te laisses abattre par le chagrin ; l'ennui, le sombre ennui s'empare de toi, & peut-être le désespoir..... Je sens défaillir mon ame à cette idée horrible, & je n'ai plus de force pour achever ce tableau.

» Ce qui contribue plus encore à aigrir mes maux, c'est que de la manière dont je te connois, tu n'es point propre à recevoir des consolations ; tu te plais toi-même à rendre ton sort plus cruel ; & ton imagination, te servant à ton gré, te peint encore ton état plus terrible & plus affreux qu'il ne l'est en effet.

tion en dommages & intérêts de 20000 livres. Ainsi , je demande seulement

---

» Je te l'ai répété plusieurs fois , ton cœur étoit libre , le mien l'étoit aussi ; une impulsion naturelle les a portés l'un vers l'autre ; nous nous sommes aimés , un gage de notre union vient encore resserrer ces nœuds. Crois-tu que nos engagemens , en devenant plus publics par les formalités du Sacrement , eussent été moins sacrés & moins chers à nos cœurs ? A Dieu ne plaise. Je sais , & je ne puis me dissimuler que le préjugé est cruel contre ton sexe ; qu'avec la pudeur , qui en fait les charmes , & à laquelle tu n'as point renoncé , tu dois sentir une secrete peine de ton état , & craindre sa publicité : mais , je te le répete , il est si aisé de le cacher , sans beaucoup de soins , pendant les sept premiers mois , que tu devrois quitter toute crainte à ce sujet : quant aux deux derniers mois , tu peux les passer à la campagne ; j'en fais mon affaire.

» Je t'en conjure donc , ma tendre amie , au nom de notre amour , *au nom du gage de notre tendresse* , prends sur toi d'avoir un peu de courage ; releve mes espérances abattues , en sortant de l'affaissement où tu parois plongée : le chagrin ne mene à rien ; le tien , tu dois le penser , me fait passer des jours cruels ; je souffre de ta propre peine ; & , si tu m'aimes un peu , tu dois sentir que celui que j'éprouve de notre séparation m'est assez cruel , sans y joindre encore celui de

K ij

qu'il répare les breches qu'il a faites à
ma fortune, & acquitte toutes les dé-

---

ta propre douleur. Adieu, ma chere & tendre amie, puisses-tu éprouver, en lisant cette
lettre, la même émotion qui l'a dictée ! Sois
sûre que, dans tous les temps, tu me sera
toujours chere ; *que loin d'abuser de ta foi-*
blesse, elle me sera un nouveau motif d'atta-
chement, & que mon absence animeroit
mon amour, s'il pouvoit devenir plus violent «.

Dupré de Bouillan.

P. S. » Tu ne me dis rien de l'état de
tes affaires, de ton Marchand de Paris ; aye
soin de me le mander dans mon séjour dans
cette ville ; tu sais que tes affaires sont les
miennes : je ne peux t'accuser de manquer
de confiance. J'écris à Lacombe de te voir
quelquefois, sans lui rien mander de ton
état ; tu es sûre de son honnêteté. Adieu,
encore une fois. Je pars Vendredi 8 du
courant, & serai le 11 à Paris ; adresse-m'y
tes lettres chez M. Dugas, rue & isle Saint-
Louis. Tu as dû recevoir une lettre de
Bouillan «.

Paris, ce 17 Mars 1776.

» J'avois la main à la plume, mon aimable amie, pour te reprocher ton silence,
lorsque je reçois la chere tienne, en date
du 11 du courant. Tu as dû recevoir depuis celle que je t'ai écrite de Paris, qui

penfes que ma groffeffe , mes couches
& ma maladie ont entraînées. La ref-

doit t'avoir raffurée fur la réception de celle
que tu m'adreffois , place Saint-Louis.

» Enfin, je commence à refpirer; c'eft
toi qui m'en affures. Tu commences donc à
prendre fur toi d'envifager d'un œil ferein
l'état qui te tourmentoit fi cruellement. Ce
n'eft point le doux nom de *mere* , encore
moins le préjugé qui t'effraie , mais un autre motif que tu me tais : mais , dis-moi ,
pourquoi ce motif feroit-il plus fort que les
deux premiers ? Ma bonne amie , m'en feras-
tu donc moins chere qu'auparavant ? Le
gage de notre union ne doit-il pas encore
le refferrer ? Si le préjugé, fi puiffant fur
les ames foibles , ne fait qu'effleurer la tienne , eft-il quelque crainte qui puiffe te troubler ? Mais j'entends; tu crains la publicité;
tu crains que ton père.... Ah ! calme tes
erreurs ; je ne faurois affez te le répéter ,
mon aimable amie , faite comme toi , avec
un peu de prudence , tu peux faire en forte
que pas une ame ne foupçonne ta groffeffe.
J'arriverai , je n'en peux douter , au mois
de Juillet ou d'Août à Lyon ; ce fera à peu
près dans ce temps qu'il fera plus dangereux
qu'elle paroiffe ; mais il te fera aifé d'aller
à la campagne , pour éviter tous foupçons ;
je me charge de ce foin-là : fonges-y bien ;
avec de pareils ménagemens & de telles précautions , tu n'as plus rien à redouter.

» Calme donc, je t'en conjure, toutes

K iij

titution feroit immenfe, fi elle étoit
réglée fur la léfion énorme qu'il m'a

---

efpeces de craintes à ce fujet. Si mon attachement pour toi fuffit, d'après ce que tu
me dis, pour te faire furmonter peines,
fatigues & réputation, chere ame de ma
vie, qui fut plus aimée que toi? Je te l'ai
dit affez fouvent, & je me plais à te le répéter, mon cœur eft tout à toi; nulle autre que toi n'en partage les affections, & je
fens aujourd'hui, plus que jamais, combien
l'amour fondé fur l'eftime eft fort & durable.

» Sois-en donc perfuadée, mon aimable
amie, tu es fincérement aimée; ton image
me fuit par tout; toutes les autres femmes
me deviennent infupportables; car, dis-moi,
où pourrois-je jamais trouver ce que j'ai
rencontré en te poffédant? ce tendre attachement, cette douce compaffion, cette
ame fenfible, ce cœur généreux, qui te
conftituent fi bien, ce font ces qualités ineftimables qui te donnerent mon cœur; il les
démêla dans le tien prefque auffi-tôt. Nous
ne nous vîmes pas plus tôt, que nos ames
fe dilaterent, & fentirent par-tout la même
cohérence: pardonne-moi cette expreffion
de phyfique, ma chere amie; je ne puis
trouver des mots affez forts pour t'exprimer
à quel point mon ame eft unie à la tienne;
ce ne font point, crois moi, les charmes
de ta figure que j'adore en toi; cet avantage eft trop périffable pour flatter un cœur

causée. Ma grossesse ne m'a offert qu'une chaîne d'infirmités ; les suites en ont été cruelles par la maladie dont j'ai été attaquée durant plus de six

---

sensible ; ce sont les sentimens de l'ame qui m'attachent au delà de toute expression : oui, je consens qu'on puisse imaginer une femme plus belle que toi, *mais plus honnête, plus digne du cœur d'un honnête homme*, ah ! ma chère, non, cela n'est pas possible.

» Je vois avec plaisir que ton Marchand de Paris s'est enfin déterminé à te payer ; je désire ardemment qu'il réalise tes espérances ; mais, crois-moi, si tu n'es pas payée après ce dernier terme, ne differe pas tes poursuites. As-tu envoyé au second la commission de huit louis ?

» Pour moi, ma digne amie, je n'ai jusqu'ici que donné le temps à mes affaires ; dans ce pays elles n'avancent pas au gré des solliciteurs ; je me flatte néanmoins que j'en verrai la fin avant mon départ.

» Adieu, mon adorable amie ; je ne sais si tu partageras, en lisant cette lettre, la tendre émotion qui l'a dictée ; je ne sais si j'aurai fait passer dans ton ame la même sécurité que tu parois affecter ; mais je sais que l'avis qui sépare le moins le bonheur l'un de l'autre, est celui qu'il faut suivre. Adieu, encore une fois, adieu «.

Ton ami, DUPRÉ DE BOUILLAN.

K iv

mois, & dont les frais montant à environ 500 liv., suivant le compte de
mon Chirurgien, font encore dus. La
délivrance de ces maux corporels a fait
place à ceux de l'esprit ; maux encore
plus affreux ; & pour donner une idée
des pertes que j'ai souffertes, je dirai
que j'ai négligé ou abandonné mon
commerce, afin de me dérober à la
lumiere que j'avois prife en horreur,
& me souftraire à la critique & à la
malignité, d'après les confeils du fieur
Dupré. J'ai vendu une partie de mes
hardes & mes bijoux ; leur produit m'a
fourni le feul moyen de fubfifter pendant dix-huit mois, que mon commerce ne me donnoit plus : enfin, je
ne me fuis plus occupée qu'à pourfui-
vre mon raviffeur jufque dans la capitale, où il fe flattoit que je n'aurois
ni le courage ni la force de faire entendre ma réclamation, ou bien qu'il
parviendroit aifément à l'étouffer ; &
à demander la condamnation d'un
homme qui m'a féduite, outragée,
ruinée & déshonorée, & n'a pas même
eu l'avantage de me procurer les plus
petits fecours, dans aucun temps, &

même dans celui où j'aurois excité la compassion de l'être le plus indifférent «.

Le sieur Dupré de Bouillan présentoit ainsi sa défense contre l'accusation en rapt de séduction formée contre lui par la demoiselle Berard.

» Il est rare, disoit son Défenseur, que la vertu séduite importune les Tribunaux ; mais on voit tous les jours des filles sans pudeur y solliciter avec audace la récompense de l'innocence trahie.....

» C'est, continuoit-il, une fille libre ; hors de la puissance de ses parens, désavouée de tout le monde, dans sa 36e année ou environ, qui vient crier à la séduction ; & par qui dit-elle avoir été séduite ? Par un jeune homme de 22 ans..... De là, sa demande en dommages & intérêts, qu'elle a la modestie de fixer à 20000 livres.

» Reine Berard, Provençale d'origine, & fille d'un Maître-d'hôtel, a quitté de bonne heure la maison de son pere. Après avoir parcouru différentes villes, elle s'est retirée à Lyon, où elle a fait la connoissance du sieur Dupré. Il étoit jeune & facile ; ainsi la

K v

demoifelle Berard n'eut pas de peine à le captiver. Il vécut avec elle pendant trois ans : il vint enfuite à Paris, où fes affaires l'appeloient. Pendant cette féparation, les deux amans s'écrivoient fréquemment.

» Dans une de fes lettres, la demoifelle Berard apprit au fieur Dupré *qu'elle étoit enceinte....... qu'elle avoit mis bien des effets en gage..... & qu'elle ne refpiroit que pour fon adorable amant, qu'elle invitoit à revenir dans fes bras.....*

» Elle preffoit dans une autre lettre, le fieur Dupré *de venir demeurer avec elle.*

» Après un féjour de fix mois dans la capitale, le fieur Dupré retourna à Lyon, & ne tarda pas à ouvrir les yeux fur le compte de celle qui l'avoit fubjuguée ; & fes fers furent bientôt brifés.

» La demoifelle Berard n'écouta plus que fa vengeance ; elle rendit plainte devant le Lieutenant-Criminel de Lyon, & obtint contre lui un décret d'affigné pour être ouï.

» Le fieur Dupré s'empreffa d'interjeter appel de cette procédure. Ses moyens étoient fondés fur la différence des conditions, fur la conduite & fur l'âge de la demoiselle Berard. Il soutenoit qu'étant âgée de 16 ans plus que lui, c'étoit elle qui l'avoit féduit; qu'ainsi, quand même elle feroit irréprochable dans fa conduite, quand elle feroit d'une condition égale à la fienne, la circonftance de fon âge fuffifoit pour faire rejeter fa demande en dommages & intérêts «.

Par Arrêt du 25 Octobre 1777, rendu fur délibéré par la Chambre des Vacations du Parlement de Paris, la provifion de 120 livres, accordée à la demoiselle Berard, a été déclarée définitive, & le fieur Dupré a été condamné à lui payer la fomme de 300 livres pour dommages & intérêts, & aux dépens.

AFFAIRE des Habitans du Mont-Jura.

Tous les Papiers publics ont parlé de cette affaire célebre, qui a été jugée par le Conseil d'Etat ; & ce qui a encore ajouté à sa célébrité , c'est l'intérêt que M. de Voltaire y a pris.

La cause de la liberté dans un siecle où presque tous les Souverains s'occupent du bonheur des hommes, & surtout chez une Nation dont le Monarque auguste met toute sa gloire à rendre ses Sujets heureux , devoit sans doute inspirer le plus vif intérêt ; mais comme les Tribunaux sont obligés de se conformer aux Coutumes & aux Loix particulieres qui régissent les différentes Provinces du Royaume , on sera forcé de rendre hommage à la juste rigueur des Arrêts qui ont conservé au Chapitre de Saint-Claude ses droits & ses priviléges sur les habitans du Mont-Jura.

Ces habitans, après avoir été condamnés par le Parlement de Besançon à fe foumettre à la main-morte , fe font pourvus en caffation contre l'Arrêt de cette Cour, au Confeil des Dépêches. L'affaire y a été inftruite , & depuis elle a été renvoyée au Confeil d'Etat Privé.

Nous puiferons les détails dont nous allons rendre compte, dans la Requête imprimée de l'Avocat aux Confeils , qui défendoit ces Habitans. Comme cette Requête a eu une réputation juftement méritée , nous avons penfé que nos Lecteurs nous fauroient gré d'en mettre fous leurs yeux les plus beaux morceaux.

SIRE,

» Les Habitans & Communautés de Longchaumois , d'Orciere , de Lamouille , de Morbier , de Belle-Fontaine, des Rouffes & du Bois d'Amont, fituées dans l'étendue de la Seigneurie du Chapitre de Saint-Claude au Comté de Bourgogne.

» Repréfentent très - humblement à Votre Majefté , qu'ils font forcés de remettre encore fous fes yeux le tableau de l'efclavage injufte qui les accable. Leurs cris plaintifs fe font déjà fait

entendre au Conseil de Votre Majesté.
Ils avoient touché le cœur paternel du
feu Roi ; sa justice avoit daigné leur
tendre une main secourable , & leur
avoit donné l'espérance de se voir élevés au rang fortuné de ses autres sujets , en partageant avec eux les avantages de la liberté ; mais cet espoir si
légitime vient d'être détruit par un
Arrêt du Parlement de Besançon , qui
replonge les Supplians dans toutes les
horreurs de l'esclavage affreux de la
main-morte.

» C'est contre cet Arrêt si contraire
aux vûes bienfaisantes de Votre Majesté
& à sa justice , que les Supplians viennent aujourd'hui réclamer son autorité
suprême.

» La violence & la crainte ont fait
les premiers esclaves. C'est en subissant
le joug de la servitude , pour lui &
pour sa postérité , que le vaincu a dé-
tourné le glaive levé sur sa tête ; que
le foible a garanti ses jours contre les
violences du plus fort.

» La main-morte , trop semblable
à l'esclavage , ne peut avoir une origine
différente. Ainsi , pour la trouver , il
faut remonter à ces temps de trouble

& d'anarchie, où la foibleſſe d'une autorité mépriſée aſſuroit l'impunité aux brigandages de ces Seigneurs de fiefs, qui, armés les uns contre les autres, déſoloient les Provinces déchirées, pour en diſputer entre eux les lambeaux enſanglantés ; à ces ſiecles barbares où la Religion, enveloppée des ténebres de l'ignorance, voyoit les peuples ſéduits méconnoître ſon étendard ſacré, pour ſe ranger avec effroi ſous les drapeaux de la ſuperſtition.

» Ici, l'on voit des familles arrachées à leurs foyers, tranſplantées pour peupler les environs du repaire d'un brigand qui les y tient enchaînées à la culture, pour s'approprier le fruit de leurs ſueurs ; on voit ailleurs des contrées entieres ravagées par le fer & par le feu, dont les habitans ne rachetent leurs jours qu'en les ſoumettant à l'ignominie de l'eſclavage.

» Tantôt ce ſont des payſans qui vont, par le ſacrifice de leur liberté, acheter la protection d'un tyran, pour ſe garantir des menaces d'un autre : tantôt ce ſont des victimes de la ſuperſtition qui abdiquent leur liberté

& leurs biens entre les mains de l'avidité qui se couvre du manteau respectable de la Religion.

» Ces siecles de trouble & d'ignorance sont passés ; & les funestes effets de la violence & de la superstition subsistent encore ! L'autorité rétablie a délivré les Provinces de l'oppression de cette multitude de tyrans, qui les dévastoient ; le flambeau de la Religion a dissipé la nuit d'erreurs qui avoit couvert son empire ; & la main-morte , née de la force, de la crainte & de la superstition , est devenue un droit légitime !

» Comment la Loi qui brise les fers de l'esclave étranger que le bonheur amene en France , peut-elle prêter le secours de son autorité , pour éterniser l'asservissement des générations entieres de regnicoles ? Mais les Supplians n'ont pas à redouter cette Loi terrible , dont la rigueur ose lutter contre le droit naturel. Elle ne peut être réclamée que par un titre , & il n'en existe aucun qui prononce l'esclavage des Supplians.

» Ce n'est donc pas contre le droit de main-morte qu'ils réclament ; mais c'eft contre l'ufurpation de ce droit ; c'eft contre l'abus que des Religieux ont fait de leur pouvoir ; c'eft contre les violences faites à la foibleffe des Supplians ; contre les furprifes faites à leur ignorance ; c'eft contre des entreprifes multipliées, dont les progrès fucceffifs ont ravi aux Supplians la liberté que leur affuroient les titres communs entre eux & les Moines, prédéceffeurs des Chanoines de Saint-Claude.

» Dans quelques Provinces de France, & entre autres en Franche-Comté, il n'eft encore que trop de contrées affervies à l'efclavage de la main-morte. Le ftatut municipal de cette Province contient même un titre particulier qui l'établit ; mais cette Loi fuppofe toujours l'exiftence d'un titre conftitutif.

» Il eft trois efpeces de main-morte, la perfonnelle, la réelle, & la mixte.

» La main-morte appelée mixte eft celle fous laquelle gémiffent les Supplians ; elle réunit les chaînes des deux autres.

» La fervitude perfonnelle attaque effentiellement la liberté de l'homme ;

elle se contracte par la naissance &
par l'habitation. Les Coutumes des deux
Bourgognes n'impriment au fils du serf
les fers de la servitude de son pere,
que lorsqu'il est né dans l'enclave de
la domination du Seigneur ; cette disposition est respectée par la Jurisprudence du Parlement de Dijon ; mais
celle du Parlement de Besançon rejette
cet adoucissement. On ne considere que
la personne du pere, sans considérer
le lieu de la naissance ; c'est contre les
enfans qu'on interprete le statut qui
les appelle à profiter du hasard de la
circonstance qui les auroit fait naître
hors de la Seigneurie dont le pere est
serf. Ce Parlement juge que le fils du
serf est serf, en quelque lieu qu'il
ait reçu la naissance. La faveur qu'il
auroit eue de naître en un lieu de franchise, la précaution qu'on prendroit de
ne lui jamais laisser respirer l'air de la
servitude, ne pourroient le soustraire à
l'esclavage dans lequel l'entraîne la
malheureuse qualité de serf que son
pere traîne par-tout avec lui, & dont
la contagion infecte tout ce qui lui
tient, tout ce qui lui appartient.

» L'homme libre devient serf, en

recevant gratuitement du Seigneur une maison où il puisse se loger, & un fonds capable de le nourrir. Ce funeste présent est le principe destructeur de sa liberté : il n'est pas même besoin de la libéralité du Seigneur, pour que l'homme libre subisse le joug de la main-morte personnelle. S'il achete & s'il occupe pendant une année une maison de la contrée main-mortable, il devient serf lui-même ; ce n'est qu'aux dépens de sa liberté qu'on respire, pendant un an, l'air dangereux de la Seigneurie main-mortable ; au bout de ce temps, on est asservi, & on a plongé toute sa génération dans un avilissement dont la souillure est ineffaçable.

» Le mariage qu'un homme libre contracte avec une femme serve, peut aussi lui devenir funeste & à toute sa postérité. S'il partage l'habitation de sa femme, ce n'est qu'avec les plus grandes précautions qu'il peut éviter d'en partager les chaînes ; s'il meurt dans cette habitation, la servitude est le seul héritage qu'il laisse à ses enfans ; s'il survit à sa femme, il faut qu'il en abandonne l'ha-

bitation ; s'il l'occupe pendant une
année de veuvage, il contracte la fervitude.

» Le ferf de corps de naiffance, ou
devenu tel par l'habitation, n'acquiert
rien que pour fon Seigneur ; il traîne
fes fers dans tous les pays qu'il par-
court, il les imprime à tous les biens
qu'il poffede, en quelques lieux qu'ils
foient fitués, tant au dehors qu'au dedans de la Seigneurie.

» Réduit au fimple ufufruit de fes
poffeffions, il ne peut pas même fe
flatter de les tranfmettre à fes proches,
à fes enfans.

» Veut-il vendre, c'eft-à-dire, tranfmettre fon droit d'ufufruit ? il faut
l'agrément du Seigneur ; & il lui
faut acheter cet agrément par un lod
du quart ou du tiers de la valeur du
fonds.

» Neglige-t-il de fe munir de cet
agrément ? le Seigneur confifque par
droit de commife.

» La néceffité le contraint-elle de vendre à vil prix une propriété fi frêle,
fi dépendante ? le Seigneur regarde
la vente comme une démiffion ; il

ouvre une enchere fur le prix de la vente , & s'attribue la plus value.

» Le ferf veut-il donner par donation entre vifs ? il ne le peut qu'en faveur d'un communier , c'eft-à-dire , d'un de fes proches qui n'ait jamais ceffé d'avoir habitation commune avec lui ; & même la donation , quoiqu'irrévocable par fa nature , quoique confommée par la tradition réelle , devient caduque , fi la communauté ceffe avant la mort du donateur.

» Veut-il emprunter & hypotéquer fon héritage ? il faut faire avouer l'hypoteque par le Seigneur ; fans cet agrément , l'hypoteque eft vaine : au décès du débiteur , le Seigneur recueille librement l'héritage , & le créancier eft fruftré & perd fa créance.

∞ Le Seigneur eft - il exclu de la fucceffion par un enfant communier ? alors il exerce le droit d'annuler les hypotéques & d'en intervertir l'ordre ; il rançonne les créanciers pour avouer l'hypoteque de chacun & lui affigner un rang utile.

» La dot des femmes , fi refpectée par-tout ailleurs , n'obtient là que le

rang d'hypoteque qu'il plaît au Seigneur de lui accorder.

» Comment, avec de pareilles en-
traves, le malheureux main-mortable
peut-il entreprendre un commerce, obtenir du crédit , ou faire des emprunts ?

» Les enfans du main-mortable n'ont
pas même l'espérance de succéder à
ses biens , dont la possession a plongé
leurs peres dans l'esclavage qu'ils par-
tagent avec lui : en vain cette terre fatale est arrosée de leurs sueurs , ils ne
peuvent la considérer comme leur patrimoine. La mort de leur pere ne leur
laisse que ses fers pour héritages , sans
droit aux héritages dans lesquels ces fers
ont été forgés.

» Le Seigneur tient d'une main leur
chaîne , tandis que de l'autre il se saisit
de la succession ; il n'est qu'un moyen
de l'écarter & de succéder à son préjudice. Le fils ne peut être héritier
que lorsqu'il n'a jamais quitté son
pere , que lorsqu'il n'a jamais cessé d'en
partager l'habitation & les travaux , &
qu'il en a été continuellement & sans
interruption le *communier* ; les droits

du fang font infuffifans, s'ils ne font foutenus par la communauté d'habitation,
& ce fecours eft prefque toujours éludé
par l'arbitraire qui regne dans les
moyens de déterminer la qualité de
communier.

» Aucune difpofition de la Coutume
n'indique les regles de cette communauté *de Meix*, de cette affociation
requife entre le décédé & fes parens,
pour appeler ceux-ci à fa fucceffion ;
& cette incertitude cruelle eft une
fource féconde de difcuffions & de
querelles dans tous les partages de familles.

» Dans toutes les Provinces voifines,
cette néceffité de communauté eft in-
terprétée de la maniere la plus favorable aux ferfs. Par-tout il fuffit que
l'un des enfans ait continué de demeurer avec fon pere, pour relever les autres enfans du malheur de leur retraite
de l'habitation commune, & les rappel-
ler à la fucceffion ; mais pour les Supplians, l'effet de cette féparation eft irréparable. L'enfant que fa profeffion ou
fon goût ont écartés pour quelque
temps de la maifon maternelle, eft exclu par le Seigneur ou par un colla-

téral que le hafard ou l'indolence ont liés à l'habitation commune.

» La faveur même du mariage n'exempte pas une fille de la rigueur de la regle : en vain ce nœud facré l'attache à la perfonne & à l'habitation de fon mari, elle perd fon droit fuc-ceffif & jufqu'à fa légitime, fi elle ne fe foumet pas à l'ufage le plus ridicule. Il faut que la premiere nuit de fes noces elle s'abftienne du lit de fon mari, & qu'elle couche dans la maifon de fon pere. Il faut qu'elle fe muniffe d'un acte authentique, qui attefte qu'elle a méconnu, pendant vingt-quatre heures, la Loi facrée qui l'appelle dans la maifon de fon mari ; remede auffi bizarre que la précaution qui l'exige eft révoltante.

» Le droit naturel, les droits du fang, la raifon, l'équité & l'huma-nité réclament contre cet efclavage odieux dans fon principe, affreux dans fes effets, pernicieux dans fes conféquences. Il femble que toutes les Loix qui en ont tenté la deftruction, au-roient dû être accueillies : comment ces Loix précieufes ont-elles pu refter fans exécution ? Comment des Loix,

nées

nées d'un usage introduit par la violence , par l'anarchie , ont-elles pu ,
dans les siecles d'ordre & de lumiere ,
conserver & accroître l'empire que leur
avoient acquis la tyrannie & la superstition ?

» Lorsqu'il ne s'agit que de la fortune
des Citoyens , on ne marche qu'à la
lueur des titres , & lorsqu'il est question d'un bien mille fois plus précieux ,
de la liberté , seul apanage de l'humanité , seul présent réel de la Nature ,
la voix de la Loi qui la protege est
méconnue , les formes sont négligées ,
le titre est écarté , tout cede aux Loix
que la tyrannie a faites pour asservir la
liberté.

» De simples reconnoissances arrachées à la nécessité , surprises à la foiblesse ou à l'ignorance, remplacent le
titre. On se décide quelquefois sur de
simples indices ; & c'est ainsi que des
sujets utiles sont retranchés de la société des hommes libres , & que leurs
travaux , leurs sueurs , leur subsistance ,
deviennent l'aliment des personnes
puissantes qui les asservissent.

» L'Abbaye de Saint-Claude est d'une

Tome IX. L

ancienneté qui fe perd dans la nuit des temps. Ses commencemens, dus à la ferveur de la Religion, préfentent toutes les vertus qui la caractérifent ; les premiers Religieux, volontairement affervis fous le joug d'une regle auftere, partageoient leur temps entre la priere & le travail néceffaire à leur fubfiftance.

» Séparés du refte des humains, ils étoient bien loin de penfer à les affervir ; mais la piété des Fideles, celle des Souverains, vinrent arracher, par des offrandes multipliées, ces anachorettes au travail manuel & leur apporter l'abondance.

» Les richeffes exciterent la cupidité des Moines, & introduifirent le relâchement dans les monafteres.

» Pour juger combien les Religieux de Saint-Claude s'étoient écartés de l'aufterité de leur inftitut, il fuffiroit de confulter les Statuts faits en 1448. Le Pape Nicolas V fut requis par le Duc de Bourgogne, de nommer des Commiffaires ; & dans l'expofé fait à Sa Sainteté & dans le dire des Commiffaires, on trouve les motifs & la néceffité de la réformation qu'ils ont fubie.

» Un terrein ingrat, fitué dans des montagnes arides couvertes de forêts, fut le premier objet de leur invafion ; quelques cultivateurs épars y avoient effayé des défrichemens ; un travail pénible leur fournifloit une fubfiftance modique ; leurs efforts avoient appris qu'il étoit poffible de forcer la Nature de produire dans des lieux ftériles, & de fixer une population nombreufe dans ces vaftes déferts dont l'horreur fembloit ne pouvoir fervir d'afile qu'aux bêtes féroces.

» Cette vaste étendue couverte de bois, de roches, de landes, n'étoit fous la domination de perfonne : les Bourguignons avoient dédaigné d'en faire l'objet de leur partage ; Dunod nous l'attefte dans fon Hiftoire de Bourgogne : » Les Monts Jura, dit-il, » plus efcarpés, plus élevés & plus » froids que le refte du partage des » Bourguignons, furent comptés pour » rien ; ils fervirent, comme aupara- » vant, aux bêtes féroces qui étoient » chaffées dans le bas «. Il ajoute que ces vaftes forêts offroient un afile à la vertu & à la liberté ; que de pieux folitaires y chercherent la re-

traite & y firent des défrichemens ;
que d'autres vinrent y jouir en paix
du travail de leurs mains , occupant
des terreins qui n'avoient point encore
de maîtres. Il rapporte plusieurs preuves
de la franchise du Mont Jura , dont
la principale est une charte de 1126 ,
recueillie par l'Abbé Guillaume, dans
laquelle Humbert de Salins , auquel
a succédé la maison de Châlons , reconnoît la franchise du Mont Jura : *De
franco jure , sicut se habet Jurensis
consuetudo.*

» Cette chaîne de montagnes n'a-
voit donc pas de propriétaires. Le
droit du premier occupant étoit le seul
qui pût en transmettre la propriété ;
mais les Religieux ne vouloient pas la
partager avec ceux qui en avoient pris
possession par leurs travaux , qui s'é-
toient revêtus de la propriété des portions que leurs bras avoient défrichées.
Ils profiterent des désordres qu'apporta
dans la Province la destruction du dernier Royaume de Bourgogne , au milieu du treizieme siecle ; l'autorité publique étoit alors sans ressort, sans
vigueur : la circonstance leur parut favorable pour s'approprier ces *jougs du*

Mont Jura ; c'eft ainfi que l'on appelle encore les montagnes qui bordent le Mont Jura au couchant, depuis la riviere d'Orbe.

» Ces *jougs* n'étoient habités que par quelques particuliers épars dans ces triftes lieux ; il n'étoit pas bien difficile de les fubjuguer. Jean de Châlons, qui prenoit le titre de Comte de Bourgogne, & qui a long-temps fait la guerre aux véritables Souverains de cette Province, s'y étoit rendu puiffant par l'acquifition de Salins & de Nozoroy. L'Abbaye fe concerta avec lui pour étendre fes poffeffions jufqu'à la riviere d'Orbe ; il fut fait entre eux, en 1268, un traité, par l'effet duquel ils partagerent & s'approprierent tout ce qui n'étoit alors poffédé par perfonne à titre de Seigneurie : l'Abbaye de Saint - Claude s'en arrogea même la fouveraineté.

» L'autorité s'étant rétablie fous les Ducs de Bourgogne, les Moines fe trouverent fort embarraffés de foutenir & de défendre leur ufurpation ; mais ils furent fe tirer d'affaire par un expédient qui leur réuffit : ils fabriquerent, dans l'ombre de leur cloître,

L iij

différens diplomes pour remplacer les
titres légitimes qui leur manquoient.

» Dans ces diplomes de 790, 855
& 1184, l'Abbé de Saint-Oyan, &
les Religieux, paroiffent recevoir de
l'Empereur Charlemagne, de l'Empereur Lothaire, de Louis l'Aveugle,
Roi de Provence, & de l'Empereur
Frédéric, la conceffion ou la confirma-
tion de terreins immenfes, & finguliérement de la forêt du Jura, à prendre depuis le lac de Braffu, nommé
l'*Orbe*, & tout le long de Noirmond,
fuivant le cours de la riviere de l'Orbe, depuis le lieu où cette riviere fe
perd dans un creux, jufques aux Al-
pes, &c.

» Les Supplians fe difpenfent d'entrer dans un plus long détail de ces
diplomes, parce qu'ils en ont fi évidemment démontré la fauffeté & la
fuppofition, que le Chapitre de Saint-
Claude lui-même n'a pas cru devoir
hafarder de les défendre.

» Ces diplomes n'eurent pas plus de
pouvoir qu'ils n'en auroient aujour-
d'hui. Ils n'empêcherent pas le Parlement de la Province de déclarer que
les terres de Saint-Oyan, Moyrans,

Grandvaux & Châtel-des Prés, étoien
dans les limites du comté de Bourgo
gne. En vain les Religieux voul urent
ils réclamer contre cet Arrêt, le Duc
Philippe les déclara inadmissibles ; mais
il leur accorda des lettres de priviléges
en 1435, par lesquelles il leur con-
serva la justice & le droit de régale,
en faveur, y est-il dit, *de l'Eglise de*
Saint - Oyan, *& pour la singuliere*
dévotion que nous avons au glorieux
corps de Saint - Claude, reposant en
icelle église; de maniere que la con-
firmation des possessions de cette Abbaye n'est due qu'à la libéralité &
à la piété des Ducs de Bourgogne.

» Les diplomes supposés, les autres titres que les Religieux ont pu obtenir des Souverains, sont également
devenus, dans leurs mains, le principe
d'entreprises de toutes especes, qui les
ont enfin amenés à prétendre, en 1684,
que l'Abbaye de Saint - Claude étoit
Seigneur main-morte de quatre à cinq
Communautés ; & cette importante
Seigneurie, ils l'ont fait dériver d'une
petite grange réunie à la mense de
l'Abbaye dans le quatorzieme siecle,
& qui ne produisoit alors qu'un mor-

ceau de fromage par femaine, & quinze florins : ils prétendoîent auffi que deux autres villages conftruits fur un terrein vendu par l'Abbaye en 1390, fans aucune réferve de fervitude ou de main-morte , étoient néanmoins main-mortables.

» Toutes ces prétentions fe trouvent confignées dans de prétendues recon-noiffances furprifes en 1684 , par un Notaire étranger à la Province, & dont le Parlement de Befançon a profcrit les actes par un Arrêt folennel.

» Il eft aifé de concevoir que les Moines n'ont pas été affez mal-adroits pour faire valoir en même temps toutes ces prétentious ; ils ont laiffé perdre de vue l'origine de l'établiffement de chacun de ces villages , & ce n'eft qu'infenfiblement qu'ils ont courbé les malheureux habitans du Mont Jura fous le joug qui les écrafe.

» Le défir naturel de fecouer ce joug affreux , infupportable , les a forcés d'en rechercher la caufe ; & au lieu de trouver des titres de fervitude , ils ont découvert dans des chartres an-ciennes le principe de leur liberté & de leurs franchifes.

» Dans la vûe de se souftraire aux lenteurs & aux frais confidérables qu'entraînent ordinairement les procès dans les Tribunaux ordinaires, les Supplians avoient imploré l'autorité suprême du feu Roi, & avoient follicité de fa juftice un affranchiffement dont fa bonté leur faifoit entrevoir l'efpérance, & dont les Loix du Royaume, & de la Province de Franche-Comté, fourniffent des exemples.

» C'eft en vain que le Chapitre effrayé a crié à la révolte; c'eft en vain qu'il a fait les plus grands efforts pour perfuader que l'affranchiffement réclamé par les habitans du Mont Jura, ne pouvoit s'opérer fans le renverfement de toutes les Loix. La bonté paternelle de Sa Majefté, & fon équité, n'ont vu, dans la demande des Supplians, que le retour au droit naturel, que l'exercice du droit le plus précieux de l'humanité.

» Les Supplians avoient expofé leurs raifons & leurs moyens dans deux Requêtes, qui ont été communiquées au Chapitre de Saint-Claude. Ce Chapitre, après avoir effayé de combattre les moyens des Supplians, a de-

L v

mandé le renvoi de l'affaire devant les Tribunaux de la Province.

» Le Conseil n'a pas cru devoir se refuser à cette demande ; mais, pour prévenir tous les écarts que pourroit causer la surprise, il a fixé l'état de la contestation.

» Les Supplians avoient produit différens titres, 1°. pour démontrer la supposition des diplomes de 790, de 855 & 1184 ; 2°. pour établir leur qualité d'hommes libres, & l'injustice de la main-morte sous laquelle ils gémissoient, sans qu'aucun titre les y assujettît : telles étoient les chartres de 1266, de 1354, de 1384, de 1390.

» De son côté, le Chapitre en avoit produit une multitude qui n'établissoient pas la main-morte ; on ne voyoit dans ces actes que des surprises faites à l'ignorance, des engagemens arrachés à la foiblesse ou au besoin.

» C'est sur le vu de ces titres respectivement produits, sur le vu des différentes Requêtes & Mémoires où les Parties avoient développé leurs droits, leurs moyens, leurs actes qui

les appuyoient , qu'il eſt intervenu, le
8 Janvier 1772 , au Conſeil des Dépêches de Sa Majeſté , un Arrêt qui a
renvoyé au Parlement de Beſançon la
connoiſſance de la conteſtation entre
les Parties , lui attribuant à cet effet,
toute Cour , Juriſdiction & connoiſſance , pour la juger en premiere & derniere inſtance , tant d'après les titres
& chartes produits , & notamment
ceux de 1266 , 1384, 1390 , que
d'après la poſſeſſion , en tant qu'elle
n'aura rien de contraire auxdits titres.

» Sur cet Arrêt il a été expédié des
Lettres Patentes , qui ont été adreſſées
au Parlement de Beſançon , où elles
ont été enregiſtrées le 19 Février
ſuivant.

» En vertu de ces Lettres Patentes ,
les Suppliants ont fait aſſigner le Chapitre au Parlement de Beſançon , où
la conteſtation s'eſt engagée par écrit,
d'après un Arrêt qui a *appointé les Parties en droit*.

» Les Suppliants ont commencé par
établir la queſtion que les Lettres Patentes , adreſſées au Parlement de Beſançon , laiſſoient à la déciſion de cette

L vj

Cour : cette queſtion étoit clairement
énoncée dans ces Lettres Patentes; en
voici les termes : » Les habitans de
Longchaumois, Orciere, &c. nous ont
fait expoſer que, ſur le compte que nous
nous ſommes fait rendre en notre Conſeil, de la conteſtation qui s'eſt élevée entre les expoſans d'une part, &
le Chapitre noble de Saint-Claude,
d'autre part, ſur la queſtion de ſavoir
ſi leſdits expoſans doivent, aux termes
des titres & chartres par eux produits,
être déclarés francs & libres de tous
droits de main-morte, tant pour leurs
perſonnes que pour le territoire qu'ils
occupent, & les biens particuliers qu'ils
poſſedent, ou ſi le Chapitre doit être
maintenu dans la poſſeſſion où il eſt
deſdits droits, tant par lui-même que
par le monaſtere de Saint - Oyan,
auquel il a ſuccédé, nous vous avons,
par Arrêt rendu aujourd'hui, renvoyé, &c.

» La queſtion préſentée au Conſeil
étoit donc, d'un côté, de ſavoir ſi, en
ſuppoſant que les titres & chartres produits par les Suppliant exprimaſſent la
franchiſe, ils devoient prévaloir ſur la
poſſeſſion alléguée par le Chapitre ; &

de l'autre, de favoir fi les titres & chartres produits par les Supplians établiffoient la franchife. Le Confeil a jugé
la premiere queftion, & a renvoyé au
Parlement de Befançon la décifion de
la feconde.

» Les Lettres Patentes ordonnent im-
pérativement que la conteftation fera
jugée, tant d'après les titres & chartres produits par les Supplians, & notamment ceux défignés, que d'après la
poffeffion alléguée par le Chapitre, en
tant qu'elle n'aura rien de contraire auxdits titres.

» Le Confeil a donc jugé que les
titres produits par les habitans, & indiqués par l'Arrêt, devoient feuls faire
la regle de la décifion ; que fi ces
titres prononçoient l'affranchiffement,
la liberté des Supplians devoit être prononcée, & que la poffeffion alléguée
par le Chapitre ne pouvoit avoir d'influence fur la décifion, qu'autant
qu'elle feroit conforme à ces titres.
La feule queftion qui reftât à juger
par le Parlement de Befançon, étoit
donc celle de la valeur même des
titres, c'eft-à-dire, de leur influence

fur la liberté réclamée par les Suup-
plians.

« Il eft conftant que le Confeil,
qui s'eft décidé d'après le vu des titres produits par le Chapitre, & vifés
dans l'Arrêt du Confeil du 18 Janvier
1772, & qui, malgré ces titres, a
réduit la conteftation au point de favoir fi les titres par lui indiqués &
produits par les Supplians, pouvoient
établir leur affranchiffement, a jugé
que ceux produits par le Chapitre n'é-
toient pas des titres conftitutifs de la
main-morte, & que ce n'étoient que
des actes de poffeffion ou des actes particuliers, qui ne pouvoient balancer
l'autorité & le pouvoir des titres conftitutifs de la liberté.

» Cette décifion eft fondée fur les
maximes les plus pures, fur toutes les
Loix du Royaume, & fur la Jurifprudence univerfelle.

» La fûreté de l'ordre public, la
protection que la Loi doit au foible,
ont confacré la maxime du droit naturel, que, lorfque les Seigneurs prétendent percevoir des droits contre la
teneur des titres primitifs, l'on n'a

égard ni à la possession dont ils se
prévalent, ni aux reconnoissances qu'ils
opposent : le droit désavoué par le
titre primitif, est réputé surcharge ; on
le présume le fruit de l'extorsion &
de la surprise. Le Chapitre n'a pas pu se
dispenser de rendre hommage au principe, & de convenir que toutes sur-
charges doivent être réduites *ad pri-
mordium tituli*; qu'une possession contraire au titre est vicieuse & inutile.
Il a bien essayé d'apporter des modifi-
cations à ce principe, mais elles étoient
révoltantes. Il avançoit que la prescription peut être acquise *ultra titulum*,
& que le silence du titre n'emporte
point l'exclusion du droit, s'il est vé-
rifié d'ailleurs. C'étoit détruire le principe, & non pas le modifier : ce principe exclut la prescription & la surcharge : il rejette donc tout droit sur
lequel le titre garde le silence, sans
que la plus longue possession puisse consacrer l'usurpation, à moins qu'un titre constitutif, postérieur au premier,
ne justifie que la nouvelle redevance
est le prix d'une nouvelle concession.

» La contestation s'est donc trouvée

réduite à l'examen des titres produits
par les Supplians, & indiqués dans les
Lettres Patentes, pour regle de décifion fur la liberté ou fur l'efclavage
des habitans du Mont Jura : cette difcuffion a préfenté deux objets ; l'un a
été l'expreffion des chartres même,
fur la main-morte ou fur l'affranchiffement ; l'autre a été l'application des
limites de ces chartres aux territoires
des villages qui les réclamoient pour
titre de leur affranchiffement.

» Les chartres exprimoient-elles l'affranchiffement ? premier objet.

» Les territoires des Supplians étoient-
ils renfermés dans les limites du terrein auquel s'appliquent ces chartres ?
fecond objet.

» Chacun de ces objets a été dif-
cuté féparément ; chacun même a néceffité une fubdivifion, parce que les
Communautés fuppliantes font elles-
mêmes divifées en deux portions, qui
réclament leur franchife fur des titres
différens : mais avant de defcendre
dans les détails de ces difcuffions, il
faut rendre compte d'un incident dont
le jugement fournit aux Supplians un

motif particulier de réclamation, & des moyens particuliers contre l'Arrêt qu'ils attaquent.

» Au nombre des titres produits par le Chapitre, s'est trouvé un accensément, sous la date du 27 Février 1541, contre lequel les habitans se sont inscrits en faux. Un Arrêt du 24 Avril 1773, leur a permis de s'inscrire en faux, & a ordonné au Chapitre de déclarer s'il entendoit se servir de la piece arguée de faux : un des reproches que l'on faisoit à cet acte, étoit l'insertion faite après coup, de deux mots, *les autres*, écrits d'une autre encre, d'une autre main, dans le corps de l'acte, à la place d'autres mots visiblement grattés sur le parchemin.

» Le Chapitre a déclaré ne pas vouloir se prévaloir de ces deux mots, *les autres*, mais entendre se prévaloir dudit acte, pour tout le surplus de ce qu'il renferme. En conséquence, l'instruction en inscription de faux a été faite ; en vertu d'un Arrêt, il a été procédé à la reconnoissance de l'état de la piece ; les Supplians ont fourni leurs moyens de faux, ont demandé que la piece fût rejetée du Procès; subfidiairement que leurs moyens de faux fuffent déclarés pertinens & admiffibles.

» Ces moyens de faux étoient, que le ftyle n'étoit pas celui ufité dans la formule des actes de Saint-Oyan, à l'époque de 1541 ; qu'on n'y trouve défignés, ni la demeure, ni le nom, ni le furnom du Notaire ; que le parchemin fur lequel l'acte eft écrit eft plus blanc, plus mince, plus poli que celui en ufage en 1541 ; qu'en 1541 il n'y avoit pas de Notaire nommé *Saint-Meu*, dans l'étendue de la terre de Saint-Claude.

» Les autres moyens de faux portoient tous fur l'altération de l'acte, fur ce qu'on y avoit gratté quelques mots, à la place defquels on avoit fubftitué ceux, *les autres*.

» Après l'inftruction, le Chapitre a produit un double du même acte, à la forme duquel il n'y avoit pas de reproches à faire ; en conféquence il a demandé que, n'y ayant plus lieu de paffer outre au jugement de la demande en infcription de faux, elle fût jointe au fond.

» Le 18 Mai, Arrêt eſt intervenu, qui ordonne qu'il ſera procédé à la reconnoiſſance de la piece nouvellement produite, qui demeurera jointe au Procès ; & le 22 Juin, la demande en inſcription de faux a été jointe au Procès principal, quoique le Chapitre de Saint-Claude eût lui-même reconnu le fondement de l'inſcription de faux, en avouant l'altération de la piece arguée, le grattage de quelques mots, & la ſubſtitution des deux mots, *les autres*.

» Cependant le Parlement de Beſançon, en jugeant le Procès, a débouté les Supplians de leur demande en inſcription de faux, & a prononcé contre eux l'amende de 300 livres.

» Mais il ne faut pas anticiper ſur les faits, continuoit M. de Mirbeck, il faut revenir à la diſcuſſion des objets qui étoient ſoumis à la déciſion du Parlement de Beſançon.

» Ce Tribunal avoit à juger deux queſtions. Les chartres prouvoient-elles l'affranchiſſement des lieux compris dans les limites qu'elles indiquent ? Les Communautés réclamantes pouvoient-elles s'appliquer le bénéfice de la fran-

chife portée en ces chartres ? Leurs
territoires faifoient-ils partie de celui
contenu aux chartres ? Tels étoient les
objets de difcuffion fur lefquels les
Communautés, divifées en deux parties, difcutoient féparément les chartres que chacune d'elles réclamoit.

» Les habitans de Morey, Morbier,
de Bellefontaine des Rouffes, & du
Bois d'Amont, s'appliquoient les chartres de 1266, de 1354, de 1384 &
de 1390.

» Ceux de Longchaumois, d'Orciere,
& de la Mouille, cherchoient la preuve
de leur liberté dans la chartre de
1390.

» Après avoir donné une idée générale de fes chartres; après avoir fait
connoître les limites des terreins con-
cédés, par l'application des titres, &
par les preuves réfultantes du procès-
verbal de reconnoiffance, vue & def-
cente des lieux, dreffé en exécution
d'un Arrêt interlocutoire du Parlement
de Befançon, du 6 Août 1774; &
après avoir combattu les affertions du
Chapitre de Saint-Claude, leur Défenfeur foutenoit que le Chapitre ne leur
oppofoit que des titres particuliers de

poſſeſſion viſiblement ſurpris à l'ignorance ou à la foibleſſe, ou même arrachés à la facilité de quelques individus qui leur avoient immolé la liberté des Communautés ; qu'au ſurplus, l'Arrêt du Conſeil des Dépêches,
qui avoit renvoyé la connoiſſance de
l'affaire au Parlement de Beſançon,
avoit jugé que ce Tribunal ne devoit
avoir aucun égard aux titres particuliers
de poſſeſſion qui feroient contraires aux
chartres des habitans. Leur Défenſeur
invoquoit enſuite les Loix générales &
particulieres qui ont aboli l'eſclavage en
France ; mais, en avouant que la contagion du droit de main-morte s'étoit
gliſſée en Franche-Comté, où elle exiſtoit encore, il nioit que ce droit fût
devenu la condition générale des habitans, & il foutenoit que le Mont Jura
n'avoit pas fubi le joug.

» En s'appuyant fur le fuffrage de
l'Hiſtorien de l'Abbaye de Favernay,
il diſoit : Dans ce temps même, où le
déſordre & le droit du plus fort intro-
duiſirent la fervitude, elle ne pénétra pas dans les déſerts ou les forêts
du Mont Jura ; la franchiſe & le franc-

aleu s'y retirerent, & y furent comme ensevelis.

» Et en effet, les chartres de 1350, 1364 & 1384, prouvent que le physique du sol & du climat se seroit refusé à tous autres qu'à des hommes libres.

» Il falloit une continuité d'efforts impossibles à des main-mortables, dont la propriété est trop chancelante & les travaux trop infructueux pour oser entreprendre de vaincre les obstacles qu'oppposoit la nature du sol & la température du climat ; mais, sans s'écarter des anciennes possessions de l'Abbaye de Saint-Claude dans le Mont Jura, on trouve que c'est cette partie de la Province qui a le mieux conservé sa franchise ; elle est attestée dans la chartre d'Humbert de Salins, de 1126, portant donation aux Religieux de Romand-Moutier ; il leur confirme la possession des terres qu'ils avoient occupées : *De franco jure, sicut se habet Jurensis consuetudo.*

» Les archives mêmes du Chapitre fournissent une multitude de preuves qui détruisent le système de main-

morte générale. Des accenfemens faits
dans le quinzieme & le feizieme fiecle, ne réfervent que des cens en argent, fans parler de main-morte ; ce-
lui du 27 Avril 1570, fait par le Prieur
des Bouchoux, dans la terre de Saint-
Claude, d'une montagne d'environ
cent *foitures*, annoncent au contraire
la franchife : portant lods, y eft-il dit,
à la forme que les terres franches de
la terre de Saint-Oyan de Joux ont
accoutumé de payer : la franchife n'é-
toit donc pas inconnue dans les poffeffions de l'Abbaye ? le fyftème de main-
morte générale n'eft donc pas fondé ?
Loin que ce principe foit reconnu
dans la Province, elle adopte le principe contraire : la franchife & le franc-
aleu y ont toujours été de droit commun. Pourquoi les poffeffions de Saint-
Claude dans le Mont Jura feroient-
elles exceptées de cette Loi générale ?

» M. de Mirbeck rend compte des
procédures faites au Parlement de Befançon, des motifs qui ont déterminé
l'Arrêt définitif de cette Cour ; & il
déyeloppe enfuite les moyens de caffation. Il s'appuyoit finguliérement fur
les termes de l'Arrêt du Confeil, &

des Lettres Patentes qui avoient renvoyé la connoiſſance de l'affaire au Parlement dé Beſançon ; il ſoutenoit que ce Tribunal ne s'étoit pas borné à juger les queſtions dont la connoiſſance lui étoit ſpécialement attribuée, mais qu'il avoit encore jugé celles dont la connoiſſance lui étoit interdite, en admettant les preuves d'une poſſeſſion contraire aux titres qui devoient ſeuls faire la baſe & la regle de leur jugement. Des raiſonnemens fondés ſur ce que l'Arrêt enlevoit l'état & la liberté à douze mille ſujets de Sa Majeſté, & les réduiſoit au plus dur eſclavage, des réflexions ſur la politique & ſur l'intérêt général, venoient à l'appui de cette importante diſcuſſion, que le Défenſeur des habitans terminoit ainſi ;

» Les Supplians ne répéteront pas ici ce qu'ils viennent d'établir; ils ſe contenteront de rappeler qu'ils ont en leur faveur les titres conſtitutifs de leur état, qui expriment clairement leur franchiſe, qu'ils ont en leur faveur la preuve la plus complette de la ſituation de leur territoire dans l'enclave de ces titres, & que cependant le Parlement

ment de Befançon, par fon Arrêt, vient
de condamner les Supplians, & toute
leur poftérité, à toutes les horreurs de
l'efclavage le plus dur, le plus avilif-
fant, le plus funefte à la culture & à
la population.

» Quels font donc ceux auxquels on
a fait un fi terrible facrifice ? Ce font
les fucceffeurs des pauvres Cénobites,
dont la ferveur étoit venu chercher,
dans les forêts épaiffes du Mont Jura,
le calme & la retraite, pour confa-
crer à la priere des jours qu'ils ne fou-
tenoient que par le travail de leurs
mains. Leur piété, leur humilité, leur
religieufe pauvreté, ont excité la charité de leurs voifins; des offrandes multipliées, en apportant l'aifance, ont introduit le relâchement; la cupidité &
l'orgueil ont pris la place des premieres
vertus cénobitiques; des terreins immenfes, fans Seigneur, ont éveillé l'ambition; les défordres des temps en ont
favorifé les progrès; des payfans grof-
fiers, qui, féparés, pour ainfi dire, du
refte du monde, difputoient leur retraite aux ours, feuls premiers habitans de ces déferts, n'ont pas pu pré-

Tome IX. M

voir les dangers des entreprifes fucceſ-
fives, n'ont pas pu les arrêter.

» Une grange fur le territoire de
la Mouille, fans autre revenu que cinq
florins, eſt réunie, en 1357, au Moine
Pidantier de l'Abbaye.

» En 1448, on n'oſe pas encore
lui attribuer de juſtice; bientôt on
la qualifie de Prieuré; on y ajoute
une Juſtice; elle devient une Prévôté;
& en 1505, cette petite grange de
la Mouille, qui, en 1357, n'avoit ni
revenus ni Juſtice, devient une Seigneurie immenfe, qui embraffe le territoire de quatre à cinq villages.

» Tel eſt cependant le titre fur lequel les Religieux ont fucceffivement
conſtruit leur prétendu droit de main-
morte, après plufieurs entreprifes fans
fuccès, telles que celles qu'ils ont ten-
tées avec la Maifon de Châlons, mais
qui n'ont caufé que la dépopulation de
leurs terres, dont les habitans ont pris
la fuite, au feul nom des chaînes de
la main-morte dont on les menaçoit;
tentatives dont les fuites ont été heu-
reufes aux habitans, puifqu'elles leur
ont valu les chartres de 1350, de

1364, de 1384, de 1390, qui forment les titres inébranlables de leurs
franchises, qui réclament contre toutes les entreprises faites sur leur liberté, même contre les titres qui pourroient avoir été arrachés à l'ignorance,
à la crainte ou au besoin.

» C'est à l'ombre de ces titres, que
les Supplians osent implorer la justice
de Sa Majesté. Son autorité avoit déjà
rouvert pour eux les portes du bonheur; & si le Parlement de Besançon
se fût conformé au vœu des Lettres
Patentes, ils auroient déjà pénétré dans
les champs fortunés de la liberté,
l'empreinte funeste de leurs fers seroit
effacée, la flétrissure de leurs fronts hu-
miliés sous le joug, auroit disparu, &
ils pourroient, en bénissant l'auguste
Souverain que la Divinité bienfaisante
leur a donné pour maître, se livrer à
l'espoir de vivifier une contrée languis-
sante, & d'y appeler l'abondance, que
l'effroi de la servitude en tient éloignée.
Mais cet espoir n'est pas éteint dans leurs
cœurs; ils le sentent renaître en appro-
chant auprès du trône, où Sa Majesté
fait régner la justice, la bonté & la
bienfaisance «.

M ij

La réclamation des habitans du Mont Jura étoit sans doute très-favorable. Ils réunissoient des considérations puissantes, & bien capables d'intéresser les ames sensibles. Cependant il faut avouer que le Chapitre de Saint-Claude avoit en sa faveur deux moyens décisifs, la Loi municipale de la Province, & la possession. Ces moyens suffisoient pour déterminer les Magistrats & pour justifier l'Arrêt du Parlement de Besançon, que les habitans du Mont Jura attaquoient. Aussi, par Arrêt du Conseil d'Etat, du 23 Décembre 1777, ces habitans ont été déboutés de leur demande en cassation.

USURPATION de nom & armes.

LE fils du Suiſſe d'une des égliſes d'Étampes ſe faiſoit appeler *Théodore, Comte de Roquelaure,* & avoit pris les armes & la livrée de cette Maiſon. La Police regarda cette métamorphoſe comme une uſurpation puniſſable; Théodore fut arrêté, conſtitué priſonnier ſur un ordre du Roi : on procéda contre lui.

Voici comment il rend compte de ſa naiſſance, & des circonſtances de ſa vie, dans un Mémoire qu'il fit paroître pour ſa défenſe.

» Je ſuis plus malheureux, diſoit-il, que coupable; &, pour en être convaincu, il ne faut que prendre la peine de me lire.

» Me croire iſſu de la famille dont je porte le nom, voilà mon crime ; cependant mille circonſtances m'y ont autoriſé.

» Mon pere, Théodore de Roquelaure, eſt né à Mont-Médi, diocèſe de Treves, en Mars 1701, & baptiſé

M iij

au village de Chaſſepierre, à trois lieües
de Mont-Médi „ pour des raiſons dont
je vais rendre compte.

» Il étoit fils légitime de Barthélemi de Roquelaure, & de Jeanne Di-
dier. Barthélemi, mon grand-pere, proche parent du Duc, avoit été Capitaine au Régiment Royal-Cravattes,
cavalerie : une affaire très grave, à ce
que j'ai appris, l'obligea de quitter le
lieu de ſa naiſſance, & de changer de
nom ; il s'étoit retiré à Roqüecourbe
en Languedoc, où il eſt mort en 1742,
ſous le nom de *Roquairol.*

» Il avoit eu deux enfans, une fille
morte en bas âge, & mon pere, qui
s'étoit ſauvé de la maiſon paternelle
à l'âge de 10 à 11 ans, pour ſe ſouſtraire aux châtimens que lui avoit mé-
rités un coup de marteau donné ſur la
tête de ſa ſœur, & dont elle avoit
été grièvement bleſſée. Mon pere m'a
avoué ce fait, & m'a inſtruit des différentes poſitions dans leſquelles il s'eſt
trouvé par ſuite de ſon évaſion ; d'a-
bord domeſtique, enſuite ſoldat, puis
garçon jardinier, & enfin chargé des
fonctions de Suiſſe dans une des égliſes
d'Etampes.

» C'eſt dans cette ville qu'il épouſa ma mere, morte en 1764.

» Il m'a dit qu'il avoit confié pluſieurs papiers au ſieur le Monnier, Curé de Saint-Baſile d'Etampes, qui auroient prouvé qu'il étoit neveu du Maréchal de Roquelaure; mais ce Curé eſt mort depuis long-temps, ſans avoir remis à mon pere ſes papiers, quoiqu'il les lui eût demandés pluſieurs fois. Depuis, mon pere a fait pluſieurs recherches inutiles pour les recouvrer; j'en ai fait moi-même auprès du ſieur Gilbon, Vicaire de cette Paroiſſe. J'ai fait plus; j'ai écrit au Curé de Chaſſepierre, qui m'a envoyé l'extrait baptiſtere de mon pere. J'ai écrit auſſi au Curé de Roque-courbe. Par ſa réponſe, » il m'apprit » que mon grand-pere avoit déclaré, » dans les derniers jours de ſa vie, » qu'il avoit été marié, qu'il avoit » eu deux enfans de ce mariage, une » fille & un fils, que ſa fille étoit » morte jeune; qu'à l'égard de ſon » fils, il ne ſavoit ce qu'il étoit de-» venu, qu'il n'en avoit jamais entendu » parler depuis qu'il avoit fui la mai-» ſon paternelle à l'âge de 10 à 11 » ans. Le Curé ajoutoit, qu'il lui avoit

M iv

» révélé quelques jours avant fa mort,
» en préfence de plufieurs perfonnes
» dénommées dans fa lettre, que Bar-
» thélemi *de Roquairol* n'étoit pas fon
» nom, qu'il fe nommoit *de Roque-*
» *laure* ; qu'il avoit été obligé de
» changer de nom pour des raifons
» très-graves ; qu'il étoit proche parent
» du Maréchal de Roquelaure, dernier
» mort «.

» A cette lettre, ce Curé en joignit
deux autres adreffées à mon grand-
pere, & trouvées dans fes papiers,
l'une fignée *le Comte de Lévi*, l'autre
le Marquis de la Vieuville.

» Celle qui étoit fignée du Comte
de Lévi contenoit cet article : » Je
» fuis bien aife, & je trouve que
» vous avez bien fait d'envoyer bap-
» tifer votre fils dans un village à quel-
» ques lieues & fous votre nom ; il
» vient un temps où l'on s'applaudit
» d'une précaution auffi fage ; on doit
» au moins affurer le fort de fes en-
» fans. «

» On voit pourquoi mon pere ne
fut pas baptifé dans le lieu de fa naiffance.

» Mon aïeul avoit été forcé de cacher son nom dans la ville où il s'étoit réfugié ; mais il ne vouloit pas que cette précaution, dont une faute lui avoit imposé la nécessité, préjudiciât à l'état de ses enfans : il ne pouvoit cependant les faire baptiser sous son véritable nom, sans découvrir ce qu'il avoit intérêt de cacher. Afin de concilier ces deux objets, il prit le parti de consigner le titre de la naissance & du nom de son fils dans une église éloignée du lieu qu'il habitoit. Cette précaution mettoit à couvert les intérêts de son enfant & les siens propres.

» Ces lettres, malheureusement, m'ont été prises chez le nommé Calabre, Traiteur, rue de la vieille Draperie, où je logeois en chambre garnie, parce que je les avois mises dans une très-jolie bourse, avec quelques autres papiers, dans un porte-feuille vert à serrure d'argent. J'en rendis plainte dans le temps au Commissaire Dorival.

» Ces lettres, s'il étoit possible de me les procurer, justifieroient tout ce que j'avance. En comparant le contexte de la lettre du Curé de Roquecourbe avec

M v

la narration de mon pere, il n'y a aucun doute qu'il ne fût vraiment neveu du Maréchal Duc de Roquelaure, mort en 1738.

» Depuis ma détention, M. Hochereau Avocat, au Parlement, se chargea de s'instruire de la vérité de ces faits, dans un voyage qu'il fit à Etampes, & de se procurer un certificat de M. le Chevalier de Prunelé, sur l'existence de ces lettres (a) ; mais il le trouva expirant, circonstance encore bien fâcheuse pour moi.

» Mon pere eut plusieurs enfans ; je suis seul garçon. Il me donna le plus d'éducation qu'il put ; mais sa petite fortune ne lui permit pas de la perfectionner. Je quittai la maison paternelle en 1744 : j'entrai volontaire dans le Régiment de Graffin, où je restai 18 mois ; de là je passai à Brest, où je m'embarquai sur une frégate du Roi,

_____

(a) Ces lettres ont été vues de M. & Madame la Comtesse de la Barre, de MM. le Marquis & le Chevalier de Prunelé. Ce dernier en écrivit même à Toulouse au Marquis de Roquelaure, qu'il connoissoit ; mais il n'eut point de réponse : au moins ne m'a-t-elle pas été communiquée.

armée en course ; enſuite je ſervis en qualité de volontaire dans le Régiment de Ponthieu , où je ne ſuis reſté que cinq mois : enfin je m'embarquai une ſeconde fois ſur l'*Auguſte* de Breſt , comme Officier dans une Compagnie de 40 volontaires ; j'y fus fait priſonnier de guerre par les Anglois , & conduit à Plymouth , où je reſtai près de deux ans.

» De retour à la paix , j'entrai dans l'emploi à Etampes , où je reſtai juſqu'en Juin 1765 , époque à laquelle les Fermiers - Généraux (*a*) , pour me récompenſer d'un ſervice eſſentiel rendu à la Ferme , me firent venir à Paris , & me donnerent un emploi de ſurnuméraire à l'hôtel de Luſſan , produiſant 1200 liv. J'ai occupé cet emploi depuis 1765 juſqu'en 1772.

» Je le quittai à la ſollicitation d'une dame de la Fond de Touloufe , qui étoit logée à l'hôtel des Trois Milords , rue Traverſiere. Cette dame s'étoit ren-

_____

(*a*) Les lettres de MM. de Boiſemont & Mazieres , Fermiers-Généraux , ſont jointes aux pieces dont le Commiſſaire s'eſt emparé en m'arrêtant.

M vj

due elle - même à l'hôtel de Luſſan ;
y avoit envoyé ſon domeſtique. Ne
m'ayant pas trouvé, elle m'avoit laiſſé
ſon adreſſe, avec l'annonce qu'elle
avoit quelque choſe d'important à me
communiquer. Elle me fit rendre
compte de ma ſituation, de celle de
mon pere ; elle parut prendre le plus
grand intérêt à ce qui me regardoit.
Elle me promit de ne point m'abandonner, & m'aſſura qu'elle me feroit
toucher tous les ans une penſion
qui me mettroit à portée de vivre ;
mais elle exigea ſur - tout que je me
donnaſſe garde de m'informer par qui
& comment cette penſion me parviendroit. Elle ajouta que, ſi j'agiſſois autrement & ſi je ne ſuivois pas ſes con-
ſeils, on attaqueroit le mariage dont
j'étois le fruit, & que je ſerois déclaré bâtard ; qu'au contraire, ſi je me
conformois à ce qu'elle me preſcrivoit,
j'aurois lieu d'être content, & qu'elle
le feroit connoître ſi-tôt après la mort
de mon pere. J'ai reçu depuis ce temps
fort exactement des lettres de change
pour ma penſion, la premiere de 4000
livres, la ſeconde de 3000 livres, &
à peu près autant chaque année ; tou-

tes ces lettres étoient signées *Franc* ; elles étoient tirées ou de Toulouse, ou de Lectoure, ou de Cahors.

» Je me suis d'abord conformé très-exactement aux conseils qui m'avoient été donnés, je n'ai fait aucunes démarches. Cependant, en 1774, pressé par le désir de faire des découvertes qui m'étoient aussi intéressantes, j'écrivis à M. le Procureur - Général du Parlement de Toulouse, pour le prier de vouloir bien faire faire des recherches concernant *Jean de Roquelaure*, Chevalier de Malte non profès, frere puîné du dernier Maréchal de ce nom, condamné à Toulouse à être décapité, & qui n'avoit point été exécuté, parce qu'il s'étoit sauvé des prisons. J'avois fait prier M. de Monségur d'y donner ses soins & d'avancer les déboursés. On répondit (*a*) qu'on ne feroit rien, par considération pour le nom de Roquelaure, sans des ordres supérieurs.

» Mes tentatives ne furent point

_____

(*a*) Lettre de M. de Monségur, du 9 Février 1774, adressée à la dame d'Auger, sa belle-sœur.

ignorées ; environ dix-huit jours après, je reçus une lettre signée *Franc*, dans laquelle, en me témoignant de l'étonnement, on me prescrivoit de déduire les motifs de mes démarches, dans une lettre que je signerois au dessous du cachet, & que je mettrois sous enveloppe à l'adresse de M. de Brézols à Cahors, poste restante.

» C'est d'après toutes ces circonstances, que je me suis plu à croire que j'étois petit-neveu du Maréchal Duc de Roquelaure ; c'est aussi ce qui m'a déterminé à en prendre les armes il y a plus de 20 ans, par les conseils de M. & madame la Comtesse de la Barre & de MM. le Marquis & le Chevalier de Prunelé, qui me guidoient dans ces premiers temps.

» Le hasard des Sociétés me fit connoître madame la Marquise de l'A***, M. le Marquis & madame la Marquise de Saint ***.

» J'avois conçu un projet au sujet des bois de marine ; j'avois imaginé que les forêts de Lorraine en pouvoient fournir. Le Marquis prit goût à mon plan ; & cette spéculation resserra entre nous les liens de la connoissance.

L'amitié qu'il me témoignoit se communiqua à la Marquise de Saint ***, son épouse, & à la Marquise de l'A***. Les demoiselles de la P***, filles de condition, occupent un appartement dans la maison de la Marquise de l'A***. J'avois connu leur pere à l'armée; cette circonstance nous lia plus étroitement. Elles se plurent à m'appeler *Chevalier*, ensuite *Comte*. Je crus d'abord que c'étoit un badinage de société; mais, m'étant apperçu qu'on me faisoit annoncer sous ces qualités, j'en témoignai ma surprise à madame de l'A***; elle me blâma fort de ma réclamation, & m'imposa la loi de me laisser qualifier ainsi chez elle. Elle m'écrivit sous ce titre; j'eus beau m'en plaindre, il fallut en passer par là, & cette condescendance est la source de tous les malheurs que j'éprouve aujourd'hui.

» J'étois logé en hôtel garni, rue Gaillon : on me trouva trop éloigné & logé indécemment. Le projet que j'avois proposé avoit fait sensation; on s'intéressoit à la réussite, qu'on regardoit comme certaine & comme devant me procurer de l'aisance. La société ju-

gea qu'il falloit que je fuſſe logé dé-
cemment. M. de Saint*** s'en occupa,
& trouva une petite maiſon rue d'Enfer, que quittoit le ſieur Deſloges,
Inſpecteur - Général des vivres de la
Marine ; il fut le voir, traita avec lui
de ſon mobilier, & convint du prix
du loyer.

» Lorſque j'allai chez le ſieur Deſloges pour terminer, je m'apperçus
que M. de Saint *** m'avoit fait annoncer ſous le nom de *Comte* ; je voulus répudier cette qualité : il ne m'é-
couta point ; il alla juſqu'à me qualifier d'ancien Capitaine d'Infanterie. Je
témoignai, par un geſte, que je n'adop-
tois pas ce titre ; un ſigne m'impoſa
ſilence, & il me dit à l'oreille, que
cela étoit ſans conſéquence. Il y a plus ;
dans la note que fit le ſieur Deſloges
pour envoyer à ſon Notaire, à l'effet
de dreſſer le bail, M. le Marquis de
Saint ***, qui préſidoit à cet écrit, m'y
donna, & à mon inſçu, la qualité de
*haut & puiſſant Seigneur, Comte de
Roquelaure.*

» Nous allâmes enſemble, le lendemain, chez le Notaire, pour ſigner le
bail ; il étoit tard, & l'on nous atten-

doit pour dîner. On ne fit lecture que des clauses essentielles ; je signai, & ne m'apperçus point des qualités qui donnent lieu au plus vif reproche qui me soit fait aujourd'hui. Je n'y ai cependant aucune part.

» Pour entrer dans mon nouveau domicile, M. de Saint ***, ainsi que madame de L***, me procurerent leurs fourniffeurs (a). J'avois reçu, peu de temps avant, le montant d'une lettre de change de 2900 liv. signée *Franc*, comme les précédentes ; je m'en servis, & pris fort peu de chofes à crédit ; ce qui prouve que je n'avois aucune intention d'abufer de la confiance publique.

» Cependant, au bout de deux mois, je fus enlevé de chez moi par un Commiffaire, & mis dans les fers. C'eft pour me punir, dit-on, de tout ce dont je viens de rendre compte. En effet, j'ai fubi, après dix jours de fecret, l'inftruction criminelle la plus complette. Je ne puis m'attacher à répondre à aucuns faits capitaux ; car on

_____

(a) La dépofition de la Lingere prouve ce que j'avance.

m'a dit qu'il n'y a point de plainte contre moi, attendu que j'avois été arrêté
sur un ordre du Roi.

» Des témoins ont été entendus ;
mon Portier (a), une Marchande Lingere, un Marchand de bas, & le sieur
Desloges. D'après mon Portier, je parois avoir eu intention de lui donner
un baudrier. Cependant, à la confrontation, il déclare n'avoir point vu conclure de marché ; mais qu'il sait qu'il
en a été question, ce qui forme une
déclaration vague.

» Ce témoin a dit qu'on venoit me
demander sous le nom de Comte ;
mais ce n'a jamais été que de la part
de M. & Madame la Marquise de
Saint*** & de Madame la marquise
de l'A***.

» À l'égard de la Lingere, sa déposition & sa confrontation prouvent
que ce n'est que la demoiselle de la P***
qui m'a donné les qualités de *Comte*
ou *Chevalier*, & que ce n'est pas moi
qui les ai prises.

_____

(a) Ce Portier étoit dans la maison qui
m'étoit cédée par le sieur Desloges, & je ne
l'ai gardé qu'à sa sollicitation.

„ Quant au Marchand de bas, je lui ai foutenu que fi j'avois pris le titre de *Comte* fur fon mandat, c'étoit ce Marchand qui m'avoit engagé à le prendre : il convient d'ailleurs que je lui ai avoué n'être pas riche ; mais que je pourrois le devenir à la mort de mon pere. Je n'ai rien fait en cela que de relatif aux efpérances qui m'ont été données & que j'ai encore.

„ La dépofition du fieur Defloges prouve qu'il ne m'a loué un appartement qu'à la confidération de perfonnes de qualité, qu'il ne veut point nommer pour le moment, & qui m'ont mené chez lui. Qui font ces perfonnes de qualité qu'il ne veut point nommer ? Ce font M. de S*** & madame de l'A***, par les confeils defquels je me fuis conduit.

„ Suis-je donc fi coupable ? reconnoît-on en moi un efcroc, un homme de mauvaife conduite, un joueur, un libertin, qui n'a cherché qu'à tromper le Public ? Non affurément : on ne voit qu'un homme abufé par une foule de circonftances fi frappantes, qu'elles doivent faire naître à mes Juges le

défir de me feconder, pour me procurer les pieces qui m'ont été enlevées
chez Calabre, & dont l'exiftence ne
peut faire un doute.

« Je n'ai fait tort à perfonne : fi
tout ce que j'ai dit de mon pere &
de mon grand-pere n'eft point prouvé
en ce moment, au moins en exifte-
t-il de fortes préfomptions, & fi je me
fuis trompé, mon erreur n'eft point
un crime. Il eft malheureux pour moi
que l'enigme ne doive fe développer
qu'après la mort de mon pere, par
l'entremife de la dame de la Fond,
dont j'ai parlé, & dont les fecours me
font parvenus depuis 1773.

« Cependant mes premiers Juges
n'ont point été touchés de ces préfomptions ; mon erreur, s'il eft poffible que
je fois le jouet de l'illufion, ne leur
a point paru excufable. Il m'ont frappé
d'un jugement accablant, qui me ban-
nit de la Prévôté de Paris ; & ce coup
a paru trop foible encore au Miniftere
public, qui pourfuit une vengeance plus
févere.

« Dans les premiers inftans de douleur & d'anéantiffement où m'a jeté
la nouvelle de ce premier jugement,

on m'a demandé ce que je voulois faire.
Je l'ignorois, & j'étois incapable de
rien vouloir. Je ne connois pas les formes. Je m'abandonnai aux avis de
ceux qui m'environnoient : on me dit
que je ferois bien de m'en rapporter à
Justice ; que je pourrois par-là recouvrer sur le champ ma liberté ; que mon
premier usage que j'en ferois, seroit de
protester contre mon jugement ; que
je ferois ensuite des démarches pour
recouvrer des preuves & les titres qui
me manquent ; & qu'il seroit facile
de me faire réhabiliter. J'ai suivi ce
parti ; on me le reproche. M'en être
rapporté à Justice en pareil cas, dit-
on, c'est avoir fait suspecter mon innocence, quoique ma main ait refusé
de signer cette espece d'acquiescement tacite que mon cœur défa-
vouoit.

» Que faire donc, quand je suis
dénué de tous les secours, quand
je ne puis faire aucune démarche,
ni suivre aucune de ces indications
flatteuses, & si vraisemblables, que
je les ai envisagées comme des cer-
titudes » ?

Après avoir ainsi exposé les faits de

fa Caufe, le fieur de Roquelaure adreffoit à fes Juges cette fuppli-que, dictée par la modeftie & par la candeur.

» Et vous, Magiftrats éclairés, pro-
» tecteurs de l'innocence, & arbitres
» fouverains de mon fort, que la foi-
» bleffe apparente de mes preuves ne
» vous détermine point à voir en moi
» un criminel. Aidez-moi plutôt, je
» vous en conjure, à faire les recher-
» ches néceffaires pour ma juftification,
» d'abord à Etampes, lieu de ma
» naiffance, à Chaffepierre, à Mont-
» Médi, où mon pere eft né & a été
» élevé ; à Roquecourbe, où mon
» grand-pere eft mort, & où, un an
» après, fon Régiment lui fit faire un
» fervice militaire (a). Interrogez le
» fieur Fournier, Armateur à Morlaix,
» qui avoit mis en courfe le vaiffeau de
» Breft, fur lequel j'ai été pris ; in-
» terrogez le fieur de Beaubriant de
» Saint - Malo, qui commandoit ce
» vaiffeau ; confultez les Fermiers-Gé-

(a) Je tiens ce fait d'un vieux trompette du Régiment de Royal-Cravattes, nommé Jofeph.

» néraux fur ma geftion dans l'emploi;
» aidez moi auprès de M. le Procu-
» reur-Général de Touloufe, tant pour
» avoir des connoiffances du fait relatif
» à mon grand-pere, que pour décou-
» vrir la dame de la Fond, ma bien-
» faitrice «.

Dans cet état de perplexité, le fieur
de Roquelaure chercha fa confolation, & des fecours dans les lumieres
de MM. Legouvé & Hochereau ,
Avocats.

Ils ont rédigé une confultation en fa
faveur, dans laquelle ils difent que
les faits inférés dans le procès-verbal dreffé par le Commiffaire Guyot,
le 29 Mars 1777, lorfqu'il a, de l'ordre du Roi, arrêté l'accufé dans une
maifon rue d'Enfer, font la bafe unique de l'accufation, puifque c'eft fur
ce procès-verbal que M. le Procureur
du Roi au Châtelet a requis acte de
la plainte qu'il rendoit *des faits y con-
tenus*.

Or les faits font » que, quoique
l'accufé foit fils du Suiffe de l'églife
de Notre-Dame d'Etampes, il a, dans
le bail de la maifon qu'il occupoit
rue d'Enfer, pris la qualité de *haut*

& puissant Seigneur, Comte de Roquelaure.

» Qu'il a déclaré être connu de la
Maison de Roquelaure, mais n'en être
pas avoué.

» Qu'il a pris les armes de cette
Maison sur des couverts d'argent, qu'il
en a aussi pris la livrée ».

C'est donc sur ces faits que l'accusé
doit être jugé ; mais il doit l'être aussi
d'après les principes.

» L'usurpation d'un nom, ou d'une
qualité, est un faux ; le faux se com-
met de différentes manieres. Mais aussi,
c'est parce qu'il est susceptible de nuan-
ces infinies, que les peines, en suivant la même gradation, sont très-
variées ".

Le principe général est que le faux
n'est puni que lorsqu'il est accompagné
d'un esprit de dol : *non falsum est,
cùm dolus abest* ; & le dol consiste,
comme on le sait, dans l'intention de
nuire à autrui. C'est par une conséquence de ce principe qu'une Loi Ro-
maine a prononcé : *Mutare, itaque no-
men vel prænomen, sive cognomen,
sine aliquâ fraude, licito jure, si
liber es secundùm ea quæ sæpè sta-
tuta*

tuta funt, minimè prohiberis, nullo ex hoc præjudicio futuro.

» Julius Clarus, *lib. 5. recept. fen-tent,* §. *Falfum, nomb.* 35, établit ce même principe, que la fauffeté qui ne nuit à perfonne, ne doit point être punie.

» L'ordre public a exigé plus de févé-rité, lorfque le changement ne s'o-pere pas dans le nom feul, mais s'o-pere encore dans la qualité. En ce cas, l'Ordonnance d'Orléans, article 110, inflige une peine, mais qui ne confifte qu'en une amende.

» Ou aucuns ufurperont fauffement, » ou contre vérité, le nom & titre » de nobleffe, prendront ou porteront » armoiries timbrées, ils feront par » nos Juges mulctés *d'amendes* arbi-» traires, & au payement d'icelles » contraints par toutes voies «.

» L'Ordonnance de Blois contient la même difpofition, art. 257, & un Edit de 1583 confirme l'une & l'autre.

» Ainfi les Loix n'ont prononcé aucunes peines afflictives contre ceux qui s'attribuent un nom & des quali-tés qui ne leur appartiennent pas. On

Tome IX.   N

peut sans doute citer des Arrêts qui
ont infligé des peines à des fripons
qui se sont décorés d'un nom illustre,
& des attributs qui l'accompagnent.
Mais ces usurpations avoient pour objet, ou de s'emparer de biens attachés au nom & à la qualité, ou d'es-
croquer ceux qui ont l'imprudence de
se laisser éblouir par un grand nom sou-
tenu d'un extérieur fastueux & impo-
sant.

» Mais dans l'espece présente, d'un
côté l'usurpation de nom ne paroît pas
suffisamment établie, & de l'autre,
les préjudices qui l'auroient suivie, ne
paroissent ni assez caractérisés, ni assez
essentiels pour être punis de peines
afflictives ou infamantes.

» Premiérement. Le nom de l'Accusé est *Roquelaure*. C'est sous ce
nom qu'il est connu dans la Province
où il est né, & il n'est personne
dans cette Province sur-tout, & peut-
être ailleurs, qui n'étant pas instruit
de l'orthographe particuliere employée
dans son extrait de baptême, n'eût
écrit son nom comme il est écrit ici.

» Cela est si certain, que le pere de
l'accusé, à qui l'on n'a jamais reproché

de vouloir changer son nom, ayant eu, en 1756, une contestation en la Cour, il y a été défendu dans un Mémoire imprimé, où son nom se trouve écrit *Roquelaure* (a).

” A la vérité, l'acte de baptême de l'Accusé, du 8 Mars 1729, celui de son pere, du 23 Mars 1701, portent *Rocclore*.

” Mais d'abord, rien de plus fréquent que les inexactitudes de ce genre; & singuliérement dans les Provinces. Beaucoup de familles, même des plus connues, ont souvent des réformations à faire dnas la contexture des noms propres sur les extraits de baptême ou de mort.

” Ici l'erreur qui existe, selon l'Accusé, dans le premier extrait de baptême de 1701, s'est perpétuée dans le second ; & c'est à ce premier extrait qu'il faut principalement s'arrêter.

” Une premiere circonstance, singuliérement frappante, & dont il se-

(a) On assure qu'un exemplaire de ce Mémoire s'est trouvé dans les papiers de l'Accusé, sur lesquels les scellés ont été apposés

roit de la plus grande importance de
s'affurer, eft que le pere de l'Accufé,
baptifé à Chaffepierre, village diftant
de trois lieues de Mont-Médi, eft né à
Mont-Médi (1).

» Cette fingularité annonceroit que
Barthélemi, pere de l'enfant baptifé, a
eu un intérêt quelconque de couvrir la
naiffance de fon fils des ombres du
myftere. Cette précaution, qui n'eft pas
ordinaire, fortifieroit, par de puiffan-
tes préfomptions, les faits ultérieurs
mis en avant pour l'accufé.

L'inexactitude dans l'orthographe du
nom *Rocclore* deviendroit moins étonnante, fi étant né dans un lieu, il
a été baptifé dans un autre. Son pere,
qui prenoit tant de foins pour cacher
fon véritable nom, n'étoit vraifembla-
blement point préfent au baptême;
& l'on ne voit pas qu'en effet l'extrait de 1701 faffe mention de fa
préfence. Le nom propre verbalement
confié à un tiers aura été rendu au

(*a*) Suivant les notes adminiftrées, l'extrait de mariage de l'aïeul de l'Accufé, trouvé
fous les fcellés, prouve que cet aïeul a été
marié à Mont-Médi, & l'Accufé eft en
état de prouver que fon pere eft né dans
cette ville.

Prêtre & écrit par celui-ci de la maniere dont il l'aura entendu & conçu.

» Quoi qu'il en soit, Théodore
Roccloré ou *Roquelaure*, baptisé le
23 Mars 1701, étoit fils de *Barthélemi*. Si l'extrait mortuaire du 6 Septembre 1742, tiré des registres de Roquecourbe en Languedoc, & qu'on
assure s'être trouvé sous les scellés dans
les papiers de l'Accusé, prouve qu'un
Barthélemi de *Roquairol*, ou de *Roquelaure*, ancien Officier de Cavalerie au Régiment de Cravates, ait été
inhumé dans cette Paroisse ; la conformité du nom de baptême *Barthélemi*,
jointe à l'incertitude du nom propre
de l'individu, annonce une autre sin-
gularité qui augmente encore les doutes, ou plutôt fortifie les présomptions.

» D'après ces deux seules circonstances, pourquoi refuseroit-on, même
avant de les avoir éclaircis, d'ajouter foi aux autres faits avancés par
l'Accusé ?

» Il faut en convenir, dans des Causes de cette nature, le premier mouvement est de traiter de fabuleux le
récit du réclamant, qui, abandonné
par la fortune, dénué d'appui & de

N iij

reſſources , né dans un état infiniment éloigné de celui auquel il prétend devoir atteindre , n'a pas dans ſes mains toutes les preuves qui peuvent autoriſer ſa réclamation.

» Cependant, au milieu de ce dénuement, il reſte à l'Accuſé des points de vérité fixes & biens certains.

» 1°. Dans le temps où l'Accuſé étoit dans l'emploi à Etampes , il étoit fréquemment admis chez le Comte & la Comteſſe de la Barre, qui connoiſſoient parfaitement l'état de ſon pere. 2°. Depuis ſa détention , & dans un temps où il étoit impoſſible qu'il fût inſtruit de la maladie grave & ſubite du Comte de Prunelé , l'Accuſé lui écrivit , pour le prier de ſe rappeler & d'atteſter l'exiſtence de la lettre (a) qu'il avoit vue & lue, par laquelle l'ancien Curé de Roquecourbe détailloit , dit-on , les déclarations qui lui avoient été faites au lit de la mort , en préſence de témoins, par *Barthélemi ,* vivant ſous le nom

_____

(a) La lettre portoit que Barthélemi avoit déclaré avoir eu deux enfans , dont un fils qui s'étoit évadé de la maiſon paternelle à l'âge de dix à onze ans.

de *Roquairole*, & mort fous celui de *Roquelaure*. 3°. La lettre de l'Accufé trouva le Comte de Prunelé fans con-noiffance, & frappé de la maladie dont il mourut le lendemain. 4°. Enfin, il exifte une lettre timbrée de Touloufe, & datée du 9 Février 1774, par la-quelle le fieur de Monfégur mande, » qu'il a fait demander au Greffier du » Parlement, s'il avoit reçu des ordres » de M. le Procureur-Général pour la » recherche de l'Arrêt, à laquelle le » fieur de Monfégur avoit été prié de » s'employer; que le Greffier lui a fait » dire que non «.

» La lettre ajoute : *Vous fentez que ce n'eft pas à moi, pour des chofes de cette efpece, à l'y engager. Ce font des affaires fecretes, dont un parti-culier ne peut pas fe mêler. D'ailleurs le nom de Roquelaure, ici, le trou-veroit mauvais.*

» Cette lettre prouve néceffairement que, dans un temps où l'Accufé ne pouvoit foupçonner l'ordre du Roi, en vertu duquel il a été arrêté en 1777, il travailloit férieufement à la recher-che des titres capables de lui affurer

N iv

le nom & l'état qu'il soutient lui appartenir.

» Il est essentiel de remarquer que, pendant très-long-temps, l'Accusé s'est borné au seul nom de Roquelaure; que ce n'est qu'à la fin de 1776, que les titres de *Chevalier*, *de Comte*, de *haut & de puissant Seigneur*, &c. ont été joints au nom propre; encore l'Accusé assure-t-il qu'il ne les a point adoptés volontairement; qu'au contraire, il a simplement cédé aux désirs de personnes de qualité, & à une sorte de violence qu'elles lui ont faite. C'est un point qu'il seroit facile d'éclaircir.

» Il résulte de cette discussion, qu'il existe, pour la défense de l'Accusé, quelques faits capitaux qu'il peut & doit proposer à titre de faits justificatifs, en demandant à en faire la preuve. Savoir:

» Que son pere est né à Mont-Médi, & que cependant il a été baptisé à Chassepierre, village situé à trois lieues de Mont-Médi.

» Que son pere, né à Mont-Médi en 1701, s'est évadé de la maison paternelle à l'âge de dix à onze ans.

» Que Barthélemi de *Roquairol* ou de *Roquelaure*, ancien Officier de Cavalerie, eſt décédé au village de Roquecourbe en Languedoc en 1742, & que, peu de jours avant ſon décès, il a déclaré à l'ancien Curé de cette Paroiſſe, en préſence de pluſieurs témoins, que des raiſons très-graves l'avoient forcé de vivre ſous un autre nom que le ſien ; que ſon véritable nom étoit *Roquelaure*.

» Que le même *Barthélemi* a auſſi déclaré en préſence de pluſieurs témoins, qu'il avoit été marié ; que deux enfans avoient été le fruit de ſon mariage ; une fille morte en bas âge, & un fils qui s'étoit évadé à dix ou onze ans de la maiſon paternelle, & dont il ignoroit le ſort.

» Ces faits une fois conſtatés, aideront à la recherche & à la juſtification de ceux qui ſont relatifs au Procès de Touloufe, qui ne ſont pas moins intéreſſans.

» Eh ! combien de fois n'a-t-on pas vu l'état des hommes d'abord perdu, pour ainſi dire, dans une foule d'incertitudes, ſoutenu par quelques foibles traits de lumiere, percer enfin & s'établir, en diffipant les nuages que le hafard des circonftances, & plus fouvent encore les efforts des grandes paffions, avoient accumulés? Quels regrets les Magiftrats n'éprouveroient-ils pas, fi, après avoir frappé d'une peine infamante le citoyen qui flotte dans ces incertitudes, qui attend de fes recherches l'affurance de l'état qu'on lui contefte, la lumiére venoit à paroître, & que l'état contefté fe trouvât enfin affuré? D'ailleurs la honte & l'ignominie des peines ne formeroient-elles point des obftacles invincibles aux recherches? Ne détruiroient-elles pas la bienveillance même de ceux qui feroient difpofés à réclamer l'être infortuné qui les auroit fubies?

» *Secondement.* Suivant les principes que nous avons établis, l'ufurpation de nom & de qualité n'eft réprimée que par des peines pécuniaires; elle n'eft punie de peines infamantes ou afflictives, fuivant les circonftances, qu'autant que cette efpece de faux a plus ou moins nui à autrui. Mais ici, on ne voit aucune trace de fraude, qui puiffe porter préjudice à perfonne.

» En effet, dans le premier moment de la détention, il s'étoit élevé un cri auffi naturel qu'ordinaire contre l'Accufé. Il avoit, difoit-on, abufé du nom de *Roquelaure* pour faire des dupes. Les fourniffeurs, féduits par les apparences, lui avoient fait des crédits confidérables. Il avoit fait des emprunts, dans un temps où il favoit être hors d'état d'y fatisfaire. Mais voyons à quoi ces reproches fe réduifent.

» Jufqu'au mois de Janvier 1777, l'Accufé s'étoit logé fort modeftement en chambre garnie; & jufqu'à cette époque on ne voit pas qu'il eût de dettes. Alors, féduit, trop légérement peut-être, par l'efpoir de l'adoption prochaine d'un projet fur le choix des bois de la marine, qui devoit produire de gros bénéfices; féduit d'autant plus aifément, que l'illufion, fi c'en étoit une, fe trouvoit partagée par des perfonnes dont la fortune eft indépendante de ces fortes de reffources, il a pris un appartement garni de meubles qu'il s'étoit foumis de payer dans deux ans.

» Mais les fcellés ont été appofés chez lui, au moment de fa détention, & l'on ne voit pas qu'il y foit furvenu d'oppofition. Il n'y avoit pas trois

N vj

mois qu'il occupoit l'appartement. C'é-
toit plus de temps qu'il n'en falloit à
un homme de mauvaife foi, pour détourner les meubles qui n'étoient pas
payés; & l'on ne voit pas qu'il ait
difpofé d'aucun de ces meubles.

» Du refte, on annonce trois ou
quatre réclamations; celle d'une Lingere, dont les fournitures ne paroiffent pas confidérables; celle d'un Marchand Bonnetier, qui a fourni douze
paires de bas; encore ce Marchand,
entendu comme témoin, convient-il
que l'Accufé lui avoit avoué n'être pas
riche pour le moment. Au total, il paroît que 2 ou 3000 livres acquitteroient
fes dettes.

» Dira-t-on que, s'il n'a pas fait
de torts plus graves, c'eft qu'il a été
prévenu; qu'il étoit à la veille & dans
l'intention de faire autant de dupes qu'il
auroit trouvé de perfonnes crédules?
Mais on ne punit pas l'intention, &
moins encore des fautes poffibles ou
feulement préfumables.

» *Troifiémement.* La déclaration
faite par l'Accufé dans un premier moment de trouble, qu'il s'en rapportoit
à Juftice fur fon premier jugement; dé-

claration qu'il a même refufé de figner, ne peut pas donner lieu à des fins de non-recevoir contre l'appel qu'il a depuis interjeté de la Sentence ; & cet appel laiffe à l'Accufé toute la force qui réfulte de fes moyens au fond.

Par Arrêt du 16 Janvier 1778 , prononcé en la Tournelle du Parlement de Paris , la Sentence du Châtelet a été infirmée ; & il a feulement été fait défenfes à l'Accufé de prendre les armes & qualité de Comte , & de fe dire de la Maifon de Roquelaure , jufqu'à ce qu'il ait juftifié qu'il en eft iffu.

ACCUSATION capitale, formée contre deux Officiers publics.

» DEUX Citoyens (difoit M. Coquebert, Défenfeur des Accufés), deux Officiers publics gémiffent fous le poids d'une accufation capitale, & font enlevés à leurs fonctions par les décrets les plus rigoureux. Après avoir été en butte aux coups d'un affaffin, ils font réduits à fe juftifier du crime dont ils étoient l'objet. Déjà flétris par un jugement préparatoire ; déjà frappés du glaive de la Loi, qui ne déploye toute l'étendue de fa févérité que contre les coupables, auroient-ils donc à redouter les artifices de la calomnie ? Auroient-ils à craindre que l'innocence fuccombât fous les efforts du menfonge ? Non, l'acharnement d'une troupe d'ennemis méprifables, tirés de la claffe la plus vile, compofée du rebut de la Société ; l'ignorance, la prévention, l'oubli le plus marqué des regles, ont feuls ourdi la trame des maux qu'ils ont à repouffer. Mais tant d'efforts réunis

n'ont pu jufqu'ici donner de vraifemblance à une accufation plus abfurde
encore qu'elle n'eft atroce, & qui fe
réfute par une juftification facile «.

Tel eft le point de vue fous lequel
M. Coquebert préfentoit cette affaire.
Voici les faits qui y ont donné lieu.

Un de ces vagabonds, dont la furface
de la terre eft chargée, habitoit, malheureufement pour le fieur Groffe, la
même Province que lui. Landelle, dit
le Rond, né à Croixille, fe livra tellement à tous les excès de la débauche
& du libertinage, qu'à l'âge de trente
ans il étoit devenu l'objet du mépris
& de la haine publique. Bientôt perfonne ne voulut plus lui donner de
logement, & cette raifon l'obligea
d'abandonner le lieu de fa naiffance.
Il fe réfugia au bourg de Juvigné,
qui en eft diftant d'environ une lieue;
& c'eft là qu'un particulier charitable
confentit encore à lui donner un afile.
Mais Landelle tenoit à Juvigné la
même conduite qu'à la Croixille; fes
déréglemens de toute nature, fes vols
continuels exciterent bientôt une réclamation générale. Le Curé fe crut obli-

gé, pour l'intérêt des mœurs, de faire
cesser, dans sa paroisse, un scandale
aussi révoltant, & d'en expulser un
homme dont l'exemple pouvoit devenir si funeste. Il excita le zele des habitans honnêtes; il les pria de réunir
leurs efforts aux siens, & implora principalement le secours du sieur Grosse,
Conseiller au Grenier à sel d'Ernée,
dont la famille tient le premier rang
au bourg de Juvigné.

Chassé de par-tout, sans ressource,
sans retraite, Landelle fut obligé de
s'en fabriquer une. Il construisit une
loge de terre & de paille sur un des
côtés du grand chemin qui conduit
de Juvigné à la Croixille; & c'est ainsi
qu'après avoir été le rebut de la Société, il en devint l'effroi.

Cependant il gardoit profondément
dans son cœur le ressentiment du traitement qu'on lui avoit fait. Il se per-
suadoit que le sieur Grosse en étoit le
véritable auteur, &, depuis ce temps,
il lui jura une haine implacable. Il n'en
parloit jamais sans proférer les invectives les plus outrageantes; il les ac-
compagnoit de menace; il divulguoit

fans myftere les complots les plus horribles, & difoit publiquement, *qu'il ne
mourroit jamais que de fa main.*

Il communiqua à fes compagnons
de débauche les fentimens de vengeance
qui l'animoient ; & dès-lors il fut arrêté, par cette troupe de brigands,
que le fieur Groffe payeroit de fa vie
l'infulte que leur chef avoit reçue.

Le 9 du mois de Novembre 1777
parut propre à exécuter ce projet. Ce
jour-là, on célébroit à Juvigné la fête
de la paroiffe, & l'on fait quel concours de monde ces folennités atti-
rent des bourgs voifins. Le fieur Groffe,
qui faifoit fa réfidence à Ernée, conduit à Juvigné par fes affaires, s'étoit
rendu chez fa mere.

Après avoir paffé la journée dans
le fein de fa famille, il fe retiroit à
onze heures du foir, & fe difpofoit
à aller coucher dans la chambre qu'il
occupe ordinairement quand il eft
chez fa mere. Pour y parvenir, il falloit fortir de la maifon, il falloit aller
gagner un petit efcalier pratiqué en
dehors, adoffé au mur, & dont la premiere marche touche au feuil de la
porte. Cette conftruction vicieufe penfa

couter la vie au fieur Groſſe. Landelle, qui connoiſſoit l'état des lieux,
qui ſavoit la poſition de la chambre &
celle de l'eſcalier, ſe tenoit caché le
long des premieres marches, & c'étoit
là où il attendoit ſon ennemi. A peine
le fieur Groſſe ſe diſpoſoit à monter,
avec une clef & une lumiere à la
main, qu'au même inſtant on le ſaiſit
vigoureuſement au collet, & il ſe ſent
frapper d'un bâton.

Sans armes, ſans défenſe, & pénétré d'un juſte effroi, il n'eut d'autres
reſſources que celle d'appeler à ſon ſecours. A ſes cris, ſa mere & le fieur
Cheux, ſon beau-frere, volerent à
lui pour le tirer des mains de ſon agreſ-
ſeur. Mais on avoit tout prévu; René
Martin, Pierre Launay, & Jean Launay,
ſoldat au Régiment de Saintonge,
apoſtés près du lieu de la ſcene, paru-
rent auſſi-tôt pour ſeconder les efforts
de Landelle. Le fieur Groſſe, ſa mere
& ſon beau-frere, furent aſſez heureux
pour rentrer à la hâte dans la maiſon, & ſe dérober à la fureur de leurs
aſſaſſins, ſans avoir reçu de bleſſures
dangereuſes. Tranſportés de rage d'a-
voir manqué leur coup, Landelle &

les compagnons y laiſſerent un libre cours, en prodiguant les invectives, les inſultes & les blaſphêmes les plus horribles. Armés de pierres, de bâtons, de ſabre, ils firent même des efforts pour enfoncer la porte, qui heureuſement réſiſta à leurs coups redoublés.

Une fois abandonnés à leur violence naturelle, ils ne connurent plus de frein. Preſque toutes les portes de Juvigné furent expoſées aux mêmes excès; ils ſe firent ouvrir les cabarets & donner à boire de force, mirent par-tout le déſordre, chercherent querelle à tous ceux qu'ils rencontrerent, couperent les nappes, caſſerent les meubles, prirent diſpute entre eux, & ſe maltraiterent réciproquement eux-mêmes. En effet, chez la nommée Bignon, Cabaretiere, Pierre Launay renverſa Landelle ſur un banc, le jeta à terre, lui donna pluſieurs coups de poing, & finit par lui porter un coup de ſabre ſur le bras droit, qui y fit une large & profonde bleſſure.

Enfin, expulſés de par-tout, animés du double délire de la vengeance & de l'ivreſſe, ces brigands s'arrêterent pendant la nuit au champ de la Forge, qui se trouve sur le chemin de la Croixille. Les querelles & les coups recommencerent. Le lendemain ils revinrent à Juvigné ; le Mardi ils allerent à Princé, où ils commirent les mêmes excès.

Cependant, le 11 Novembre, le sieur Grosse retourna à Ernée, lieu de son domicile. Il y rencontra la Maréchaussée, lui rendit compte de ce qui s'étoit passé à Juvigné, & fit en même temps des reproches aux Cavaliers de ne pas s'y être trouvés le jour de la fête pour y maintenir le bon ordre. Sur ce seul avertissement, la Maréchaussée prit des informations. Plusieurs particuliers attesterent les mêmes faits que le sieur Grosse, & en signerent, ainsi que lui, la déclaration.

D'après cette dénonciation, le Procureur Fiscal d'Ernée rendit plainte, & Landelle & les deux Launay furent constitués prisonniers. Ils ont subi leur interrogatoire devant le Juge d'Ernée ; mais comme le délit s'étoit commis à Juvigné, qui est dans l'étendue de la Justice de Saint-Ouën, ce Juge crut devoir renvoyer l'affaire devant celui qui régulièrement étoit le seul compétent. Les prisonniers ont été transférés, & ont subi un nouvel interrogatoire.

Alors on a fait une information, composée de trois témoins seulement, tous trois indiqués par les Accusés. L'un étoit leur complice, les deux autres étoient leurs camarades de débauche. On a affecté, dans une affaire aussi grave par sa nature, aussi importante par son objet, de ne prendre que la déposition de gens sans aveu, qui demeuroient à la Croixille; tandis qu'on pouvoit se procurer celles de vingt personnes domiciliées à Juvigné, lieu du délit, qui méritoient, à juste titre, la confiance de la Justice, & qui auroient pu rendre un compte fidele de ce qui s'étoit passé sous leurs yeux.

C'est néanmoins sur une instruction aussi légere, qui décele la prévention du Juge de Saint-Ouën, ou qui, tout au moins, annonce de sa part la négligence la plus impardonnable, que, sans récolement, sans confrontation, Landelle & ses deux compagnons ont obtenu définitivement leur liberté.

Ainsi tout paroissoit consommé à cette époque ; les coupables étoient sûrs de l'impunité, & se croyoient trop heureux encore d'avoir expié leurs fautes par quelques jours de prison, quand un événement imprévu vint réveiller en eux l'espoir de la vengeance.

Landelle, de retour à sa cabane, y fut attaqué d'une maladie inflammatoire, dont il mourut le 6 Décembre 1777, huit jours après son élargissement, & vingt-sept jours après la scene du 9 Novembre. Ses complices, fideles à ses manes, se persuaderent que cette occasion étoit favorable pour perdre entiérement le sieur Grosse. Ils publierent sur le champ que Landelle étoit mort de la suite des coups qu'il avoit reçus de lui le 9 Novembre. La crainte d'être considérés eux-mêmes comme ses assassins, & le désir de satisfaire leur haine particuliere, leur dictoient également cette imputation atroce. Ils parvinrent à exciter les freres de Landelle, & à les déterminer à faire leur dénonciation au Procureur Fiscal de Saint-Ouën.

Celui-ci rendit une plainte, sur laquelle le Juge de Saint - Ouën, qui étoit Juge du lieu où le prétendu délit s'étoit commis, & non pas Juge de la Croixille, où Landelle étoit décédé, rendit une Ordonnance, portant qu'il seroit dressé un procès-verbal de rapport par des Médecin & Chirurgien qu'il commit à cet effet, & qu'il se transporteroit lui-même pour y être présent. Il s'y rendit effectivement le même jour, & assista aux opérations qu'il avoit ordonnées.

On procéda ensuite à une information, d'après laquelle le sieur Grosse & le sieur Cheux ont été décrétés de prise de corps. Aussi-tôt que ce décret leur a été signifié, ils ont interjeté appel de la plainte & de toute la procédure qui l'a suivie.

Sur leur appel, ils demandoient provisoirement des défenses de mettre à exécution les décrets qui ont été décernés contre eux: au fond, ils concluoient à la nullité de la procédure, à l'évocation du principal: ils demandoient d'être déchargés de l'accusation, avec impression & affiche de l'Arrêt, & que le Substitut de M. le Procureur-Général fût tenu de leur nommer leurs dénonciateurs. Tels font les faits de cette Caufe.

Nous allons rendre compte des moyens employés par M. Coquebert pour la défenfe de fes cliens.

» Une accufation, difoit-il, fuppofe un délit ; un décret fuppofe un coupable. Il faut donc, pour qu'un décret foit valable, qu'il y ait un délit prouvé ; que ce délit foit conftaté d'une maniere réguliere, & que l'auteur en foit connu, ou au moins indiqué fi clairement, qu'il foit impoffible de ne pas le préfumer coupable.

» Ici il n'y a point de délit ; quand il y en auroit un, il n'a pas été conftaté d'une maniere reguliere ; & la nullité de la procédure tenue à cet égard, entraîne avec elle la nullité des décrets ; enfin, quand on fuppoferoit la réalité d'un affaffinat, rien ne prouveroit qu'on dût l'attribuer, ni au fieur Groffe, ni au fieur Cheux, & tout, jufqu'aux préfomptions, ferviroit à les juftifier.

» Les pieces de la procédure conftatent de la maniere la plus certaine, qu'il n'y a point de corps de délit.

》 La

» La piece principale du procès , &
celle où l'on doit trouver la preuve
claire d'un affaffinat , s'il y en a eu
un commis en la perfonne de Landelle , c'eft le procès-verbal de rapport
du Médecin & du Chirurgien ; & c'eft
là néanmoins où l'on trouvera vraifem-
blablement la preuve que ce malheureux eft mort d'une maladie de poitrine.
En effet, les Médecins & les Chirurgiens
ont trouvé à l'extérieur deux plaies ;
l'une fur le bras droit (elle venoit du
coup de fabre que Landelle avoit reçu
de Launay) ; l'autre fur le pariétal
droit : à l'intérieur, ils ont trouvé le
foie & *les poulmons enflammés.* Voilà
le fymptôme caractériftique d'une maladie de poitriue ; voilà la caufe évidente d'une mort naturelle , & fans
doute on ne devoit pas pouffer les recherches plus loin.

» Cependant la plaie extérieure qu'ils
avoient remarquée fur le pariétal , leur
a perfuadé qu'ils devoient procéder à
l'ouverture de la tête. Ils ont obfervé
que *le crâne n'avoit point été offenfé* ,
la plaie ne pénétrant pas jufque là : mais
ils ont trouvé , difent-ils , un épanchement dans la partie du cerveau qui

Tome IX.   O

correspondoit à la plaie extérieure ; &
c'est sans doute cette circonstance qui
les a déterminés à attribuer la mort
de Landelle au coup qu'il avoit reçu
à la tête.

» N'est ce pas évidemment l'ignorance
& le désir de trouver un crime qui, a
dicté cette derniere partie du rapport ?
Une contusion sur l'os pariétal , assez
légere pour ne pas offenser le crâne ,
pour ne pas même l'atteindre , pouvoit-
elle occasionner un dépôt capable de
faire perdre la vie en vingt-sept jours,
sans que le malade se soit jamais plaint
de la tête ? Et dès qu'on trouvoit des
indices certains d'une maladie inflammatoire , tous les doutes n'étoient-ils
pas éclaircis , & falloit-il encore chercher d'autre cause de mort ? La con-
clusion des Médecin & Chirurgien est
donc absurde ; elle est détruite par le
seul contexte du rapport , & ce sont
eux-mêmes qui nous fournissent des
preuves de la fausseté de leur opinion.

» Mais si néanmoins ce rapport pouvoit faire quelque impression , elle s'a-
néantiroit aisément par la lecture d'un
certificat donné par le Chirurgien qui

a traité Landelle dans sa maladie, &
qui a assisté à la visite faite en présence
du Juge. Le sieur Sauvé atteste que,
lorsqu'il fut appelé pour donner du
secours à Landelle, il le trouva avec
un grand mal de côté, de la toux,
de la difficulté de respirer; en un
mot, avec tous les symptômes qui ca-
ractérisent une maladie de poitrine ou
pleurésie, à laquelle s'étoit jointe une
fievre maligne; que deux jours avant
son décès, son corps est devenu couvert de pourpre, & que c'est de cette
maladie compliquée dont il est mort.

» Il ajoute qu'il s'est trouvé à la visite
ordonnée par le Juge; qu'il a représenté au Médecin & au Chirurgien que
la légere plaie que Landelle avoit à la
tête, n'affectant que les premiers tégu-
mens, sans aucune pénétration au
crâne, ne pouvoit être cause de sa
mort, ni même avoir occasionné le
petit épanchement d'une liqueur rouge
de la quantité d'une demi-once ou environ, que l'on a trouvé entre le crâne
& la duremere; qu'il étoit probable
que cet épanchement venoit de ce
qu'en sciant les os de la tête, on avoit
déchiré quelques-uns des petits vaiss-

O ij

seaux qui sont logés dans les scissures
du sinus coronal, &c. ; que, pendant
le traitement, il n'a vu au malade aucune foiblesse, aucun assoupissement,
aucun vomissement, aucune perte de
mémoire, qui sont les symptômes ordinaires d'une violente commotion au
cerveau, &c.

» Ce certificat raisonné & détaillé,
qui porte la conviction avec lui, est encore revêtu de la signature d'un autre
Chirurgien. Le sieur Collet a été présent au procès-verbal du 8 Décembre ;
c'est lui qui, à la réquisition des Médecin & Chirurgien commis par le
Juge, a opéré, & il est entiérement
du même avis que le sieur Sauvé.

» A ces deux pieces se joint le certificat du Curé de la Croixille, qui
a assisté Landelle au lit de la mort. Il
constate que ce dernier n'avoit d'autre
maladie qu'une fievre maligne & putride, avec laquelle il étoit sorti des
prisons de Laval.

» Tant de preuves réunies suffiroient
sans doute pour dévoiler la véritable
cause de la mort de Landelle, & pour
écarter toute idée d'assassinat. Dès lors
il n'y a point de corps de délit ; l'ac-

cufation par conféquent tombe d'elle-
même, & les décrets auxquels elle a
donné lieu s'anéantiffent avec elle.

» Suppofons néanmoins qu'il foit bien
avéré que la mort de Landelle a été
prématurée & violente ; fuppofons que
les indices de l'affaffinat fuffent con-
cluans, les décrets lancés contre les
Accufés n'en feront pas moins des décrets radicalement nuls.

» Ce n'eft pas affez qu'il exifte un
délit, il faut encore que ce délit foit
conftaté d'une maniere réguliere , &
il ne peut l'être que par un procés-ver-
bal inattaquable dans fa forme.

» En France, les différentes Jurifdictions font circonfcrites , & doivent être
renfermées dans les bornes qui leur ont
été affignées. Les Officiers de chacune
de ces Jurifdictions, dépofitaires de l'autorité de la Loi, revêtus d'un caractere
public dans l'étendue de leurs territoires,
ne font que des hommes privés , quand
ils en ont paffé les limites. Hors de ce
territoire, ils ne peuvent faire aucun acte
public , & ceux qu'ils rédigent au delà
de leur reffort , font radicalement nuls.
Ces principes conftitutifs de l'ordre des
Jurifdictions font inconteftables, & doi-

O iij

vent faire prononcer la nuillité du procès-verbal du 8 Décembre 1777.

» En effet, ce procès-verbal est fait en vertu d'une Ordonnance du Juge de Saint-Ouen; il est fait en présence de ce Juge, qui s'étoit transporté à la Croixille. Ce village n'est pas dans l'étendue de sa Jurisdiction, il dépend de la Justice d'Ernée. Le Sénéchal d'Ernée & celui de Saint-Ouen sont Juges Seigneuriaux, tous deux ont la même étendue de pouvoir, & ressortissent de la Duché-Pairie de Maïenne. Le Juge de Saint-Ouen n'avoit donc pas le droit d'ordonner une visite, un rapport de Médecins sur le territoire de la Croixille, & encore moins celui d'aller lui-même y faire acte de jurisdiction.

» Ainsi s'évanouit absolument ce prétendu procès-verbal de rapport. Il est aussi vicieux en la forme, qu'il est absurde dans ses conséquences; & dès-lors plus de corps de délit constaté, plus de procédure régulière, plus de décret valable.

» Dira-t-on qu'en matière criminelle tout Juge est compétent pour informer, pour décréter; que l'intérêt pu-

blic a fait admettre cette regle, & doit
la faire maintenir ; qu'il eſt important
de conſtater le crime avant que les
preuves dépériſſent, & qu'il faut commencer par ſe ſaiſir du coupable, ſauf
à renvoyer enſuite l'inſtruction de l'affaire au Juge à qui la connoiſſance en
appartient ?

    » On ne peut méconnoître une regle
de laquelle dépend en partie la ſûreté publique. Mais, quel qu'en ſoit l'effet, il ne peut renverſer entiérement
les principes de l'ordre des Juriſdic-
tions. Sans doute tout Juge peut informer dans ſon territoire, peut décréter dans ſon territoire, quoique le délit ne s'y ſoit pas commis, quoique
même l'Accuſé n'y ſoit pas domicilié ;
parce que tous les actes qu'il fait dans
l'étendue de ſa Juriſdiction, portent
l'empreinte de cette puiſſance publique
dont il eſt dépoſitaire. Mais s'il paſſe
les limites de ce territoire, s'il ſe tranſ-
porte lui-même dans une Juriſdiction
étrangere, il rentre dans la claſſe des
citoyens ordinaires ; il n'eſt plus revêtu
de ce caractere qui ne lui appartient que
dans ſon Tribunal, & il ne peut faire
aucun acte juridique.

» Un exemple récent & malheureusement trop célebre, vient à l'appui des
principes que nous invoquons. Derues,
dont le nom seul réveille aujourd'hui
l'indignation, qui mettoit dans l'exécution des crimes les plus affreux, tout
le sang froid de la combinaison la plus
réfléchie, & qui savoit envelopper sa
scélératesse du manteau de l'hypocri-
sie; Derues avoit frappé deux victimes,
dont la mort étoit nécessaire à l'accom-
plissement de ses projets. La dame de
la Mothe & son fils avoient péri sous
ses coups dans des lieux différens.
La malheureuse mere avoit été trouvée dans une cave à Paris. Le Châtelet
étoit saisi de la plainte & de l'instruction du procès. Cette instruction
touchoit à sa fin, quand on apprit que
le jeune la Mothe, entraîné à Verfailles par son bourreau, y étoit mort
& y avoit été enterré sous un nom em-
prunté. Il étoit extrêmement important de constater ce nouveau corps de
délit. Il falloit un procès-verbal d'exhumation, un procès-verbal de visite; il
falloit que l'Accusé fût présent à toutes
ces opérations, il falloit le transférer
à Versailles, & le confronter au té-

moin muet de fon crime. Le Juge du Châtelet, qui détenoit l'Accufé dans les prifons, qui étoit faifi de l'inftruction du procès, paroiffoit naturellement devoir conftater un nouveau délit qui en faifoit partie. Cependant il fentoit bien que fon pouvoir expiroit fur les bornes de fon territoire; il fentoit bien qu'il n'avoit pas le droit d'aller à Verfailles, faire les fonctions de Juge, dreffer un procès-verbal, affifter à un rapport, fi une autorité fupérieure à la fienne ne le lui conféroit. En conféquence il follicita & obtint un Arrêt de la Cour, qui le déléguoit à cet effet, & en vertu duquel il a procédé réguliérement.

» Le Juge de Saint-Ouen, qui s'eft trouvé dans les mêmes circonftances, devoit tenir la même marche. Il ne pouvoit pas, fans une délégation fpéciale de fon Supérieur, fe tranfporter fur un territoire étranger, & y faire des actes de Jurifdiction; il ne pouvoit pas aller, de fon autorité privée, dreffer un procès-verbal à la Croixille, qui eft dans l'étendue de la Juftice d'Ernée. Celui qu'il y a fait rédiger eft radicalement nul, & le prétendu corps

Q v

de délit que l'on a voulu conftater,
s'évanouit avec le fantôme d'acte auquel il devoit fon exiftence. Toute la
procédure qui a fuivi cet acte s'écroule
avec lui , & la nullité du décret
décerné contre les Accufés eft la conféquence néceffaire de tant d'opérations
fauffes.

» Si les Accufés fe fuffent renfermés
dans les bornes d'une défenfe ordinaire , il leur auroit fuffi d'avoir établi qu'il n'y a point de corps de délit,
que ce prétendu délit n'a point été
conftaté d'une maniere juridique, &
que toute la procédure faite à Saint-
Ouën eft radicalement nulle. Mais
ils ont cru devoir diffiper les nuages
qu'une accufation auffi grave pourroit
laiffer fur la pureté de leur conduite ,
& éloigner d'eux jufqu'à l'ombre du
foupçon ; ils ont cru devoir prouver que quand même Landelle auroit
été la victime d'un affaffinat , ce n'é-
toit pas à eux que l'on pouvoit l'attribuer.

» Sur ce point, il ne devroit exifter ici
aucune efpece d'équivoque. Landelle
n'eft mort que le 7 Décembre. Sans
doute, dans un efpace de vingt - huit

jours, ce malheureux portant avec lui la blessure mortelle, aura élevé la voix & demandé vengeance ! Sans doute il aura dénoncé à la Justice ceux qu'il regardoit comme ses affassins ! Si, dans les premiers momens, la timidité ou l'incertitude avoient arrêté ses plaintes, du moins lorsque détenu prisonnier sur la dénonciation du sieur Grosse, il a subi son interrogatoire, la vérité toute entiere sera sortie de sa bouche; la nécessité de se justifier l'aura forcé à la dévoiler. Interrogé successivement à Ernée & à Saint-Ouën, traité comme un coupable, il aura lui-même rendu plainte, & revendiqué la place d'accusateur qui lui appartenoit à si juste titre. Voilà la conduite qu'il a dû tenir. Eh bien, à cette époque si décisive, il ne s'est plaint de personne, il n'a point demandé à faire constater ses blessures, il n'a point prononcé le nom du sieur Grosse, ni celui du sieur Cheux; il ne lui est pas même échappé un murmure, & il s'est contenté de nier les faits qu'on lui imputoit. Bien plus, visité par le Chirurgien ordinaire des prisons, il n'a point imploré ses secours. Dans le temps même de sa maladie ; il n'a point accufé le fieur Groffe de l'avoir maltraité , & il eft defcendu au tombeau avec ce prétendu fecret qu'il lui étoit fi important de révéler.

» Son filence, dans ces circonftances, n'eft-il pas une preuve certaine qu'il n'y a pas ici de crime à punir , d'af-faffinat à venger , & ne fuffit-il pas lui feul pour faire rejeter une accufa-tion hafardée , dans l'unique but de perdre une famille honnête ?

» Les deux complices de Landelle , arrêtés comme lui , interrogés comme lui , ont tenu la même conduite. Ils n'ont pas proféré le nom du fieur Groffe , ni celui du fieur Cheux ; ils ne fe font plaint ni l'un ni l'au-tre de mauvais traitemens , & fe font renfermés dans un plan de juftification qui confiftoit à nier tous les faits dont on les chargeoit. Par quel étrange com-plot trois accufés fe font-il réunis à gar-der le filence fur un crime capital qu'ils avoient intérêt de dénoncer ? Cette uniformité ne fournit - elle donc pas une preuve inconteftable qu'il n'y avoit pas lieu à une accufation d'af-faffinat ?

» Ce n'eſt que depuis la mort de Landelle, que depuis qu'ils ont cru trouver une occaſion facile de ſe venger, que ſes complices ont changé de langage. Les deux Launay, & le nommé Martin, entendus dans l'information faite en dernier lieu, ſont les ſeuls témoins qui ayent cherché à charger les Accuſés. Tous les trois ſont contrebandiers par état (ce point de fait eſt atteſté par des certificats non ſuſpects), &, à ce titre ſeul, il étoit naturel qu'ils profitaſſent de l'occaſion de ſignaler leur haine contre le ſieur Groſſe, Officier au Grenier à ſel d'Ernée.

Mais, abſtraction faite de cette circonſtance, les deux Launay étoient récuſables, par cela ſeul qu'ils ont été arrêtés avec Landelle pour le même délit que lui. Le Juge de Saint-Ouën qui ne l'ignoroit pas, puiſqu'il les avoit interrogés tout récemment, ne pouvoit avoir aucun égard à leurs dépoſitions. D'ailleurs, ils ont varié dans chaque circonſtance relative à la ſcene du 9 Novembre. Ils ont ſur-tout varié en ce que, dans leurs dépoſitions, ils déclarent pour la premiere fois,

que Landelle s'est plaint du sieur
Grosse, leur a dit sur le champ, &
leur a répété souvent depuis, qu'il
mourroit des coups qu'il en avoit
reçus.

» René Martin ne méritoit pas plus
de confiance, puisqu'il est prouvé au
procès, par la déclaration de Jean Launay, que ce même René Martin étoit
avec Landelle & lui le 9 Novembre.
Mais une circonstance particuliere, consignée spécialement dans sa déposition,
dévoile le complot formé entre ces
trois complices, de charger le sieur
Grosse, sans respect pour la vérité. En
effet, il dit que le sieur Grosse étoit
sur Landelle, & que le sieur Cheux
tenoit un bâton à la main ; & Jean
Launay dit au contraire, que le sieur
Grosse frappoit Landelle avec un manche de bois de houx, tandis que le
sieur Cheux le tenoit à la gorge.

» Cette contradiction manifeste entre
deux témoins qui déposent du même
fait, prouve la fausseté de leurs déclarations.

» Il s'en trouveroit une infinité d'autres, si l'on comparoit entre elles les
deux dépositions de Martin, & les dé-

positions des Launay avec leurs réponses aux interrogatoires. Mais cet examen seroit trop long & fastidieux, on ne pourroit d'ailleurs le puiser que dans les pieces secretes du procès.

» Ces trois témoins, tous trois récusables, tous trois réfutés par leurs propres déclarations, sont pourtant les seuls qui ayent osé charger le sieur Grosse & le sieur Cheux. Douze autres témoins, entendus dans la même information, ont fourni leur justification.

» Plusieurs ont déposé des menaces que Landelle faisoit en parlant du sieur Grosse. Il est constant qu'il a souvent dit que ce sieur Grosse ne mourroit jamais que de sa main, qu'il auroit sa vie ou qu'il y perdroit là sienne. Il est prouvé par plusieurs dépositions, que le 9 Novembre, Landelle & ses compagnons de débauche, après avoir frappé à différentes portes du bourg de Juvigné, se firent ouvrir les cabarets de force, s'y enivrerent, y prirent querelle entre eux, se battirent ; que Launay renversa Landelle & le frappa ; qu'il lui donna un coup de sabre sur le bras droit, dont il saigna avec profusion ;

que Landelle s'en plaignit, en attribuant ses blessures à Launay & en les lui reprochant ; que vers minuit, ils se retirerent dans un champ nommé *la Forge*, où les querelles & les coups recommencerent.

» Voilà ce que contient une information faite néanmoins dans la seule vûe de charger les Accusés, & où l'on a affecté de ne pas entendre le Chirurgien qui avoit soigné Landelle dans sa derniere maladie, le Curé qui l'avoit assisté à la mort, & plusieurs autres témoins qui eussent pu donner des lumieres certaines.

» Mais qu'est-il besoin d'en rassembler de nouvelles ? & quand même on pourroit supposer que Landelle est mort du coup porté sur le pariétal, que la maladie inflammatoire dont il étoit attaqué ne l'a pas seule conduit au tombeau, n'est-il pas prouvé évidemment que le sieur Grosse ni son beau-frere ne seroient pas coupables d'un assassinat, & qu'on ne peut l'attribuer qu'à ceux même qui depuis ont provoqué la dénonciation ?

» Voilà cependant, voilà sur quels indices on a décrété de prise de corps

deux domiciliés, deux Citoyens honnêtes, que tout, jufqu'aux préfomptions,
devoit mettre à l'abri d'une pareille
rigueur.

» Si tous les hommes font égaux aux
yeux de la Loi, fi tous ont le même
droit à fa protection & à fa bienveillance, il n'en eft pas moins vrai qu'elle
juge leurs intentions fur leur conduite
habituelle, & s'attache à démêler la
vérité des faits qu'on leur impute, par
la vraifemblance des motifs qui ont pû
les guider. Elle ne confond pas le Citoyen honnête, irréprochable, dont la vie
entiere a été confacrée à l'accompliffe-
ment des devoirs de la Société, avec l'ê-
tre odieux, devenu par fes déréglemens
le fléau de fes femblables. La pratique
des vertus ou l'habitude du vice, voilà
la feule diftinction qu'elle connoiffe,
& celle qui doive être fcrupuleufe-
ment obfervée dans la recherche des
coupables.

» Cette regle, fondée fur l'équité naturelle, a-t-elle donc été confultée par
le Juge de Saint-Ouën? On lui défé-
roit à la vérité l'inftruction d'un crime
capital; on lui défignoit les coupables
qu'il devoit frapper; mais étoit-il vrai-

femblable que deux domiciliés, tous deux
revêtus d'un caractere public, tous deux
occupant dans leur Province un rang
qui les éleve audeffus des autres habitans ; dont l'un remplit à la fois les
fonctions honorables de Juge & les
fonctions pénibles d'Avocat , euffent
voulu affaffiner un malheureux vaga-
bond & lui enlever la vie fans objet ?
Quand on auroit pu même leur prêter
un deffein auffi noir , étoit-il vraifem-
blable que , pour trouver un habitant
des environs de la Croixille , ils fe
fuffent rendus à Juvigné , & y euffent
paffé la journée dans le fein de leur
famille , & attendu jufqu'à onze heures du foir que le hafard livrât dans
leurs mains leur victime ? Et quand on
réunit toutes les circonftances qui ont
précédé & accompagné la fcene du 9
Novembre ; que l'on fe rappelle l'ex-
pulfion de Landelle , & la haine qu'il
avoit jurée au fieur Groffe ; que l'on
confidere le lieu , l'heure à laquelle
fut commis le prétendu délit qui a
donné lieu à la plainte : n'eft-il pas évident que le défir de la vengeance avoit
feul pu déterminer un être déja fouillé
de vices & accoutumé à ne rien ref-

pecter, à se porter aux extrémités les
plus violentes ?

Si alors le sieur Grosse avoit été assez
malheureux pour porter à son agresseur
un coup dangereux, n'avoit-il donc
pas usé d'une défense nécessaire & légitime en pareil cas ? Pouvoit-on trans-
former cette défense en un crime capital, qui nécessitât une instruction de
grand criminel & des décrets de prise
de corps ; & falloit-il, contre toute
espece de preuve, priver à la fois
deux hommes publics de leur existence civile, par l'effet d'un jugement
qui emporte avec lui une sorte d'ignominie ?

Si l'on s'arrête (disoit M. Coquebert en finissant) à considérer la conduite du Juge de Saint-Ouën ; si l'on
se rappelle la lenteur, l'indulgence,
la négligence impardonnable avec laquelle il a fait l'instruction de la procédure dirigée contre Landelle & ses
complices ; si l'on compare cette première conduite à celle qu'il a tenue
depuis vis-à-vis des Accusés ; si l'on
réfléchit à la précipitation qu'il a mise
dans l'instruction qui les concerne, à
l'abus qu'il a fait de ses pouvoirs en

allant dreſſer un procès-verbal ſur un
territoire étranger, à la rigueur des
décrets qu'il a décernés contre deux
domiciliés, quand tout ſe réuniſſoit
pour anéantir le chef d'accuſation, qu'il
n'en exiſtoit & n'en pouvoit exiſter aucune ſorte de preuve : ne ſera-t-on
pas autoriſé à le ſuſpecter de partia-
lité ? Ne pourra-t-on pas, à bon droit,
le taxer d'avoir employé l'autorité dont
il eſt revêtu, à venger ſes querelles particulieres (a) ; & ne ſera-t-il pas clair
qu'il a voulu frapper l'innocent du
glaive que la Loi n'a remis dans ſes
mains que pour punir le coupable ?

» Mais le moment qui rendra l'exiſtence civile à deux Citoyens, l'état
à deux Officiers publics, eſt enfin arrivé. Les Accuſés ont démontré qu'il
n'y a pas ici de corps de délit ; que
quand même il y en auroit un, il
n'eſt pas conſtaté d'une maniere réguliere ; que la nullité du procès-

_____

(a) Depuis long-temps le Juge de Saint-
Ouën croit avoir à ſe plaindre du ſieur Groſſe ; il l'accuſe de chercher à dépouiller ſa
Juriſdiction & de la mépriſer. Il a dit pluſieurs fois qu'il n'attendoit que l'occaſion de
ſe venger.

verbal de rapport entraîne avec elle la nullité de toute la procédure à laquelle il sert de base, & conséquemment celle des décrets. Ils ont prouvé de la maniere la plus concluante, qu'on ne peut les présumer coupables du crime dont on les charge ; qu'il n'en existe, & qu'il n'en existera jamais aucunes preuves ; qu'en supposant même, contre l'évidence, que Landelle est mort sous les coups d'un assassin, on ne pourroit en accuser que les compagnons de ses débauches ».

Par Arrêt du 4 Février 1778, rendu sur les conclusions de M. l'Avocat-Général Séguier, les sieurs Groffe & Cheux ont été déchargés des accusations intentées contre eux.

QUESTION D'ÉTAT.

» UN voile épais (difoit la demoifelle Montaut) couvroit le myftere de
ma naiffance; j'ignorois de qui j'avois
reçu l'être. Il n'a pas dépendu de moi
de l'ignorer toujours : au moment que j'y
penfois le moins, quatre inconnus fe préfentent chez moi, & débutent ainfi :

» Nous nous fommes informés aux
» Enfans trouvés, fi l'on connoiffoit
» *Catherine-Narciffe Montaut* ; on
» nous a répondu que ce ne pouvoit
» être que vous; & l'on nous a donné
» votre adreffe. Connoiffez-vous votre
» famille « ?

» Je leur répondis que non. Preffée
de m'expliquer : » Je me fouviens
» bien, leur dis-je, d'avoir vu ma
» mere ; mais on m'a dit aux Enfans
» trouvés, pour m'empêcher de pleu-
» rer, que c'étoit ma mere nourrice ;
» j'avois bien mal aux yeux quand on
» m'a amenée. Je portois une grande
» cornette rabattue, un tablier à pe-
» tits carreaux bleus, avec des cerifes

» dedans. *Je n'ai point couché en*
» *route :* ma mere m'aimoit beaucoup;
» elle m'a allaitée jufqu'à trois ans. Il
» y avoit chez nous une femme nom-
» mée *Marie-Jeanne :* un jour de Di-
» manche, que ma mere étoit à la
» Meffe, elle me retira du feu où j'é-
» tois tombée; elle me mit dans un
» petit baril d'eau, & je reftai au lit
» pendant quelques jours. Nous ne de-
» meurions pas loin du cimetiere. Mon
» pere étoit toujours habillé en brun;
» après fa mort, ma mere me menoit
» tous les jours auprès de fon tombeau;
» & me faifoit prier Dieu pour lui; elle
» portoit un habillement d'étamine brun
» mêlé de jaune, & un jupon rayé
» rouge & blanc, à bouquets blancs
» dans les raies rouges; elle étoit tou-
» jours coiffée à quatre barbes. Il y
» avoit à la maifon une autre femme
» nommée *Marie*, qui filoit au fufeau,
» & qui m'apprenoit à filer : elle étoit
» bien vieille; ma mere lui donnoit
» fouvent du pain & de la viande. Il
» y venoit encore une femme qui avoit
» un œil éraillé; je me moquois d'elle.
» Je me fouviens d'un grand homme
» qui étoit le bouffon du village; il

» se nommoit *Gabriel* , & portoit des
» cheveux blancs «.

  » Je décrivis ensuite en détail la
maison de ma mere, & j'ajoutai « :

  » Il y avoit un jeune homme qui
» me menoit aux bords de la riviere, où
» il me mettoit dans mon tablier de pe-
» tits poissons que je portois à ma
» mere : je parlois picard. M. de la
» Vériere, Chirurgien, m'a fait re-
» marquer un jour, en me seignant du
» pied, que j'avois un cachet à côté
» de la cicatrice. J'ai eu besoin de
» mon extrait de baptême pour me ma-
» rier ; je l'ai demandé aux Enfans
» trouvés, on m'a renvoyée à l'Hô-
» tel-Dieu ; on n'a pu déchiffrer mon
» nom sur le billet : enfin on en a trouvé
» un de 1738, qui me fait beaucoup
» plus âgée que je ne suis & que je
» ne parois l'être, & où je suis dite
» fille de François Delaunay & d'Anne
» Leseine, native d'Honfleur. Voilà
» tout ce que je sais ; je n'ai jamais
» voulu connoître de famille, que je
» ne fusse bien sûre de lui appartenir «.

  » A peine ai-je cessé de parler, la
femme Mariette se jette dans mes bras,
& me dit avec transport : » Vous
      » êtes

» êtes ma sœur, dont on nous a tou-
» jours caché l'existence, & dont on
» a publié la mort : que votre absence
» m'a couté de peines « ! Elle me fit
ensuite l'histoire de ma famille ; elle
m'apprit comment la premiere femme
de mon pere est décédée, laissant de
son mariage un fils aujourd'hui mon
adversaire ; comment il s'est remarié
avec ma mere ; comment ils sont aussi
tous deux décédés, laissant six enfans ;
comment leur succession a été spoliée ;
comment mon oncle Deffeze a été
nommé notre tuteur, &, après lui,
mon frere du premier lit ; comment il
s'est fait rendre compte par notre mere
commune ; comment il a gardé par-
devers lui tous les papiers de la succession. Elle continua ainsi :

» La veille de votre départ de Ville-
» neuve-le-Roi, je me suis rendue,
» vers les dix heures du soir, auprès
» de votre lit avec la Pochard : comme
» je venois de me retirer, je vous en-
» tendis pleurer ; je demandai : *Que*
» *fait-on à cet enfant ?* La Pochard
» me répondit : *On lui coupe les on-*
» *gles des pieds, de peur qu'elle ne*
» *blesse ces petites filles.* Je ne com-

Tome IX.   P

„ pris point ce qu'elle vouloit dire par
„ *ces petites filles* ; j'avois vu notre
„ tuteur remuer quelque chose dans les
„ cendres, avant d'aller auprès de votre
„ lit. Le lendemain, je m'apperçus que
„ vous aviez le pied enflé & enveloppé
„ d'un linge, & que vous pouviez à
„ peine vous soutenir. J'étois sûre que,
„ la veille, quand vous vous êtes cou-
„ chée, vous n'aviez aucun mal ; de
„ là l'empreinte de votre cachet. La
„ Pochard reprochoit à mon frere,
„ jusqu'au tombeau, le mal dont il
„ s'est rendu coupable avec elle ; c'est
„ cette femme qui vous a amenée :
„ *vous aviez bien mal aux yeux* ; ja-
„ mais notre tuteur n'a voulu dire où
„ il vous avoit placée ; *vous fréquen-*
„ *tiez beaucoup de petites filles Pi-*
„ *cardes, que vous ameniez à la mai-*
„ *son* „.

„ Ma sœur me rendit compte ensuite de la conduite qu'a tenue mon
frere avec elle. Elle m'apprit comment
il s'étoit fait vendre la portion qui devoit lui revenir ; comment on lui avoit
fait prendre, dans l'acte, la qualité
d'héritiere de *Catherine-Narcisse Mon-*
taut, dont on ne fixoit pas même le

décès; comment, dans deux autres
actes postérieurs, on n'avoit pas même
parlé d'elle : elle me dit que c'étoit
une supposition de la part de mon
frere, puisque j'étois cette *Catherine-
Narcisse* ; qu'elle me reconnoissoit pour
m'avoir élevée & avoir pris soin de
moi jusqu'à sept heures du soir de la
veille de mon départ : » Venez,
» ajouta-t-elle, à Villeneuve-le-Roi,
» vous confondrez bientôt l'imposture.
» Les détails de la maison maternelle
» & des jardins sont tels que vous me
» dites ; bien des gens vous ont con-
» nue dans votre enfance, & vous ont
» vu emmener par la Pochard. Ils vous
» reconnoîtront ; Gabriel vit encore, la
» femme à l'œil éraillé vit encore ;
» venez vous faire reconnoître «.

» Je l'avouerai, ces rapports, ces
conformités me frapperent ; je conçus,
pour la premiere fois, l'espoir de connoître ma famille ; mais je ne voulus
rien hasarder ; je répondis à ma sœur,
que l'affaire exigeoit de plus grands
éclaircissemens.

» Mon mari écrit à mon frere, &
lui demande mon extrait mortuaire ;
il ne reçoit point de réponse. On s'a-

dreſſe au Magiſtrat de Police, qui renvoie au ſieur de Vinfrais. Mon frere
ne ſe détermine qu'à la vue de deux
Cavaliers de Maréchauſſée, encore ſe
contente-t-il de renvoyer à un ſieur Gobreau, ſans dire même où il m'avoit
placée. Le ſieur Gobreau renvoie à
l'Hôtel-Dieu, & l'on y voit qu'une
Catherine-Narciſſe Montaut eſt entrée,
en 1762, à l'Hôtel Dieu, où elle eſt
morte dans la même année, & qu'elle
ſortoit de l'Hôpital. On va s'informer
à l'Hôpital en quelle année j'y avois
été placée, & l'on voit, par le regiſtre & le billet, que je paroiſſois y être
entrée en 1760 : voilà tous les éclair-
ciſſemens que j'ai pû tirer.

» Je me détermine à aller à Villeneuve-le-Roi avec Mariette, ſa femme
& le nommé Neveu. Je ne prévoyois
pas ce qui m'attendoit. En arrivant,
je vois la femme à l'œil éraillé, qui
étoit ſur ſa porte. Je l'aborde ſans rien
dire. Cette femme me reconnoît ſur
le champ, & me nomme à tous ceux
qui ſont avec elle. En un inſtant, tous
les habitans me reconnoiſſent, & ſur-
tout *Gabriel*, que je reconnois moi-
même des premiers.

» Pendant que je goûtois une satisfaction bien douce, des mouvemens bien différens s'élevoient dans l'ame de mon frere. Furieux, il court à Choisy requérir le transport de la Maréchauffée. Deux Gardes arrivent ; ils font témoins de la reconnoiffance univerfelle ; ils m'entendent nommer par mon nom, ils m'interrogent. Je réponds que je fuis venue m'informer si j'étois la fille de défunt Louis Montaut & de Marie-Louife Favre ; que j'ai levé mon extrait de baptême ; que je ne puis rien affurer encore. Ils font monter mon frere, & lui demandent fi je fuis fa fœur. Mon frere s'approche de moi ; & , me mettant le poing fous le nez : *Tiens, regarde-moi bien*, dit-il ; *fuis-je ton frere ? Comment t'es-tu màriée ! Que ne t'informois-tu de tes pere & mere !* Je lui réponds en tremblant que je ne fuis point accoutumée à tant de violence. Sa femme, imitant fa furéur, s'écrie : *Te rappelles-tu de m'avoir vue à l'âge de treize ans !* En même temps Mariette arrive : il s'éleve, entre lui & mon frere, une vive querelle : ils font prêts à fe déchirer ; mais les Gardes contiennent leurs tranf-

P iij

ports. Mon frere crie qu'on l'arrête,
lui, sa femme & moi; il signe un
acte, par lequel il en donne le pouvoir. J'en parlerai tout à l'heure. Les
Gardes me disent qu'ils n'entendent
point m'arrêter, mais que nous allons
à Choisy chez le sieur Vinfrais. Ils dres-
sent leur rapport : une nuée de témoins
offrent de déposer pour moi.

» Nous allons donc à Choisy : nous
sommes suivis d'une foule immense.
Dans le chemin, un Garde interpelle
mon frere de déclarer si je suis sa
sœur. Mon frere répond *qu'il ne dit*
ni oui ni non ; mais qu'il falloit que
je prouvasse ce que j'avançois, & qu'il
s'en releveroit pour une couple de cinq
à six cents écus. Nous arrivons à Choisy,
où nous passons la nuit ; de là nous
allons à Ville-Juifve. Le sieur Vinfrais
dit que cette affaire ne le regarde pas,
& que nous pouvons nous en aller.
Mon frere, étonné, dit qu'il va voir
comment il s'y prendra pour me faire
arrêter.

» Voilà comme j'ai connu ma famille, comme je me suis déterminée
à m'en faire reconnoître, & comme
j'ai été reçue de mon frere. Mariette

& sa femme, plus justes, ont déclaré chez un, Commissaire que j'étois leur sœur; Neveu & Chéru, qui m'accompagnoient, ont aussi consigné tous les faits que je viens de rapporter, dans une déclaration par-devant Notaire.

» De retour à Villeneuve-le-Roi, j'ai rendu plainte des voies de fait & des mauvais traitemens dont mon frere avoit usé contre moi. J'ai fait informer : tous les témoins ont déposé en ma faveur. Cependant mon frere n'a été décrété que d'assigné pour être ouï. Il a subi interrogatoire. Le Juge a renvoyé à l'audience : j'ai demandé une réparation, des dommages-intérêts. En cet état, le premier Juge a converti les informations en enquête; a donné acte à mon frere de ce qu'il articuloit, 1°. que j'étois venue seule à Villeneuve-le-Roi ; que j'avois dit que j'étois sa sœur ; & que je venois pour recueillir les successions de mes pere & mere.

» 2°. Que j'avois été chez le Curé lever mon extrait de baptême, & que, pour appaiser le tumulte, il avoit été obligé d'envoyer chercher la Maréchaussée. Il y avoit été lui-même.

P iv

» J'ai interjeté appel de cette Sentence, comme contenant des faits inutiles. Sur l'appel, je me fuis occupée
de tout ce qui m'intéreffe. J'ai demandé que mon frere fût tenu de me
reconnoître pour *Catherine - Narciffe
Montaut* fa fœur ; en conféquence,
de me rendre compte des fucceffions
de nos pere & mere, finon, de me
payer 40000 livres, & attendu la fup-
preffion d'état & de nom, & les mauvais traitemens & voies de fait conftatés
par la plainte & l'information, des défenfes de récidiver, & 20000 livres de
dommages-intérêts, avec impreffion &
affiches «.

Telles étoient les demandes de la
femme Boudet ; tels étoient les faits
fur lefquels elle appuyoit fon identité
avec Catherine-Narciffe Montaut. Mais
fon adverfaire les préfentoit fous un
point de vue bien différent. Il faut
l'écouter.

» Louis Montaut, Chirurgien à Villeneuve-le-Roi, où il eft mort en 1751,
avoit époufé, en premieres noces,
Marie-Louife Blard, décédée en 1731,
après un an, ou environ, de mariage.

» De ce mariage étoit iffu un fils

unique, Louis-Michel Montaut, aujourd'hui Chirurgien à Villeneuve-le-Roi, comme l'avoit été son pere.

» Louis Montaut avoit épousé, en secondes noces, Marie-Louise Favre, dont il eut six enfans; savoir, Louis-Antoine; Marie-Jeanne, femme Mariette; Jean-Joseph, mari de la veuve d'Espagne; Louise-Magdeleine; Catherine, femme du nommé Serron, & Catherine-Narcisse Montaut: tous étoient en minorité lors de son décès.

» Au mois de Juin 1756, quelques jours après la mort de la veuve de Louis Montaut, pere commun, Jean-Joseph Deffeze, Maître Chirurgien à Antony, avoit été nommé tuteur des mineurs Montaut; mais, ayant diverti plusieurs effets (ce qui fit la matiere d'une instance assez considérable), effets rapportés depuis, déposés au greffe de la Justice de Villeneuve-le-Roi, & compris dans l'inventaire fait après le décès de Marie-Louise Favre, mere des mineurs Montaut, Louis-Michel Montaut, leur frere consanguin, fut, par Sentence du Bailliage de Villeneuve-le-Roi, du 4 Mai 1757, nommé leur tuteur. Dès ce moment il s'occupa

P v

du foin de pourvoir à la fubfiftance de
fes freres.& fœurs, & s'adreffa à une
dame veuve Belhomme, qui demeuroit à Paris rue Saint-André-des-Arcs.
Il la pria de recevoir chez elle en
apprentiffage la plus jeune de fes
fœurs, Catherine-Narciffe Montaut,
alors âgée de près de huit ans; fon
extrait baptiftere eft du 6 Octobre
1749.

» La propofition ayant été acceptée,
à la recommandation de la dame Harouard, qui fe chargea de payer la penfion, Louis-Michel Montaut conduifit
lui-même fa jeune fœur chez la veuve
Belhomme, où elle refta environ trois
ans, & reçut tous les principes d'éducation dont la foibleffe de fon âge &
la médiocrité de fa fortune étoient fuf-
ceptibles. Jufque là, le fort de Catherine-Narciffe Montaut avoit été auffi
avantageux qu'elle pouvoit l'efpérer;
mais la mort de la dame Harouard
d'un côté, de l'autre la délicateffe de
fa conftitution ne lui ayant pas permis de profiter plus long-temps des
avantages que fon frere avoit pu lui
procurer, il trouva le moyen d'intéreffer en fa faveur le fieur Gobreau,

Receveur des censives du Chapitre de Notre-Dame de Paris, gendre de la feue dame Harouard, qui fit entrer la jeune Montaut, comme bon pauvre, à la Salpêtriere, le 30 Septembre 1760. Elle n'y resta guere plus de deux ans. Sa santé délicate s'étant entiérement délabrée, elle fut transférée, le 27 Novembre 1762, à l'Hôtel-Dieu, où elle mourut le premier Décembre suivant.

» Environ quatre ans après, les deux freres de Louis-Michel Montaut & une de ses sœurs, Marie-Jeanne, femme de Jean-Eloi Mariette, Cordonnier à Villeneuve-le-Roi, ayant atteint leur majorité, il se détermina à leur rendre compte, tant de la succession de leurs pere & mere, que de celle de Catherine-Narcisse Montaut, morte à l'Hôtel-Dieu le premier Décembre 1762.

» En conséquence, par acte passé devant Charlier & son confrere, Notaires à Paris, le 23 Septembre 1766, Louis-Michel Montaut rendit, par bref état, compte de l'administration de sa tutelle à ceux de ses pupilles qui étoient en état de le recevoir, sauf à lui à se

mettre en regle vis-à-vis des autres,
lorsqu'ils seroient en âge. Il comprit
donc, dans cette reddition de compte,
ce qui pouvoit revenir à chacun du
chef de Catherine-Narcisse Montaut,
morte à l'Hôtel-Dieu le premier Décembre 1762 , & dont ils étoient héritiers chacun pour un cinquieme.

» Par l'événement de ce compte,
Louis-Michel Montaut , qui , loin
d'être resté débiteur, se trouvoit créancier de ses freres & sœurs , auxquels il
eut la délicatesse de remettre leur dette,
ne devoit s'attendre à aucun désagré-
ment de leur part ; & en effet , il fut
tranquille pendant quelques années :
mais Jean-Eloi Mariette & Marie-Jeanne
Montaut sa femme , ayant oublié ce
que leur frere avoit fait pour eux,
eurent recours à toutes les ressources
de la chicane pour le chagriner. Assi-
gnation le 22 Avril 1775 , en reddition de compte de tutelle , près de
neuf ans après l'acte du 23 Septembre
1766 , qui avoit tout consommé , à
cet égard , entre Louis-Michel Montaut & ses freres & sœurs. Sentence
par défaut, le 24 Mai 1775 , rendue
au Châtelet de Paris en l'audience du

Parc Civil, qui déclare Mariette & fa femme non-recevables dans leur demande à fin de reddition de compte par Louis-Michel Montaut, & les condamne aux dépens «.

C'eft fans doute à cette échec qu'il faut fixer l'époque du projet que la vengeance leur infpira. Leur animofité fut encore excitée par une feconde Sentence, auffi rendue par défaut le 26 Mars 1776, qui les débouta de leur oppofition formée à celle du 24 Mai 1775.

Ce fut, fi on les en croit, dans le temps intermédiaire à ces deux Sentences, c'eft-à-dire, le 16 Août 1775, qu'ils virent, pour la premiere fois, François Boudet & fa femme, & qu'ils concerterent la fcene incroyable du 27 Décembre fuivant.

C'eft donc après avoir raconté à la femme Boudet, fuivant le fyftême dont ils s'étoient efforcés de la bien pénétrer, dès le 16 Août 1775, qu'elle eft leur fœur; qu'ainfi elle a droit de demander à Louis-Michel Montaut, fon tuteur & fon frere confanguin, un compte de toute fa géftion; qu'elle a droit de fe pourvoir en répétition des biens des fucceſſions de leurs pere & mere, dont il jouit depuis pluſieurs années ; que cette femme, à force de s'entendre répéter qu'elle eſt Catherine - Narciſſe Montaut, fouſtraite par ſon frere, finit ſans doute par le croire, & ſe détermina à aller ſans ſon mari, le 27 Décembre 1775, à Villeneuve-le-Roi avec Mariette & ſa femme, pour ſe faire reconnoître pour fille de Louis Montaut, & parvenir, par ce moyen, au partage des biens qu'elle s'imaginoit avoir droit d'exiger.

Juſque là tout s'étoit paſſé dans le ſilence & ſous le voile du myſtere le plus profond ; mais qu'elle dût être la ſurpriſe de Louis-Michel Montaut, en voyant arriver une femme inconnue qui ſe dit être ſa ſœur ? Quelle dut être ſa ſurpriſe, lorſqu'il apprit que cette femme, épouſe d'un nommé François Boudet, Bourgeois de Paris, accompagnée de Jean-Eloi Mariette & de ſa femme, répandoit dans tout le pays, qu'elle étoit cette Catherine-Narciſſe Montaut qui avoit paſſé pour être décédée à l'Hôtel-Dieu ; que ſon frere conſanguin & ſon tuteur l'avoit fouſtraite dans ſon enfance à ſa famille, pour

profiter de la portion de biens qui lui
revenoit dans la succeffion de fes pere
& mere ? Quel parti devoit-il prendre
pour arrêter, dans fon principe, une
efclandre, une émeute dont les fuites
auroient pu devenir très - férieufes ?
Tout le monde conviendra qu'à Paris
on auroit employé les moyens auffi
prompts qu'efficaces établis pour le
maintien de la Police. On auroit imploré le fecours de la garde prépofée à
la tranquillité & à la fûreté de la Ville:
on auroit conduit les Parties chez un
de ces Officiers dont la jurifdiction privée a fi fouvent fervi d'obftacle aux conféquences graves que peuvent avoir des
caufes qui paroiffent légeres dans leur
principe. Au défaut de ce fecours,
Louis - Michel Montaut recourut à la
Maréchauffée, lui donna un pouvoir;
car enfin il falloit bien qu'elle fût à
la requête de qui elle étoit mife en
œuvre. Les Parties font conduites chez
le fieur Vinfrais, Commandant de la
Brigade du département ; mais cet
Officier, dans la crainte d'excéder fa
miffion, les renvoie à fe pourvoir devant
le Juge des lieux.

Montaut, qui, d'après cette déci-

fion , auroit pu rendre plainte d'un
outrage public qui attaquoit fon honneur & fa probité , fur lequel on auroit dû implorer fon indulgence ,
fut fort étonné de recevoir , le 25
Mai 1776 , la fignification d'un décret d'affigné pour être ouï , lancé contre lui par le Bailli de Villeneuve-le-
Roi le 9 du même mois , d'après une
plainte rendue devant lui le 16 Avril,
fuivie d'une information du lendemain
17 , à la requête de Boudet & de fa
femme. Quoi qu'il en foit, Louis-Michel Montaut fubit fon interrogatoire
le 30 Mai. Sentence contradictoire le
13 Juillet , qui renvoie les Parties à
l'Audience pour y être réglées à fin
civiles , tous depens , dommages &
intérêts réfervés. Signification de cette
Sentence le 23 , à Louis-Michel Montaut , & affignation le même jour. Requête de Boudet & de fa femme du
7 Août fuivant , par laquelle ils concluent à ce que Louis-Michel Montaut
foit débouté purement & fimplement
de la demande de la preuve qu'il veut
faire ; concluent en outre à une réparation d'honneur , attendu les mauvais
traitemens & voies de fait qu'il avoit

exercés, à des dommages & intérêts envers la femme Boudet, & à la jonction du Procureur Fiscal pour la vindicte publique, fous la réserve qu'ils font de tous les autres droits qu'ils pourroient exercer contre Montaut par la suite, tant pour la reconnoissance de la femme Boudet pour fille Montaut, dans le cas où ledit Mariette le prouveroit, que pour tout autre chef.

Montaut, de son côté, par sa Requête de la veille, avoit conclu à ce que, sans s'arrêter à la demande de Boudet & de sa femme, du 23 Juillet précédent, de laquelle ils demeureroient déboutés, ils fussent condamnés à lui faire réparation d'honneur des injures qu'il avoient proférées contre lui, à lui en délivrer acte au greffe; en outre en deux cents livres de dommages & intérêts, pour les torts qu'ils lui avoient faits dans sa réputation, & aux dépens.

Autre Sentence contradictoire du Bailli de Villeneuve le-Roi, du 8 Août 1776, qui, avant faire droit, convertit en enquête l'information faite à la requête de Boudet & de sa fem-

me , le 17 Avril précédent ; donne
acte à Montaut de ce qu'il articule &
met en fait, 1°. que la femme Boudet
est venue feule à Villeneuve-le-Roi ;
qu'elle s'est dite fœur dudit Montaut ;
qu'elle venoit pour recüeillir les fucceffions de Louis Montaut & de Marie-
Louife Favre, qu'elle difoit être fes pere
& mere ; 2°. qu'elle a été chez le Curé
de la paroiffe pour lever fon extrait
baptiftere ; 3°. que , pour appaifer le
tumulte , Montaut fut obligé d'envoyer chercher la Maréchauffée : en
conféquence , comme Boudet & fa
femme ont mis en fait que ce n'é-
toit point pour arrêter le tumulte ,
mais pour infulter la femme Boudet,
la Sentence autorife Boudet & fa femme à faire preuve des faits qu'ils ont
articulés , fauf la preuve contraire ; ordonne que , dans huitaine , ils feront tenus de donner à Montaut les noms,
furnoms , âges , qualités & demeures
des témoins entendus dans l'information , afin que Montaut puiffe fournir de
reproches contre eux , dépens réfervés.
Le 28 Septembre fuivant , fignification
à la requête de Boudet & de fa femme, de
cette Sentence. Le 2 Octobre , enquête

faite à la requête de Louis-Michel Montaut. Par exploit du 16 Novembre suivant, appel de la part de Boudet & de sa femme, de la Sentence du Juge de Villeneuve-le-Roi, qui fut porté au Présidial du Châtelet de Paris.

Montaut entreprit de prouver, 1°. que Jean - Eloi Mariette & Marie-Jeanne Montaut sa femme avoient depuis long-temps formé le projet de le perdre.

2°. Que, loin d'avoir intérêt de souftraire Catherine-Narciffe Montaut, il avoit au contraire les plus puiffans motifs pour défirer qu'elle vécût & qu'elle jouît de son état.

3°. Que, quand il voudroit reconnoître la femme Boudet pour sa sœur, il ne le pourroit pas plus valablement que ne le peuvent Mariette & sa femme eux-mêmes.

4°. Que la femme Boudet a toujours reconnu, en première instance, qu'elle n'étoit & ne pouvoit être Catherine-Narciffe Montaut.

5°. Que la femme Boudet, loin de vouloir paffer pour cette Catherine-Narciffe, a au contraire toujours

fait ce qui a dépendu d'elle pour en
diffuader Mariette & fa femme.

6°. Que l'acte du 23 Septembre
1766 eft une preuve auffi claire que le
jour que Catherine-Narciffe Montaut
n'exifte plus.

7°. Que le certificat de la dame
Belhomme, celui de la Salpêtriere qui
conftate le jour de l'entrée de Catherine-Narciffe Montaut en cet Hôpital,
& le jour qu'elle en eft fortie, joints
à fon extrait mortuaire tiré des regiftres de l'Hôtel-Dieu de Paris, lequel
fixe l'époque de fa mort au premier
Décembre 1762, forment un corps de
preuves qui ne laiffe plus de doute
fur l'innocence de Louis-Michel Montaut.

8°. Que les témoignages qui réfultent de l'information ne font d'aucun
poids pour établir que la femme
Boudet eft Catherine-Narciffe Montaut, d'après des actes qui détruifent
de fond en comble le fyftême inouï
de fuppofition de noms & d'état dont
il s'agit.

9°. Que, s'il n'exifte point de fuppofition de noms & d'état de la per-

fonne de Catherine - Narciffe Montaut, commife par Louis-Michel Montaut, fon frere confanguin & fon
tuteur, loin qu'il doive une réparation
d'honneur & des dommages & intérêts à Boudet & à fa femme, c'eft
au contraire ceux-ci qui les lui doivent.

Voyons maintenant quels moyens
les deux Parties (a) tiroient refpec-
tivement de ces faits différemment
préfentés.

» J'ai trois objets à établir, difoit la
femme Boudet.

» 1.°. Que la Sentence contient des
faits inutiles.

» 2°. Que je fuis Catherine - Narciffe
Montaut, & qu'à ce titre mon frere me
doit un compte des fucceffions de nos
pere & mere.

» 3°. Qu'il me doit des dommages &
intérêts.

» Je ne cherchois pas, difoit-elle, à
connoître ma famille ; tout à coup je
retrouve une fœur : elle-même fe préfente à moi ; tout ce qu'elle me dit
me frappe ; mon récit la frappe égale-

_____

(a) M. Grouft étoit leur Défenfeur.

ment. J'examine les rapports ; je réunis les preuves. L'ambition n'a point de part à la prétention que j'élève. Le frere que je retrouve n'est point un favori de la fortune ; son état n'est point au dessus du mien ; son sort est à peu près le même. S'il jouissoit d'une fortune brillante, il diroit que je veux la morceler ; mais ce qui peut m'en revenir n'est pas capable d'enflammer la cupidité : ainsi la prévention ne peut être contre moi ; elle est toute en ma faveur.

» Quant aux faits articulés par mon frere, il est faux que je sois venue seule à Villeneuve-le-Roi. Mon frere s'est démenti lui-même ; il est démenti par les déclarations de Mariette & sa femme, de Neveu & de Chéru, & par tous les témoins de l'information. Je n'ai pas dit non plus que j'étois sa sœur ; j'ai dit au contraire, que je n'osois pas l'assurer. D'ailleurs, que je sois venue seule ou accompagnée, que j'aye dit que j'étois sa sœur, que je venois recueillir les successions de nos pere & mere ; que j'aye été lever mon extrait de baptême, tout cela est parfaitement indifférent. De quoi étoit-il queſtion ? Je me plaignois de mauvais traitemens, de voies de fait ; mes démarches ne les autoriſoient pas. Je demandois une réparation, des dommages-intérêts «. Ces voies de fait, ces mauvais traitemens étoient ou n'étoient pas conſtatés ; il ne falloit que jeter les yeux ſur l'information, pour aſſeoir un jugement, & non s'arrêter à des faits de la preuve déſquels il ne pouvoit rien réſulter. Ce premier objet ne mérite pas une plus ample diſcuſſion.

A l'égard du ſecond, il en demande une plus ſérieuſe.

» Je ſuis la ſœur de Montaut, cette *Catherine-Narciſſe* dont on a publié la mort, & dont on a toujours caché le ſort à la famille. Je prouverai dans un inſtant ce fait bien eſſentiel pour moi. Mon frere m'a ſouſtraite dans mon enfance. Quand j'ai paru depuis, il a voulu étouffer ma voix en me faiſant arrêter en deſpote. Aujourd'hui que je reparois dans les Tribunaux, il veut encore me repouſſer d'un ſeul coup, en m'oppoſant mon extrait mortuaire...... Quoi, toujours des moyens violens ! Mon frere n'en a-t-il donc pas d'autres pour se défendre ? Heureusement ce coup ne me porte aucune atteinte mortelle. Je ne suis pas la premiere personne vivante qu'on a cru dans le tombeau. On va voir que tout concourt à écarter cette piece fatale.

» Je commence par supposer l'extrait mortuaire que l'on m'oppose, conforme aux regiſtres , ce que je n'ai pas pris soin de vérifier ; s'il pouvoit venir de tout autre endroit que de l'Hôtel-Dieu , je chercherois à découvrir comment on a pu se le procurer , & je viendrois bientôt à bout de prouver l'impoſture. Si je n'y réuſſiſſois pas , sans doute il mériteroit plus de créance: mais j'oppoſerois avec succès l'information , toutes les circonſtances que j'ai en ma faveur , & sûrement il ne prévaudroit pas contre elles ; j'en aurois plus qu'il n'en faut pour le détruire.

» Un extrait mortuaire n'eſt qu'une preuve muette ; une information eſt une preuve parlante : mais ici je n'ai pas tant de soin à me donner. Tout le monde sait la foi qu'on doit aux extraits mortuaires des Hôpitaux en général,

néral, & fur-tout de l'Hôtel-Dieu : on
ne peut les regarder comme des preuves ; ce feroit mettre au hafard l'état
des Citoyens. Dans le doute, quand
ils font balancés, pour ne pas dire
anéantis, par des preuves contraires,
il faut abfolument les rejeter & n'y
avoir aucun égard ; tout en fait une
loi.

» La confufion, le défordre qui re-
gnent dans ces maifons, & qu'il eft
impoffible d'éviter, font autant de motifs de réprobation ; la raifon y met le
fceau. Il n'en eft pas d'un extrait mortuaire comme d'un autre titre. Cet
acte n'eft pas fait avec moi ; il n'eft
pas mon ouvrage ; je n'y parle pas :
au contraire, il exifte fans ma parti-
cipation, à mon infçu, fans mon aveu.
On diroit vainement qu'on ne peut
pas le détruire par une information, &
qu'il faut s'infcrire en faux. De quoi
me ferviroit de m'infcrire en faux ? Le
faux prouvé, l'exiftence & la repréfentation de l'individu ne le feroient pas :
ce feroit à un tiers à s'infcrire en faux.
Pour moi, le feul moyen de le faire
tomber, c'eft de me repréfenter. Or,
je me repréfente. Quand je me repré-

sente , il n'eſt pas beſoin d'inſcription de faux. Cet acte n'eſt pas de
l'eſpece de ceux contre leſquels l'Ordonnance défend d'admettre la preuve. Je n'y ſuis pas Partie. On me l'oppoſe , pour ſoutenir que *Catherine-
Narciſſe* eſt décédée ; moi , je pré-
tends qu'elle vit en moi. Voyons ſi
je le prouve.

» Ma preuve , indépendamment de
toutes les circonſtances , c'eſt une information juridique , qui conſtate que je
ſuis l'individu qu'on veut anéantir.
Voilà mon titre : il diſſipe la nuit dans
laquelle on veut m'envelopper.

» J'oppoſerois bien à mon frere des
conjectures. Il eſt très-poſſible qu'il ait
eu une fille naturelle , qu'il l'ait miſe
aux Enfans trouvés , qu'il l'ait fait inſcrire ſous mon nom , qu'elle ſoit venue
mourir à l'Hôtel-Dieu , & qu'on m'oppoſe aujourd'hui ſon extrait mortuaire.
Il eſt auſſi très-poſſible qu'il ne m'ait
pas fait inſcrire ſous mon vrai nom.
Mais des conjectures , me dira-t-il , ne
ſont point des réalités. Je le ſais bien ;
je les lui donne pour ce qu'elles ſont.
Je fais ce que je puis , c'eſt à lui à m'aider à expliquer l'énigme : tout ce que

je vois, c'eſt que j'ai beaucoup de rapport avec celle qu'on m'oppoſe. Comme elle, j'ai été aux Hôpitaux ; comme elle j'ai eu mal aux yeux ; comme elle, on m'a menée à l'Hôtel-Dieu pour me faire guérir : mais il y a cependant une différence bien eſſentielle entre nous ; c'eſt qu'il paroît qu'elle n'eſt plus & que je reſpire. Ecartons donc encore une fois ce vain fantôme, cette piece de ténebres ; il eſt temps que la vérité parle ; c'eſt la lueur de ſon flambeau qui va déſormais me guider.

» D'abord, il eſt bien ſingulier que Mariette & ſa femme perſiſtent à me reconnoître pour leur ſœur, & que mon frere me conteſte ce titre, quoiqu'il ait fait des aveux contraires dont je parlerai bientôt. Je ſais bien que mon frere donne un motif à cette contrariété. Si je l'en crois, le but de la dame Mariette eſt de lui faire rendre un nouveau compte de tutelle. Mais préſumera-t-on qu'un intérêt comme celui-là puiſſe faire conſentir à ſe donner une ſœur, contre la voix du ſang, contre le ſentiment de la Nature ? La haine va-t-elle juſque là ? La dame

Mariette feroit bien vengée !· Ne fau-
droit-il pas au contraire qu'elle me
rendît la portion qui m'appartient dans
les biens qu'elle a dû recueillir? N'eſt-
il pas plus naturel de préſumer que
mon frere craint de me rendre ce
compte, & de voir détruire des arran-
gemens ſur leſquels il a compté? Cette
préſomption au moins eſt plus conforme
à l'expérience. Auſſi la déclaration de
la dame Mariette, conſignée dans un
acte public, & qu'elle ne ceſſe de
ſoutenir, eſt d'un bien plus grand
poids pour moi, que ne feroit la reconnoiſſance d'un étranger; & c'eſt un
premier moyen puiſſant que j'invoque
en ma faveur.

» En ſecond lieu, il eſt bien ſingulier que tout ce que j'ai dit à la dame
Mariette, quand elle eſt venue chez
moi, les détails que je me ſuis rap-
pelés de mon enfance, de la maiſon
maternelle, les perſonnes que je lui
ai nommées & que je me ſouvenois
d'y avoir vues, toutes ces circonſtances
ſe ſoient trouvées vraies; que, frappée
de ces rapports, & arrivée ſur les lieux,
*j'aye reconnu le local, j'aye reconnu
Gabriel, la femme à l'œil éraillé que*

j'avois vue chez ma mere ; que, sans
les avoir prévenus, & avant même d'avoir
parlé, ils m'aient reconnue sur le champ,
ils m'aient nommée par mon nom ;
qu'il ne se soit élevé qu'un cri en ma
faveur, & que j'aye réuni tous les suf-
frages. Que mon frere m'explique cette
étonnante catastrophe. Tous les témoins
que j'ai fait entendre sont unanimes :
tous déclarent me reconnoître pour
m'avoir vue chez mon frere, jusqu'à
l'âge de 6 à 7 ans ; qu'ils ne sa-
chent pas ce que je suis devenue depuis cette époque.

» Mon frere sent tout le poids de
cette information ; il en est accablé.
Il fait tous ses efforts, non pas pour
en affoiblir le mérite ou l'importance,
mais pour l'anéantir d'un seul coup ;
car, je suis forcée de le dire, sa conduite est toujours la même. Il faut la
rejeter, *parce que*, dit-il, *le peuple
est crédule & se laisse abuser facilement.* J'avois toujours ouï dire que
la voix du peuple étoit la voix de la
Divinité ; que c'étoit ordinairement par
lui que la vérité se faisoit connoître.
Je l'ai pour moi ; & voilà que mon
frere veut faire rejeter son suffrage,

parce que, dit-il, *il eſt crédule*. Mais
eſt-ce donc ainſi qu'on détruit un titre
auſſi fort qu'une information ? Le Juge
l'ordonneroit donc en vain, & pour
la rejeter enſuite comme une piece
inutile.

» Oui, je le dis avec confiance,
quand je n'aurois pas pour moi la faveur des circonſtances, les rapports,
la déclaration de Mariette & de ſa
femme, que je n'ai pas été chercher,
l'information ſeule me ſuffit. J'arrive
dans le lieu de ma naiſſance : quoique
je n'y aye pas paru depuis quinze années,
tous me reconnoiſſent. Le témoignage
univerſel s'éleve en ma faveur. Oui,
ſi j'en doutois encore, tous mes doutes
feroient diſſipés. Jamais une information ne fut une piece vaine : elle écar-
teroit vingt extraits de mort ; c'eſt un
titre vivant, inattaquable ; je l'invo-
querai ſans ceſſe. C'eſt le titre qui m'aſ-
ſure mon état, mon exiſtence ; mais
ce titre n'eſt pas le ſeul, & mon frere
lui-même m'en fournit qui ne ſont pas
moins puiſſans.

» Quand je me ſuis préſentée à Villeneuve-le-Roi, ſon premier mouvement
a été un mouvement de colere. Il a voulu

me faire arrêter. Pour colorer cet acte de despotisme, la Maréchauſſée a demandé un pouvoir. Mon frere l'a donné, & voici comme il eſt conçu :

» Louis-Michel Montaut nous a re-
» quis pour faire arrêter les nommés
» Mariette & ſa femme, *& Narciſſe*
» *Montaut, reconnue pour être ſa*
» *ſœur;* & veut qu'elle ſoit arrêtée «.
A Villeneuve-le-Roi, le 27 Décembre 1776. *Signé* MONTAUT. Arrêtons-nous un inſtant ſur cette piece, plus eſſentielle pour moi que l'extrait mortuaire qu'on m'objecte.

» Ce pouvoir eſt une nouvelle preuve de mon état. Qui mon frere veut-il faire arrêter ? Eſt-ce une aventuriere ? Eſt-ce une étrangere qui vient uſurper des droits qui ne lui appartiennent pas ? Non : c'eſt *Narciſſe Montaut*, ſa ſœur. C'eſt lui qui l'a nommée ; la force de la vérité le ſubjugue. C'eſt ſon ſang, c'eſt ſa ſœur que le barbare veut faire arrêter. Je lui demanderai bientôt de quel droit ; je lui demanderai compte de ſon deſpotiſme. A ſon propre témoignage, il joint le témoignage public auquel il eſt forcé de ſe rendre. Il veut faire arrêter *Narcisse Montaut*, il la nomme lui-même, *reconnue pour être sa sœur*. Ainsi il me fournit deux titres pour un. On diroit qu'en ce moment la Nature s'est vengée, & qu'elle a repris ses droits. Eh bien, je l'invoque ce double titre, non pour goûter la consolation de retrouver un frere, ce frere n'en est pas un pour moi, il méconnoît aujourd'hui son sang, il outrage en moi la Nature ; mais je l'invoque pour m'assurer mon état, pour le constater d'une maniere positive, pour jouir des droits qu'il me donne. Ce titre n'est point suspect, & mon frere essayeroit en vain de me l'enlever.

» Me voilà donc arrêtée sur la réquisition par écrit de mon frere, quoique la Maréchaussée s'efforçât de m'assurer qu'elle ne vouloit pas m'arrêter. On nous mene à Choisy, chez le sieur Vinfrais. Pendant la route, un Garde demande à mon frere, si je suis sa sœur. Il répond, *qu'il ne dit ni oui ni non, mais qu'il s'en relevera pour une couple de 5 à 600 écus.* Voilà un nouvel aveu bien précieux.

pour moi. Mon frere *ne dit ni oui ni non*, & confirme par-là la vérité qu'il a confignée dans le pouvoir.

» Mais que fignifient ces derniers mots ? Mon frere fe reprochoit-il déjà les mauvais traitemens qu'il m'avoit fait fubir ? Entendoit-il que, pour ces mauvais traitemens, dont tout le monde avoit été indigné, il en feroit quitte *pour une couple de* 5 *ou* 600 *écus* ? Croyoit-il avoir étouffé toutes les preuves de mon état ? S'aveugloit-il au point de compter pour rien le témoignage univerfel ? ou bien, ce qui eft plus vrai-femblable, mon frere fe voyoit-il dé-mafqué ? Reconnoiffoit-il qu'il ne pou-voit plus me défavouer pour fa fœur ? Vouloit-il dire qu'il s'en tireroit *avec une couple de cinq à fix cents écus*, comme s'il eût donné à entendre que c'étoit tout ce qui pouvoit me revenir des fucceflions de mes pere & mere ? Je m'attache à cette derniere idée, comme la plus probable & la plus na-turelle. Mon frere voyoit s'élever con-tre lui la voix publique ; il n'avoit plus rien à oppofer contre elle ; il s'exé-cute fur le champ lui même. Voilà le véritable fens de fes paroles. S'il eût

Q v

entendu parler des vexations qu'il me
faifoit fouffrir, il ne les auroit pas mi-
fes fans doute à fi haut prix.

» Pourquoi mon frere, après m'avoir
fait difparoître, laiffe-t-il ignorer à tout
le monde le lieu de ma retraite ? Pourquoi ne veut-il pas même en inftruire
ma famille ? Pourquoi, lorfque Mariette & fa femme vont le lui demander avant de fe déterminer à faire
des recherches, ne leur repréfente-t-il
pas mon extrait mortuaire ? Pourquoi
ne fe détermine-t-il à donner des ren-
feignemens fur mon fort, qu'à la vue
de deux Cavaliers de Maréchauffée ?
encore fe contente-t-il de renvoyer à
un fieur Gobreau. Pourquoi cette obftination ?

» Sa conduite poftérieure n'offre pas
des foupçons moins violens.

» Pourquoi, lorfque je me préfente
à Villeneuve-le-Roi dans des fentimens
bien pacifiques, mon frere furieux va-
t-il requérir la Maréchauffée de m'arrêter ? Pourquoi, tandis que la Maréchauffée m'interroge, mon frere, plus
furieux encore, me met-il le poing
fous le nez, & me tient-il les propos
les plus durs ? Pourquoi, par un excès

de rage, est-il sur le point d'en venir aux mains avec Mariette ? Pourquoi, après avoir avoué, par le pouvoir qu'il a donné à la Maréchauffée, *que j'etois sa sœur, que j'étois reconnue pour sa sœur, après avoir dit qu'il ne me renioit pas, mais qu'il s'en releveroit pour une couple de 5 à 600 écus*, persiste-t-il encore à vouloir me faire arrêter ? Est-ce-là la marche, est-ce-là le ton de la tranquille & paisible innocence ? Ne vouloit-il pas plus tôt étouffer ma voix ? Il sait que les morts ne revoient plus la lumiere. Si son cœur ne lui reprochoit rien, que n'attendoit-il que je me pourvusse devant les Tribunaux, au lieu d'accréditer, par sa conduite scandaleuse, des bruits qui seroient tombés d'eux-mêmes, s'ils n'eussent été que l'effervescence du moment ? Que ne m'y traînoit-il le premier ? C'est là qu'il auroit confondu l'imposture. Il auroit représenté cet acte fameux qu'il croit assurer son triomphe, mon extrait mortuaire. Il m'auroit ainsi opposée à moi-même : mais je le dis avec confiance, le trouble qui l'agitoit, ses transports furieux le décelent ; sa conduite le trahit & le

Q vj

dément : il devoit attendre avec
sécurité que j'élevasse mes prétentions. Voyons maintenant les nouveaux moyens que je puise dans sa
défense.

» Je commencerai par relever une
contradiction bien choquante.

» Mon frere dit qu'il a été nommé
mon tuteur par Sentence du 4 Mai 1757,
& cela est vrai ; que, de ce moment, il
s'est occupé de mon bien-être, & que
c'est alors qu'il m'a placée chez la veuve
Belhomme. Je n'ai par conféquent
pu être placée chez la veuve Belhomme
que depuis le 4 Mai 1757 ; & cette
veuve Belhomme, qu'on ne connoît
pas, sur le compte de laquelle on a
fait des recherches vaines, qui paroît
un être fantastique, déclare au contraire
dans son certificat, que je suis entrée
chez elle dès la fin de 1756, par
conféquent antérieurement à l'année
1757, temps feulement où mon frere
dit qu'il m'y a placée : premiere contradiction.

» Suivant le certificat de la veuve
Belhomme, c'est en Juillet 1758, que
je suis entrée aux hôpitaux ; suivant
mon frere, ce n'est que le 30 Sep-

tembre 1760. Qu'il m'apprenne donc
ce que je suis devenue depuis le
mois de Juillet 1758, jusqu'à la fin
de Septembre 1760 : seconde contradiction.

» Dans son interrogatoire , mon
frere dit que je suis entrée par charité chez la veuve Belhomme : dans
son Mémoire & dans ses écritures, il
dit que c'étoit une dame Harouard qui
payoit ma pension; & la veuve Belhomme ne dit ni si c'étoit à titre de
charité , ni si c'étoit à titre de pension :
troisieme contradiction.

» Mon frere dit que je suis restée
trois ans chez la veuve Belhomme ,
parce qu'il y trouve son compte; la
veuve Belhomme déclare dans son
certificat , que je n'y suis restée qu'environ dix-huit mois. Il faut donc écarter le certificat mendié de la veuve
Belhomme , ou mon frere devoit le
faire cadrer avec ses allégations. Il en
est de ce certificat comme de l'extrait
mortuaire.

» Ce n'est pas tout : mon frere dit
qu'il m'a conduite à Paris chez la veuve
Belhomme ; & tous les témoins disent

que je n'ai quitté Villeneuve - le-
Roi que pour être conduite aux Hôpitaux.

» Mon frere dit qu'il m'a conduite
lui-même ; tous les témoins difent que
c'eft la Pochard, & que je montois
une bourrique.

» Enfin, fi mon frere m'oppofe mon
extrait mortuaire, l'information & fes
propres aveux me font revivre ; ou plutôt je n'ai jamais ceffé d'exifter. J'en
attefte, non pas fes entrailles, il n'en
eut jamais pour moi ; je ne vois que
trop que la fraternité eft un vain titre,
& que je n'ai jamais dû y compter :
mais j'en attefte fon filence obftiné dans
tous les temps ; fa conduite, fon trouble quand j'ai reparu ; fes emportemens,
fes contradictions quand il a fallu fe
défendre. Ma préfence l'a rendu furieux : elle a dérangé toutes fes mefures. Oui, mon frere m'a fourni plus
de moyens qu'il ne m'en faut pour
triompher. Je détruis fans retour & fes
allégations frivoles, & fur-tout ce vain
extrait mortuaire, avec lequel il comptoit m'anéantir. Il n'eft donc que trop
vrai que je refte fa fœur.

» Mon frere m'oppôfe en vain, pour derniere reffource, trois actes qu'il a paffés avec fes cohéritiers.

» D'abord, ils font fon ouvrage; & par cela feul il ne peut me les oppofer. Ils ne feroient qu'une fuite de fon fyftême.

» En fecond lieu, dans le premier, qui eft une efpece de compte qu'il a rendu, on donne bien à toutes les Parties la qualité d'héritieres *de Cathe-rine Narciffe*, décédée : mais on ne défigne ni l'époque, ni le lieu de fon décès. Dans les deux autres, il n'eft même pas parlé d'elle.

» Il me refte maintenant à parler des mauvais traitemens que mon frere m'a fait effuyer.

» Que ne puis-je lui en faire remife! C'eft en ce moment fur-tout que je fens qu'il eft mon frere. Pourquoi faut-il que je fois forcée de le traduire dans les Tribunaux, & de les faire retentir de mes juftes plaintes ? Mais il eft des injures qu'on ne peut pas remettre, & dont on eft comptable au Public, à la Société dont on dé-pend; malheureufement celles que j'ai reçues font de cette nature. Mon frere m'a outragée indignement ; il m'a outragée avec fcandale. Quand je ne lui demandois rien, quand je ne voulois que m'éclaircir, fon premier mouvement fraternel a été de me faire arrêter. J'en frémis encore : fa main dénaturée s'eft levée fur moi. Il m'a tenu les propos les plus infultans. J'ai été traitée en criminelle. Il m'a fait traîner ignominieufement, par la Maréchauffée, de village en village, fur une charrette, dans le mois de Décembre, au milieu d'un peuple nombreux que ce fpectacle attiroit de toutes parts. Et par qui me vois-je traitée avec tant de rigueur ? c'eft par un frere. Avois-je troublé la tranquillité publique ; mon frere étoit-il chargé du foin de la maintenir ? Il fent bien aujourd'hui qu'il ne peut excufer cet acte de defpotifme. Si je fuis fa fœur, c'eft un outrage qu'il a fait à la Nature, & l'on doit l'en punir. Si je ne le fuis pas, ce n'en eft pas moins un acte de violence impardonnable, pour lequel il me doit une réparation & des dommages-intérêts ; & cette queftion eft indépendante de mon état «.

Louis-Michel Montaut préfenta fucceffivement fes moyens (a) fur la forme
& fur le fond : il foutint d'abord
Boudet & fa femme non-recevables
dans leur appel de la Sentence de Villeneuve le-Roi.

» Ils avoient, difoit-il, rendu à la
Sentence qu'ils attaquoient, un hommage auffi fincere que folennel. Elle
leur avoit été fignifiée fans aucunes
réferves, fans aucunes proteftations de
leur part. Ce filence étoit une approbation; & l'acquiefcement, même tacite,
à un Jugement, fournit une fin de non-
recevoir contre l'appel. Cette maxime,
certaine au Palais & dans tous les Tribunaux, eft encore appuyée de l'autorité d'un Arrêt prononcé en 1617 par
M. le Préfident Briffon, lequel la con-
facre irrévocablement.

» Mais fi l'on examine le fond, Boudet & fa femme ne font pas mieux
fondés, comme on va s'en convaincre en parcourant les diverfes difpofitions que renferme la Sentence dont
eft appel.

» Par fa premiere difpofition, elle

_____

(a) M. Hardoin étoit fon Défenfeur.

convertit l'information en enquête.
Quel grief ont-ils donc à oppoſer contre cette diſpoſition, qui eſt textuel-
lement conforme à l'article 3 du titre
20 de l'Ordonnance de 1670, conçu
en ces termes : *S'il paroît, avant
la confrontation des témoins, que
l'affaire ne doit pas être pourſuivie
criminellement, les Juges recevront
les Parties en procès ordinaire; &,
pour cet effet, ordonneront que les
informations ſeront converties en enquête, & permis à l'Accuſé d'en
faire, de ſa part, dans les formes
preſcrites pour les enquêtes.*

» A moins que Boudet & ſa femme
ne regardent comme pétition de principe l'invocation de l'article de l'Ordonnance, & ne faſſent réſulter le mal
jugé de la Sentence, de ce que, ſelon eux, il n'y avoit pas lieu à la con-
verſion de leur information en enquête,
on ne voit pas ce qu'ils auroient à oppoſer à une Loi auſſi préciſe.

» Au ſurplus, quel a donc pu être
le motif qui a déterminé cet appel ?
Seroit-ce parce que l'interlocutoire dont
il s'agit ſemble préjuger la conteſtation
en faveur de Louis-Michel Montaut ?

Mais il faut bien que le premier Juge n'ait rien remarqué de férieux, n'ait rien reconnu de probant, ni dans la plainte, ni dans l'information, d'après le parti auquel il s'eſt déterminé. Il a donc au contraire attaché le plus grands poids à la fincérité des aveux faits par Montaut dans ſon interrogatoire. S'il eût feulement entrevu la moindre circonſtance, le plus léger indice qui puſſent faire fufpecter Montaut, l'on ne dit pas des crimes, mais de l'ombre même des crimes atroces dont on l'accufe, il eût, loin de civilifer, continué la procédure à l'extraordinaire.

» Auſſi Boudet & ſa femme ont-ils ſi bien fenti l'indécence de leur prétention, qu'ils avoient conclu d'abord, purement & ſimplement, à une réparation d'honneur, à des dommages & intérêts, pour de pretendus outrages, de prétendues voies de fait, ſans que la femme Boudet parût fonger à ſe faire reconnoître pour fœur de Montaut ; fyſtême cependant qui fait aujourd'hui la bafe de ſa demande.

» La feconde difpofition de cette Sentence n'eſt pas moins fage.

» Elle permet à Montaut de faire preuve des faits qu'il a articulés.

» L'Ordonnance de 1760 porte, art. 3, tit. 28 : *Les faits seront insérés dans le même Jugement qui en ordonnera la preuve.* Quels sont ces faits ? 1°. Que la femme Boudet est venue seule à Villeneuve-le-Roi ; qu'elle s'est dite sœur de Montaut ; qu'elle venoit pour recueillir les successions de Louis Montaut & de Marie-Louise Favre qu'elle disoit être ses pere & mere ; 2°. qu'elle a été chez le Curé de la paroisse pour lever son extrait baptistere ; 3°. & que, pour appaiser le tumulte, Montaut a été obligé d'envoyer chercher la Maréchaussée.

» On objectoit encore que la Sentence contenoit des faits inutiles. L'Ordonnance va répondre.

» L'article 2 du titre 28 s'explique en ces termes : *L'Accusé ne sera point reçu à faire preuve d'aucuns faits justificatifs, que de ceux qui auront été choisis par les Juges du nombre de ceux que l'Accusé aura articulés dans les interrogatoires & confrontations.*

» Or, si les faits dont le Juge permet de faire preuve font articulés dans l'interrogatoire de Montaut, la Sentence ne contient donc pas des faits inutiles.

» *Interrogé*, s'il n'eſt pas vrai qu'il a appris (Louis-Michel Montaut) que le 27 Décembre dernier (1775), une femme s'eſt préſentée en ce lieu de Villeneuve-le-Roi, & aſſiſtée du nommé Mariette & de ſa femme, pour être reconnue fille de Louis Montaut, & ſe nommer Catherine-Narciſſe Montaut «. A dit qu'*il a appris par la voix publique*, *que cette femme ſe prétendoit être Catherine-Narciſſe Montaut; que, ſur cette nouvelle, & ſur la preuve conſtante que la ſœur de lui répondant eſt décédée, ainſi qu'il paroît par ſon extrait mortuaire..... & attendu l'émeute que cette femme cauſoit dans ce lieu de Villeneuve-le-Roi, où pluſieurs perſonnes prétendoient qu'elle étoit ladite Catherine-Narciſſe Montaut, lui répondant a cru devoir s'adreſſer à M. de Vinfrais, Seigneur de ce lieu, & aux Cavaliers de Maréchauſſée, pour faire ceſſer cette émeute.*

» D'après cet article, le Juge pouvoit-
il fe difpenfer d'autorifer Montaut à
prouver que la femme Boudet étoit vé-
nue feule & fans fon mari à Villeneuve-le-Roi; qu'elle avoit dit qu'elle
étoit fa fœur; qu'elle avoit été prendre un extrait baptiftere chez le Curé
de la paroiffe, & que c'étoit pour appaifer la chaleur des efprits qu'il avoit
requis le miniftere de la Maréchauffée?

» L'intention du Juge, en autorifant
la preuve de ces faits, étoit fans doute
d'en conclure, 1°. qu'à tort Boudet
prenoit le fait & caufe de fa femme
dans une affaire où il n'eût pas dû
rendre plainte, n'ayant pas été Partie,
& ne pouvant fe plaindre de ce dont
il n'avoit rien vu ni éprouvé: 2°. que
la femme Boudet étant venue effectivement pour fe faire paffer pour fœur
de Montaut, il ne feroit pas furprenant
que celui-ci fe fût laiffé aller peut-être
à quelques difcours, à quelques geftes
que l'impofture de la femme Boudet
auroit feule occafionnés; & qu'il étoit
au contraire tout fimple que Montaut
fe fût déterminé à envoyer chercher la
Maréchauffée pour arrêter les progrès

d'une esclandre qui ne tendoit à rien moins qu'à jeter dans l'esprit de tous ses concitoyens, des soupçons capables, on ne dit pas seulement d'altérer, mais de détruire tout-à-fait la confiance que la délicatesse de son état doit essentiellement inspirer : 3°. enfin, que loin qu'il fût dû une réparation d'honneur & des dommages & intérêts à la femme Boudet, c'étoit au contraire contre elle qu'il y avoit lieu de les prononcer.

» Ce n'est pas avec plus de fondement que Boudet & sa femme attaquent le troisieme chef de la Sentence. Il ordonne qu'ils seront tenus de donner dans huitaine, à leur Adversaire, les noms, surnoms, âge, qualités & demeures des témoins entendus en leur information, pour le mettre en état de fournir des reproches contre eux. Cette disposition est encore conforme à l'Ordonnance de 1667, qui dit, article 27, titre 22 : *Après la confection de l'enquête, celui à la requête de qui elle aura été faite donnera copie du procès-verbal, pour fournir par la Partie, dans la huitaine, des moyens de reproches, si bon lui sem-*

ble, & *sera procédé au jugement du différent sans aucun commandement ni sommation.* Et article 28 du même titre : *Si celui qui a fait faire l'enquête étoit négligent ou refusant de faire signifier le procès-verbal , & d'en donner copie , l'autre Partie pourra le sommer par un simple acte, d'y satisfaire dans trois jours , &c.* De ces dispositions, il résulte que , si la Partie a droit de sommer , d'après le refus ou la négligence de la Partie adverse, à plus forte raison le Juge a-t-il droit d'ordonner d'office , qu'il soit donné copie du procès-verbal de l'information convertie en enquête , & conséquemment des noms, surnoms, âge, qualités & demeures des témoins produits, afin que la Partie contre laquelle ils ont été produits soit en état de fournir de reproches , & de parvenir à sa justification ".

De cette discussion , il résulte que la Sentence du 8 Août 1776 , qui n'a ordonné que la preuve des faits qui avoient trait aux injures & voies de fait , & point du tout celle des faits qui tendoient à détruire la supposition d'état & de noms , sous quelque point dé

de vue qu'on l'envisage, étoit inattaquable.

Après cette discussion des moyens
d'appel, M. Hardoin passe à l'examen
de ceux du fond.

Il s'attacha d'abord à prouver que le
nommé Jean-Eloi Mariette & Marie-
Jeanne Montaut sa femme avoient depuis long-temps formé le projet de perdre Louis-Michel Montaut. Dans la
procédure de 1775, dont on a rendu
compte plus haut, & qui tendoit à
forcer Louis-Michel Montaut à rendre
un second compte, se trouve une Requête présentée à M. le Lieutenant-
Civil le 24 Mars de la même année,
par laquelle Mariette & sa femme demandoient qu'il leur fût permis de
faire assigner relativement à ce compte,
entre autres, Louis-Michel Montaut,
Louis-Antoine Montaut, Domestique;
Serron, Garde-chasse à Coudray près
Corbeil; Jean-Joseph Montaut, Maître en Chirurgie à Valenton près Ville-
neuve-Saint-Georges; Louise-Magdeleine Montaut, fille domestique: ils y
avoient compris Catherine - Narcisse
Montaut. Mais l'acte du 23 Septembre
1776 répond de la maniere la plus pé-

Tome IX.   R

remptoire à cette demande. Il contient un compte par bref état, & est contradictoire avec Mariette & sa femme. On y lit : » Et lesdits Louis-Antoine, Jean-Joseph Montaut, & ladite femme Mariette, freres & sœur germains, enfans dudit défunt Louis Montaut & de Marie-Louise Favre, sa seconde femme, héritiers, chacun pour un sixieme, de leursdits feus pere & mere, & devenus héritiers, chacun pour un cinquieme, de Narcisse Montaut, leur sœur, qui étoit héritiere pour l'autre sixieme, desdits feus Louis Montaut & Marie-Louise Favre sa seconde femme, ses pere & mere......

» Quant aux titres & papiers, il paroît que le seul patrimoine dépendant de la succession de Louis Montaut, est la maison située à Villeneuve-le-Roi, laquelle est chargée de 40 liv. de rente fonciere, & six quartiers de terres dépendans de ladite maison, dont cinq sont ensemble chargés de 8 livres de pareille rente fonciere.

» Comme aussi & par ces mêmes présentes, ledit Jean-Eloi Mariette & ladite Marie-Jeanne Montaut sa femme, de lui autorisée, après avoir pris de

nouveau communication, par la lecture,
&c. d'un contrat passé devant Cassan,
Notaire de la Prévôté de Villeneuve-
le-Roi, en présence de témoins, le 2
Novembre 1765, contrôlé, &c. contenant, vente par lesdits Mariette & sa
femme, audit Louis-Michel Montaut,
du cinquieme à eux appartenant dans
une maison & terres sises à Villeneuve-
le-Roi, procédant de la succession dudit feu Louis Montaut & de sa seconde
femme, à la charge, &c. Ont lesdits
Mariette & sa femme déclaré avoir ledit contrat pour agréable, le ratifient,
confirment & approuvent, consentent,
&c. reconnoissant, &c. & en quittent
& déchargent de nouveau, & en tant
que de besoin, ledit sieur leur frere,
acquéreur «.

Quoi de plus formel ? quoi de plus
expressif ? » Comment Marie-Jeanne
Montaut put-elle demander qu'il lui
fût permis de faire assigner Catherine-
Narcisse Montaut, cette sœur morte à
l'Hôtel - Dieu le premier Décembre
1762 ; cette sœur de la succession de
qui on lui rend compte le 23 Septembre 1766 ; cette sœur des biens de qui
elle avoit disposé en toute liberté &

en toute propriété dès le 2 Novembre
1765 ?

„ Que prétendoit-elle alors ? que
prétend-elle aujourd'hui ? Perdre un
frere , qui n'a jamais eu ni pu avoir
l'idée de souftraire Catherine - Nar-
cifle Montaut , pour envahir des biens
qui n'ont jamais exifté «.

Louis-Michel Montaut , loin d'avoir
intérêt de fouftraire Catherine-Narcifle
Montaut , avoit au contraire les plus
puiffans motifs pour défirer qu'elle vécût & qu'elle jouît de fon état.

Si Louis Montaut , pere commun ,
eût laiffé une fucceffion opulente , on
pourroit peut-être fe porter à l'idée
d'un frere avide , d'un tuteur imbé-
cille , qui, pour accroître fon bien d'une
portion quelconque , ou pour éviter
les débats épineux d'un compte de tutelle , s'occupe des moyens d'écarter un
individu dont la fouftraction feconde
fes projets.

Mais Louis Montaut ne laiffoit rien
en mourant. Louis - Michel Montaut
avoit renoncé à fa fucceffion. Louis-
Michel Montaut n'avoit rien à prendre dans celle de la feconde femme ,
qui lui étoit abfolument étrangere ; &

l'acte du 23 Septembre 1766 contient sa renonciation à la succession de Catherine-Narcisse Montaut. Dès - lors quel motif de souftraire sa sœur à sa famille ? Quel fruit retiroit-il de son crime ? le plaisir barbare & stérile de commettre le mal pour le mal même.

La femme Boudet a toujours reconnu elle-même en premiere instance, qu'elle n'étoit & ne pouvoit être Catherine-Narcisse Montaut.

Dans sa Requête du 7 Août 1776, elle avoit précisément articulé qu'elle n'entendoit point passer pour la sœur de Louis - Michel Montaut ; que ce n'étoit que par le fait de Mariette & de sa femme, si, arrivée à Villeneuve-le-Roi, on avoit dit qu'elle venoit pour recueillir des biens sur lesquels *elle n'avoit jamais eu d'idée* ; que c'étoit à Mariette & à sa femme que Montaut devoit s'en prendre de toute cette affaire, dont elle ne pouvoit démêler ni le motif ni le principe ; sinon qu'ils paroissoient mettre plus d'intérêt à l'envie de devenir ses parens, qu'elle n'en avoit de se voir associée à leur famille.

R iij

En conséquence, Mariette & sa femme concluoient seulement, à l'égard du fait de supposition d'état & de nom auxquels ils renonçoient, *sous la réserve* (ce sont les termes des conclusions de cette Requête) *qu'ils font de leurs autres dus, droits, actions, noms, raisons & prétentions qu'ils pourroient avoir à exercer contre le sieur Montaut, par la suite, tant pour la reconnoissance de la dame Boudet pour fille Montaut, dans le cas où ledit sieur Mariette le prouveroit, que pour tous autres chefs.*

Cependant, à cette époque, l'information étoit faite. Elle n'étoit donc ni concluante, ni péremptoire, puisque Boudet & sa femme laissoient aux soins de Mariette de prouver que la femme Boudet étoit fille Montaut.

La femme Boudet, loin de vouloir passer pour Catherine - Narcisse Montaut, a au contraire fait tout ce qui a dépendu d'elle pour dissuader Mariette & sa femme.

Cette vérité est si constante, qu'il suffit, pour l'établir, de la prendre en substance dans sa propre Requête du 10 Janvier. Voici à peu près comme elle s'explique :

La femme Boudet vivoit tranquille, sans aucune idée sur d'autre bien que celui dont elle jouissoit, sur sa famille, qui lui étoit inconnue, sur son état, son nom, sa naissance, dont le laps de temps & les malheurs ne lui avoient pas laissé la moindre trace dans l'esprit. D'après un extrait baptistere, délivré à l'Hôtel-Dieu de Paris, du premier Septembre 1738, *Catherine Arcette*, ou *Artesse*, ou *Lascene*, ou enfin *Catherine-Marie Delaunay*, étoient les noms qu'elle avoit portés jusqu'au moment où, transférée, dans un âge plus avancé, de la maison des Enfans trouvés, à l'hôpital du fauxbourg Saint-Antoine, puis chez une dame, où elle avoit demeuré plusieurs années, elle en étoit sortie pour épouser François Boudet le 25 Janvier de l'année 1773. Heureuse du lien qu'elle avoit formé, quelle fut sa surprise de voir, le 16 Août 1775, arriver chez elle Mariette, sa femme & deux inconnus, qui lui firent part de leurs diverses démarches à Paris & aux maisons des Enfans trouvés, à l'effet de savoir si, en 1755 ou environ, on n'y

R iv

avoit pas placé la nommée Catherine-
Narcisse Montaut, & qui lui dirent
que depuis ce temps elle avoit dif-
paru du sein de sa famille & de Villeneuve-le-Roi, par le fait de Louis-
Michel Montaut son frere consanguin
& son tuteur, ainsi que des cinq autres enfans restés en bas âge lors du
décès de Louis Montaut & de Marie-
Louise Favre, leurs pere & mere communs ! Mais que l'étonnement de Boudet & de sa femme augmenta, continue
la Requête, lorsqu'on leur ajouta que
ce tuteur avoit toujours fait mystere
de l'endroit où il avoit placé leur sœur
puînée ; que, comme on leur avoit
donné quelques indices d'après leurs
recherches, ils désiroient s'assurer si ce
qu'ils avoient appris étoit certain !
Combien cet étonnement ne s'accrut-
il pas encore, lorsque Mariette, sa
femme & les deux inconnus firent plusieurs questions à la femme Boudet,
en présence de son mari, telles que
celles-ci à peu près : Si elle ne reconnoissoit pas la femme Mariette pour
sa sœur ; si elle connoissoit son état &
sa famille ; si elle n'étoit pas de Ville-

neuve-le-Roi, & fille de Louis Montaut, Chirurgien ; fi elle ne fe reffouvenoit pas d'avoir vu & connu Louis-Michel Montaut fon frere, qui l'avoit amenée aux Enfans trouvés fous le nom de Catherine Arcette ? fi elle n'avoit pas été transférée aux Enfans trouvés du fauxbourg Saint-Antoine ; & enfin, fi elle n'avoit pas vu & connu chez Louis - Michel Montaut plufieurs enfans qui étoient fes freres & fœurs ?

Après un tel interrogatoire, il falloit ou que la femme Boudet eût la tête bien mal organifée, ou qu'elle eût bien peu d'empreffement d'entrer dans la famille à laquelle on vouloit l'affocier, pour n'avoir pas faifi fa leçon. Au refte, comme on doit combattre les abfurdités par le ridicule, ne pourroit-on pas dire que cette maniere d'interroger feroit celle dont on fe ferviroit vis-à-vis d'un homme peu inftruit, à qui l'on feroit cette queftion plaifante : *Sem, Cham & Japhet, enfans de Noé, de qui étoient-ils fils ?* Voilà abfolument l'application de l'interrogatoire de Mariette & de fa femme, pris tout entier, ainfi que les contes qui viennent d'ê-

R v

tre détaillés, dans la Requête du 10 Janvier 1777.

Pour envelopper la prétendue Montaut & ses complices dans leurs propres filets, & les vaincre avec leurs propres armes, continuons à puiser dans cette même Requête les réponses de la femme Boudet. Mais avant, il faut se rappeler que Catherine Narcisse Montaut avoit près de huit ans, lorsque son frere la plaça chez la veuve Belhomme; & certainement, à cet âge, les impressions que l'ame reçoit sont d'une force telle qu'elles acquierent un caractere indélébile avec le temps, au lieu de s'affoiblir. Aussi jusque là la la femme Boudet est-elle de bonne foi; & convenant avec franchise qu'elle ignoroit absolument les circonstances qui venoient de lui être débitées, elle répondit à ceux qui l'interrogeoient, avec autant d'ingénuité que d'indifférence sur son sort, qu'elle se croyoit native d'Honfleur; qu'elle n'avoit pas été élevée loin de Paris, parce qu'elle se ressouvenoit que lors de son entrée aux Enfans trouvés, elle n'avoit pas été long-temps en route, & qu'elle avoit couché le même jour dans cet hôpital ; qu'elle croyoit être fortie de chez fa nourrice ; qu'elle n'avoit connoiffance ni de fon état, ni de fa famille ; qu'elle ignoroit enfin comment & par qui elle avoit été amenée aux Enfans trouvés. *Vous l'ignorez*, s'écrierent Mariette, fa femme & les deux inconnus ? *Mais ce fut par votre frere Louis-Michel Montaut. Vous ne connoiffez point votre famille ! vous vous trompez, vous ne connoiffez qu'elle. Vous êtes Catherine - Narciffe Montaut ; vous avez un frere confanguin, ce Louis-Michel Montaut, ce tuteur barbare qui vous a fi cruellement abandonnée ; deux freres & trois fœurs germains, du nombre defquels eft la femme Mariette, Marie - Jeanne Montaut qui vous parle. Pouvez-vous méconnoître votre fang ? Vous n'êtes pas d'Honfleur. Il n'eft pas étonnant que vous vous fouveniez que vous n'avez pas été long-temps en route, car on vous a amenée de Villeneuve-le-Roi.*

Il eft certain que fi Mariette & fa femme n'euffent pas voulu, à quelque prix que ce fût, que la femme Boudet fût leur parente, ils s'en feroient tenus à fes réponfes naïves, &

auroient vu que jufqu'alors leurs prétendues recherches fur le fort de Catherine-Narciffe Montaut étoient inutiles. Comment donc eft-il poffible que
Boudet & fa femme ofent actuellement préfenter à la Juftice un roman
auffi abfurdement tiffu ? Mais continuons toujours, d'après la Requête,
le détail de la femme Boudet. Elle
raconte les accidens qui lui étoient ar-
rivés chez fa nourrice ; elle nomme
les perfonnes qu'elle y avoit connues ;
elle fait la defcription des églife &
cimetiere de l'endroit cù elle avoit été
nourrie ; & , lorfqu'elle croit parler
d'Honfleur, c'eft Villeneuve - le - Roi
qu'elle dépeint, dit la Requête. La
femme Mariette ne peut plus fe contenir ; *vous êtes ma fœur* , s'écrie-t-elle
avec ce pieux élan, ce tendre enthou-
fiafme que la force impofante de la
vérité & le cri puiffant de la Nature
peuvent feuls infpirer. *Oui, c'eft vous
que Louis-Michel Montaut a voulu
facrifier à fa fureur.* On l'entraîne
chez le Commiffaire Lerat, on y fait
la déclaration de la reconnoiffance
de cette fœur que fon tuteur difoit
morte, & on y rend plainte contre

Louis-Michel Montaut de fuppofition de noms & d'état de la femme Boudet.

Mais ces faits annoncent-ils la plus legére apparence de ces crimes ?

L'acte du 23 Septembre 1766 eft une preuve auffi claire que le jour que Catherine - Narciffe Montaut n'exifte plus. Voici cependant une objection bien finguliere que l'on y puife, pour établir qu'elle eft encore vivante.

Il y eft dit : » Ledit Louis-Michel Montaut a, du confentement des autres Parties, gardé entre fes mains les pieces juftificatives de la dépenfe de fon compte, pour lui fervir lors de celui qu'il aura à rendre auxdites Magdeleine-Louife & Catherine Montaut fes deux fœurs encore mineures «. Cette Catherine Montaut ne peut être que Catherine-Narciffe Montaut, qui, par une erreur du Clerc rédacteur de la minute, a été nommée *Catherine* feulement, au lieu de *Catherine-Narciffe*. Donc Catherine-Narciffe Montaut n'eft pas morte ; donc la femme Boudet eft cette Catherine-Narciffe Montaut ; donc Louis-Michel Montaut doit la reconnoître pour fa fœur.

Mais la fauffeté mal - adroite de

cette fuppofition eft confignée dans l'acte même dont on argumente. Il y eft dit, dès le commencement, que Narciffe Montaut étoit morte.

D'ailleurs, on y lit enfuite ces mots : » Et lefdits Louis - Antoine, Jean-Jofeph Montaut & ladite femme Mariette, freres & fœur germains, enfans dudit défunt Louis Montaut & de Marie-Louife Favre, fa feconde femme, héritiers chacun pour un fixieme de leurfdits feus pere & mere, *& devenus héritiers chacun pour un cinquieme, de Narciffe Montaut leur fœur, &c.....* defquels lefdits Louis-Antoine & Jean-Jofeph Montaut, & ladite femme Mariette, ci-deffus nommés, font actuellement majeurs; *Narciffe Montaut eft décédée en minorité,* & Magdeleine - Louife & Catherine Montaut font encore mineures «.

Enfin, Mariette & fa femme, les agens, les moteurs de cette affaire, ont difpofé, en conféquence du compte qui leur a été rendu, des biens qui leur étoient revenus de la fucceffion de cette *Narciffe Montaut.*

Au furplus, une preuve teftimoniale doit-elle l'emporter ici fur le certificat de la veuve Belhomme, sur celui qui a été tiré des registres de la Salpètriere, lequel constate l'époque de l'entrée de Catherine-Narcisse Montaut dans cette maison, & le jour qu'elle en est sortie ; & enfin sur son extrait mortuaire tiré des registres de l'Hôtel-Dieu, & qui fixe son décès au premier Décembre 1762 ?

Il seroit contraire à toutes les maximes, & il répugne à tous les principes du Droit, d'admettre la preuve par témoins de l'état des personnes. Les titres seuls avoués par les Loix peuvent l'établir incontestablement : *Non nudis affeverationibus, nec ementitâ professione, sed..... jure civili patri filii constituuntur. L. 14, Cod. de probat.* Ce n'est ni une assertion vague, ni une déposition hasardée ; c'est le Droit civil seul qui donne un fils au pere, un oncle au neveu, au frere une sœur. Telle est la Loi. Quels sont ces titres ? ce sont les contrats comme les conventions faites en considération du mariage, les testamens, les comptes de tutele ; les certificats authentiques, tels que les actes baptisteres, les actes mortuaires, les actes de célébration

ce mariage & autres. Si mon état
m'est contesté, & que pour me défendre je ne puisse opposer aucuns de ces
titres, *non dubitatur quin maximo*
metu compellar, sans doute je suis saisi
de crainte. *Utique si jam in servitu-*
tem redigor, & illis instrumentis per-
ditis, liber promentiari non possum;
& si l'on me réduit à l'esclavage faute
de ces titres, je ne puis plus prétendre à la qualité d'homme libre. Tels
sont encore les termes de la Loi. Parmi
ces titres, ceux sur-tout qui paroissent
du plus grand poids, sont les extraits de baptême, de sépulture & de
mariage.

Dans tous les siecles, par une prudence politique de tous les peuples, &
particuliérement des Juifs & des Ro-
mains, on a eu grand soin de conserver
cette vérité, & de la sauver des piéges
de l'imposture.

Nos Rois ont été à cet égard aussi
religieux que ces peuples. Leurs Ordonnances nous apprennent que les
Curés sont obligés de tenir des registres qui les rendent, pour ainsi dire,
comptables de l'état des sujets à leur
famille, à la Justice, au Roi. La foi

de ces regiftres eft inviolable , & ne peut recevoir la plus légere atteinte. Le préambule de la Déclaration du feu Roi, du 9 Avril 1736, enregiftrée au Parlement le 23 Juillet fuivant , concernant la forme de tenir les regiftres des baptêmes , mariages , fépultures , vêtures , noviciats & profeffions , tonfures , ordres mineurs & facrés , & des extraits qui en doivent être délivrés , expofe avec autant de majefté que d'évidence , la vérité de ces principes.

D'après ces Loix , jugeons la conduite de Montaut. Pour prouver que fa fœur eft morte, il rapporte fon extrait mortuaire tiré des regiftres de l'Hôtel-Dieu. » Nous Prêtres , Vicaires de l'Hôtel - Dieu de Paris, fouffignés , certifions que Catherine-Narciffe Montaut, âgée de treize ans, native de Villeneuve-le-Roi, paroiffe de Saint-Pierre Saint-Paul, diocefe de Paris, fille venue de l'hôpital - général de la Salpêtriere, eft entrée malade audit Hôtel-Dieu, le 27 Novembre 1762 , où , après avoir été affiftée tant fpirituellement que corporellement , elle eft défédée le premier Décembre de la même année, comme il appert par les regiſtres de ladite maiſon. Fait à Paris le 18 Mars 1763. *Signé* THOMÉ & LESPAGNOL, *Vicaires*, *avec para-phes* ".

La ſimple lecture d'un tel acte per-met-elle de douter un ſeul inſtant du décès de Catherine-Narciſſe Montaut ? A la vue d'une piece auſſi déciſive, ſeroit-il pardonnable de perdre ſon temps à prouver la futilité de la dé-marche de la femme Boudet, lorſque, ſur les renſeignemens que lui en avoient donnés Mariette & ſa femme, elle alla retirer l'extrait baptiſtere de Ca-therine-Narciſſe Montaut ? Elle ne fit en cela que ce que tout autre qu'elle, qui auroit ſu que cette Catherine-Nar-ciſſe Montaut étoit née le 6 Octobre 1749, auroit pu faire. Mais qu'elle mon-tre cet extrait baptiſtere du premier Septembre 1738, tiré de l'Hôtel-Dieu de Paris, & l'on y verra qu'une fille née à cette époque, ne peut être une fille née le 6 Octobre 1749 : on en conclura avec autant de facilité que d'évidence, que dès-là même la femme Boudet eſt cette *Catherine Arcette*, ou *Arteſſe*, ou *Laſcene*, ou *Marie-*

DE CAUSES CÉLEBRES. 403

Catherine Delaunay mise aux Enfans
trouvés, puis dans la maison du fauxbourg Saint-Antoine , enfin chez une
dame qui en prit soin , & qu'elle ne
quitta que pour épouser François Boudet en 1773 , & non cette Catherine-
Narcisse Montaut mise à la fin de 1757
chez la veuve Belhomme , ainsi que
le prouve , 1°. son certificat conçu en
ces termes : » Je soussignée certifie que
Catherine Narcisse Montaut est venue
chez moi en qualité d'apprentisse en
1756 , à la fin, a été environ dix-huit
mois chez moi , dé là pour aller à l'hôpital de la Salpêtriere , dont je certifie
véritable. Fait à Paris ce 20 Octobre
1776. *Signé* veuve BELHOMME «. 2°.
L'extrait baptistere conçu ainsi : » Extrait des registres de baptêmes , mariages & sépultures de la paroisse de Saint-
Pierre Saint-Paul de Villeneuve-le-Roi
près Paris. L'an 1749 , le sixieme jour
d'Octobre , a été baptisée Catherine-
Narcisse, née du deuxiéme jour de ce
mois , fille de Louis Montaut, Chirurgien de ce lieu , & de Marie-Louise
Favre son épouse. Le parrain Narcisse
Leroger , Officier de S. A. S. Mon-
seigneur le Duc d'Orléans , demeu-

rant actuellement au Bourg - la - Reine
près Paris ; la marraine Catherine Le-
gras, veuve de François Ledar, demeurant à Paris rue Saint-Chriftophe, paroiffe de la Magdeleine de la Ville-
l'Evêque. Le parrain a figné feul avec
nous, la marraine ayant déclaré ne
favoir figner ; le pere abfent. Colla-
tionné à l'original par moi fouffigné,
Prêtre, Vicaire de l'églife paroiffiale de
Villeneuve-le-Roi près Paris, ce 29
Mai de l'année 1776. *Signé* Caussin,
Prêtre, Vicaire de Villeneuve-le-Roi,
avec paraphe «.

Enfin, par la comparaifon des deux
extraits baptifteres, celui qui a été tiré
des regiftres de l'Hôtel-Dieu, daté du
premier Septembre 1738, & celui de
Villeneuve-le-Roi, il eft aifé de fe convaincre que cette *Arcette* ou *Arteffe*,
qu'on veut être Catherine - Narciffe
Montaut, auroit eu, en 1756, dix-huit
ans, & non pas cinq ou fix ans, comme
difent Boudet & fa femme, & que,
dans l'hypothefe même de l'âge de cinq
ou fix ans, on ne l'auroit pas mife
dans d'autre maifon des Enfans trouvés, que dans celle de la rue du
fauxbourg Saint-Antoine, celle de la

rue Neuve-Notre-Dame étant uniquement deftinée pour les enfans qui font
au berceau.

Il eft probable que la mere de la
femme Boudet étoit d'Honfleur; qu'elle
eft venue accoucher à l'Hôtel-Dieu,
ou qu'elle a même accouché à Honfleur, & aura envoyé fa fille aux Enfans trouvés, avec fon extrait de baptême dans fes langes. On aura envoyé
cette petite fille en nourrice; elle en
fera revenue, comme c'eft l'ufage de
cette maifon, à fix ou fept ans; enfuite, de la maifon de la rue Neuve-
Notre-Dame, on l'aura transférée dans
celle du fauxbourg Saint-Antoine,
d'où elle fera fortie pour aller chez
cette dame qui l'a mariée.

Un aveu bien précieux au fujet des
deux actes baptifteres, celui du premier Septembre 1738, & celui du 6
Octobre 1749, c'eft le témoignage de
quelques femmes de Villeneuve-le-
Roi, qui, lors de l'arrivée de la femme
Boudet en ce lieu, crurent avoir peut-
être remarqué la reffemblance de Catherine-Narciffe Montaut, & auroient
été portées à croire que c'étoit elle,

sans la différence qu'elles trouverent dans la force & l'âge.

Montaut convient qu'il a placé deux petites filles, l'une aux Enfans trouvés, l'autre à la Salpêtriere. Suppoſons qu'elles vivent toutes deux; celle qui a été placée aux Enfans trouvés, ſous le nom d'*Arcette* ou d'*Arteſſe*, ſe préſentant aujourd'hui, comme en effet la femme Boudet ſe préſente, comment auroit-il pu ſe procurer des actes qui, n'étant pas attaqués par l'inſcription de faux, le ſeul moyen de les détruire, conſervent toute leur force & toute leur authenticité? Comment auroit-il pu ſe procurer des actes qu'on ne ſuppoſera certainement pas avoir été faits pour la cauſe des actes extraits des regiſtres ſacrés, qui publient que Catherine Narciſſe Montaut n'a jamais porté d'autres noms que ceux qu'elle tenoit de ſes auteurs & de ceux qui l'avoient préſentée ſur les fonts de baptême, & qu'elle n'en a jamais changé par le fait de ſon frere qui n'y avoit aucun intérêt?

Comment veut-on qu'il ait ſouſtrait ſa ſœur, ſans qu'on lui ait jamais

fait de question sur son sort ? Dira-
t-on qu'il a eu le secret de la faire
disparoître, aux yeux de toute une
communauté d'habitans, sans réclamation de la moindre personne ? Dira-
t-on que, par une sorte d'enchante-
ment, il a fasciné les esprits de ses
freres & sœurs, de toute sa famille
enfin, au point qu'ils aient oublié
tout à coup celle avec laquelle ils
étoient habituellement, & qu'ils ne
s'en soient jamais inquiétés depuis ?
Le compte de tutelle, par lequel il
est prouvé qu'ils ont recueilli sa part
en même temps qu'il publie de n'en
rien croire, ne démontre pas moins
évidemment que, s'ils n'ont jamais
témoigné de sollicitude sur ce qu'elle
étoit devenue, c'est qu'ils ont toujours su qu'elle étoit morte à l'Hôtel-
Dieu de Paris le premier Décembre
1762.

Les témoignages qui résultent de
l'information faite à la requête de
Boudet & de sa femme, ne sont
d'aucun poids pour établir le contraire.

Les conclusions prises en premiere
instance par Boudet & sa femme, &

la Sentence qui en a été la fuite néceffaire, doivent faire préjuger que,
ni cette information, ni les témoignages qu'elle contient, n'ont rien de
concluant.

En fecond lieu, quand il feroit
vrai que tout Villeneuve-le-Roi auroit
déclaré que tous les témoins entendus
auroient dépofé qu'ils reconnoiffoient la
femme Boudet pour Catherine-Narciffe Montaut ; ce cri général, ce témoignage uniforme autant qu'univerfel, ne prouveroit rien de la part
du peuple, & de quel peuple encore ! d'un peuple tel que celui de la
campagne.

La femme Boudet arrive, dans un
jour du mois de Décembre, au fort
de l'hiver, avec Mariette & fa femme.
Ceux-ci ne manquent pas de femer le
bruit du motif de leur voyage. Les efprits fe frappent de l'indignité d'un
frere qui a voulu fouftraire fa fœur aux
droits que le fang lui affuroit. L'imagination s'échauffe : le cri de la Nature
mal articulé fe fait mal entendre. On
répete confufément ce qu'on a cru
qu'elle vouloit dire : *Oui, c'eft Cathe-*
rine-Narciffe Montaut. Voilà fes yeux,
n'en

n'en doutons pas. Les traits de la fa-
mille ne peuvent se méconnoître. Une
vieille femme s'écrie : *Oui :* c'*est elle;*
c'*est elle, ma bonne!* c'*est elle !*

» Laiſſons crier la populace de Villeneuve-le-Roi. Eſt-ce la premiere fois
que le peuple a pris les apparences
pour la réalité, le menſonge pour la
vérité ? Qui ne ſait que, ſous l'empire des Céſars, un Equitius ſe diſoit
fils de Titus Gracchus, & que tout
le peuple couroit après l'idole ? Un
Erophile ne ſoutint-il pas, appuyé des
applaudiſſemens du peuple, qu'il étoit
petit-fils de Caïus Marius, celui qui
fut ſept fois Conſul ? Cet autre ne fut-
il pas plus hardi, qui, du temps de
Sylla, non ſeulement oſa ſe dire le
fils d'Aſinius Dion, mais pouſſa même
l'effronterie juſqu'à chaſſer de ſa maiſon
ſon héritier, ſon fils, & vint à bout
de le faire paſſer pour un impoſteur
par des raiſons ſi apparentes, qu'il
enleva tous les ſuffrages du peuple ?
Les Pénates en rougirent, dit l'Auteur,
& furent ſur le point d'abandonner le
foyer qu'ils gardoient.

En 1655, les Juges de Vernon,
induits en erreur par le cri public, vou-

Tome IX. S

lurent perfuader à la veuve Lemoine qu'un des deux fils qu'elle avoit perdus exiftoit dans la perfonne de l'enfant d'un pauvre, qui, par hafard, paffoit par cette ville.

Cette veuve avoit eu trois fils, Pierre, Jacques, & Louis. Au mois de Septembre 1654, obligée de faire un voyage de Paris à Vernon, où elle avoit du bien, elle emmene avec elle Louis, le plus jeune de fes fils, laiffant à fa mere le foin de Pierre, lors âgé de quatorze ans, & de Jacques, âgé de dix ans. Ces deux enfans, entraînés par le vertige du libertinage, s'évaderent de la maifon de leur aïeule, avec ceux d'un Bourgeois nommé *Couftard*. La mere, de retour à Paris, fe livre à tous les tranfports de la douleur, demande fes enfans à tout le monde, & fe détermine enfin, après s'être confumée en vaines recherches, à rendre plainte le 12 Mai 1655. Au mois de Juillet fuivant, rappelée par fes affaires à Vernon, elle ne s'attendoit pas à la cruelle cataftrophe dont elle devoit être l'objet.

Le Dimanche, 25 de ce même mois, un mendiant, nommé *Jean*

Monrouffeau, arrive à Vernon dans la matinée, entre dans l'églife de Sainte-Génevieve, tenant un enfant par la main, à l'inftant où l'on célébroit la Meffe, à laquelle la veuve Lemoine affiftoit. Il lui parle. Elle lui dit quelques mots tout bas; elle lui fait l'aumône, & le congédie. Après l'Office, le mendiant eft arrêté par cinq ou fix particuliers, qui avoient envifagé l'enfant pendant la Meffe, & qui avoient imaginé que ce pouvoit être Jacques Lemoine, le fecond des fils de Jeanne Vacherot, veuve Lemoine.

Les foupçons s'accroiffent, les efprits travaillent, l'imagination s'échauffe. Bientôt toute la ville n'a qu'un cri. Le gueux eft chargé de fers; l'enfant eft dépofé à l'hôpital : la veuve Lemoine eft pourfuivie en Juftice, pour qu'elle ait à reconnoître fon fils. C'eft à cet enfant qu'un Tailleur affure avoir fait un habit, qu'un Chirurgien attefte avoir guéri une bleffure à la tête. Une pauvre mendiante dépofe qu'elle eft entrée dans la ville avec Jean Monrouffeau; & qu'abordant une certaine rue, elle avoit ouï l'enfant qui difoit à fon pere putatif, qu'il n'y falloit pas entrer, parce que fa mere Vacherot y demeuroit. La fervante de la veuve Lemoine lui foutenoit en face que c'étoit fon fils, & qu'elle le reconnoiffoit bien, puifqu'elle l'avoit élevé pendant trois ans. Des parens de fon feu mari, fes voifins juroient fur le péril de leur vie, que c'étoit Jacques Lemoine.

Il avoit décrit, difoit-on, le village de Bois-Jérôme, lieu de fa naiffance, le chemin, le pont rompu, un bac à paffer. Il avoit dit : *Voilà mon petit coufin Jean Lecoq.* Une petite fille, âgée de dix ans, s'étoit écriée : *Voilà le petit Jacob Lemoine.* Il avoit reconnu le lit dans lequel il couchoit, chez une veuve dont il avoit appelé la fervante *Marie,* fon vrai nom. Il avoit dépeint l'endroit où un nommé Deflauriers mettoit fon cheval.

Enfin, il avoit défigné par noms & par qualités, ceux auxquels il avoit parlé, avoit reconnu une infinité de perfonnes, avoit été reconnu de prefque tous les habitans, au point que M. le Duc de Longueville & Madame la Ducheffe de Nemours, entraînés par la curiofité, s'informent, voyent &

prononcent avec tout le peuple, que l'enfant appartient à Jeanne Vacherot. Le Ministere public s'éveille. Information le 29 Juillet : Sentence du Lieutenant - Général de Vernon , le 12 Août , portant provision de 100 liv. pour l'enfant : Arrêt du Parlement de Paris , qui reçoit la veuve Lemoine appelante de toute la procédure , le 18 Février 1656. Arrêt du Conseil , qui ordonne l'apport des informations , & la translation du pauvre & de l'enfant à Paris. Le 2 Juin suivant, second Arrêt du Conseil en réglement de Juges , qui renvoye les Parties au Parlement.

Onze jours après , Pierre Lemoine revient comme un autre enfant prodigue , & apprend à sa mere qu'au sortir de Paris , son frere & lui se rendirent à Vernon , puis de là en la paroisse de Saint-Walt du Val , en Normandie , où Jacques tomba malade , & mourut en Décembre 1654 , chez un Gentilhomme nommé Montaud , qui les logea pendant douze jours. Il rapporte un certificat signé de lui, du Curé , de plusieurs habitans , & des Freres de la Charité , dans le cimetiere

de l'églife defquels fon frere avoit été
enterré.

Quelle digue oppofa donc un cé-
lèbre Magiftrat au torrent impétueux
qui fembloit devoir tout emporter dans
fon cours, c'eft-à-dire, à ce cri univerfel de tant de gens qui avoient cru
reconnoître Jacques Lemoine dans la
perfonne de l'enfant en queftion ? Comment M. Bignon s'expliqua-t-il ? Il ex-
pofa le danger qu'il y auroit de fe laiffer féduire par l'obftination du pauvre
à redemander fon fils, & l'opiniâtreté
de la veuve Lemoine à le méconnoître,
ces fentimens pouvant leur être dictés
par l'image du fupplice qui les menaçoit s'ils venoient à fe rétracter ; de
croire aveuglément ce jeune frere,
compagnon des voyages de celui qu'il
difoit avoir vu malade, puis enfeveli,
de celui du décès duquel il rapportoit
la preuve littérale ; d'écouter indiftinc-
tement un pareil témoin, qui en apparence devroit être irréprochable ; fi
d'ailleurs, en fuppofant l'affection d'un
frere plus incorruptible que celle d'une
mere, il ne devenoit pas fufpect dans
une Caufe où fon intérêt perfonnel
l'uniffoit fi naturellement avec celle

dont le défaveu étoit foupçonné, avec
celle qui, fans fe donner le temps de
s'éclaircir fur la vérité, n'avoit eu le
cœur ni les yeux frappés d'une reffemblance qui avoit perfuadé tout le
monde ; mais au contraire, avoit réfifté à la voix du peuple, & avoit pris
la fuite fans écouter les confeils ni de
la nature ni de la raifon ; fans confulter
la bienféance, ou même obéir
à cette curiofité, caractere diftinctif
de fon fexe. Il démontra toute la conféquence de l'inconvénient qu'il y auroit de s'en laiffer impofer par le défaveu indiferet des parens qui difoient
ne point reconnoître Jacques Lemoine,
foit que depuis trois ans il fût réellement changé, foit qu'en effet cet enfant, quoique né à Vernon, n'y fût
pas refté affez long-temps pour laiffer
dans leur mémoire un tableau fidele de
fa reffemblance. Ce digne Avocat-Général difcuta avec force toutes les in-
ductions que l'on pouvoit tirer des
variations répandues dans les interrogatoires du mendiant, des rapports
de fon fils avec Jacques Lemoine, de
la reconnoiffance de plufieurs perfonnes, du témoignage de toute une ville.

Mais enfin, déchirant tout à coup le voile auſſi épais qu'induſtrieuſement tiſſu, dont juſqu'à ce moment il avoit enveloppé ſon opinion, il diſſipe le trouble & l'alarme qu'il avoit jetés dans l'ame & de celui qui craignoit de perdre ſon fils, & de celle qui redoutoit d'être forcée d'en recourvrer un ; & faiſant diſparoître le fantôme impoſant de la défenſe adverſe, il ſe réſuma ainſi :

‚‚ Après tout, il n'y a rien en tout ce qui a été dit par l'enfant, qui ne puiſſe être l'effet d'une ſuggeſtion ou maligne ou indiſcrete. Lorſqu'il fut arrêté, & que le peuple, prévenu par la reſſemblance, s'imagina que c'étoit Jacques Lemoine, ne ſe peut-il pas faire que quelqu'un pût dire que c'é-toit ce petit garçon, fils de la veuve Lemoine, né & élevé au Bois-Jerôme, & que ſa mere y avoit une maiſon ? Ne ſe put-il pas faire que ce petit gar-çon, qui étoit aſſez grand pour aimer mieux être le fils d'une perſonne accom-modée, que d'un malheureux men-diant, ait voulu profiter de l'occaſion & de ce qu'il venoit d'entendre ? Car cette couleur n'eſt pas tout-à-fait à rejeter. Mais depuis qu'il a été arrêté, jusqu'au jour qu'il a fait toutes ces reconnoissances, il y a six jours d'intervalle du 25 au 31 Juillet, & encore plus d'intervalle jusqu'au jour qu'il fut conduit au Bois-Jérôme, ce qui ne s'est fait que le 16 Août. Pendant ce temps, n'a-t-il pas été instruit par la voix publique, quand il n'y auroit point eu de langue malveillante qui l'eût fait ? De quoi penserons-nous que, pendant ces jours, tous ceux qui le virent l'aient entretenu ? Ne lui auront - ils pas parlé de celle qu'ils croyoient être sa mere, de ses prétendus parens, des voisins, & de la connoissance des maisons de Vernon & de Bois-Jérôme, & fait l'histoire de la vie de ce petit garçon pour qui on le prenoit ?

» Il est impossible que dans la nouveauté d'un accident qui avoit ému toute la ville de Vernon, il n'y ait eu une infinité de gens qui aient entretenu cet enfant, qui l'aient interrogé, & qui, par leurs interrogatoires peu adroits, ne lui ayent appris tout ce qu'il a répondu depuis.

» Que quelqu'un mal affectionné con-

S v

tre la veuve Lemoine, ait inſpiré à cet
enfant tout ce qu'il a dit., il pourroit
y avoir de l'apparence. Nous ne pouvons
pas dire ſi les Juges en ſont complices ; nous n'y voyons pas aſſez de lumiere. Mais ſans accuſer perſonne ,
il nous ſemble qu'il ne faut point
chercher d'autre ſuggeſtion que celle
du peuple , qui, prévenu que c'étoit le
fils de la veuve Lemoine , avoit ſi
grande envie que ſon opinion fût trouvée véritable , que l'on peut dire qu'il
n'y a perſonne peut être , qui, par un
faux zele & par une fauſſe compaſſion ,
qui , par des récits de ce qu'il ſavoit de
Jacques Lemoine, par des interrogatoires fréquens , & par l'aſſurance qu'il
diſoit avoir que c'étoit ce même enfant qu'il avoit vu en tel & tel endroit, en telle & telle occaſion , ne lui
ait fait d'amples leçons de ce qu'il avoit
à dire.

» La reſſemblance, qui eſt un jeu ,
ou , pour mieux dire, une erreur de la
Nature , parce qu'elle doit imprimer
des caractères différens pour empêcher
de ſemblables inconvéniens , a été
la cauſe de cette prévention populaire.

» Il n'eſt rien de ſi crédule, ni ſi aiſé à ſurprendre d'une fauſſe opinion, que le peuple. La nouveauté de quelque objet, une nouvelle ou fauſſe ou mal rapportée, un mot porté fortuitement dans les oreilles, qui trouve, je ne ſais comment, créance dans l'eſprit de quelques-uns, paſſe incontinent en ceux des autres pour une vérité certaine. La perſuaſion s'en communique par une contagion ſecrete, & les eſpeces ſe multiplient & ſe groſſiſſent tellement, que d'un doute particulier, il s'en forme une opinion univerſelle : c'eſt un écho qui rend les ſons & les multiplie à l'infini : c'eſt cette légere vapeur qui s'éleve du plus inconſtant dés élémens, & incontinent il s'en forme un grand amas de nuages qui obſcurciſſent le ciel, qui produiſent une grande tempête : c'eſt cette prévention populaire qui a fait autrefois l'apothéoſe de Romulus, qui a perſuadé aux uns qu'ils l'avoient vu diſparoître, & aux autres, qu'ils l'avoient vu monter au Ciel : c'eſt cette prévention qui donne cours à ces nouvelles controuvées, qui n'ont ni auteur ni fondement, qui fait les terreurs paniques des armées, qui donne

créance aux faux miracles, qui a cou-
ronné ces fameux impofteurs qui ont
voulu ufurper des noms illuftres fous
l'apparence de quelques traits de vraifemblance : prévention que l'on peut
appeler, en un mot, la meffagere de
l'impofture & de la fuperftition, & qui
a été fi bien exprimée par un Sophifte
dans le récit qu'il a fait de la mort de
Peregrinus ; car ayant lui - même, par
plaifir, inventé quelques contes au fujet
de cette mort, comme de dire qu'on
avoit vu un vautour s'élever du milieu
du bûcher, il eut le plaifir incontinent
d'entendre débiter dans la multitude
cette même nouvelle qu'il venoit de
controuver, & de voir des perfonnes
d'affez bonne foi pour affirmer qu'ils
avoient vu le vautour «.

En conféquence, M. Bignon conclut,
entre autres chefs, à ce que Jean Monrouffeau fût mis hors des prifons, fon
écrou rayé & biffé ; qu'il fût enjoint
à Louis Monrouffeau de le reconnoître
& de lui obéir comme à fon pere, &
que la provifion confignée fût rendue
à la veuve Lemoine.

L'Arrêt qui fut prononcé le Jeudi de
la femaine de la Paffion de l'année 1659,

par M. de Lamoignon, Premier Préfident, fut conforme aux conclufions
de M. Bignon.

Tel fut, dans cette célebre affaire,
l'Arrêt du Parlement, où les titres &
la poffeffion du mendiant foutenus de
la preuve littérale, quoiqu'imparfaite,
de la mort de Jacques Lemoine, du
défaveu de la mere & des parens, pré-
valurent fur les informations contraires.
On voit dans cette affaire un exemple
mémorable de l'erreur & de l'illufion
de toute une ville, dit l'Editeur des
Caufes célebres.

Etant prouvé que Catherine-Narciffe
Montaut n'exifte pas, que devient la
demande formée contre fon prétendu
ravilleur en dommages & intérêts, &
en réparation d'honneur ?

Le 19 Février 1778, fur les conclufions de M. le Pelletier de Saint-Far-
geau, dont nous regrettons de ne pouvoir donner ici l'éloquent plaidoyer,
eft intervenue Sentence, qui, évoquant
toutes les demandes des Parties, a
fait défenfes à la femme Boudet de
plus à l'avenir prendre le nom de
Catherine - Narciffe Montaut ; a ordonné qu'elle feroit tenue de recon-

noître Louis - Michel Montaut pour
homme d'honneur & de probité, &
de lui en paſſer acte au Greffe, ſinon
que la Sentence vaudroit ledit acte,
& fait défenſes à la femme Boudet de
plus à l'avenir injurier ledit Montaut;
& pour l'avoir fait, l'a condamnée en
dix livres de dommages & intérêts :
ſur le ſurplus des demandes des Parties,
les a miſes hors de Cour, & a condamné la femme Boudet en tous les
dépens.

UN mariage célébré fans le confente-
ment & le concours du Curé d'une
des Parties contraƐantes, peut-il
être valide ?

CETTE Caufe a été jugée au Parlement de Bretagne, après la difcuffion
la plus étendue & la plaidoirie la
plus folennelle.

Nous en puiferons les faits & les
moyens dans les Mémoires qui ont été
publiés de part & d'autre ; & nous
allons imiter M. Maurice du Lérain,
Défenfeur de celle qui réclamoit la
qualité de veuve, en entrant d'abord
en matiere.

Jean-Marie-Staniflas de Courpon de
Plaineville naquit à la Martinique le
16 Novembre 1739, & établit fon
domicile à Saint-Domingue. Né Gentilhomme & très-riche, il jouiffoit de
la confidération que donne la naiffance,
& des avantages que procure la fortune :
mais le plus précieux de tous les biens,

celui qui feul peut mettre en état de
profiter de tous les autres, c'eſt-à dire,
la ſanté, lui manquoit abſolument. Il
étoit, depuis long-temps, attaqué de
différens ſymptômes qui dénotoient dès-
lors le dépôt au cerveau qui a terminé ſes jours, & qui a été conſtaté
par l'abcès qu'il a rendu après ſa mort.
Des maux de tête preſque continuels,
un eſtomac ne faiſant aucune fonction, un teint jaune & livide, une
maigreur conſidérable lui donnoient les
plus grandes inquiétudes pour ſa vie.
Eſpérant de trouver des reſſources dans
l'art de la Médecine, il prit le parti
de ſe rendre à Paris. Voulant, avant
d'entreprendre ce voyage, mettre ordre à ſes affaires, il fit ſon teſtament. Il
eſt daté du 6 Juin 1775; date re-
marquable, puiſqu'elle ne précede
ſon départ que de quelques jours ſeulement.

Après différens legs inſpirés par l'a-
mitié, la charité & la Nature, il
inſtitue héritiers de tous ſes biens ſa
mere, ſon frere & ſes ſœurs, pour en
jouir par égale portion. Il les prie de
ſouſcrire, ſans conteſtation, à ſa diſ-

position ; & les engage fortement de ne jamais vendre ni partager ses biens, &c.

Le sieur de Plaineville, après avoir laissé à sa famille ce gage de sa tendresse, qui, comme on le fera voir dans la suite, ne peut se concilier avec un projet de venir à Nantes pour se marier, s'embarqua pour la France. Dans le voyage, il fut toujours malade, & répéta plusieurs fois à ses compagnons de voyage, que toutes ses espérances étoient d'obtenir sa guérison à Paris, s'il pouvoit y arriver ; que c'étoit l'unique but qui l'amenoit en France. Arrivé à Bordeaux sur la fin de Juillet, il y fit les mêmes plaintes de sa santé, les mêmes aveux du but de son voyage. Il se rendit ensuite, au commencement d'Août, au château de Belleruries, terre située à deux lieues de Tours, qui appartient au sieur Chevalier de Lonlay, son beau-frere. Il y resta jusqu'au 17 du même mois ; & une foule du certificats donnés par des personnes de la première considération, ne laissent aucun doute sur le triste état auquel sa santé étoit réduite. Paris étoit l'objet de tous ses vœux.

comme le terme de fes efpérances ; il
le difoit hautement. Le projet de
fe marier étoit donc bien éloigné de
fon efprit : mais des circonftances fuf-
pendirent encore fon empreffement
d'arriver à Paris. Des affaires indif-
penfables l'appeloient à Nantes ; il
crut devoir s'y rendre pour les terminer, avant de s'abandonner aux fecours
de la Médecine. Il laiffa fes malles &
fes habits chez fon beau-frere , pour les
prendre en paffant , quand il iroit
dans la capitale. Un homme qui va
fe marier arrive-t-il ainfi dégarni ? Ne
porte-t-il pas au contraire avec lui fes
habits les plus précieux ? A Nantes il
vit le fieur Mauger, fon ancien ami.
Ce dernier avoit une fille à marier ,
& fentoit qu'il ne pourroit jamais trouver pour elle un parti auffi avantageux.
Mais les inftans preffoient, les fymptô-
mes d'une fin prochaine étoient em-
preints fur fon vifage. Le coup décifif
étoit de s'emparer de lui, de le féquef-
trer dans la famille même qui vouloit
s'approprier fon immenfe fortune. Le
fieur de Mauger y parvint. Il engagea
le fieur de Plaineville à venir demeurer dans fa maifon de campagne du

Pleſſis, qu'occupoient alors lui, ſa fille & toute ſa famille. C'eſt dans cette maiſon qu'il ſigna ce fatal contrat de mariage qui déshérite ſa mere, ſes freres, ſes ſœurs. C'eſt de cette eſpece de priſon, où on avoit trouvé le ſecret de l'enfermer, qu'on l'a traîné aux pieds des autels pour conſommer leur ruine.

Ce contrat de mariage eſt du 16 Septembre 1775. Le ſieur de Plaineville y verſe en des mains étrangeres, en des mains qui, trois ſemaines auparavant, lui étoient inconnues, tout le patrimoine de ſes peres. Ce teſtament, monument précieux de ſa tendreſſe filiale & fraternelle, eſt anéanti d'un ſeul coup. Il ſe conſtitue en dot deux riches habitations qui produiſent un revenu annuel de cinquante mille écus. Il en donne l'uſufruit à la demoiſelle Mauger. Il lui donne en outre un préciput de 20000 livres argent de France, ſans compter une chaiſe roulante, quatre chevaux & quatre domeſtiques negres à ſon choix. Il lui conſtitue un douaire de 20000 livres de rente argent de France. Elle n'avoit aucuns meubles ; il lui fait une dona-

tion mutuelle & égale de tous fes
meubles & effets mobiliers, c'eft-à-
dire, de tout fon argent comptant,
de tous fes crédits, de tous les effets
néceffaires à la culture des terres,
d'une quantité confidérable de beftiaux,
de 280 Negres. Il fe réferve uniquement la difpofition d'une fomme de
60000 livres ; & on ne manqueroit
pas de foutenir, aux termes de l'article 18 de l'Ordonnance de 1731,
que n'ayant pas ufé de la faculté qu'il
s'étoit réfervée de difpofer de cette
fomme, elle eft comprife dans la donation. Voilà donc un mobilier de
huit cent mille francs enlevé à la famille du fieur de Plaineville, & en
outre l'ufufruit de cinquante mille écus
de rente pendant la vie de la demoifelle Mauger, qui n'a que 21 ans.
Tout cela lui eft donné par un homme
mourant, qui n'a furvécu que 12 jours
à fon mariage, & qu'elle ne connóif-
foit pas un mois auparavant.

Il ne reftoit plus qu'à conduire la
victime à l'autel. Il n'y avoit pas encore un mois que le fieur de Plaineville étoit à Nantes ; & il eût fallu,
fuivant les Ordonnances, qu'il y eût

demeuré depuis un an, pour pouvoir s'y marier. Son seul & veritable domicile étoit à Saint-Domingue : il étoit donc nécessaire d'y faire publier les bans, & d'obtenir le consentement du Curé ; mais la fin du sieur de Plaineville approchoit, & il n'y avoit pas un instant à perdre. Le Siége épiscopal de Nantes étant vacant, le sieur de Mauger s'adressa au Vicaire-Général du Chapitre, qui donna une dispense de deux bans & de domicile au sieur de Plaineville. On fit publier un ban dans la paroisse de ville, & un dans la paroisse de campagne du sieur Mauger. Le 18 du même mois de Septembre, la bénédiction nuptiale fut administrée, sans que le propre Curé du sieur de Plaineville y eût concouru, ni par la publication des bans, ni par son consentement. Le flambeau de ce triste hymen s'éteignit bientôt, & fut remplacé par des torches funebres. Dès le 30 Septembre, c'est-à-dire 12 jours seulement après, le sieur de Plaineville mourut.

La dame de Courpon interjeta appel comme d'abus, tant de la célébration du mariage, que de la dis-

penſe de domicile & de bans, accordée par le Vicaire-Général du Chapitre de Nantes. Elle a même, par Requête verbale, demandé permiſſion de
prouver par tous genres de preuves,
même par publication de monitoires,
pluſieurs faits qui caractériſent l'obſeſ-
ſion & la fraude.

Le mariage dont il s'agit a été célébré par le Curé de la fille, ſans le
conſentement, ſans le concours du
propre Curé du ſieur de Plaineville.
C'eſt le premier, &, à vrai dire, le
ſeul & unique moyen d'abus de la
dame de Courpon.

Le conſentement des Parties contractantes eſt de l'eſſence abſolue du
mariage ; mais il ne ſuffit pas : il faut
qu'il ſoit donné en préſence de celui
qui a droit de le recevoir, qui eſt
député par l'Egliſe pour y donner la
bénédiction qui l'éleve à la dignité de
Sacrement. Or, lorſque les deux Parties contractantes ne ſont pas de la
même paroiſſe, lorſqu'elles ont chacune
un Paſteur différent, il faut néceſſairement que les deux Paſteurs concou-
rent à leur mariage. Le Curé de la
fille peut bien être témoin de ſon con-

Tentement, le recevoir & le bénir; mais n'étant point le Pasteur du garçon, n'ayant aucune jurifdiction fur lui, il eft fans qualité; il n'eft point député par l'Eglife pour recevoir fon confentement; il faut donc nécessairement que fon propre Pasteur l'y autorife & y confente.

Un autre motif qui a déterminé à exiger le concours des deux Curés, eft d'éviter la clandeftinité, & prévenir les furprifes, pour mettre les parens des deux Parties en état d'empêcher, par leur autorité, des mariages peu convenables. Or il eft évident que le concours feul du Curé de l'une des parties ne met point les parens de l'autre à l'abri de la furprife; au lieu qu'étant avertis par le confentement de leur Curé, par la publication des bans qui fe fait dans leurs paroiffes, ils font en état de prendre les précautions qui conviennent.

Tels font les grands motifs que l'Eglife & l'Etat ont eus en vue en ordonnant le concours des deux Curés.

Avant que d'entrer dans l'examen des moyens du fond, M. Maurice du Lérain répondit aux fins de non recevoir qui lui étoient oppofées.

» A-t-on jamais, dit-il, propofé des

fins de non-recevoir contre des abus ?
Tout ce qui tend à excufer, à pal-
lier, à écarter un abus, eft par foi-
même abufif, & dès cet inftant indigne des regards de la Juftice. Que
ferviroit à la demoifelle Mauger d'é-
touffer la voix de la dame de Courpon ? Parviendroit-elle à étouffer celle
du Miniftere public ? Ignore-t-on que
nos livres nous fourniffent plufieurs
exemples de mariages déclarés abufifs,
fur le feul appel de MM. les Avocats-
Généraux ?

» La demoifelle Mauger fe prévaloit
d'une lettre écrite à la dame Courpon,
qui l'inftruifoit du mariage & des conditions ; & loin de réclamer, elle l'ap-
prouva expreffément par fa réponfe.
Elle déclara expreffément l'adopter pour
fa fille ; elle l'appela fa bru, fa fille.
Elle l'a fi bien reconnue pour donataire, qu'elle lui a demandé le payement de ce qui lui étoit dû par fon fils ;
& ce payement a été effectué.

» Voilà l'approbation la plus expreffe
du mariage : eft-on recevable à l'attaquer ?

» La lettre écrite par la dame Courpon prouve deux faits effentiels. Le
premier ,

premier, que le feu fieur de Plaineville n'avoit point confulté fa mere
fur fon mariage, & n'avoit point demandé fon confentement; ce qui prouve
la clandeftinité, & fait préfumer la furprife, l'obfeffion. Jamais le fieur de Plaineville, s'il n'eût été féduit, n'auroit
manqué auffi effentiellement à une
mere qu'il chériffoit, & qu'il conful-
toit fur toutes fes affaires. C'eft ce
qu'exprime fi naïvement la dame de
Courpon dans fa lettre : » J'ai ap-
» pris, dit-elle, la nouvelle de fa mort
» en même temps que celle de fon
» mariage, fans qu'il m'eût donné pré-
» cédemment la moindre idée d'établif-
» fement ; & j'ai été d'autant plus fur-
» prife de ce mariage précipité, que
» jufqu'alors il n'avoit jamais terminé
» aucun acte fans m'en demander l'a-
» grément «.

En fecond lieu, la même lettre
lui annonçant le mariage & la mort
de fon fils, abforbée par fa douleur,
elle ne fit aucune réflexion. Croyant
que la demoifelle Mauger étoit véritablement fa bru, elle lui écrivit
comme à la veuve d'un fils qu'elle
chériffoit. Revenue à elle-même, onze

Tome IX.   T

jours après, elle réfléchit qu'il y a lieu de croire que ce mariage a été fait contre les regles. Elle ne pouvoit le savoir, étant éloignée de deux mille lieues de Nantes. Elle ignoroit s'il y avoit eu des bans publiés en son domicile, ou du moins s'il avoit obtenu la dispense du Vicaire Apostolique de la Martinique, & le consentement de son Curé. Pour s'assurer de ce fait, elle fit lever l'acte de célébration, & consulter des Avocats de Nantes sur la validité de ce mariage. Ces faits ainsi prouvés, que devient la fin de non-recevoir qu'on oppose ? On ne peut acquiescer à une chose que lorsqu'on la connoît, lorsqu'on est en état de l'examiner & de l'approfondir avec une pleine & entiere connoissance de cause. Tout acquiescement, toute reconnoissance donnée sans ces conditions visiblement nécessaires, ne peut avoir que l'erreur pour principe, & ne peut par conséquent être objectée.

Ignore-t-on ce principe incontestable qu'atteste M. d'Aguesseau, que » l'état » des hommes ne peut jamais être que » l'ouvrage de la Loi ; que les décla- » rations, les reconnoissances des par-

» ticuliers , quelque pofitives qu'elles
» foient, ne peuvent rendre légitime
» ce qui eft nul dans fon principe ,
» qu'il faut toujours revenir à la vérité?
» La Loi même, continue ce grand Ma-
» giftrat , n'impute que rarement ces
» fortes de reconnoiffances à ceux qui
» les font : une erreur probable a pu
» les arracher; mais la vérité reconnue
» les fait tomber d'elles-mêmes, & les
» diffipe abfolument «. Si le mariage
de la demoifelle de Mauger étoit conforme aux Loix , la dame de Courpon ne pourroit jamais lui enlever fon
état ; elle ne pourroit donc également,
par les reconnoiffances les plus expreffes,
lui en donner un qu'elle n'a pas. Ecou-
tons la Loi.

Une fille prétend être née d'un mariage légitime, & demande au fils partage de la fucceffion des pere & mere
communs. Le fils lui contefte fon état,
foutient qu'elle n'eft qu'une efclave ;
& elle, fe fervant de la même fin de
non-recevoir qu'allégue la demoifelle
Mauger, lui objecte des lettres par
lefquelles il l'a nommée fa fœur. Ces
lettres font inutiles, décide la Loi
13, *Cod. de Probat.* ; elles font im-

puissantes pour assurer votre état. Il vous a écrit comme à sa sœur, il vous en a donné le nom ; il faut examiner si vous l'êtes effectivement : *Sive quasi ad sororem quam ancillam te posse probare confidis..... epistolam emisisti ; fraternitatis quæstio per hæc tolli non potuit.* On peut adresser le même discours à la demoiselle Mauger ; elle ne peut pas se plaindre qu'on lui tienne le langage de la Loi. Le corps de droit est plein de textes qui contiennent la même décision.

Enfin, il ne peut y avoir dans un mariage deux sortes de nullités ; les unes absolues, les autres seulement relatives. Les nullités simplement relatives sont celles qui ne concernent que certaines personnes, & ne peuvent être objectées que par elles ; telles, par exemple, que le consentement des peres & meres. Les fins de non-recevoir peuvent avoir lieu par rapport à ces nullités, qui peuvent s'effacer par la longueur du temps, par la possession, par le silence ou l'approbation de ceux qui pouvoient les proposer : ainsi, quand un pere demande la nullité du mariage de son fils, sous prétexte qu'il a été fait fans fon confentement, ce moyen fera détruit par fin de non-re-cevoir, fi on prouve qu'il a depuis re-connu & approuvé ce mariage.

Mais il n'en eft pas de même des nullités abfolues. Ce font celles qui fe tirent de l'effence du mariage ; telle eft, par exemple, l'impoffibilité où étoit un des conjoints de donner un confen-tement légitime, n'ayant point encore acquis l'âge de puberté, ou étant en démence ; le défaut de confentement & de concours des deux Curés ; la preuve de parenté dans un degré pro-hibé, & autres cas femblables. Ces nullités abfolues ne peuvent jamais être couvertes par les reconnoiffances les plus expreffes, & par quelque fin de non-recevoir que ce foit ; parce qu'il eft impoffible que les Juges puiffent fup-pléer à ce qui eft de l'effence même du mariage. Il faut donc examiner de nouveau le mariage de la demoifelle Mauger. Il faut voir fi les moyens d'a-bus qu'on lui oppofe font abfolus. S'ils le font, y eût-il mille fins de non-recevoir, au lieu que, comme on l'a démontré, il n'en exifte aucune, la Cour ne pourroit y avoir aucun égard.

L'Eglise & l'Etat ont expreſſément établi que, ſi les Parties qui veulent ſe marier, ſont de deux paroiſſes différentes, le conſentement & le concours des deux Curés eſt abſolument néceſſaire; que, ſans leur autorité réciproque, il n'y a ni Sacrement ni contrat civil. Le ſieur de Plaineville s'eſt marié ſans le concours de ſon Curé. Ce moyen d'abus eſt donc abſolu, puiſqu'il attaque & fait tomber tout à la fois & le Sacrement & le contrat civil.

Un texte du Concile de Trente étoit la premiere Loi que l'on invoquoit. On ſoutenoit, de la part de la demoiſelle Mauger, qu'il n'exige qu'un ſeul Curé. Il s'exprime au ſingulier, *præſente parocho*; il ne dit pas *præſentibus parochis*: il ne requiert donc point le concours de l'autre. Voici les termes du décret.

Qui aliter quàm præſente Parocho, vel alio Sacerdote de ipſius Parochi, ſeu Ordinarii, licentiâ, & duobus vel tribus teſtibus, matrimonium contrahere attentabunt ; eos sancta Synodus ad sic contrahendum omninò inhabiles reddit, & hujusmodi contractus irritos & nullos esse decernit ; prout eos præsenti decreto irritos facit, & annullat. De reform. matrim. cap. 1.

Ce décret enveloppe nécessairement dans sa disposition les deux Parties contractantes ; & la défense qu'il prononce s'adresse à chacune d'elles : *qui attentabunt*, &c. Lorsqu'il se fait un mariage, il y a nécessairement deux Parties qui contractent. Le Concile impose donc à chacune d'elles l'obligation de demander le consentement de leur propre Curé, ou de leur Evêque, *licentiam Parochi, seu Ordinarii*. Si l'une d'elles ne le fait pas, elle aura contracté *sine Parochi licentiâ* ; & par conséquent le mariage sera nul : *Hujusmodi contractus irritos & nullos esse decernit sancta Synodus.*

Cette seule explication suffit pour constater l'esprit & fixer le sens de ce décret.

Il y a plus ; on doit observer que le Concile de Trente a pris cette regle de la nécessité du concours des deux

T iv

Curés, d'un de nos Conciles François, du Concile de Cognac. Le Concile de Trente avoit commencé en 1545, & la clôture s'en fit en 1563. Or le Concile de Cognac, tenu en 1260, c'est à-dire, plus de 300 ans avant celui de Trente, avoit déjà expressément ordonné aux contractans de requérir, lorsqu'ils font de différentes paroisses, le consentement & le concours de leurs Curés respectifs : en voici les termes.

Mulieres de unâ parochiâ non admittantur ad matrimonium in alterâ parochiâ, nisi de expressâ licentiâ Capellani vel Prioris ; idem dicentes de viris, si ad parochiam mulieris accedant. Nam, an sint excommunicati, vel aliâ inhabilitate affecti, melius norunt proprii Capellani. Il y a donc plus de 500 ans que le concours & le consentement des deux Curés est nécessaire. Le Concile de Trente n'a fait que se conformer à ce Concile François, & ordonner, *à peine de nullité des mariages*, l'observation de la regle qu'il prescrivoit.

Depuis le Concile de Trente, une foule de Conciles François, à commen-

cer par l'Affemblée du Clergé tenue à
Melun en 1579, ont réitéré le même
précepte. *Fiat benedictio nuptialis in
ecclefiâ parochiali nubentium. Quòd fi
diverfarum fint parochiarum, neuter
illorum ad alteram accedat benedi-
cendus, finè proprii Curati licentiâ.*
Il feroit trop long de donner feulement la lifte des Affemblées eccléfiaftiques qui ont ordonné la préfence ou
le confentement des deux Curés. Paf-
fons aux Ordonnances du Royaume.

D'abord, l'Ordonnance du mois de
Janvier 1629, rendue fur la remontrance
de la Chambre Eccléfiaftique des Etats
Généraux du Royaume, art. 39, » fait
défenfes à tous Curés & autres Prêtres,
féculiers ou réguliers, de célébrer aucun mariage de perfonnes qui ne feront
de leurs paroiffiens, fans la permiffion
de leurs Curés, ou de l'Evêque diocéfain, nonobftant tous privilèges à ce
contraires.

Faifons, porte la Déclaration du
26 Novembre 1639, très-expreffes défenfes à tous Prêtres, tant féculiers que
réguliers, de célébrer aucun mariage
*qu'entre leurs vrais & ordinaires par-
roiffiens*, fans la permiffion *par écrit*

T v

des Curés des Parties, ou de l'Evêque diocéfain, nonobftant les coutumes immémoriales & priviléges que l'on pourroit alléguer au contraire «.

L'Édit du mois de Mars 1667 établit encore de la maniere la plus précife & la plus frappante, la néceffité de ce concours.

» Voulons que fi aucun defdits Curés ou Prêtres célebrent fciemment des mariages entre des perfonnes qui ne font pas effectivement de leurs paroiffes, fans en avoir la permiffion par écrit *des Curés de ceux qui contractent*, ou de l'Archevêque ou Evêque diocéfain, il foit procédé contre eux extraordinairement «.

Mais, a-t-on dit, vous n'aviez aucun droit de vous oppofer à ce mariage, vous n'auriez pû l'empêcher : vous êtes donc fans qualité pour vous plaindre de ce défaut de publicité.

M. d'Agueffeau va répondre à cette objection. » L'objection, dit-il, qui fuppofe que le pouvoir de ceux qui ont intérêt de s'oppofer à un mariage, eft la feule mefure de l'effet que doit avoir le défaut de confentement des deux Curés ou de l'un d'eux, peche mani-

feſtement dans le principe ; puiſqu'indépendamment de cet intérêt , & à
ne conſidérer le mariage qu'en lui-même , le conſentement des deux Curés
eſt une ſolennité eſſentielle à ce Sacrement.... Il n'eſt pas nouveau , c'eſt toujours M. d'Agueſſeau qui parle , que
le défaut de formalités détruiſe un acte
que la Partie qui s'en plaint n'auroit
pu empêcher , ſi elle s'y étoit oppoſée
avant que la choſe fût conſommée «.
Après avoir rapporté deux exemples de
cette vérité , qu'on ſupprime pour abréger , il ajoute : » On ne doit pas être
ſurpris ſi dans un mariage il arrive de
même qu'un pere qui n'auroit pu , à la
rigueur , empêcher ſon fils de ſe marier , puiſſe réuſſir par le ſecours de la
forme à faire caſſer ce même mariage
qu'il n'auroit pu empêcher. Car quoiqu'à la rigueur un pere ne puiſſe mettre un obſtacle invincible au mariage
de ſon fils majeur , il peut au moins
le retarder , donner par-là à ſon fils le
loiſir de rentrer en lui-même ; en un
mot , profiter du bénéfice du temps ,
qui amene ſouvent avec lui des dénoue-
mens imprévus dans les affaires les plus
déſeſpérées «.

T vj

Le feu fieur de Plaineville étant majeur, fa mere n'auroit pu l'empêcher de
fe marier; fans doute. Mais fi on avoit
obfervé les formalités prefcrites par les
Loix, inftruite de ce projet de mariage,
elle eût pu l'empêcher, le retarder, du
moins engager fon fils à rentrer en lui-
même, & à ne pas déshériter fa famille prefque à la veille de fa mort,
pour faire paffer tous fes biens dans
une maifon étrangere. Elle eût gagné
du temps; & alors ce mariage n'eût pas
eu lieu, puifqu'il n'a fubfifté que pendant
douze jours.

Le moyen d'abus étant abfolu, que
deviennent les fins de non-recevoir
qu'on a propofées? Y en eût-il mille,
on ne pourroit y avoir égard; parce que
l'abus abfolu ne peut jamais être couvert par fin de non-recevoir, étant impoffible, comme on l'a dit, de fuppléer
à ce qui eft de l'effence même du mariage.

Ainfi, fi cette queftion fe préfentoit pour la premiere fois à juger, elle
feroit décidée contre la demoifelle
Mauger, n'étant pas poffible de confirmer un mariage que les Loix méconn-
noiffent. Que peut-elle donc efpérer;

la Jurisprudence étant décisive contre elle ?

La question de la nécessité du concours des deux Curés ayant été agitée au Parlement de Paris, M. de Lamoignon de Blancmesnil, Avocat-Général, depuis Chancelier, assura que la nécessité du concours des deux Curés étoit le sentiment unanime de MM. les Gens du Roi ; qu'ils l'avoient reçu par tradition de leurs peres, & qu'ils s'y tiendroient toujours fortement attachés.

En 1732, M. Portail, Premier Président, dit : *La Cour avertit le Barreau qu'elle s'est déterminée dans cette Cause par le point de fait ; mais que dans le point de droit, elle ne balancera jamais à décider pour la nécessité du concours des deux Curés.* L'Auteur du Code matrimonial ajoute : M. l'Avocat-Général avoit établi cette nécessité sur la Déclaration de 1639, & sur l'Edit de 1697.

Les héritiers d'Alvimart, qui étoient les appelans comme d'abus, soutenoient son mariage nul à cause du défaut de présence du propre Curé. Ils prétendoient que le domicile constant

& perpétuel d'Alvimart avoit été à Saint-Martin de Nizelle près Chartres, & ils demandoient à prouver ce fait par témoins.

La veuve les soutenoit non recevables dans leur demande, parce que le domicile d'Alvimart étoit prouvé par le contrat de mariage & par l'acte de célébration.

Ainsi le Parlement, en jugeant qu'il n'y avoit abus, jugea que le contrat de mariage & l'acte de célébration constatoient le domicile, & ne permettoient pas d'ordonner la preuve testimoniale d'un fait dont le contraire étoit prouvé par deux actes. Donc, s'il n'avoit pas été prouvé par ces actes que le sieur d'Alvimart demeuroit sur la paroisse de Saint Germain-le-Vieil, & y étoit domicilié, le mariage eût été déclaré nul & abusif, quoique les conjoints fussent de condition égale ; parce que l'Edit de 1697, qui exige le concours des deux Curés, n'auroit pas été observé.

Ce fut le même principe qui détermina les Arrêts rendus dans les Causes de M. le Duc d'Elbeuf contre la demoiselle Taël, & du sieur Bou-

chet contre la demoiselle de la Me-
sangere.

Ce furent encore ces principes inter-
prétatifs de l'Edit de 1697, déclaratifs
de la discipline de l'Eglise Gallicane, &
constitutifs du Droit public de France,
qui firent prononcer la nullité du mariage de Tourton & de la veuve Va-
ble.

Nous n'entrerons point dans le détail
de ces Arrêts & de quelques autres
qui furent cités de part & d'autre.
Les deux Parties ne convenoient pas
de la justesse de l'application qu'elles
avoient intérêt d'en faire. Nous aurons
d'ailleurs occasion d'en parler encore,
lorsque nous exposerons les moyens
qui tendoient à prouver la validité du
mariage. Passons aux sentimens des
Auteurs.

Avant que le Parlement de Paris eût
remis en vigueur la discipline de l'E-
glise Gallicane, en fixant irrévocablement le sens de l'édit de 1697, il
n'auroit pas été surprenant que plusieurs
Jurisconsultes François, s'écartant des
Loix propres à ce Royaume, eussent approuvé l'interprétation donnée par les

Ultramontains & autres étrangers au décret du Concile.

Cependant, de tous les Auteurs, Duplessis, Fleuri, Fevret & le Rédacteur des Conférences d'Angers, sont les seuls que l'on ait opposés : encore faut-il retrancher de ce nombre l'Abbé de Fleuri, qui dit seulement dans ses Institutions au Droit ecclésiastique, que » le mariage doit être célébré en pré- » sence du Curé de l'une des Parties, » ou d'un Prêtre commis de sa part, ou » de la part de l'Evêque «. Ce qui ne décide nullement que le concours des deux Curés ne soit pas nécessaire.

Quant à l'autorité de Duplessis, la piece où l'on prétend qu'elle est consignée, est informe, sans date & sans signature ; & l'on est en droit de croire qu'elle n'est pas de Duplessis. Ce n'est qu'un tissu d'absurdités & de faux principes, qu'il est impossible d'attribuer à cet Auteur. Elle est digne, en un mot, du mépris auquel le célebre Cochin l'avoit condamnée.

Fevret, Traité de l'Abus, liv. 5, chap. 2, dit uniquement, » qu'il n'est pas nécessaire de solenniser le mariage

en préfence des Curés de l'un &
l'autre contractans ; qu'il fuffit de l'un,
principalement de celui en l'églife duquel le mariage fe folennife, & où
eft le domicile de l'un des mariés «.
On n'a jamais foutenu que le mariage
dût être bénit par les deux Pafteurs.
Le miniftere d'un feul fuffit ; mais le
confentement de l'autre n'en eft pas
moins nécеffaire, & Fevret ne dit pas
le contraire. Il en eft de même des
rituels & des autres autorités qu'on
a accumulées. Ils fe bornent à dire
que le mariage peut être célébré par
un feul Miniftre. Eft - ce - là la queftion ?

La demoifelle Mauger objecte un
certificat du Curé de Verettes, par
lequel elle prétend prouver qu'il avoit
confenti au mariage du fieur de Plaineville fon paroiffien. Mais que contient ce certificat ? Il n'y dit pas que
le fieur de Plaineville lui fit la confidence de fon mariage ; il affure au contraire qu'étant venu lui faire fes adieux
avant de partir, le Curé lui dit,
en fouriant, vous allez vous marier
avec la demoifelle Mauger ? & qu'il lui
répondit oui. Mais quand ce récit, dont

on conteſtoit la réalité par pluſieurs préſomptions, ſeroit vrai, ce conſentement n'ayant été donné que verbalement, eût été nul & abſolument inutile, la Loi exigeant expreſſément que le conſentement des Curés ſoit donné par écrit. Le texte de l'Edit de 1697 y eſt précis.

Que deviendroit l'état des citoyens, s'il dépendoit du caprice ou de la complaiſance d'un ſeul homme, qui pourroit à ſon gré conteſter ou ſoutenir avoir donné ſon conſentement ? La diſpoſition de la Loi, qui veut que ce conſentement ſoit aſſuré par écrit, eſt auſſi ſage que néceſſaire.

Paſſons à la diſpenſe de deux bans & de domicile, que le ſieur de Plaineville a obtenue du Grand-Vicaire du Chapitre de Nantes, le Siége épiſcopal vacant. La dame de Courpon a interjeté appel comme d'abus de l'une & l'autre diſpenſe.

MM. les Evêques &, lorſque le Siége épiſcopal eſt vacant, les Chapitres des égliſes cathédrales ont le droit de diſpenſer, ſuivant leur prudence, de deux & même de trois bans. Mais ce pouvoir ne peut être exercé

que dans leurs dioceſes , pour les pu-
blications qui doivent s'y faire , & ſur
les diocéſains ſoumis à leurs Juriſdic-
tions. Or le fieur de Plainéville avoit
ſon domicile à Saint - Domingue : les
bans de ſon mariage devoient donc y
être publiés ; & ni M. l'Evêque de
Nantes, ni , le fiége vacant, le Chapitre , n'avoient ſur lui aucune eſpece de
juriſdiction. Donc ils ne pouvoient lui
accorder une diſpenſe de bans qui auroient dû être publiés à 2000 lieues de
leur dioceſe : donc cette diſpenſe eſt
nulle & abuſive.

Quant à la diſpenſe de domicile ,
il eſt de principe que tout ce qui eſt
contraire au Droit commun , tout ce
qui tend à détruire la regle eſt défavorable , & doit être jugé dans la plus
grande rigueur. Or toute diſpenſe eſt
contraire au Droit commun ; ſon objet eſt de détruire la regle : elle eſt
donc défavorable , & ſon invalidité
doit être jugée en toute rigueur.

Il eſt de maxime que celui qui a fait
la Loi , peut ſeul en diſpenſer : or
c'eſt le Roi qui , par ſes Ordonnances,
a fixé la durée du domicile matrimonial ; lui ſeul peut donc en accorder la

dispense. L'Edit de 1697 n'admet aucune exception. Il n'accorde point à
MM. les Evêques le pouvoir de dispenser de la loi qu'il y prescrit.

M^e. du Perray demande en son Traité
des dispenses de mariages, » si on peut
dispenser du domicile. Je crois, dit-il,
qu'il y a un principe sur cette matiere ;
que *les Ordinaires* ne le peuvent contre la Loi du Prince ; & que pour établir la faculté de celui qui veut dispenser & son autorité, il faut *qu'il ait
le pouvoir de faire la Loi*, pour en pouvoir dispenser efficacement. J'ai vu,
continue-t-il, quelquefois des dispenses *des Ordinaires* sur cette matiere,
que j'ai jugé *très-abusives* «.

L'Eglise, a-t-on dit, a droit de dispenser des empêchemens qu'elle a établis : or, selon vous, c'est l'Eglise qui
a ordonné le concours des deux Curés ;
c'est donc une Loi de l'Eglise dont elle
peut dispenser. La réponse est simple.
L'Eglise & l'Etat ont conjointement ordonné le concours des deux Curés ; mais
qui est-ce qui a décidé le quel doit être
considéré comme le propre Curé des contractans ? Qui est-ce qui a fixé, qui a déterminé la durée du séjour qu'on doit

avoir fait dans une paroisse pour en devenir paroissien ? On défie de citer une seule Loi de l'Eglise qui ait déterminé ce temps. Le Roi seul l'a établi par son Édit du mois de Mars 1697.

Mais, dit-on, Pothier décide que le Roi, en souffrant les dispenses, les autorise. Or les Evêques accordent tous les jours, sous les yeux du Prince, des dispenses de domicile. Le Roi n'a jamais réclamé contre cet usage ; donc il les autorise : donc les Evêques auroient prescrit ce droit.

Mais on ne prescrit point contre les droits du Roi, qui sont inaliénables par quelque voie que ce soit.

Pour prouver cette possession, on parle de cinq dispenses de cette espece accordées par M. l'Evêque de Nantes. Quoi ! parce que M. l'Evêque de Nantes a accordé cinq fois des dispenses qui n'ont point été attaquées, parce que personne n'avoit intérêt de le faire, on en conclura que lui & MM. les Evêques sont en possession d'en accorder, & qu'ils ont prescrit le droit de le faire ? Ce raisonnement est révoltant. Mais supposons l'exisrence de cette possession , elle seroit abusive.

Et en effet , ignore-t-on que les droits qui appartiennent au Souverain sont imprescriptibles ? Les diviser, ce seroit altérer la nature de la puissance civile. Les partager avec l'Eglise , ce seroit lui transférer un pouvoir temporel , qui répugne à l'essence & à l'objet de sa jurisdiction. Ignore-t-on que les bornes des deux Puissances sont sacrées & inviolables ? qu'il ne peut jamais être permis de les franchir ? que ni le temps , ni la possession , quelque longue qu'elle soit , ne peut valider ni autoriser une pareille usurpation ? Ainsi, si au lieu de cinq dispenses accordées par M. l'Evêque de Nantes , on en représentoit dix mille , nous nous récririons avec la même force : Ce sont dix mille abus , & non pas des exercices d'un pouvoir légitime.

Qu'on cite un seul exemple qu'une pareille dispense accordée par un Evêque à un homme qui a un domicile , ait été confirmée par un Parlement. On est dans l'impossibilité de le faire.

Il y a plus ; cette dispense contient une entreprise sur l'ordre de la hiérarchie eccléfiaftique : c'eft le fecond moyen d'abus.

Si MM. les Evêques n'ont pas le droit de difpenfer leurs diocéfains du domicile matrimonial, à plus forte raifon ne peuvent-ils le faire lorfque celui pour lequel on demande cette difpenfe, eft domicilié dans un diocefe étranger. Alors à l'incompétence, quant à la matiere, fe joint celle quant à la perfonne & au territoire ; à l'entreprife fur l'autorité temporelle & royale, fe joint celle fur l'ordre de la hiérarchie de l'Eglife. Un des principaux motifs de ce point de difcipline, eft qu'un Evêque qui m'eft étranger, qui n'a aucun droit fur moi, qui ne me connoît pas, ne peut être inftruit de ce qui me concerne, comme mon Evêque, comme l'Evêque du lieu où j'ai mon domicile, auquel il eft bien plus facile de faire, fur mon état & ma perfonne, les informations les plus exactes.

Le domicile d'origine, dit-on, fuit par-tout ; cependant les Evêques en difpenfent les vagabonds : donc ils peuvent en difpenfer les habitans des

Colonies, qui font toujours cenfés fans domicile.

1°. Le domicile d'origine n'eft point le domicile matrimonial ; fans cela on n'auroit jamais befoin de difpenfe de domicile pour fe marier. Le domicile requis par les Ordonnances pour le mariage, eft un féjour de fix mois dans une paroiffe de la même ville ou du même diocefe, & d'un an pour ceux qui demeuroient auparavant dans un autre diocefe. Voilà le domicile de fait requis pour le mariage des majeurs ; celui d'origine eft abfolument inutile.

2°. Où a-t-on pris que les habitans des Colonies font toujours cenfés fans domicile ? On défie de citer une feule Loi, un feul Auteur même, qui le décide. Ils confervent, comme tous les autres citoyens, leur domicile tant qu'ils veulent le conferver ; & ils ne le perdent que lorfqu'ils en ont acquis un autre.

A l'égard des vagabonds, de ceux que leur état met dans la néceffité de voyager, de paffer journellement de ville en ville, de pays en pays, où ils n'acquierent

quierent point de domicile, plusieurs
Auteurs pensent que l'Evêque du lieu
peut les en dispenser. On dit plusieurs,
car cette opinion n'est pas générale.
Mais pourquoi peuvent-ils le faire ?
c'est que ces gens n'ayant ni propre
Curé ni propre Evêque, l'Evêque du
lieu devient alors le leur; il devient
leur *Ordinaire* ; il n'usurpe la Jurisdiction d'aucun Pasteur.

Enfin, objecte-t-on , l'éloignement
rend impossible le recours au propre
Curé, & Dieu même n'exige pas l'impossible. On manqueroit des mariages
avantageux , s'il falloit qu'un habitant des Colonies , éloigné de quatre mille lieues de son domicile , de-
mandât & attendît la permission de son
Curé.

Dans ces cas, le Roi accorde , en
connoissance de cause, des Lettres-
Patentes qui , en dérogeant aux Ordonnances , permettent la célébration du
mariage ; il y en a plusieurs exemples.
La premiere, obtenue par le Marquis
de Châtenoye , Gouverneur du Cap-
François en Amérique , qui vouloit
épouser en France la demoiselle de
Breteuil; la seconde, au sieur Charon,

Tome IX.   V

domicilié à Saint-Marc, Isle de Saint-Domingue : c'est le lieu même qu'habitoit le sieur de Plaineville ; la troisieme, au Marquis du Tillet ; & la quatrieme, à la demoiselle Sebeval. Il y en a certainement eu beaucoup d'autres ; preuve incontestable de l'usage qui s'observe en pareil cas, & de l'exécution de la maxime que le Législateur peut seul déroger à la Loi qu'il a établie. Aussi ce principe, ce droit royal, est-il formellement exprimé. Le sieur de Plaineville pouvoit les suivre. Mais, pour obtenir ces Lettres-Patentes, il falloit du temps ; & on sentoit qu'il n'avoit plus que peu de jours à vivre. Voilà le motif de la précipitation qu'on a employée ; voilà ce qui a déterminé à contrevenir aux regles, & à violer la Loi.

La bonne foi étoit le moyen sur lequel la demoiselle de Mauger paroissoit faire le plus de fond. » Quand la possession des Evêques, disoit elle, seroit abusive, on ne pourroit m'objecter cet abus, ni m'en rendre la victime. La bonne foi seule suffit pour valider un mariage nul, pour rendre même légitimes les enfans qui en sont provenus. J'ai été parfaitement foumife aux Loix de l'Eglife & de l'Etat. J'ai fuivi un ufage conftant ; s'il eft erroné, peu m'importe ! toute erreur, dès qu'elle eft générale, a force de Loi : *Error communis facit jus.* J'ai fuivi la foi des Supérieurs Eccléfiaftiques, la foi de mon Evêque, la foi de mon Curé : eux & mon pere m'ont conduite à l'autel. Se pourroit-il faire qu'ils m'y euffent proftituée ? que croyant y ac-quérir le titre refpectable de femme légitime, je n'y aye acquis que celui d'une malheureufe concubine « ?

» Pour décider l'état des hommes, dit M. d'Aguefleau, Plaidoyer 57, il faut s'attacher aux grands principes, & ne pas fe laiffer ébranler par des rai-fons d'équité, qui rendroient arbitraires toutes les décifions de la Juftice «. Examinons donc les raifons de la de-moifelle de Mauger avec la froideur & l'indifférence de la Loi ; pefons-les au poids du Sanctuaire & de la Juftice. Voyons quels font les caracteres aux-quels la Loi & les Magiftrats peuvent reconnoître une bonne foi fuffifante pour valider un mariage nul.

D'abord on foutient comme un

V ij

principe certain, qu'il ne peut exister de bonne foi suffisante dans un mariage, que lorsqu'il a été contracté suivant les formes prescrites par l'Eglise & par l'Etat. On soutient en second lieu, que la bonne foi consistant dans une erreur, soit de droit, soit de fait, ne peut valider un mariage quant au Sacrement, & que la seule erreur de fait peut le légitimer quant au contrat civil.

La demoiselle Mauger, en contractant son mariage, a violé la Loi absolue & essentielle du concours des deux Curés. Elle dit qu'elle étoit dans la bonne foi, qu'elle ignoroit cette regle, qu'elle croyoit que son Evêque avoit le droit d'en dispenser ; cette bonne foi peut-elle rendre son mariage valide, quant au Sacrement ?

Un Sacrement, nul dans son principe, est toujours nul, quelque bonne foi qu'on puisse supposer dans celui qui le reçoit. La bonne foi peut avoir pour fondement, ou l'ignorance du droit, ou l'ignorance du fait ; & dans l'un & l'autre cas, elle est insuffisante pour valider le mariage, comme Sacrement. Que j'ignore, de la meilleure foi du monde, que l'Eglise me défend d'épouser ma cousine-germaine, ou que j'ignore que celle que j'épouse est ma cousine-germaine, peu importe : ma bonne foi pourra m'excuser devant Dieu, mais mon mariage sera toujours nul. Le Concile général de Latran l'a expressément décidé. Changeons d'exemple. L'Eglise & l'Etat m'ordonnent de me marier devant mon propre Curé ; je l'ignore de bonne foi ; je me marie devant un Prêtre étranger : mon mariage est nul. Allons plus loin. L'Eglise & l'Etat exigent le concours des deux Curés, lorsque les Parties sont de différentes paroisses ; je l'ignore de bonne foi : mon mariage est nul : ou j'obtiens une dispense de celui qui n'a pas le pouvoir de me l'accorder, n'étant pas mon Evêque ; cette dispense est nulle, & mon mariage l'est également. C'est la décision expresse de Sainte-Beuve, tome 3, pag. 216 & suivantes.

Il est donc évident que quelque bonne foi qu'on pût supposer en la demoiselle Mauger, elle ne pourroit valider son mariage, quant au Sacrement :

voyons fi elle peut rendre valable le contrat civil.

On convient que la bonne foi des Parties peut quelquefois valider, comme contrat civil, un mariage qui eft nul comme Sacrement; mais c'eft dans le feul cas où la bonne foi provient de l'ignorance d'un fait, & jamais lorf-qu'elle a pour fondement l'ignorance d'un droit.

Qu'une fille, par exemple, ignorant qu'un homme eft déjà marié, ou qu'il eft Prêtre ou Religieux, l'époufe avec toutes les formalités prefcrites par l'E-glife & par l'Etat (la fille la plus prudente n'eft pas à l'abri de cette er-reur); elle ne pouvoit connoître ce fait: il eft donc jufte que la Loi vienne à fon fecours. Alors fa bonne foi vali-dera, pour les effets civils, fon ma-riage qui eft nul comme Sacrement; elle aura toutes fes conventions matri-moniales ; & les enfans, s'il en eft pro-venu, feront légitimes. *Semper præ-fumitur alieni facti ignorantia, donec probetur fcientia ; alieni facti igno-rantia tolerabilior eft.* Mais c'eft le feul cas où la bonne foi puiffe pro-

duire cet effet. Ce n'eft que dans celui où on a ignoré un fait qu'on ne
pouvoit favoir, & lorfque le mariage
a été revêtu de toutes les formalités
néceffaires.

L'erreur en droit, au contraire, ne
peut jamais valider un mariage : on
pourroit citer une foule de textes qui
l'établiffent, & la raifon vient à l'appui. La demoifelle Mauger ne peut
donc alléguer qu'elle ignoroit que le
concours des deux Curés étoit néceffaire, qu'elle croyoit que le Grand-
Vicaire du Chapitre pouvoit difpenfer
du domicile fixé & ordonné par le Roi :
cette ignorance de droit lui fera toujours infructueufe.

L'ignorance de fait ne fuffit pas même
pour caractérifer la bonne foi ; il faut
qu'elle foit accompagnée de l'obfervation de toutes les folennités prefcrites
par la Loi. On n'a jamais accordé les
effets civils à un mariage nul, l'un
des époux étant déjà marié, que lorfque ce mariage avoit été célébré avec
toutes les formalités néceffaires. Une
des plus néceffaires eft le concours des
deux Curés. Il manque à la demoifelle

Mauger : son mariage est donc essentiellement nul.

En vain donc la demoiselle Mauger
répéte-t-elle que c'est son Curé, le
Grand - Vicaire du Chapitre , & son
pere, qui l'ont conduite à l'autel. Tous
ces conducteurs se sont trompés comme
elle ; & leur ignorance de la Loi,
moins excusable encore que la sienne,
ne peut lui être d'aucune utilité. Qu'elle
se rassure au surplus sur sa réputation,
sur son honneur, & qu'elle ne se
déshonore pas elle-même par l'infame
nom de concubine. Non, elle ne le
mérita jamais ; & personne ne sera
assez injuste pour le lui donner. Si sa
bonne foi n'a aucun des caracteres qui
puisse faire confirmer son mariage, elle
est suffisante pour l'excuser devant Dieu
& devant les hommes , pour lui conserver l'estime & le respect dû à sa
vertu : elle suffira, en un mot, pour
la maintenir dans le rang qu'elle a
dans la Société, & lui faire trouver un
époux qui la consolera de celui qu'elle
n'a pu avoir.

Nous ne suivrons point le Défenseur
de la dame Courpon dans la discus-

fion qu'il a faite pour établir la fraude & l'obfeffion qu'il imputoit au fieur & à la demoifelle Mauger. Elle a pour objet les faits dont nous avons rendu compte en commençant, & nous aurons occafion d'en parler encore. Ainfi nous allons paffer à la défenfe de la demoifelle Mauger.

» Le mariage que la dame de Courpon mere prétend faire déclarer nul & abufif, difoit M. Robinet, Défenfeur de la demoifelle de Mauger, n'eft point une de ces unions honteufes, que les Loix de l'Eglife & de l'Etat rejettent avec une égale indignation : les Magiftrats n'ont à venger, dans cette Caufe, ni l'offenfe publique, ni le mépris de l'autorité paternelle, ni le déshonneur d'une famille outragée par une alliance indigne : une convenance parfaite d'âge, de fortune & de naiffance ; l'approbation des deux familles, que des nœuds facrés devoient unir plus long-temps ; une entiere foumiffionaux formes établies par les Canons de l'Eglife & les Ordonnances du Royaume ; une intention caractérifée de les remplir ; une bonne foi réciproque dans les engagemens que

V v

les deux époux ont contractés au pied
des autels, l'appareil inséparable des
cérémonies de l'Eglise : tels sont les
titres que la dame de Courpon présente à l'Audience de la Cour, pour re-
pousser l'indigne attaque d'une mere,
ou plutôt des avides collatéraux qui
plaident sous son nom. A les en croire,
celle qu'ils ont nommée *l'épouse de*
leur frere, quand il n'a fallu que pleurer sa mort avec elle, n'est plus, lorsqu'il s'agit de diviser leurs intérêts,
qu'une spoliatrice; disons mieux, qu'une
concubine, indigne d'être écoutée. Mais
quel fruit esperent-ils donc de cette
contradiction si révoltante dans leur
conduite & dans leurs discours, de
ce combat plus indécent encore de la
Loi contre l'honnêteté publique ? Tout
leur bien, tout leur être suffiroit-il
pour réparer l'opprobre dont ils veulent couvrir l'épouse de leur frere ? Ont-
ils au moins songé que, de sa part,
toutes les formes ont été religieusement
observées ? Le mariage a été publié dans
sa paroisse; son pere, son oncle, sa
famille entiere, l'ont conduite aux autels; son propre Curé a concouru à
son mariage. Le défaut de forme, s'il

est possible qu'il en existe dans un ma
riage aussi publiquement contracté, est
l'ouvrage de leur frere. C'est lui seul
qui auroit trompé la demoiselle Mauger, qui auroit séduit, déshonoré une
mineure, son égale dans l'ordre de la
naissance & de la fortune : & s'ils disent que cet outrage n'est que l'effet
d'une erreur, quelle indignité de s'ef-
forcer de la mettre à profit, au risque
de marquer d'un affront ineffaçable une
sœur qu'ils devroient les premiers respecter, aider à supporter la perte d'un
époux aimé & digne de l'être « ?

Le sieur de Courpon, âgé de trente-
cinq ans, veuf depuis plus de quatre
ans, natif de la paroisse de Saint-Pierre,
Isle de la Martinique, attaché au sieur
de Mauger pere, par les liens précieux
de l'amitié, quitte, en 1775, l'Isle de
Saint-Domingue où il demeuroit, &
passe en France, dans le dessein d'épouser la demoiselle de Mauger, mineure.

Ce mariage étoit avantageux pour
les deux Parties ; tout s'y rencontroit ;
convenance d'âge, égalité de naissance,
nulle disproportion dans les biens. On
a beaucoup exalté la fortune du sieur
Courpon. On a porté à 150,000 livres

V vj

le revenu des habitations qu'il se constitua en dot. Il suffit de dire que les sieur & dame de Mauger peuvent, sans crainte d'être démentis, se flatter de laisser à leur fille, leur unique héritiere, une fortune égale à celle du sieur de Courpon.

La demoiselle de Mauger étoit élevée en France. Le sieur de Mauger, son pere, quitta Saint Domingue au mois d'Août 1774. Depuis son départ, le sieur de Courpon ne songea qu'à le suivre. Arrivé en France à la fin de Juillet, & débarqué à Bordeaux, il s'arrête quelques momens en Touraine, chez le sieur de Lonlay, son beau-frere ; & de là il se rendit à Nantes. A peine il y étoit, qu'il se hâta de rejoindre les sieur & dame de Mauger. Bientôt il invita les parens qu'il avoit en France, d'assister à la cérémonie de son mariage, avec la demoiselle de Mauger. Le contrat fut signé le 16 Septembre 1775 ; les bans furent publiés aux paroisses de Sainte-Luce, où demeuroit le sieur de Courpon, & de Saint-Laurent, paroisse du domicile de la demoiselle de Mauger, le Dimanche 17 Septembre. Dès le 14, le sieur de Courpon avoit obtenu, du Vicaire-

Général du Chapitre de Nantes, pendant la vacance du siége, une dispense de deux bans & du domicile.

Ce fut dans cet état que la Bénédiction nuptiale leur fut administrée, le 18 Septembre, par le Curé de Sainte-Luce, sur le certificat de publication d'un ban, & la permission expresse donnée par le Curé de Saint-Laurent.

Ces premiers faits ne sont pas contestés; » on a seulement prétendu que ce mariage étoit le fruit de l'obsession; que le sieur de Courpon, malade, &, pour ainsi dire, sur le bord de sa fosse, avoit été séduit par le sieur de Mauger, dont l'unique dessein, en faisant épouser sa fille à un moribond, étoit de lui faire passer, par un contrat avantageux, les biens immenses du sieur Courpon «.

Avant d'entrer dans la discussion des moyens de droit, il est important de détruire ce reproche mal inventé d'une obsession caractérisée; il est aussi inconciliable avec les pieces de la Cause, que l'état de maladie où l'on a peint le sieur Courpon, est contraire à la vérité.

L'étroite amitié qui le lioit au sieur de Mauger, autant que la proximité de leurs biens, sembloit lui indiquer cette alliance : toutes ses lettres au sieur de Mauger, depuis leur séparation, expriment le plus grand désir de le rejoindre, de vivre dans sa société ; il n'en est pas une seule dans laquelle il ne parle de la demoiselle de Mauger ; il témoigne la plus grande envie de la connoître. Avant son départ de Saint-Domingue, la voix publique annonçoit qu'il passoit en France pour l'épouser. Le Curé de la paroisse de Verettes, où l'on dit qu'étoit son domicile, a certifié que le sieur de Courpon le lui avoit dit affirmativement ; qu'à ce propos il lui offrit un consentement par écrit, & qu'il se contenta d'un consentement verbal. Ce certificat étoit rapporté.

Que conclure de là ? que si le consentement par écrit étoit nécessaire, le Curé & le Paroissien étoient deux ignorans. Mais on n'en conclura rien contre la vérité du fait, c'est-à-dire, contre le projet de mariage conçu, dès-lors annoncé au Curé, & par lui verbalement consenti.

Mais trois jours avant son départ de Saint-Domingue, il a fait un testament. Fait-on son testament quand on songe à se marier ? On répond par le fait, & c'est la meilleure réponse : le testament existe, & le projet de se marier étoit réel. Tester à la veille de son départ pour un autre hémisphere, c'est une prudence à laquelle on manque rarement, sur-tout de la part des habitans du Nouveau-Monde ; ils ne quittent point leur pays pour venir en France, sans y laisser de disposition de derniere volonté.

On a ajouté que le sieur de Courpon ne passoit en France qu'à dessein d'y rétablir sa santé ; on l'a peint dans un état de délabrement affreux. C'étoit un moribond sur le bord de sa fosse.

Si le sieur de Courpon fût venu en France uniquement pour consulter sur sa santé, il eût volé directement à la capitale, chercher les secours dont on nous dit qu'il avoit si grand besoin : au contraire, il s'arrête en Touraine ; & ce même homme, si pressé d'aller prenre à Paris l'avis des plus sages Médecins, qui en effet, dans l'état auquel

on l'a réduit, ne devoit pas avoir d'autre foin, oublie fon état, fe détourne
de fa route, vient à Nantes fous prétexte de régler des comptes, & à peine
y eft-il arrivé, qu'il annonce fon mariage à fa famille.

Une foule de lettres écrites par le
fieur de Courpon lui-même, par la famille du fieur de Mauger, par les amis
qu'il avoit laiffés en Amérique, prouvent qu'il étoit en parfaite fanté lors de
fon départ & lors de fon arrivée, &
qu'à ces deux époques il n'étoit occupé
que de fon mariage; & des Médecins
ont attefté qu'il étoit mort d'une efqui-
nancie & d'une fievre maligne, &
qu'il étoit d'ailleurs d'une complexion
très-robufte.

Plufieurs lettres prouvent encore que
le mariage eft approuvé de tous les parens des deux côtés, tant avant que
depuis fa célébration. Comme la fin de
non-recevoir étoit regardée, avec raifon, comme le plus fort moyen à oppofer contre l'appel comme d'abus,
nous en tranfcrirons ici deux écrites
par la mere du défunt elle-même, qui
avoit interjeté cet appel.

De Saint-Pierre , le 6 Mars 1776.

Ma chere bru ,

» Rien de plus jufte que vos regrets & douleurs ; il n'y aura que le laps de temps qui pourra les diminuer : vous avez perdu un cher époux , qui affurément vous auroit fait paffer d'heureux jours , par la douceur de fon caractere & complaifance. En mon particulier , j'ai fait une perte , que je m'en confolerai difficilement : il faut , ma chere fille , pour fupporter des coups auffi accablans , fe fervir de fa Religion ; c'eft la feule reffource que nous ayons : il fuffit que vous apparteniez de fi près à ce cher fils que je chériffois , pour que vous trouviez en moi l'attachement & la tendreffe d'une bonne mere , qui ne ceffera de vous en donner des marques ; & fuis votre tendre mere. *Signé* DES RIVIERES DE LA VERNADE «.

P. S. » Monfieur votre pere vous dira nos intentions , au fujet de la fomme qui m'étoit due fur l'habitation de Saint Domingue «.

Le même jour , 6 Mars , elle répondit en ces termes au fieur de Mauger :

MONSIEUR,

» J'étois informée par la voie de Bordeaux , de la perte de mon fils Plaineville ; & la lettre que vous m'avez
fait l'honneur de m'écrire, en date du
3 Novembre , l'a confirmée. Cet événement m'occafionne la plus grande
douleur , & étoit d'autant moins attendu , que fa derniere lettre m'annonçoit
fon arrivée en bonne fanté à Bordeaux ,
& il me flattoit du plaifir de le revoir
ici fous peu. La Religion feule peut
me fournir des moyens de confolation ;
& fans fon fecours, je me ferois livrée à mon défefpoir. Je chériffois tendrement ce fils , que je n'ai eu le
plaifir de poféder que peu de temps
avec moi, & je ne devois pas m'attendre à un coup auffi accablant. Je
ne doute pas , monfieur, de vos regrets , puifque mon fils vous appartenoit de fi près. Indépendamment des
liens de l'amitié qui vous uniffoient enfemble , ceux de madame de Plaineville doivent encore les furpaffer, & je
conçois toute fa douleur : *je l'adopte*
avec le plus grand plaifir pour ma fille,
& j'aurai toujours pour elle les fentimens les plus tendres, &c. «.

Si ces deux lettres n'annoncent pas positivement que son fils lui eût, par révérence, demandé son consentement, elles contiennent du moins de sa part une approbation de son mariage d'autant plus précieuse, qu'elle n'auroit pas été demandée.

Elle ne fut pas au reste la seule à partager la douleur de sa fille, à l'exhorter de la supporter avec constance, à la consoler par les assurances flatteuses de l'en dédommager : la jeune veuve eut au moins, dans sa douleur, la satisfaction de recevoir de la part de toute la famille, les témoignages d'un attachement qu'elle crut sincere. Le frere, le beau-frere, l'oncle du défunt s'empresserent de lui témoigner leurs regrets, de lui promettre un attachement inviolable, & la qualifiant de niece, de tante, de sœur, suivant le degré d'alliance qu'avoit opéré le mariage. Ils l'entretiennent même des intérêts qu'ils auront à traiter en conséquence du contrat de mariage qu'ils reconnoissent & approuvent, avec les termes les plus expressifs & les plus affectueux.

Le mariage en question étoit-il réel-

lement & effentiellement nul en lui-
même , d'une nullité tellement abfo-
lue , que, ceffant toutes circonftances ,
il doive être déclaré. tel.

La dame de Courpon mere a réduit
fa caufe à cette unique propofition.
Pour détruire fon moyen d'abus , on
établiffoit au contraire , que , quelle fût
la nature du défaut dont elle vouloit
fe prévaloir , fon appel n'étoit ni fondé
ni recevable.

Premiérement, parce qu'il s'agit d'un
mariage où toutes les convenances fe
rencontrent ; d'un mariage contracté
publiquement, de bonne foi , par un
majeur qui , n'ayant & ne pouvant
avoir aucun intérêt de fe cacher , a
voulu obferver , & a réellement obfervé
toutes les formalités effentiellement
prefcrites par les Loix de l'Eglife & de
l'état.

Secondement , parce que cette mere
qui attaque le mariage, l'a approuvé de
la maniere la plus authentique dans des
lettres dont la fignature eft reconnue ;
qu'à fon approbation s'eft réuni le fuffrage de toute la famille : de telle forte,
que n'ayant à venger ni l'ordre public
troublé , ni le mépris des Loix , ni fon

autorité outragée , ni l'honneur de sa famille , elle est , à tous égards , non-recevable à contester l'état de la veuve de son fils : état que la dame de Courpon mere & ses enfans lui ont reconnu non seulement en l'appelant *sa bru* , *sa chere fille* , en disant qu'elle *l'adoptoit pour sa fille* , en la nommant *leur sœur* , *leur chere belle-sœur* , mais encore en traitant de leurs intérêts vis-à-vis d'elle , en la reconnoissant comme leur débitrice , en qualité de veuve donataire. Voilà la vraie question du procès.

M. Robinet entre ensuite dans les moyens du fond. Il examine quelles sont les cérémonies essentielles au mariage , & sur-tout si le concours des deux Curés est nécessaire. Nous avons , en rendant compte de la défense de la dame de Courpon mere , mis sous les yeux de nos Lecteurs le tableau de son système , avec les réponses qui y ont été faites ; & nous ne pourrions en parler de nouveau , sans tomber dans des répétitions que nous devons épargner à nos Lecteurs. Nous allons donc passer aux fins de non-recevoir.

Les fins de non-recevoir adoptées

par les Cours Souveraines, peuvent se
réduire à trois principales : la faveur
due à une union bien assortie ; la bonne
foi des deux époux, l'approbation donnée au mariage par ceux même qui l'attaquent : tels sont les moyens par lesquels on a constamment écarté une
réclamation d'autant plus odieuse,
qu'elle n'a le plus souvent pour prétexte qu'un vil intérêt. M. d'Aguesseau
posoit en principe, en 1692, dans la
Cause de Martinet contre Jean Rotier,
qu'on ne permet aux héritiers collatéraux d'attaquer un mariage, que dans
le cas où il les déshonore par une alliance indigne. Il ajoutoit, en 1694,
dans la cause de la veuve Touchet,
qu'il y avoit bien de la différence entre
examiner un mariage qui subsiste encore, & un mariage que la mort a
dissous.

» Dans le premier cas, dit ce grand
Magistrat, on ne peut apporter trop de
précautions pour discuter toutes les nullités. Il est difficile de s'arrêter aux fins
de non-recevoir, parce qu'il est encore
temps de réparer les défauts qui s'y
trouvent. Les Juges doivent trembler
dans la crainte ou de rompre des nœuds

que la main de Dieu même auroit
formés, ou de confirmer un lien illé-
gitime & que l'Eglise condamne.

» Mais lorsque la mort a prévenu
leur jugement, & qu'il ne s'agit plus
que de l'état des enfans, les fins de
non-recevoir ont plus de poids, & peuvent être fondées sur des circonstances
assez fortes pour avoir une autorité
décisive.

» La possession, la cohabitation,
l'approbation de la famille, le silence
de la mere, la bonne foi de la femme,
on écoute tout en faveur des enfans;
lorsque le mariage dont ils sont nés n'a
d'ailleurs rien d'odieux.

» C'est dans ces cas qu'on peut faire
usage des deux propositions qui résultent de ces réflexions générales.

» L'une, que les fins de non-recevoir
ont lieu en matiere de mariage; l'autre,
qu'elles ont lieu sur-tout après la mort
d'un des conjoints «.

Si M. d'Aguesseau ne parle ici que
de la faveur due aux enfans nés d'un
mariage nul, mais contracté de bonne
foi, l'état de la veuve n'est pas moins
considérable. Le premier effet de la
bonne foi en fixant l'état des enfans,

est d'assurer au survivant tous les droits résultans d'un mariage légitime : l'un & l'autre sont deux conséquences également nécessaires du même principe.

M. Robinet tiroit sa premiere fin de non-recevoir de ce que l'alliance étoit convenable. Deux voisins, égaux en naissance & en biens, unis depuis long-temps par les liens d'une amitié qui ne s'étoit jamais démentie, sont également satisfaits de contracter l'un avec l'autre des engagemens plus intimes encore : l'un d'un ami fait son gendre ; & l'autre mêle à la douce satisfaction d'épouser la fille de son ami, l'espérance de réunir leurs biens, situés dans le même canton, au plus à deux à trois lieues de distance.

Le sieur de Courpon, dans sa trente-cinquieme année, auroit long-temps cherché avant de contracter un mariage plus avantageux ; & lorsque tout l'invitoit à épouser la demoiselle de Mauger, en vain voudroit-on dire qu'il n'y songeoit pas. *Vous allez vous marier avec mademoiselle de Mauger ?* disoit le Curé de Verettes, Isle Saint-Domingue, au sieur de Courpon, avant

son

son départ , & *j'espere que vous nous ramenerez madame votre épouse.* La réponse du sieur de Courpon fut un *oui* affirmatif. Ne croyant avoir aucun besoin d'un consentement de son Curé ; il prit le certificat de marguillage , dont le sieur de Mauger l'avoit conseillé de se munir ; & il n'avoit besoin de ce certificat, que pour éviter d'être nommé Marguillier à Nantes : donc il avoit dessein de s'y établir ; cette conséquence s'est naturellement présentée.

Ajoutons à tous ces faits les sentimens d'affection , d'amitié dont sont remplies toutes les lettres qu'il écrivit au sieur de Mauger, quand celui-ci eut quitté Saint-Domingue. Il n'y respire que le désir de le rejoindre, & de voir mademoiselle de Mauger.

Après ces témoignages de l'amitié la plus vive , peut-on croire qu'on ait eu besoin d'employer la fraude & l'obsession pour déterminer le sieur de Courpon à épouser la fille de son ami? Cette idée injurieuse à la droiture d'un pere tendrement attaché à sa fille , mais trop honnête pour chercher à lui procurer , par des moyens bas , un éta-

Tome IX.   X

bliffement quelconque, eft révoltante.
Rappelons cependant encore la publicité avec laquelle ce mariage s'eft accompli.

Les Loix ne déploient leur autorité
que contre les unions indignes & dés-
honorantes pour les familles, contrac-
tées furtivement en préfence d'un Prêtre
fans pouvoir. Au contraire, le fieur
de Courpon n'a point caché fon mariage, n'a même pu avoir l'intention
de le cacher : cette prétendue infrac-
tion à une regle dont on ne prouve
pas la néceffité, n'eft pas même une
omiffion qu'on puiffe regarder comme
une faute. La liberté, la bonne foi, la
bienféance la plus auftere, ont préfidé
à fon union avec la demoifelle de
Mauger ; la Religion l'a confacrée publiquement par les mains du Miniftre
que l'Eglife & la Loi de l'Etat lui indi-
quoient. On reproche de la précipitation, & cependant il s'eft écoulé un
mois depuis le jour où le fieur de Courpon quitta la Touraine jufqu'à celui
du mariage : nous avons vu qu'il employa cet intervalle à inviter tous les
parens qu'il avoit en France d'affifter à
fes noces.

L'état de maladie où on a supposé qu'étoit le sieur de Courpon à son départ de la Touraine, n'est qu'une fable mal conçue. Le sieur de Courpon jouissoit d'une bonne santé : toutes les pieces de la Cause le justifient. Il écrivoit à la dame sa mere & au sieur de Mauger, *qu'il est arrivé en bonne santé à Bordeaux ; qu'il avoit fait une belle traversée*. Ses voyages de Bordeaux en Touraine, de Touraine à Nantes, le silence que l'on garda sur cette maladie supposée, non seulement à la premiere nouvelle du mariage, mais quand on apprit sa mort, élevent autant de témoignages contre la fausseté des faits dont on demande à faire preuve. Cette allégation est démentie plus particuliérement encore par les Médecins & Chirurgiens, appelés pour secourir le sieur de Courpon dans ses derniers jours. Ils attestent qu'il est mort en peu de jours, *d'une fievre maligne, accompagnée d'une esquinancie & d'un affaissement apopleclique général*. Lorsque le genre de sa maladie est connu, il est absurde de lui supposer une autre cause de mort.

On tiroit la seconde fin de non-re-

cevoir de la bonne foi des deux époux.
Cet objet a été discuté plus haut ; &
nous allons passer à celle qui résulte
de l'approbation donnée à ce mariage
par tous les parens.

La dame de Courpon mere , ni
les autres parens , ne font pas recevables à se plaindre du défaut de publicité dans la célébration d'un mariage
qu'ils ont également approuvé les uns
& les autres. Ils ont applaudi à cette
union , dont ils connoiſſoient la convenance & l'avantage pour les deux
époux ; & de là résulte contre eux
une troifieme fin de non-recevoir évidente.

Le premier , inſtruit en France du
mariage du ſieur de Courpon , & le
premier qui l'*ait félicité ſur ſon bon-*
heur , eſt le ſieur de Lonlay , ſon beau-
frere : non ſeulement il y a applaudi
avant le mariage & depuis le mariage ;
non ſeulement il a témoigné , avant la
mort du ſieur de Courpon , *la plus*
grande envie de connoître la dame de.
Courpon , de gagner ſon amitié , d'ob-
tenir , diſoit-il , la permiſſion de l'ai-
mer ; mais , ce qui eſt plus décifif ,
après la mort de ſon frere , il a , pen-

dant quinze mois entiers, entretenu par lui ou par la dame de Lonlay, une correspondance suivie avec la dame de Courpon & le sieur de Mauger son pere, dans laquelle il ne cesse de l'appeler *sa belle-sœur, sa chere belle-sœur*. Il fait plus, il se rend à l'inventaire des effets du sieur de Courpon, pour l'intérêt de la famille Courpon ; & là il se borne à la réserve générale & d'usage de tous ses droits, sans aucune protestation contre la qualité de veuve du sieur de Courpon.

Après cet inventaire, il reçut d'elle le payement d'une somme de 2000 liv., argent de France, que le feu sieur de Courpon avoit reçue pour son fils le 20 Mai 1776 : il en remercia le sieur de Mauger, & par la lettre la plus affectueuse.

On ne peut être plus sensible, disoit-il, *que madame de Lonlay & moi le sommes, à la façon obligeante dont vous & notre chere belle-sœur venez d'agir envers l'accélération du payement des 2000 livres, &c.* Il ajoute qu'il *aura grand soin d'en perpétuer le souvenir à son fils, afin qu'avec l'âge de raison, il puisse en manifes-*

ter son ressentiment à sa chere tante...
Ce n'est pas l'intérêt qui l'engage à
bien vivre avec sa chere belle-sœur,
mais bien son propre mérite, joint au
souvenir du sieur de Courpon, qui lui
est trop cher pour ne pas aimer &
chérir le tendre objet de ses vœux.

Cette lettre fut écrite huit mois
après la mort du sieur de Courpon,
dans le temps où l'on se donnoit déjà
des soins pour consulter la prétendue
nullité du mariage. La premiere con-
sultation fut donnée à Nantes le 17
Juillet 1776 ; le sieur de Lonlay ne
peut l'avoir ignoré ; & cependant il
écrivoit encore, le 3 Janvier 1777, à
la dame de Courpon, en la nommant
sa très-chere belle-sœur, pour l'assurer
des souhaits, des vœux les plus heureux qu'il faisoit pour tout ce qui
pouvoit contribuer à rendre sa félicité
parfaite. Il lui offre les assurances de
la tendre amitié de madame de Lonlay : il y ajoute, dit-il, avec un
vrai plaisir, la nouvelle profession
d'un sensible & respectueux attachement.

Est-ce bien le sieur de Lonlay qui
a écrit ces lettres ? Est-ce bien le

même homme qui attaque aujourd'hui une alliance qu'il a si constamment approuvée ; qui accable d'outrage un Citoyen dont l'amitié lui étoit, en apparence, si précieuse ; qui veut tout ravir ; jusqu'au nom d'épouse légitime, à *une belle-sœur* qu'il a tant de fois protesté d'aimer, de respecter éternellement ?

Le sieur Courpon de la Vernade, frere du feu sieur de Courpon, écrivit aussi le 6 Mars 1776 ; *il unissoit sa douleur à celle de sa belle-sœur ; il entrevoit*, disoit-il, *ses larmes, qui ne tariront jamais ; il plaint sincérement son sort ; il prie le sieur Mauger de lui faire agréer les assurances de son amitié.*

Il n'est pas moins étonnant sans doute de le voir après cela passer les mers, armé de la procuration de sa mere, pour faire déclarer nul ce mariage, qu'il a si formellement approuvé, & dont il connoissoit toute la convenance. La dame de Courpon ne mérite pas plus de faveur ; ses reconnoissances du mariage sont plus formelles encore. Le même jour 6 Mars, elle écrivoit *à sa*

X iv

chère bru (car c'eſt de ce nom qu'elle la nomme)., que rien n'eſt plus juſte que ſes regrets : *Vous avez perdu un cher époux , &c. Il faut , ma chere fille pour ſupporter des coups auſſi accablans , ſe ſervir de ſa Religion.... Il ſuffit que vous apparteniez de ſi près à ce cher fils que je chériſſois , pour que vous trouviez en moi l'attachement & la tendreſſe d'une bonne mere , qui ne ceſſera de vous en donner des marques ; & ſuis votre tendre mere , &c.*

Ces expreſſions ſont-elles aſſez fortes ? Eſt-ce le ſentiment qui parle , ou la ſimple honnêteté ? Parle-t-on ainſi d'une union qu'on déſapprouve ? Ecrit-on ainſi à une fille qu'on veut ſe réſerver le droit de méconnoître ? Si M. d'Agueſſeau a dit , en 1694 , que le ſilence d'une mere , qui ne ſe réveille que dans le temps qu'elle veut recüeillir la ſucceſſion de ſon fils , eſt ſeul capable d'opérer contre elle une fin de nonrecevoir ; ſi le Parlement de Paris déclara par ce ſeul motif , la veuve Touchet non-recevable dans ſon appel comme d'abus du mariage inégal de

fon fils ; fi, en 1725 , par Arrêt rapporté par Augeard , la dame, de Con-
ferans fut déboutée de fon appel par fin
de non-recevoir, fur le feul fait qu'elle
avoit donné fon confentement & affifté
à la bénédiction nuptiale , quoiqu'elle
objectât qu'elle n'avoit confenti au mariage de fa fille avec un fieur de Mo-
dave , que fur un faux extrait par lui
repréfenté : comment envifager la réclamation de la dame de Courpon
mere, après des témoignages de tendreffe & d'approbation auffi éloquens ?

Elle n'a pas affifté à la cérémonie
du mariage , mais elle y a applaudi ; elle
a affuré fa bru, *qu'elle trouveroit en
elle l'attachement d'une bonne mere,
qu'elle ne cefferoit d'être fa tendre
mere.* Ce ne font pas là de ces expref-
fions indifféremment jetées dans des
lettres qui auroient eu un objet étranger.
Cette lettre fut écrite à l'occafion de
la mort de fon fils , pour en témoigner fes regrets , pour préfenter à fa
fille un motif de confolation dans l'attachement & la tendreffe dont elle l'affure. Ainfi c'eft un jugement de famille qu'elle a elle-même porté , &
d'après lequel on ne dira pas feulement

X v

qu'elle ne se réveille qu'au moment où elle veut recueillir la succession de son fils : on dira que l'esprit d'intérêt l'aveugle au point, qu'elle s'abaisse jusqu'à la honte de se rétracter, de démentir ses sentimens ; comme si elle disoit : » Quand je vous nommois ma fille, que je m'appelois votre mere, votre tendre mere, que je vous assurois de toute mon affection ; vaines paroles que ma bouche prononçoit, & que mon cœur désavouoit ; je vous trompois, je préparois dans le secret le coup affreux que je voulois vous porter «.

Objectera-t-elle qu'elle ignoroit alors la nullité absolue du mariage, & les grands avantages que son fils avoit faits à son épouse ?

Il importe peu qu'elle ait connu ou ignoré la prétendue nullité du mariage; il lui étoit bien indifférent que le Curé de Verettes y eût concouru. Ce défaut de concours d'un Curé éloigné de quatre cents lieues de son domicile, ne lui a porté aucun préjudice ; ce qui suffit relativement à elle & à sa plainte actuelle, c'est qu'elle a reconnu ce mariage, qu'elle a écrit & agi en consé-

quence. Sa lettre, du même 6 Mars
1776, au fieur Mauger, eft plus éner-
gique encore, s'il eft poffible. » Je
ne doute pas, Monfieur, de vos regrets, puifque mon fils vous appartenoit de fi près, indépendamment des
liens de l'amitié qui vous uniffoient enfemble : ceux de Madame de Plaineville doivent encore les furpaffer, &
je conçois toute fa douleur : *je l'a-
dopte avec le plus grand plaifir pour
ma fille*, & j'aurai toujours pour elle
les fentimens les plus tendres «.

*Je l'adopte avec le plus grand plai-
fir pour ma fille !* Tout ce qu'on pourroit dire ne pourroit qu'affoiblir ici
l'expreffion d'un fentiment qui ne laiffe
rien à défirer. Quelle réclamation peut
être écoutée contre cette adoption ?
Eh ! que l'on ne répete pas qu'elle ignoroit le contrat de mariage ; car ce n'eft
pas l'intérêt qu'elle peut avoir eu pof-
térieurement à fe rétracter, qui doit
décider du mérite de fon approbation :
elle n'a pu la faire dépendre, ni des
conditions du contrat, ni de fon intérêt pécuniaire.

Mais enfin fa lettre prouve qu'elle
les connoiffoit, puifqu'elle s'adreffe in-

continent au fieur Mauger, pour être
payée de ce que fon fils lui devoit.

» M. votre pere, difoit-elle à la
» dame de Courpon, vous dira mes in-
» tentions au fujet de la fomme qui
» m'étoit due fur l'habitation de Saint-
» Domingue ".

Elle écrivoit au fieur Mauger, le
même jour :

» Il eft bien vrai que mon pauvre
» fils m'étoit redevable d'une forte
» fomme, &c. ; je n'ai pas voulu m'en
» prévaloir, que vous ne m'euffiez in-
» diqué le Banquier fur qui je dois four-
» nir mes traites; je vous prie de m'en
» informer par votre premiere ".

Ainfi, elle ne s'eft pas tenue à une
approbation ftérile ; elle a traité avec
la dame de Courpon, comme avec
fa débitrice, en conféquence du contrat de mariage.

Le mariage fut confulté à Nantes,
de la part de la dame de Courpon,
au mois de Juillet 1776. Les confül-
tans virent l'extrait de mariage, qui
paroît avoir été délivré le 24 Juin 1776.
Le teftament du fieur de Courpon a
été ouvert le 15 Janvier 1776 ; dès le
19 Mars 1776, la dame de Courpon

mere avoit écrit en France, pour faire
confulter le mariage & le contrat. Elle
étoit donc bien inftruite, lorfqu'elle
écrivoit le 6 Mars, treize jours auparavant.

A-t-elle donc pu, en approuvant
auffi authentiquement le mariage, en
s'adreffant à la veuve de fon fils, comme
à une veuve commune ou donataire,
pour fe faire payer de fa créance, fe
réferver néanmoins intérieurement le
droit d'attaquer le mariage ? Et obfer-
vons ici combien fa prétendue erreur
auroit duré : c'eft le 17 Juillet qu'on
lui donne une confultation à Nantes ; &
depuis elle continue encore de faire demander à fa bru le payement de ce qui
lui étoit dû ; la derniere lettre du fieur
de Lonlay, du 3 Janvier 1777, le
juftifie. » Il y, a dit-il, environ un
mois que j'ai reçu une lettre de notre
chere & refpectable maman, qui me
charge de vous engager à la payer,
ainfi que vous en jugerez vous-même
par fa lettre ci-incluse, que je vous
prie de vouloir bien me renvoyer «.

Quelle continuité d'approbations de
la part d'une mere parfaitement inftruite ! Alors du moins elle favoit qu'il

n'y avoit point eu de bans publiés à
Saint-Domingue , point de confentement de la part du Curé de Verettes ;
elle favoit que fon fils s'étoit marié
en France , fans y avoir acquis de domicile ; & cependant elle ne balance
pas à continuer de s'adreffer à la dame
de Courpon , comme à la veuve de
fon fils , même après avoir confulté le
mariage. Peut-elle maintenant fe flatter
d'être écoutée ? Difons mieux , eft-il
concevable que fous fon nom, on attaque , fous prétexte d'abus , ce même
mariage , qu'elle a fi authentiquement
reconnu ?

Tous les auteurs nous difent , tous
les Arrêts confirment la maxime , qu'en
cette matiere il n'eft pas permis de
varier, *nemo poteft concilium in alte-*
rius fraudem mutare. Le filence même
perpétué pendant quelque temps , eft
envifagé , de la part d'un pere & d'une
mere , comme une remife de l'action
qu'ils auroient pu avoir : toujours on
a profcrit ces réclamations tardives, ces
regrets fuperflus , que la cupidité fug-
gere , pour défavouer les premiers
mouvemens de l'équité & de la bonne
foi.

Et jamais cette bonne foi , l'effence de tous engagemens , & fur - tout du plus facré des engagemens , ne parut avec plus d'éclat que dans la Caufe de la dame de Courpon. Conçoit-on une pofition plus cruelle , mais en même temps plus digne d'intéreffer ? Une fille mineure , réuniffant à l'avantage de la naiffance les biens de la fortune , foumife à fes pere & mere , voit propofer fon mariage avec l'ami de fa maifon ; elle fe laiffe avec d'autant plus de facilité conduire aux Autels , qu'elle voit toute la famille de fon mari applaudir à fon mariage. Elle s'unit avec cette confiance , apanage de la vertu , à l'époux que fa famille , fa Patrie & Dieu même , fembloient comme à l'envi lui indiquer. Elle le reçoit dans fes bras fous la foi publique , fur la foi plus inviolable encore du Sacrement qui lui eft conféré par fon propre Pafteur ; & cependant elle auroit été trompée ! Son union ne feroit plus qu'un honteux concubinage ! Son pere , fa mere , fon époux , fon Pafteur , les Supérieurs Eccléfiaftiques , tous auroient concouru à la féduire ! Eh , que peut-on lui reprocher , que de s'être livrée

à tous ceux qui devoient la conduite ?
Devoit-elle mieux connoître les Loix
que les Miniftres de l'Eglife ? en la préfentant à l'Autel, ils ne l'auroient conduite qu'au déshonneur ! Son amitié,
fes careffes pour l'époux qu'on lui donnoit, feront un opprobre qui la fuivra
par-tout !

Ici rien n'eft perfonnel à la dame
de Courpon. Le défaut de forme,
s'il en exifte, eft le fait du fieur de
Courpon. L'obfeffion, cette chimere
qui a été fi invinciblement détruite,
feroit l'ouvrage du fieur de Mauger.
Pour elle, fa trop grande confiance dans
l'auteur de fes jours, dans tous ceux
qu'elle devoit aimer & refpecter ; voilà
fa faute. Caufe étrange, où rendant
juftice à la bonne foi, à la vertu, à
l'innocence de la dame de Courpon,
on ofe cependant propofer de punir en
elle l'erreur de fon mari & la trop
grande amitié de fon pere. Quoi ! lorfque fa réfiftance auroit été juftement
blâmée, une honte éternelle fera fon
partage & la récompenfe de fa fou-
miffion ?

Par Arrêt prononcé le 23 Février
1778, conformément aux conclufions

de M. du Bourblanc , Avocat-Général , la dame de Courpon mere fut déclarée non-recevable dans fon appel comme d'abus, condamnée en l'amende de 75 livres, & aux dépens. Faifant droit fur les conclufions de M. le Procureur-Général , l'exécution de l'Edit du mois de Mars 1697 fut ordonnée , & défenfes à ceux qui auroient befoin d'obtenir des difpenfes de domicile , de fe pourvoir ailleurs que par-devers le Roi,

Fin du Tome neuvieme,

TABLE

DES CAUSES

Contenues dans ce neuvieme Volume.

TABLE.

Fin de la Table du neuvieme Volume.